브레멘 여행사

당신의 주머등을
다시 그려 드립니다

Original Japanese Title: HARUKA, BREMEN
Copyright © 2023 Kiyoshi Shigematsu
Original Japanese Edition Published by Gentosha Inc.
Korean translation rights arranged with Gentosha Inc.
through The English Agency(Japan) Ltd. and Danny Hong Agency

이 책의 한국어판 저작권은 대니홍 에이전시를 통해
저작권사와 독점 계약한 상상의힘에 있습니다.
저작권법에 의해 보호를 받는 저작물이므로 무단 전재와 복제를 금합니다.

차례

프롤로그		007
1장	…	020
2장	…	052
3장	…	098
4장	…	124
5장	…	167
6장	…	201
7장	…	235
8장	…	266
9장	…	311
10장	…	348
11장	…	393
12장	…	425
에필로그		462

옮긴이의 말 … 482

일러두기

1. 외래어 표기는 국립국어원 외래어 표기법에 따랐으며, 관례로 굳어진 것과 입말이 더 많이 쓰이는 경우는 예외로 두었습니다.
2. 단행본은 『 』, 단편과 개별 작품은 「 」로 표시했습니다.
3. 옮긴이의 주는 본문의 괄호 안에 넣어 나란히 두었습니다.

프롤로그

49재 법요식과 납골이 끝났다.

내게 유일한 가족이었던 할머니는 부처님을 따라 조용히 저세상으로 떠났다.

할머니가 숨을 거둔 것은 벚꽃이 지고 잎이 필 무렵이었는데 지금은 어느새 수국의 계절이다. 할머니는 벚꽃보다 수국을 좋아했다. 벚꽃처럼 금방 확 흩어지며 떨어지는 꽃보다는 꽃잎이 우중충하게 시들어도 끈질기게 피어 있는 것을 좋아했다. 할머니 자신도 건강할 때부터 "힘내서 오래오래 살아야지. 하루짱을 외톨이로 남겨 두면 안 되지."라는 말을 입버릇처럼 했다.

그 말대로 내가 걱정스러웠는지 할머니는 6개월 남짓 시한부 말기 암 선고를 받고서도 1년 2개월이나 더 살았다. 향년 73세. 힘드셨을 것이다. 고마워요, 할머니. 진심으로.

할머니의 유골은 묘지에 안치됐고, 49재까지 한 달 반 남짓 이어졌던 유골과의 동거도 끝났다. 나는 말 그대로 외톨이가 되었다.

오가와 하루카. 열일곱 살. 고등학교 2학년. 지은 지 30년 된 단독주택에서 이제부터 혼자 살아야 한다.

할머니가 저축과 생명보험을 남겨 주셨기에 돈 걱정은 하지 않아도 된다. 장학금을 받거나 아르바이트라도 하면 대학도 갈 수 있을 것이다. 외로움이나 불안함? 괜찮다. 전혀 걱정되지 않는다. "고등학교 졸업할 때까지라도 우리 집에서 지낼래?"라고 말해 주는 친척도 있었지만 정중하게 거절했다. 왠지 모르게 할머니가 남겨 두신 돈 때문이 아닐까 하는 의심이 들기도 했다.

외로움에는 익숙하다. 3살 때 미혼모였던 엄마에게 버림받았다. 아빠는 엄마가 나를 임신했다는 사실을 알고는 바로 달아나 버렸단다. 그러니 나는 누가 봐도 외톨이인 셈이다.

법요식과 납골을 위해 도쿄에 살고 있는 다이스케 씨가 전날부터 와서 주관해 주었다. 다이스케 씨는 할머니의 장남이며, 엄마보다 다섯 살 위인 오빠다.

5년 전 돌아가신 할아버지가 건강하실 때부터 지금까지 다이스케 씨는 정말 나를 굉장히 성심껏 보살펴 주셨다. 할머니가 돌아가신 뒤에도 다이스케 씨는 도쿄와 이곳 스오시를 몇 번이고 오갔다. 그가 변호사나 교육위원회 사람들과 만나 상의해 주지 않았다면 지금쯤 나는 시설에 있게 되었을지도 모른다.

법요식에도 다이스케 씨의 가족들은 모두 참석해 주었다. 평소에도 추석이나 설날에 찾아 주는 다이스케 씨의 부인인 마유코 씨나 나보다 나이 많은 사촌 다케히코와 미유도 모두 내게 다정하게 대해 주고는 했다.

납골식이 끝난 뒤 서른 명 남짓 되는 문상객들은 택시나 자가용을 타고, 역 앞에 있는 호텔의 일식집으로 향했다. 그곳의 예약과 계산도 다이스케 씨가 도와주었다.

"곤란한 일이 있으면 언제든 연락하고, 무엇이든 말하렴."

택시 안에서 다이스케 씨가 말했다. 함께 타고 있던 마유코 씨도 "사양하지 말고 언제든지 연락해."라고 말했다. "앞으로 진로 문제라든가 여러 가지 일이 있을 수 있으니…."

두 분은 내가 외톨이가 된 과정을 잘 알고 있다.

나는 세 살까지, 그러니까 엄마에게 버림받기 전까지 도쿄에서 살았다.

엄마는 간혹 나를 데리고 다이스케 씨 댁을 방문했다. 사진도 남아 있다. 아기인 나를 마유코 씨가 안고 있는 사진이나 다이스케 씨가 나를 높이 안아 올리고 있는 사진들이 있다. 조금 더 자라 다케히코와 미유랑 비닐 수영장에서 놀고 있는 모습도….

하지만 엄마가 다이스케 씨의 집을 방문한 이유가 사진에 나와 있지는 않다.

다이스케 씨는 "잊어버렸지."라고만 말하고, 마유코 씨도 "글쎄, 너무 오래전 이야기라…." 하며 그저 쓸쓸하게 웃기만 했다.

대신 할머니가, 내가 중학교를 졸업하던 즈음에 "이젠 하루짱도 컸으니…."라며 알려주었다.

엄마가 다이스케 씨에게 몇 천만 원이란 큰돈을 빌렸다는 것이다.

그 사실을 알고 난 다음부터 나는 다이스케 씨를 '삼촌'이라 부르지 않는다. '삼촌'이라 부르면 어쩔 수 없이 혈연관계임을 의식하게 된다. 그럴 때마다 끔찍한 엄마의 존재가 부글부글 떠오르고, 혐오감에 치를 떨게 만들기 때문이다.

엄마는 몇 해 전까지만 해도 다이스케 씨에게 가끔 연락해 왔다고 한다. 그러나 사는 곳을 결코 알려 주지 않았고, 변덕스러운 연락도 끊어져 버리고 말았기에 할머니가 돌아가셨다는 사실을 알릴 방법조차 없었다. 도대체 살아 있는지 아닌지도 알 수가 없다.

엄마의 이름은 후미에라고 했다. 가족들이나 친한 친구들은 '후우짱'이라고 불렀다.

그리고 그 애칭이 쭉 이어져 왔다. 친근하게 부를 때에도, 놀릴 때에도, 모두 노래의 한 구절을 입에 올리기라도 하듯이 그렇게 불렀다.

후우짱, 후우짱, 흔들흔들, 하―늘하늘―.

건들거려 미덥지 못하고, 무엇이든 적당히 대충대충 하는, 그런 성격이었다고 한다. 알 만하다. 아무것도 모를 때 버려진 내게는 엄마에 대한 기억이라고는 없다. 자신이 낳은 아이를 시골 부모에게 떠넘기고 잠적해 버리는 것은 덜렁거리고, 대충대충 일을 처리하는 여자가 아니면 할 수 없는 일일 것이다.

"나쁜 아이는 아니었어."

언젠가 할머니가 전화로 엄마에 대해 이야기하는 것을 엿들은 적이 있다.

"어렸을 때부터 차분하고 얌전한 아이였는데. 공부도 누구 못지않게 잘했고, 남에게 폐를 끼치는 일도 없었어. 특히나 그 애 오빠가 정말 잘해 줬지. 그래서 그런지 딸아이는 아무래도 응석받이가 되고 말았어…."

실제로 다이스케 씨는 후우짱을 예뻐하며, 보디가드처럼 지켜 주었던 것 같다.

"대학에 합격해, 오빠를 따라가듯이 도쿄로 나간 뒤로는 대놓고 맡겨 버렸지. 걔 오빠한테 뭐든 다 맡겨 버렸거든…. 그건 부모로서 정말, 지금 생각하면 다이스케한테도, 걔한테도 잘못한 일이었다는 생각이 들고는 해…."

물러 터졌어. 다이스케 씨에게는 몰라도 후우짱에게는 더 심하게 화를 내도 괜찮은 것 아닌가.

할머니 앞에서는 결국 한 번도 하지 못한 말이 되고 말았지만.

회식이 끝난 후 다이스케 씨는 돌아가는 택시로 승합차를 지정해 불렀고, "어차피 공항으로 가는 길목이니 집 앞에서 내려 줄게."라며 가족 네 명에 더해 나까지 타라고 했다.

실제로는 꽤 멀리 돌아가는 길이지만, 어쨌든 다이스케 씨는 그런 사람이다.

택시는 호텔이 있던 시내를 빠져나와 언덕을 올랐다. 눈앞에 도시 풍경이 펼쳐진다. 그 너머로 바다가 보인다. 세토 내해. 조선소라든가 부두도 보였다.

 컨테이너를 싣고 내리는 항구의 부두에는 육중한 크레인 네 대가 동일한 간격으로 줄지어 서 있다. 그 크레인을 '기린 아저씨'라 불렀던 할머니, "기린 아저씨는 한밤중이 되면 걸어서 역까지 산책하러 간단다."라고 어린 내게 겁을 주던 할아버지를 생각하면 조금 쓸쓸해진다.

 "역시 노쇠했어. 도시 전체가."

 다이스케 씨가 불쑥 말을 던졌다.

 "지금은 인구가 몇 명이니?"

 "13만 명인가 4만 명 정도인 것 같아요."

 "그래? 그럼 그렇게 많이 줄지 않았구나. 옛날에도 15, 6만 명 정도밖에 되지 않았으니까."

 "그래도 몇 해 전에 주변 지역을 흡수해서 굉장히 넓어지긴 했어요."

 "그렇지. 역시 도심은 줄어든 게 맞겠다."

 스오시는 지역을 대표하는 공업도시였다. 해안가에는 화학공장이 즐비하고, 조선소나 부두에는 항상 건조 중이거나 수리 중인 대형 선박이 있었다. 3교대로 일하는 사람들이 많았기 때문에 술집 거리는 낮에도 매우 붐볐다고 한다. 먼 옛날, 다이스케 씨와 후우짱이 어렸을 때의 이야기다.

택시가 집 앞에 도착하자 다이스케 씨 가족은 모두 차에서 내려서 작별 인사를 했다.

대학 1학년인 미유와는 포옹을, 3학년인 다케히코와는 하이 파이브를 했다. 마유코 씨는 두 손으로 내 손을 꼭 잡고 "그럼 추석에 또 만나자."라고 말했다.

올해 추석은 할머니가 돌아가시고 맞는 첫 추석이 된다. 절에 연락하거나 제사에 필요한 것들은 모두 다이스케 씨가 도쿄에서 준비해 주기로 했다. 정말이지 더할 나위 없이 완벽하다.

그리고 그런 다이스케 씨는 마유코 씨 들을 차에 타게 한 다음, 헛기침을 하며 목청을 가다듬고 말했다.

"진로에 대해서라면 언제든지 상담해 주마."

고등학교를 졸업하면 어떻게 할 것인가—.

대학에 진학할 생각이기는 하지만 이곳 학교로 갈지, 도쿄나 오사카로 갈지는 아직 결정하지 못했다.

"지금이야 2학년 1학기니까 서두를 필요는 없겠지만, 이 집을 앞으로 어떻게 할 것인지도 문제니까…."

'이 집을'이라고 하면서 다이스케 씨는 2층을 올려다보았다.

"나는 솔직히 말해서 지금 같아서는 스오에 돌아올 생각이 전혀 없어. 정년퇴직하고 다케히코와 미유가 독립한 뒤에도 아마…. 99퍼센트, 도쿄에서 나이를 먹고, 그대로 마지막까지…, 그렇게 생각하고 있어. 이 집의 건물에, 미안하지만, 어떤 애착도 없어."

지금의 집은 할아버지와 할머니가 새로 이사하면서 구입한 집이기에 다이스케 씨에게는 본가라고 할 수 없다.

"하루짱도 먼 앞날의 일은 모르겠지만, 대학입시라든가 취직이라든가, 이 집에 얽매일 필요는 없어. 가고 싶은 대학이 도쿄에 있다면 주저하지 말고 도쿄로 가면 되고, 오사카든 교토든, 아주 멀리 떨어진 해외라고 해도 괜찮아. 하루짱의 인생이니 가장 하고 싶은 일을 하고 싶은 곳에서 하면 된다."

실제로 스오에서 통학할 수 있는 거리에 있는 대학 중 가고 싶은 학교는 없다. 미안하게도.

"도시에서 하숙을 할 거라면, 그동안 이곳은 빈집으로 두어도 좋고, 다른 사람에게 임대를 해도 되고…. 경우에 따라서는, 하루짱이 고등학교를 졸업하는 시점에 처분해도 괜찮다고 난 생각해."

그러니 '집을 지켜야 한다'라거나 '이어 가야 한다'는 부담을 느끼지 않아도 된다고 다이스케 씨는 미리 말해 두는 것이다.

나는 말없이 작게 고개를 끄덕였다. '감사합니다'와 '죄송합니다' 중 어느 쪽을 말해야 할지 알 수가 없다.

"이건 어머니의 유언이기도 하단다."

"그래요?"

"아, 49재도 끝났으니 이제 말해도 되지 않을까 싶네."

돌아가시기 얼마 전, 결과적으로 의식이 있는 동안 마지막 병문안을 왔을 때 할머니는 다이스케 씨와 단둘이 있을 기회를 틈타 내 이야기를 했다는 것이다.

처음에는 그저 옛날이야기부터.

"하루짱은 어릴 때부터 먼 곳을 바라보길 좋아했다고. 눈앞의 경치가 아니라, 더 멀리…. 하늘에 무언가 보이는 것이 있나 생각될 정도로, 2층 창으로 조금도 질린 기색 없이 하늘을 보곤 했다고."

확실히 그렇기는 했다. 이 집은 산허리에 자리 잡고 있어 전망이 좋다. 2층에서는 물론 정원으로 내려와서 거리와 바다와 하늘을 바라보고만 있어도 한두 시간이 훌쩍 지나가고는 했다.

할머니는 다이스케 씨에게 계속 말을 이어 갔다.

"저 아이는 멀리 떠나고 싶어 하는 것일지도 몰라."

그리고 한 마디 더 덧붙였다.

"역시, 후우짱의 딸이 아니랄까 봐…."

엄마도 '후우짱, 흔들흔들, 하—늘하늘—' 의태어처럼 바람에 날아가는 풍선처럼 멀리 가 버렸다.

할머니의 말은 그 대목에서 잠깐 끊어졌다고 했다. 갑작스레 눈물이 나왔기 때문이었다.

"어머니는 처음엔 후우짱에 관해 이야기할 생각이 아니었을 거야. 그런데 어머니 자신도 모르게 그 이름을 말하면서 한꺼번에 여러 감정이 밀려온 것 같았어."

"…예."

"그래서 울음을 그친 후 어머니는 내게 다시 말했어. 하루짱을 자유롭게 해 주라고. 멀리 가고 싶다 하면 가게 해 주라고…." 다이스케 씨는 "나도 그게 좋겠다고 생각하고."란 말을 덧붙였다. 나는 잠자코, 아까보다 더 작게 고개를 끄덕였을 뿐이다.

"뭐 아직은 2학년이니, 서둘러 결정하지 않아도 좋아. 어려운 점이 있으면 언제든 얘기하고. 하루짱이 스스로 잘 생각하고 내린 결정이라면 뭐든지 응원할 테니까."

다이스케 씨는 한 번 더 마음을 전하며, "그럼 잘 들어가." 하고 내 대답을 기다리지 않고 택시에 올라탔다.

저만치 달려가는 택시를 배웅하고 집으로 돌아왔다.

우편배달이 쉬는 일요일이란 사실을 잊고는 습관적으로 우편함을 들여다보니 편지 한 통이 들어 있었다. 속달 도장이 찍혀 있다. 주소와 함께 '세대주님께'란 수신인이 손 글씨로 씌어 있다. 봉투를 뒤집는다. 보낸 사람 이름도 손 글씨로 씌어 있었다.

<브레멘 여행사 카츠라기케이 이치로>

경계심 백 퍼센트의 눈빛으로 식탁 위에 놓인 봉투를 바라보았다.

할머니가 투병하는 동안 암 치료법에 대한 광고 우편물이 쉼 없이 날아왔다. 전화도 시시때때로 걸려 왔다. 업체뿐만 아니라 지인들이 수상한 생수나 파워 스톤을 권유하는 경우도 많았다. 할머니는 SNS와 인연이 없었기에 망정이지 만약에 그랬다면 더 큰일이 났을지도 모른다.

돌아가신 뒤에도 '유골로 펜던트를 만들지 않으시겠습니까'라든가 '유품을 싸게 처분해 드리겠습니다'라는…. 어제만 해도 고

물상에서 영업 전화가 걸려 왔다.

그렇기에 이 편지도 의심스럽다.

다만 주소와 이름이 손으로 씌어 있고, 봉투도 사무용이 아닌 데다 속달우편이란 점으로 미루어 보면 광고 우편이 아닐 수도 있었다. 사인펜으로 쓴 글씨체도 필력이 그리 뛰어나지 않아, 수십 통을 한꺼번에 쓴 것 같지도 않았다.

브레멘 여행사. 휴대폰으로 검색을 해 봤지만, 검색이 되지 않았다. 여행사라고 하면서 홈페이지도 만들지 않았다는 것이 말이 되는지?

여행사의 주소는 도쿄 시부야구였다. 도심에 있는 회사가 왜 굳이 섬 서쪽 끝에 가까운 도시로 편지를 보내온 것일까. 게다가 '세대주님'은 또 뭔지? 이름도 모른다는 거야? 게다가 소인은 스오시 우체국 소인이었다. 도쿄에 있는 사람이 지금, 이 도시에 와서 편지를 보냈다. 직접 방문하지 않고?

게다가 이곳의 주소도 다르다. 물론 틀린 것은 아니다. 배달원이 빨간 볼펜으로 정확한 주소를 적어 두었다. 봉투에 적혀 있던 것은 오래전, 이곳의 지번이 변경되기 이전 주소였다.

왜 그랬는지 까닭을 알 수 없다.

브레멘. 그림 동화 「브레멘 음악대」와 같은 브레멘일까?

카즈라기케이 이치로. 처음 보는 이름이다. 카즈라기, 카즈라기라고 몇 번이나 되뇌어 보지만 전혀 기억이 나지 않았다.

하지만 뭐, 괜찮아, 겁먹지 말자.

스스로에게 다짐하며 봉투를 뜯었다.

편지는 매우 정중한 내용이었다.

카즈라기케이 이치로라는 사람은 먼저 갑작스러운 편지에 대한 사과와 함께 우리 집의 주소를 다시 확인했다. 스오시 야마노테 3구 777번지. 봉투에 쓰여 있던 예전 주소는 30년 전의 주소였다. 바뀌었다고는 해도 비교적 알기 쉽기는 했지만 우편배달부가 제대로 배달해 준 것이었다.

칭찬할 만했다.

브레멘 여행사는 맞춤형 개인 여행을 전문적으로 취급하는 여행사라고 했다. 그리고 지금 담당하고 있는 고객의 요청을 들어주기 위해 편지를 쓴다고 했다.

그 요청이란—.

<고객님은 40년 전쯤에 해당 주소에 거주하셨던 분입니다. 그 옛날에 살던 집을 방문하고 싶다는 것이 고객의 희망 사항입니다.>

물론 40년 전 일이니 건물이 그대로 남아 있을 것이라고는 생각하지 않는다.

<그래도 고객의 기억에 따르면, 그 집에서 바라보는 경치가 좋았다고 합니다. 집의 건물은 당시와 달라졌겠지만, 그 경치를 다시 한번 보기를 몹시 희망하고 계십니다.>

손님이 댁을 방문하도록 허락해 주실 수 없을까요, 라는 부분에서 편지의 첫 페이지가 끝나고 있었다.

그 정도는 괜찮지 않을까, 라고 생각하며 두 번째 페이지를 읽던 나는, 얼마 지나지 않아, "어라? 진짜?"라고 소리를 질렀다.

<매우 무례한 부탁이라는 것을 알고 있습니다만, 가능하다면 며칠 동안 귀댁에서 지낼 수 있도록 해 주시겠습니까? 물론 사례는 충분히 하겠습니다.>

손님은 여든다섯 살의 여성으로, 아들이 동행하고 있다고 했다.

<어느 정도 치매 증세가 있으시지만, 아드님이 모시고 계시니 큰 불편을 끼쳐드리지는 않을 것입니다.>

카즈라기 씨는 주말부터 스오에 와 있다고 했다. 내일 저녁에 우리 집을 방문할 예정이니 그때 의사를 확인하고 싶다는 것이다.

<물론 귀댁 이외의 장소에서 봬도 괜찮습니다. 어느 쪽이든 번거로움을 끼쳐 대단히 죄송합니다. 하지만 연락을 주시면 정말 감사하겠습니다.>

편지의 말미에는 휴대폰 번호와 이메일 주소가 적혀 있었다.

1장

1.

 카즈라기케이 이치로 씨는 약속 시간에 맞춰 패밀리 레스토랑에 모습을 드러냈다.
 정말 딱 맞는 시간에. 탁자에 놓인 휴대폰의 시계 표시가 16:59에서 17:00로 바뀌는 것과 동시에 입구 자동문이 열리면서 서류 가방을 든 홀쭉한 남자가 들어왔다.
 그 모습을 보자, 이 사람이다, 라고 알아차렸다.
 어제 전화로 약속 장소와 시간을 정할 때, "혹시 눈에 띄는 특징이 있나요?"라고 내가 물었을 때, 카즈라기 씨는 "검은색 상하의를 입고 찾아뵙겠습니다."라고 말했다.
 장마철에 검은색 옷을 입고 오겠다고? 꽤 더울 텐데.
 "회사 유니폼인가요?"
 "아니요, 그렇지 않습니다."

"그럼, 그런 옷차림을 개인적으로 좋아하시는 건가요?"

"네, 뭐. 그렇습니다."

카즈라기 씨의 목소리는 낮고 차분했지만, 웃음기는 조금도 섞여 있지 않았다. 원래 무뚝뚝한 성격인지, 업무에 몰두하고 있는 것인지 어쨌든 대화가 잘 통하는 듯한 목소리는 아니었다. 전화기 너머에서 음울한 아우라가 5G를 타고 전해질 듯했다.

실제로 만나 보니 그런 인상이 더욱 강해졌다. 검은색 재킷과 바지, 짙은 회색 셔츠를 입고, 길게 앞머리를 늘어뜨린 모습은 20대 후반에서 30대 초반의 젊은 나이임에도 불구하고, 아주 음울한 나머지 '염라대왕의 사신' 그 자체라고 해도 믿어 버릴 정도였다.

카즈라기 씨는 맞은편 대각선 자리에 앉자, 먼저 갑작스러운 편지를 보낸 것에 대해 정중히 사과했다. 이어서 어제 전화로 대략 설명한 내용—할머니가 지난 4월에 돌아가셨고, 지금은 고등학교 2학년인 내가 혼자 살고 있다는 것—을 다시 한번 확인하자 허리를 깊숙이 숙여 "삼가 조의를 표합니다."라고 말해 주었다.

예의 바르다. 상대방이 고등학생이라고 해도 무시하지 않고 예의 바르게 대하고 있다.

다만 신경 쓰이는 것이 있다. 나는 탁자 위에 놓여 있는 카즈라기 씨의 명함을 가리키며 "여행사라고 하셨죠?"라고 재차 물었다. "그런데 홈페이지도 없다는 건 흔한 일은 아닌 것 같은데요."

대답이 없기에 "그리고—"라고 말을 이어 갔다.

"여행사는 등록제잖아요. 광고나 여행안내 책자에 작게 번호가 적혀 있는 걸 본 적이 있어요. 이 명함에는 어디에도 적혀 있지 않네요. 왜 그런가요?"

카즈라기 씨는 거의 간격을 두지 않고 대답했다.

"등록하지 않았기 때문입니다."

"그럼…, 무허가라는 뜻인가요?"

꽤 무례한 말투였지만 카즈라기 씨는 표정 변화 없이 듣고 넘기면서, 음료수 바에서 가져온 탄산수를 한 모금 마시며 말했다.

"정확히 말씀드리면 우리는 여행사가 아닙니다. 고객을 지원하는 과정에 교통 티켓이나 숙소를 알선해 드리는 일을 하고 있기는 합니다만."

"지원한다니, 무슨 일을 하는 거죠?"

"여러 가지입니다. 예를 들어 이번처럼 예전에 살던 집을 방문하고 싶어 하는 손님도 있고요, 옛 지인을 다시 만나고 싶어 하는 고객도 있습니다. 우리는 그런 분들을 도와드리는 일을 하고 있습니다."

"그럼 브레멘은…, 그림동화 「브레멘 음악대」에 나오는 그 브레멘인가요?"

"아시는군요?"

"줄거리만 알아요."

나이가 들어 일을 할 수 없게 된 당나귀가 주인의 학대를 견디다 못해 '브레멘으로 가서 음악대에 들어가자'라는 생각으로 가출하고, 그 여정에서 비슷한 처지의 개, 고양이, 닭을 만난다. 모두 함께 브레멘으로 가는 도중에 숲에서 쉬게 되었는데, 어떤 집에서 강도 일당들이 잔치를 열고 있다는 것을 알게 된다. 그곳이 악당들의 은신처였던 것이다.

배가 고팠던 당나귀와 친구들은 잔치 음식을 먹기 위해 작전을 세우고, 모두 힘을 합쳐 유령으로 변장한다. 작전은 대성공을 거두고, 악당들은 도망쳐 버렸다. 덕분에 당나귀와 친구들은 잔치를 즐길 수 있었지만, 악당들 역시 은신처를 되찾기 위해, 한밤중에 정찰대원 한 명을 잠입시킨다. 그러나 당나귀 들은 싸워 집을 지켜냈고, 그 뒤로는 모두 행복하게 살았다고 한다…. 해피 엔딩이다.

"「브레멘 음악대」와 회사 업무는 무슨 관계가 있나요?"

내 질문에 대답하기 전에 카즈라기 씨는 "줄거리를 안다면 아시겠지만," 하고 말을 이어 갔다. "결국에 동물들은 브레멘에 도착했나요?"

"아뇨…."

마지막 장면의 무대가 숲속의 집인 것으로 미루어 동물들은 브레멘에 도착하지 않았다.

"우리 고객들이 가고 있는 곳도 갈 수 없는 곳입니다."

브레멘이란 도달할 수 없는 장소라는 것―.

브레멘 여행사의 고객들 역시 도달할 수 없는 곳을 목표로 삼고 있다―.

카즈라기 씨의 일은 그것을 지원하는 일이고, 그래서 내게 편지를 써서 보낸 것이었다―.

"어떻게 된 일인지 알겠죠?"

나는 고개를 힘차게 흔들며 가로저었다.

"전혀 모르겠어요."

솔직하게 말하자 카즈라기 씨도 "그렇군요."라며 처음으로 미소를 지었다.

미소라고 하기에는 아직 거리가 멀었다. 그러나 비구름이 드리워진 듯했던 우울함이 조금은 옅어졌다.

"오가와, 하루카 씨…. 하루카라고 불러도 될까요?"

물론, 나는 고개를 끄덕였다. '하루짱'이라고 불러도 괜찮았다.

"하루카는 고등학교 2학년이라고는 생각되지 않을 정도로 어른스럽네요."

"어, 그 정도로 아줌마 같아요?"

"…그런 게 아니라 명함에 여행업 등록번호가 없다는 걸 알아차렸잖아요. 꽤 대단한 일이라 생각해요."

칭찬하고 있는 것일까.

"나와 만나는 장소도 내가 호텔 라운지가 있다고 했는데 하루카는 패밀리 레스토랑이 좋다고 했어요. 내가 묵고 있는 호텔이라면 어웨이에 가는 느낌이라고 할까, 불려 온 듯한 느낌이 들 것 같다고 생각한 것 같아요. 이것도 좀처럼 할 수 없는 일입니다."

사실 어제 전화로 그렇게 제안했다. 하지만 내가 거절했던 이유는 홈이니 어웨이니 하는 어려운 이야기 때문이 아니다.

오늘은 방과 후, 고등학교 교복 차림으로 와야만 했다. 패밀리 레스토랑은 괜찮지만 호텔 라운지에서라면 교복은 너무 눈에 띈다. 나뿐만이 아니라 다른 교복 차림의 사람도ㅡ.

통로를 사이에 두고 두 테이블 건너 안쪽 자리에는 교복을 입은 동급생 난유가 있다. 이어폰을 귀에 꽂고 맹한 얼굴로 휴대폰을 만지작거리며 레몬 맛 다이어트 콜라를 마시고 있다.

하지만 이어폰으로 듣고 있는 것은 음악이 아니다. 내 휴대폰의 마이크가 들려주는 카즈라기 씨와의 대화다.

난유의 자리는 카즈라기 씨 뒤편 대각선 쪽이다. 나와는 눈을 마주칠 수 있는 각도다. 하지만 함부로 쳐다볼 수는 없다. 카즈라기 씨는 침울하긴 하지만 수줍어하는 성격은 아닌 듯하다. 나를 빤히 쳐다보며 말한다. 의심스러운 눈빛을 보이면 금방 눈치챌 것 같다.

어쨌든 난유는 휴대폰에서 고개를 들지 않고 있고, 나 역시 일단은 이야기를 들어 볼 수밖에 없다.

"어제 편지에서 말했듯이 우리는 고객의 바람을 어떻게든 실현해 드리려고 노력하고 있습니다."

"만약에 실현하지 못하면? 페널티나 위약금 같은 게 있나요?"

카즈라기 씨는 고개를 저으며 말했다.

"다만 고객들에게 마음의 빚을 떠안게 됩니다."

"…그렇군요."

우리 집을 방문하고 싶어 하는 사람은 무라마츠라는 여든다섯 살의 할머니ㅡ. '다음 기회에'라고 간단하게 말할 수 없는 나이였다.

"우리 집 창문 너머로 다시 한번 스오의 거리를 바라보고 싶어 하신다는 거죠?"

그 정도라면 괜찮지 않을까 싶었다. 다만 무라마츠 씨는 한동안 머물기를 원하고 있었다. 그러니 그 이유 정도는 들어 봐야 할 것 같았다.

요구에 응하겠다는 나의 말에 카즈라기 씨는 갑자기 의외의 말을 꺼냈다.

"하루카는 주마등을 아나요?"

"사람이 죽기 전에 본다는 것 말인가요?"

"네. 원래는 비유입니다. 마치 주마등처럼, 어떤 사람이 살았던 일생의 다양한 장면이 차례차례 나타난다는 이야기입니다."

그래서—라며 계속 말을 이어 갔다.

"무라마츠 님은 지금 인생의 마무리에 볼 수 있는 주마등을 만드는 여정을 이어 가고 있답니다."

잠깐만, 하며 손으로 이야기를 중단시켰다.

주마등을 '만든다'고, 이건 뭔가—? 그 전에, 생각해 보면, 사실 나는 주마등이란 말만 알고 있을 뿐이다. 소설에서 '주마등처럼 과거의 장면이 차례로 떠올랐다.'라고 해도 그 모습을 떠올려 보지도 않았고, 그저 읽어 나가기만 했던 것이다.

"뭔지 알아볼 테니 잠시만 기다려 주실래요?"

서둘러 휴대폰으로 검색했다.

주마등은 빙글빙글 도는 등롱을 뜻했다. 원래는 중국에서 생겨났고, 일본에는 에도 시대 중기부터 서민의 여름 오락거리로 인기를 끌었다.

틀이 안쪽과 바깥쪽에 있는 이중 구조로 되어 있고, 회전하는 것은 안쪽의 틀이다. 요즘은 배터리로 작동하지만 예전에는 촛불의 불꽃으로 따뜻하게 데워진 공기가 축의 바로 위에 설치한 풍차를 돌렸다고 한다.

틀이 회전하면 종이에 그려진 그림도 함께 회전하면서 바깥쪽 틀에 걸린 종이에 그림자로 비친다. 사람이 죽기 직전에 보는 여러 장면이 그 그림자극의 그림 같다는 뜻일 것이다.

어떻게 생겼는지 이미지도 확인했다. 실제로 돌아가는 동영상도 보았다. 그렇게 주마등에 대해 어느 정도 이해한 다음에야 휴대폰을 내려놓고 "기다리게 해서 죄송합니다."라고 말하며 이야기로 돌아왔다.

그러자 카즈라기 씨가 갑자기 물었다.

"이상하다고 하지 않나요?"

"저 말인가요?"

"그래요. 학교 친구들이나 선생님들이."

"그건…."

그렇게 생각할지도 모른다. 궁금한 것을 찾아보지 않을 수 없고, 납득이 되지 않는 것을 "그냥, 괜찮아." 하며 넘어가고 싶지도 않다. 어렸을 때는 더러 선생님이 "나중에 혼자 찾아보면 되니까 지금은 모두와 함께하렴."이라는 주의를 받곤 했다.

　카즈라기 씨는 "뭐, 괜찮습니다."라며 탄산수로 목을 축인 후 이야기를 이어 갔다.

　"무라마츠 님의 주마등에 스오의 거리에서 보낸 일상의 풍경을 빼놓을 수 없습니다. 다만 지금은 그 풍경들이 어떤 모습인지는 모르겠어요."

　그래서 우리 집에 잠시 머물면서 잊어버린 기억을 찾아보고 싶다고 했다.

　드디어 조금씩 이야기가 이해되기 시작했다.

　주마등을 만드는 여행이란, 즉 기억을 찾아가는 여행인 것이다.

　80대 중반이 되면서 치매 증상을 겪고 있는 무라마츠 씨가 아들의 도움을 받으며, 예전에 살았던 동네를 방문하고자 한다. 그 여행 전체를 총괄하는 곳이 브레멘 여행사이며, 담당자가 카즈라기 씨인 것이다.

　"…이렇게 이해하면 되는 거죠?"

　"그렇게 이해하는 게 틀린 건 아니라 생각해요."

　"카즈라기 씨는 특이하다는 말을 종종 듣지 않나요?" 아까 들은 말을 똑같이 되돌려 주었다.

　"그런가요?"

　"빙글빙글 돌려 말하잖아요. 지금 말투도 그렇고."

　"하루카의 대답이 틀린 것이 아니기 때문에 그렇다고 대답한 것뿐입니다."

"이럴 때는 그냥 정답이라고 하면 되는 것 아닌가요?"

카즈라기 씨의 비스듬한 뒷자리에서 이어폰으로 이쪽의 대화를 듣고 있던 난유도 '맞아, 맞아. 그렇지.' 하는 듯이 고개를 끄덕이고 있다.

그래도 카즈라기 씨는 진지하게 말했다.

"틀린 것은 아니지만 정답은 아닙니다. 그래서 그렇게 말한 것입니다."

"…정답이 아니라는 건 무슨 뜻이죠? 뭐가 다르다는 거죠?"

"저는 추억의 비유로 주마등을 사용한 것이 아닙니다. 본래의 의미 그대로, 그러니까 인생의 마지막에 보는 것, 그 자체로 받아들여 주었으면 합니다."

"그런 걸 알 수 있나요?"

"알기에 여행을 기획하고 있는 겁니다."

카즈라기 씨는 무뚝뚝하게 대답하고는 "그보다는" 하며 이야기를 되돌렸다.

"무라마츠 씨를 도와주는 것에 관한 사례입니다만—."

일주일간 머무는 것에 비하면 턱없이 높은 금액이었다. 난유도 눈꼬리를 치켜세우며 눈을 동그랗게 뜬다.

"선불로 드리는 것이니 설령 중간에 끝나더라도 그대로 받으면 됩니다. 원한다면 지금 여기서 바로 드릴 수도 있습니다."

그가 서류 가방을 열려고 했다.

나는 당황하여 급히 손을 얼굴 가까이에 대고 흔들었다. 현금으로 받으면 이른바 돈다발이 오간다. 그런 것은 지금까지 본 적도, 만져 본 적도 없다.

"그럼, 계좌이체로 하겠습니다."

"네, 부탁합니다."

상대방의 페이스에 따라 이야기가 결정되어 버렸다.

하지만 뭐, 괜찮다고 생각하며 다시 이야기를 이어 갔다. 이런 전개는 사실 결코 싫지 않다. 주사위나 룰렛으로 갈 길이 결정되는 것처럼, 불과 몇 시간 전까지만 해도 꿈에도 생각지 못했던 상황이 전개되는 것이 좋다.

카즈라기 씨도 "무라마츠 님도 기뻐하실 겁니다."라며 처음으로 기쁜 감정이 묻어나는 미소를 지었다.

무라마츠 씨는 며칠 동안 지방을 다니다가 도쿄의 요양시설로 다시 돌아가 몸 상태를 조절하기를 반복하고 있다고 했다. 근무지를 계속 옮겨야 했던 가정이었기 때문에 전국의 여러 도시에 추억이 있다. 그 추억들 하나하나가 주마등의 그림이 되고 있다는 것이다.

"그 아드님도 직장 사정이 있어 당장 시작할 수는 없어요. 빠르면 이번 주말이 될 것 같습니다. 하루카는 괜찮을지요?"

"네, 괜찮습니다."

"저는 일단 오늘은 도쿄로 돌아갑니다. 무라마츠 님을 모시고, 다시 돌아와 연락하겠습니다."

카즈라기 씨는 잔에 남은 음료수를 마저 마시고, 천 엔짜리 지폐 두 장을 탁자에 놓고 일어섰다.

너무 많다. 음료수 두 잔으로 천 엔이면 충분하다. 지폐 한 장을 돌려주려고 하자, 손으로 제지하며 말했다.

"뒷자리에 앉은 사람 몫도 이것으로."

눈치채고 있었던 것이다. 이어폰으로 그 말을 들은 난유는 너무 놀란 나머지 "우와!" 입을 딱 벌리며 일어서려다 자리에서 떨어질 뻔했다.

카즈라기 씨는 난유에게는 눈길도 주지 않고 조용히 가게를 떠났다. 뒷모습은 마지막까지 음산한 모습이었다.

2.

난유는 음료수 바에서 다이어트 콜라를 다시 채운 후 내가 앉은 테이블로 옮겨 왔다. 떠나기 직전 카즈라기 씨의 말 한마디에 깜짝 놀랐으면서도 리필 콜라에 레몬 맛 추가를 잊지 않는 녀석이다. 느긋한 성격이고, 대범하기도 하다. 그리고 무엇보다도 발놀림이 가볍고, 호기심이 많으며, 부탁이라도 하면 기본적으로 잘 들어주는 편이기도 하다.

브레멘 여행사의 이야기가 너무 수상쩍어 혹시 모르는 상황을 위해 친구를 데리고 가면 어떨지 생각했다. 함께 갈 누군가를 선택할 때 우선순위는 믿음직스러움보다 귀찮은 설명을 하지 않아도 되는 사람이어야 했다.

난유야말로 적임자였다.

"이야―, 깜짝 놀랐어. 대단하네, 카즈라기라는 사람. 뭔가 무술의 달인이나 킬러 같아."

난유는 이 지방의 사투리를 쓰지 않는다. 나도 그렇다. 내키지 않는다. 미야자와 겐지의 동화나 시에 나오는 사투리나 신조어는 좋아하지만, 지역 사투리를 내가 쓰면 마음이 그 지역의 색으로 물들어 버리는 듯한 느낌이 든다.

할아버지나 할머니는 그런 나를 어처구니없게 여기거나 걱정스러워 '마을에 들어가면 마을에 따라야 한다.'라거나 '어릴 때부터 줄곧 스오에서 살았잖아. 그러니 스오의 말을 쓰는 게 당연하지 않느냐?'라고 했다. 두 분 모두 도쿄의 말투를 들으면 후우짱이 생각나 싫어했던 것인지도 모른다.

반면 난유가 사투리를 쓰지 않는 이유는 더욱 황당하다.

초등학생 시절부터 '유명한 사람'이 되는 것이 꿈이었던 난유는 '유명인이 되었을 때를 위한 준비'에 여념이 없었다.

"누가 뭐라 해도 도쿄의 말이 일본의 표준어잖아. 어차피 그쪽에 맞추어 나갈 거라면 지금부터 당장 익숙해지는 것이 좋아."

중학교 3학년 때에는 스케일이 더 커져서 모든 일상적인 대화를 영어로 하려고 했지만, 할 수 있는 말이라고는 '오―, 예스―'밖에 없어, 보기 좋게 세계의 벽에 부딪히고 말았다.

이상한 녀석이다. 어릴 적 친구인 나조차도 가끔은 따라잡을 수 없을 때가 있다.

가장 황당한 것은 이름이다. 고등학교에 입학한 것을 계기로 이름을 바꿔 버렸다. 정확하게는 이름 읽는 법을 마음대로 바꾸어 버렸다.

기타지마 히로키北嶋裕生가 기타지마 유우키가 되었다. 소지품에 쓰는 이니셜은 'H·K'보다 'Y·K'가 더 멋있고, 소리도 유우키가 더 강렬할 것 같다는 이유로.

즉, '난유'란 '누구냐면なん 유우키裕'의 약자인 것이다.

물론 기타지마 유우키는 어디까지나 자칭일 따름이다. 본인으로서는 학교 출석부의 이름까지 바꾸고 싶어 했지만 보기 좋게 거부 당했다.

우리 고등학교—현립 스오고등학교는 전쟁 전의 학제로는 중학교였고, 나아가 에도 시대 귀족의 자제들을 교육하는 곳이었다는 전통을 자랑한다. 지역에서는 지금도 명문 학교란 인식이 파다하다. 그런 만큼 보수적이랄까 세련되지 못하다고 할까, 여하튼 콧대 높은 학교인 것만은 분명하다.

결국 공식적으로는 기타지마 히로키 그대로, 기타지마 유우키는 자칭하는 이름이 되고 말았다. 친구들 이름 가운데에도 진짜 '유우키'나 '유우야', '유우헤이'가 몇 명이나 되기에 그 틈을 비집고 들어가기가 불가능했기에 '누구냐면'이란 난なん이 앞에 붙고 말았다.

그래도 고등학교 2학년이 된 지금 난유라는 이름은 그 유래와 상관없이 모두에게 친숙한 이름이 되었다. 선생님들도 어느새 난유, 난유라고 부르기에 이르렀다. 그만큼 여러모로 쓸모 있는 녀석인 셈이다.

그러나 이니셜이 멋지다거나 듣기가 좋다는 이야기는 사실 뒤늦게 갖다 붙인 핑계일 뿐이다.

나는 진짜 이유를 알고 있다.

난유에게는 형이 있었다. 과거형이다. 세 살 때 병으로 죽었다. 선천적으로 심장인지 신장인지가 좋지 않았기 때문에 어른이 될 때까지 살지 못한다고 부모님도 각오하고 있었고, 그만큼 마음껏 귀여워했다고 한다. 그 형의 이름은 '유裕'라고 쓰고 '히로시'라고 읽었다.

그런데 히로시가 죽은 지 몇 주 후, 엄마의 몸에 새 생명이 깃들었다는 사실을 알게 되었다. 슬픔에 빠져 있던 부모에게는 뜻밖의 빛이었을 것이다. 그런 부모에게 가까운 여러 사람이 말했다.

'환생한 거야', '이번엔 건강한 몸으로, 다시 한번 엄마 아빠의 아기로 태어나는', '좋아', '정말 좋아', '다시 만날 수 있게 됐어', '다시 만난다'—좋은 뜻으로, 악의 없이. 그러나 무책임하게.

아들이 태어났다. 부모님이 환생을 진심으로 믿었는지는 알 수 없다. 다만 두 사람은 아기의 이름을 '유생裕生'이라고 지었다. 형과 같은 '유裕'에 '생生' 자를 넣어 '히로키'라고 읽었다.

"내 이름은 형과 한 글자가 다른 낡아빠진 이름이야."

초등학교 시절 당시 애칭이 '히로짱'이었던 난유는 내게 그렇게 말했다.

 농담처럼 웃으며 말했지만, 사실은 서운하고 슬펐던 것 같다. 그래서 자기 이름의 유래에 대해 가장 친한 친구인 나를 제외한 다른 친구들에게는 말하지 않았다.
 하지만 초등학생 때에는 아직 자신의 마음을 스스로도 잘 파악하지 못했다. '히로키'라는 이름에 대해 왠지 모르게 어울리지 않는, 빌려온 것 같은 어색함을 느끼면서도 그것을 표현할 수 있는 말을 찾지 못했다.
 중학교 2, 3학년, 그러니까 여자들보다 조금 늦게 '사춘기'가 찾아오면서 겨우 자신의 마음을 깨달았다.
 "알았어, 이제. 난 이 이름이 싫어."
 그래서 고등학교에 입학하던 즈음에 '히로키'에서 '유우키'로 바꾸려고 했다.

 개명 소동에 대해 학교로부터 연락을 받은 난유의 부모님은 깜짝 놀랐고, 조용히 가슴 아파했다. 아들이 자신의 이름을 싫어한다는 것은 부모에게는 그야말로 '가슴에 못이 박힐 일'이었다.
 "지금까진 왜 아무 말도 안 했어?"
 놀라서 묻는 나에게 난유는 담담하게 "왜냐하면, 아빠랑 엄마가 상처받을까 봐."라고 말했다. "그건 너무 마음이 아파 말할 수가 없었어. 나로선."
 잘 모르겠다. 갑자기 학교에서 전화가 와서 "당신 아드님이 이름을 달리 불러 달라고 하는군요."라고 말하는 것을 듣게 되는 것이 오히려 더 충격적이고 상처가 될 것 같은데…. 난유의 논리대로라면 '본인이 직접 말하면 안 되고, 선생님이 대신 말하는 것은 괜찮다.'라는 것이다.

보통 같으면 '교활하다'라는 말을 듣게 될 것이다. 그러나 어릴 적 친구인 나로서는 충분히 이해한다. 난유는 그런 성격인 것이다.

태평하고, 너그럽고, 항상 웃는 얼굴에 다정다감하다. 마음의 그릇이 엄청나게 큰 게 아닌가 싶을 때도 있고, 어쩌면 그 그릇이 망사처럼 되어 있어서 중요한 것들은 모두 밖으로 새어 나가 버리는 것이 아닌가 싶을 때도 있다. 그런데 또 다른 한편으로는 '그건, 아무래도 괜찮지 않나?' 하고 남들이 대수롭지 않게 여기는 것에 의외로 강하게 집착하는 때도 적지 않기 때문에 까다롭기도 하다.

늘 자기 멋대로다. 그 자리의 분위기를 읽지 못하고 떠벌리는 때도 많아서 초등학교 고학년 때에는 아이들 사이에서 따돌림을 당하기도 했다. 다행히 심각한 상황으로 확대되지는 않았다. 그것은 따돌리는 아이들에게 내가 "너희들이 하는 짓이야말로 멍청하기 짝이 없어."라며 주먹과 발차기로 겁을 준 덕분이기도 하다. 다만 본인은 나의 노고를 모른 채 "왠지 요즘은 평화롭단 말이야." 하며 태평하게 좋아하기까지 했다.

그런 난유이기에 이름에 얽힌 일을 부모님께 말하지 않은 것도 나름 옳은 선택이었을 것이다. 세상 사람들이 모두 인정하지 않을

지라도 나는 "그래, 알았어."라고 말해 주었다. "네가 결정한 것이라면 괜찮지 않을까?"

난유도 "하루짱이니까 알아 줄 것이라 생각했어."라고 웃었다.

세 살 때 죽은 형의 굴레를 짊어진 난유와 세 살 때 엄마에게 버림받은 나는 분명 외톨이 동지인 셈이다.

난유는 브레멘 여행사의 이야기에 푹 빠져 버렸다.

"무라마츠 씨가 올 때 나도 하루짱과 함께 있어도 될까?"

"왜?"

"왜냐하면, 죽기 전에 보는 주마등이 재미있을 것 같아. 주마등에 어떤 장면이 나오는지, 카즈라기 씨는 알고 있다는 거잖아. 그걸 나도 봤으면 좋겠어."

"네 걸?"

"당연히 아니지—."

빙긋이 웃으며 말했다.

"아빠, 엄마의 주마등. 죽은 형이랑 함께 있는 장면이 분명히 있겠지. 그러니까 그게 어떤 걸지…."

표정은 밝고 어조는 명랑하고, 비꼬는 듯한 기색이라고는 전혀 없다. 그렇기에 상대방인 나는 더더욱 가만히 있을 수 없게 된다.

"그보다, 하루짱의 집에, 전에 살던 사람이 있었다는 거지? 난 처음 알았어."

"내가 태어나기 4, 5년 전에 낡은 집을 샀다고 들었어."

"그 말은—."

"2000년 가을이었나 겨울이었나. 몇 차례에 걸쳐 리모델링 공사하느라 이사한 것이 20세기 최후의 큰일이었다고 할머니가 말했으니까."

"그럼 사기 전엔 몇 년이나 됐는지는 알아?"

"할머니 돌아가시기 반년쯤 전에 말씀하신 적이 있어. 이 집도 지은 지가 30년은 됐으니, 당신이 건강하실 때 아파트로 이사를 할까 하셨거든. 그러니 샀을 때는 아마 10년 남짓 되지 않았을까?"

살아 계실 때의 할머니를 떠올리자, 눈시울이 붉어졌다.

1년 2개월 투병하는 동안 무려 다섯 번이나 입원했다. 네 번째 퇴원을 한 다음 할머니는 기력을 총동원해 부동산 중개소에 나가 집을 사고팔기 위해 상담을 했다. 당신은 더 이상 오래 살 수 없으니 내가 곤란하지 않도록 할 수 있는 일을 조금이라도 해 주고 싶다…는 것이었다. 하지만 이야기가 구체화되기도 전에 할머니는 다섯 번째 입원했고, 그대로 집으로 돌아오지 못했다.

이러저러한 아쉬움이 할머니에게는 분명 많았을 것이다. 나에 대한 것은 물론이고, 후우짱을 끝내 만나지 못하고 돌아가신 것도.

할머니는 숨을 거두기 직전 어떤 주마등을 보셨을까. 즐겁고 행복한 풍경만 그려져 있는 주마등…이었으면. 하지만 그건 너무 달콤한 바람이겠지, 역시나….

"야, 그만 돌아와."

난유가 소리를 지르며 눈앞에서 손을 흔드는 바람에 정신이 번쩍 들었다.

"지금 계산해 봤는데, 2000년에 지은 지 10년 정도 되었다니, 지은 건 1990년 전후겠지. 그런데 무라마츠 씨가 스오에 있었던 건 1970년대 후반이라 하지 않았어? 그러니 건물은 완전히 다른 집이야. 창밖으로 보이는 풍경도 그때와는 많이 달라졌겠지만, 그래도 괜찮다는 거지?"

"기억을 불러일으키는 계기가 되기만 한다면 괜찮다고 했어."

"음, 주마등. 너무 깊고 심오한데."

난유는 팔짱을 끼며 웃었다.

반응이 너무 가볍잖아―라는 말이 마음속을 파고들면서도 이런 친구가 옆에 있는 편이 좋을지도 모른다는 생각이 조금은 진지하게 떠올랐다.

3.

무라마츠 씨 모자는 카즈라기 씨와 함께 토요일 오후 두 시쯤 우리 집을 방문하기로 했다.

특별히 준비할 것은 아무것도 없다고 말한 대로, 평소 하던 청소를 조금 더 정성껏 하는 정도로 맞이하기로 했다. 어차피 건물은 무라마츠 씨가 살던 곳과 다르기도 하고.

 오히려 중요한 것은 집의 외부—그러니 정원과 2층 창문에서 바라보는 경치다. 무라마츠 씨도 그것을 잊지 못해 스오를 방문하는 것이기에.

 하지만 목요일과 금요일, 이틀 연속으로 비가 내렸다. 장마철이라 어쩔 수 없다고는 해도 모처럼 왔으니 도시를 제대로 보고 갔으면 좋겠다는 생각이 들었다. 여든다섯 살의 무라마츠 씨에게는 계절이 더 좋을 때 다시 한번…이라 말하기는 어려울 것이다. 주마등을 만드는 여행이라는 것은, 인생의 마지막 여행을 뜻하는 것인지도 모른다.

 토요일 아침, 눈을 뜨니 비가 그쳐 있었다. 한밤중에 목이 말라 잠에서 깼을 때도 빗소리를 들었으니, 아마도 새벽녘에 그쳤을 것이다.

 그 말은—.

 침대에서 일어나 창문의 커튼을 열었다.

 내 방은 2층이라 정원보다 전망이 더 좋고, 스오 시가지가 한눈에 들어온다. 그 도시의 풍경이 하얀 누에고치처럼 아침 안개에 휩싸여 있었다. 역시 좋다. 나도 모르게 으스대는 듯한 자세가 나왔다.

 비가 그친 아침에는 안개가 낀다. 야마노테 지구에서 바라보는, 아침 안개에 휩싸인 시가지의 풍경은 관광 명소가 될 정도는 아니지만 꽤 괜찮은 풍경이다.

항상 볼 수 있는 것도 아니다. 비가 내리는 타이밍, 바람의 방향과 세기, 기온과 습도 등의 조건이 잘 맞아 주지 않으면 도시를 온전히 감싸는 아름다운 누에고치를 볼 수 없다.

오늘 아침은 좋다. 정말 좋다. 붉고 푸른 신호등 불빛이 흐릿하게 스며들며 부드럽게 퍼져 나간다. 늘어선 빌딩과 신칸센 고가 선로나 산업단지가 안개의 농담에 가려진 채 마치 꿈속의 풍경 같다.

하지만 오래가지 않는다. 구름이 걷히고 해가 뜨면서 사라진다. 무라마츠 씨가 찾아오는 오후까지 남아 있을 수가 없을 것이다.

보여주고 싶었다. 무라마츠 씨도 스오에 살던 시절, 비가 그친 아침이면 이런 풍경을 보았을 것이다. 그리운 풍경을 보고 있으면 잊고 있던 기억이 되살아날지도 모른다.

마음을 가다듬고 다시 도시를 바라보았다. 잡다한 색으로 얼룩진 거리 풍경도 희미한 아침 안개에 둘러싸이면 색조가 은은해지고, 침잠—.

순간 색이 사라져 버렸다.

눈에 보이는 모든 것이 흑과 백뿐.

단색의 세계가 되어 버렸다.

어라, 거짓말이야. 깜짝 놀라 눈을 비비고, 몇 번이나 세게 깜빡이자 괜찮아졌다. 세상이 다시 원래의 색을 되찾았다.

아—, 정말 놀랐다. 아마 순간적으로 잠깐 졸았나 보다. 잠이 덜 깬 거야. 도대체 뭘 하는 거야? 웃음이 나왔다. 창가에서 떨어져 화장실에서 양치질을 할 즈음에는 작은 이변에 대한 생각은 사라지고 없었다.

정오가 지나자 카즈라기 씨가 신칸센 열차 안에서 전화를 걸어왔다. 무라마츠 씨 모자를 데리고 방금 히로시마의 특급열차 '노조미'에서 일반열차 '사쿠라'로 갈아탄 참이라고 한다. 히로시마에서 스오까지는 1시간이 채 걸리지 않기 때문에 1시쯤이면 도착한다.
역 앞에 있는 호텔에서 잠시 쉬고 우리 집으로 향한다는 계획이다.
"예정대로 한다면 두 시쯤 될 것 같은데, 괜찮을까요?"
"네…."
대답을 한 뒤 뒤를 돌아보았다. 티셔츠와 반바지 차림의 난유가 양손으로 X자를 만들고 있었다.
'내 얘긴 하지 마—.'
고개를 끄덕이고, "그러면 기다릴게요."라고 카즈라기 씨에게 전하고, 전화를 끊었다.
난유가 현관 벨을 울린 것은 처음 약속보다 훨씬 이른 아침 9시도 되기 전이었다.
"손님이 오기 전에 집 안을 좀 깨끗이 하자."
그는 청소 도구를 잔뜩 담은 커다란 토트백을 들고 있었다.
나도 나대로 거실과 식당을 청소했다. 카즈라기 씨가 특별히 준비할 필요는 없다고 했지만 은행 계좌로 입금된 사례금으로 무라마츠 씨 모자가 사용할 손님용 이불을 새것으로 바꾸기도 했다.
 이 정도로 충분하지 않을까 생각했는데—.
"전혀 충분하지 않아, 이 정도로는."
 난유는 타일 줄눈의 곰팡이 제거제까지 가져왔다.
 털털한 데 깔끔한 것을 좋아하고, 느긋해 보이는데 꼼꼼한 성격이다.
 욕실과 화장실, 시간이 나면 주방 싱크대도 청소하고 싶다고 한다. 어제 마트에서 샀다는 구연산 스프레이를 자랑스럽게 보여주며, "찌든 물때도 한 방에 제거할 수 있다던데 시험해 보자."라며 웃는다.
 우리 집에 온 원래 목적이 어디론가 날아가 버린 것 같기도 하지만, 어쨌든 그런 성격이다. 난유는.

"그건 그렇고, 신칸센 열차보다는 비행기를 타는 게 더 편할 것 같은데. 할머니한테는."
 난유가 청소를 마친 욕조를 샤워기의 뜨거운 물로 헹궈내며 말했다.
"신칸센이면 시간이 배 이상 걸리잖아."
"뭐 그렇긴 하지…."
 화장실 거울을 맡은 나는 스펀지 든 손을 쉬지 않고 움직이면서도 고개를 끄덕였다.

도쿄에서 스오까지는 하루에 몇 번 왕복하지도 않는 직행 '노조미' 열차로 4시간 이상, 도중에 갈아타면 5시간 가까이 걸린다.

그런데 비행기로 하네다 공항에서 오면 1시간 20분. 스오 공항과 시내까지도 연결도로로 30분이면 충분하다.

그런데 카즈라기 씨는 무라마츠 모자의 이동을 위해 굳이 신칸센을 선택했다.

"가능하면 옛날 그대로의 길을 이용해서 향수를 느끼게 하는 게 좋을거라 생각하지 않았을까?"

무라마츠 씨가 스오에 있을 때는 신칸센이 주된 교통수단이었다. 공항과 시내를 연결하는 고속도로는 아직 없었고, 유일한 통행로였던 고개를 넘어야 하는 국도는 대형차와 마주치면 교행할 수 없는 곳도 많았다. 비행기 기체도 속도가 느린 프로펠러기로, 아침저녁으로 한 편씩밖에 없었다. 게다가 운임도 비쌌기에 심리적으로 비행기는 사치스러운 교통수단이라는 인식이 강했다.

"뭔가, 벌써…. 옛 추억을 넘어, 거의 일본 역사로 흘러가는 것 같네."

확실히 그럴지도 모르겠다.

무라마츠 씨 가족이 스오에서 살았던 것은 1974년 4월부터 1981년 3월까지 7년간—40년도 더 된 세계를 상상하는 것은 16살의 나나 난유에게는 역시 어려운 일이다.

거울 청소 끝. 하지만 난유의 기준에는 턱없이 미치지 못했나 보다. 모서리 부분의 물때가 전혀 지워지지 않았다는 것이다.

욕실 청소가 끝나고 이른 점심을 컵라면으로 간단히 해결한 난유는 주방 싱크대 청소를 시작했다. 나도 도울 생각이었지만 "물주위는 구석구석 닦아야 할 곳이 많으니까, 괜찮아. 나 혼자서 할게."라고 말해 포기해 버렸다.

"하루짱, 한가하면 정원 테라스라도 치우는 게 어때?"

"왜 네가 나서서 이래라 저래라야?"

"무라마츠 씨, 어차피 정원에 나가 보지 않겠어? 모처럼이니 깨끗이 정리해 두는 편이 옛날 기억을 떠올리기 쉽지 않을까?"

"글쎄…, 그럴지도 모르지."

  테라스에는 빈 화분과 물뿌리개, 양동이, 원예용 삽 등이 어수선하게 굴러다니고 있었다. 할아버지가 홈쇼핑에서 충동적으로 구매한 드럼통 모양의 바비큐 기구도 비에 젖어 있고, 할머니가 구입한 플라스틱 정원 테이블 세트는 원래 흰색이었는데 회색이 되어 버렸다. 나 역시 초등학생 때 쓰던 외발자전거를 대형 쓰레기로 버릴 타이밍을 놓쳐 내버려두기도 했으니…. 그런 잡동사니들을 테라스 구석에 몰아넣거나 눈에 잘 띄지 않는 곳으로 옮기기만 해도 확실히 인상이 많이 달라질 것이다.

  정원으로 나갔다. 스오의 거리 풍경이 저절로 눈에 들어온다. 환상적이었던 아침 안개는 진즉 사라져 버렸다. 그렇다고 원기를 회복하여, 현실적인 활기를 느끼게 하는 것도 아니다. 거리는 조용히 낮잠을 자는 듯했다.

  테라스를 정리하면서 가끔 거리를 바라보며 생각한다.

무라마츠 씨가 있을 때보다 이 거리는 확실히 더 쓸쓸해졌다. 지치고, 낡고, 늙어 버렸다. 그런 지금의 스오를 보는 것이 정말 무라마츠 씨에게는 좋은 일일까?

  뭐 괜찮지 않을까 하고 마음을 고쳐먹고, 수국이 피어 있는 곳으로 시선을 옮겼다. 오늘 아침까지 내린 비 덕분에 꽃의 푸르름이 싱싱해져 너무 예뻤다.

  무라마츠 씨에게도 빨리 보여주고 싶다고 생각한 직후—.

  꽃의 색이 모조리 사라졌다. 잎도, 줄기도, 땅도, 거리도, 하늘도, 모든 색이 동시에 사라져 버렸다.

  다시 흑백의 세계가 되어 버렸다.

  아침과 마찬가지로 손가락으로 눈가를 문지르고, 몇 번 세게 눈을 깜빡이자 금세 색이 돌아왔다. 하지만 아침과 달리 '깜빡 졸았나 보다'라고 속일 수가 없게 되었다.

  역시 이상하다. 아무리 생각해도 이상하다. 눈에 병이라도 났나?

  테라스 정리를 마치고 일찌감치 거실로 돌아왔다. 마음을 가라앉혀 보려고 냉장고에서 보리차를 꺼내서 마시는데 싱크대 수도꼭지를 칫솔로 닦고 있던 난유가 물어 왔다.

 "무슨 일 있었어?"

 "응?"

 "기운이 없어 보여서. 무슨 일이 있나 하고."

  더 이상 말을 이어 가지 않고, 청소에 몰두하고 있는 난유는 고개를 돌리지도 않고 있다. 그런데도 난유에겐 묘하게도 예리한 직감이 있다.

 나는 식탁 의자에 앉으며, "믿지 않을 것 같지만 얘기해도 될까?"라고 난유의 등에 대고 말했다.

 "당연하지."

 난유는 청소를 계속하면서 가볍게 대꾸한다.

 "그렇지만 대체로 믿어 주지."

 확실히 후지산 폭발의 D-day가 언제라는 소문이 인터넷에서 달아오를 때마다 진심으로 믿는 녀석이기는 하다. 그래도 이건 역시 무리가 아닐까… 생각하면서도, 색이 사라져 버린 이야기를 털어놓았다.

 "그래그래. 응? 그랬어?" 하며 시원하게 맞장구를 쳐 주기는 했다. 그런데 내 이야기를 듣는 귀보다 청소하는 손과 눈 쪽에 마음이 쏠려 있는 것 같았다. 마침, 수도꼭지의 미세한 이음새와 울퉁불퉁한 부분을 칫솔로 꼼꼼히 닦고 있을 때이기는 했다.

 그런데 내가 이야기를 마치며, "언제 안과에 가보는 게 좋을 것 같아."라고 말하자 처음으로 돌아보며 말했다.

 "안 가도 되는 것 아니야?"

 "아니…, 왜냐하면…."

 "나도 가끔 그런 적 있어, 색이 사라져 버릴 때가."

 "뭐라고?"

 "뭐랄까? 그런 것 흔한 일 아닌가?"

 진지한 표정으로 말했다.

"내가 의도한 타이밍에 그렇게 되지는 않는데, 갑자기 흑백으로 변하고, 곧바로 다시 돌아오기도 하고…. 하루짱이 하는 말과 같아."

"그 말 진짜야? 농담 아니야?"

"당연히 진짜지. 하루짱이 곤란해하는데 농담이나 하고 있으면 어떡해. 근데 무슨 소리야? 사람을 뭐로 생각하는 거야?"

갑자기 화를 내기 시작했다. 나도 진심으로 "미안…." 하며 사과했다. 하지만 화를 내고 있으니 오히려 이상하다는 생각이 들지 않을 수가 없었다.

"언제부터 그랬어?"

"어렸을 때부터, 쭉. 그래서 그런 일이 당연하다고 생각했어."

'조심, 조심, 조심하자'라고 스스로를 타일렀다.

"저기, 흑백이 되는 것은 어떤 때였어?"

자세히 물어보고, 앞뒤가 맞지 않은 말이 나오면, 마음껏 때려 줘야겠는데―.

난유는 정성스러운 손놀림으로 칫솔을 움직이며 말했다.

"힘들 때."

한숨을 쉬고 계속 이어 갔다.

"난 왜 태어났을까라는 생각이 들 때."

등을 돌린 그대로 툭툭 내뱉었다.

"몰랐어…."

중얼거리며 "미안해."라고 덧붙였다. 이번에는 조금 더 진심 어린 사과였다.

"사과할 필요 없어."

난유는 내게 등을 돌린 채 말했다. 무거운 고백이었을 텐데 목소리는 밝고, 담담했다.

"하지만 그렇다는 걸 전혀 모르고 있었으니."

"말하지 않았는데 어떻게 알아."

"그건 그렇지만…. 그래도 뭔가 내키지 않는 말을 하게 했으니."

"말 한 건 내 마음이야. 하루짱이 사과할 일은 아니고."

그렇게 말하며 칫솔을 반대로 고쳐 잡고 계속 말했다.

"어느 쪽이든 거짓말이지롱."

"뭐야?"

"갑자기 세상이 흑백으로 되어 버리면 곤란하지. 하루짱도 안과에 가서 검진을 받아 보는 게 좋겠어. 진심이야."

번갈아 닦아내던 일을 마무리 짓고 있는 난유의 뒷모습을 나는 한숨을 내쉬며 바라보았다.

역시나 난유였다. 하지만 이번에는 '―이지롱'의 유쾌함이 오히려 의심스럽다. 이렇게 여러 가지로 생각하게 만드는 것이 난유의 나쁜 점이다.

입을 다물어 버린 나에게 난유는 계속 말을 붙였다.

"나 말고 다른 사람이 어떤 풍경을 보고 있는지는 아무도 알 수 없어. 자신과 같은 것을 보더라도 사실은 똑같이 보이지는 않을 수도 있잖아."

복잡하지만, 말하고자 하는 바는 어느 정도 전달되었다.

"영감이 떠오른다거나 아니라거나 하는 것도 그런 게 아닐까? 난 그래."

"…갑자기 이야기가 날아다니는군."

"그리고 같은 주방에 있어도 하루짱에겐 보이지 않는 얼룩이 나한테는 다 보여."

"이야기가, 그쪽으로 날아가 버리는 거야?"

깔깔거리며 웃던 난유는 "똑같아 보이지만 다른 것도 있지 않을까?"라며 말을 더욱 복잡하게 했다.

"얼룩말 알지?"

"응…. 동물원에 있는 것?"

"얼룩말은 흰 몸통에 검은 줄무늬가 있는 거야? 아니면 검은 몸통에 흰 줄무늬가 있는 거야?"

그런 것은 생각해 본 적도 없다.

"인터넷에서 주워들었으니 가짜 뉴스일지도 모르지만ㅡ."

그러면서 몇 년 전 어느 동물원에서 벌인 설문 조사 결과를 알려 주었다.

어른부터 아이까지 대부분의 사람이 흰 몸통에 검은 줄무늬가 있다고 답했다고 한다.

"어, 그래?"

"하루짱은 그 반대야?"

"응…."

나는 고개를 끄덕인 후 "둘 중 하나를 선택하라고 한다면, 그렇긴 해."라고 덧붙였다. 변명처럼 되어 버렸다.

"나도 하루짱과 같아. 검은 몸에 흰 줄무늬가 있는 줄 알았어."

난유는 나와 달리 단호하게 말했다.

"정답은 어느 쪽이야?"

"그건 안 나왔어."

나는 간단히 말했다. "둘 다 상관없다는 뜻이겠지, 결국은."

"뭐라고? 야, 그건 너무 무책임한 소린데."

"인터넷에서 주워들은 이야길 가지고 너무 의미 부여하지 마."

"그래도―. 정답이든 오답이든 상관없긴 하지만, 어느 쪽이든 문제는 우리 둘 다 소수파라는 거야. 안 그래?"

이야기가 날아다니다 갑자기 깊은 것 같은, 무거운 것 같은 말을 하니 괜스레 기분이 더 나빠졌다.

2장

1.

무라마츠 씨의 아들, 타츠야 씨는 아주 상냥해 보이는 사람이었다.

택시에서 내려 집으로 들어와 거실 소파에 앉을 때까지 어머니 미츠코 씨를 계속 의식하고 있었다. 원피스 차림인 미츠코 씨의 손을 잡거나 어깨에 손을 얹어 받쳐주기도 했다.

"발밑에 계단이 있어." "조심조심, 조심해." 쉼 없이 말을 건네고 있었다.

타츠야 씨는 소프트웨어를 개발하는 회사를 경영하고 있다고 했다. 은행의 대출 담당을 거쳐 2000년대 중반에 창업했다.

"덕분에 회사도 순조롭게 잘 돌아가고, 자리를 비워도 맡길 만한 젊은이도 있기 때문에 지금이라도 효도 흉내라도 내보려는 생각이 들어서…. 그래서 브레멘 여행사에 신세를 지고 있습니다."

고등학생인 나에게도 어른을 대하듯 정중하게 말을 건넨다.

"어떻게든, 겨우겨우 늦지 않게 도착할 수 있으면 좋겠다고 생각했는데…."

타츠야 씨는 미소를 살짝 흐리며, 옆에 앉은 미즈코 씨의 손에 자신의 손을 얹었다.

"근래 들어 가끔 지장보살이 되곤 해요."

"있잖아, 어머니?" 하고 타츠야 씨가 말을 걸어도 미즈코 씨의 반응은 없다. 무표정한 얼굴로 허공의 한 점을 가만히 쳐다보며 누구와도 눈을 마주치지 않는다. 집에 온 이후 계속 그랬다.

"지금은 조금 무뚝뚝한 얼굴이지만, 웃으시면 지장보살처럼 평온한 얼굴로 변해요."

"어머니, 웃어 봐. 웃어." 타츠야 씨는 박자를 넣은 듯이 말하고, 거기에 맞춰서 미즈코 씨의 손등을 톡톡 두들긴다.

미즈코 씨의 볼에 긴장이 풀렸다. 눈도 감았다. 그러자 거짓말처럼, 귀여운 지장보살처럼 미소 짓는 얼굴이 되었다.

그렇지만 대화는 가능하지 않다. 지금 미즈코 씨의 마음은 과거인지 미래인지, 먼 세계로 떠나 있는 것이다.

난유가 함께 있다는 것을 카즈라기 씨에게 미리 알리지 않은 것은 난유 자신이 세운 작전이었다.

"이런 일은 기정사실로 해 버리는 게 좋아." 요컨대 먼저 이 자리에 있다는 것으로 우위에 서 있게 만들어야 한다는 것이다. 사

전에 '같이 있어도 괜찮을까요?'라고 물었는데, '안 됩니다.'라고 거절당하면 대화가 거기서 끝나 버린다. 그런데 이미 여기에 있는 난유를, 집에 있을 것도 아닌 카즈라기 씨가 '자네는 돌아가시게.'라고 내쫓는 것은 상당히 힘든 일이 된다는 것이다.

"무라마츠 씨와 하루짱이 이야기가 꼬여서 '그럼 그만두죠. 돌아가겠습니다.' 이렇게 되면 곤란해지지. 카즈라기 씨도 손님 앞에서 문제가 생기는 것은 피하고 싶다고 생각할 거야."

나를 마음대로 악역으로 만들지 않기를 바랄 뿐이다. 그런데 실제로 난유를 "어릴 적부터 친하게 지냈고, 돌아가신 할머니와도 아주 친했어요."라고 소개하자 타츠야 씨는 당황해하면서도 "그래요?" 하며 고개를 끄덕여 주었다.

"아니, 잠깐. 이건—." 하고 말을 꺼내려던 카즈라기 씨도 갑자기 난유의 모습 위아래를 다시 살펴보더니 왠지 모르게 납득한 표정으로 고개를 끄덕였다.

난유는 분위기가 달라진 것을 감지하고, 지금이 기회라는 듯이 가슴을 펴고 말을 이어 나갔다.

"소꿉친구지만, 이제 거의 쌍둥이 형제 같은 사이예요. 저랑 하루짱은."

아주 잘난 척은—.

나도 모르게 화가 나서, 발을 지근지근 밟아 주고 싶어졌다.

그래도 카즈라기 씨는 그런 나를 향해 아까와 마찬가지로 위에서 아래로 내려다보고 '아, 그렇군요.' 하는 얼굴이 되었다. 난유를 보고 납득했다는 표정과는 미묘하게 다른 표정이다. 뭔가 여유가 있다고 할까, 위에서 내려다본다고 할까…. 뭔가 비슷한데 하고 생각했다.

숙제를 까맣게 잊고도 태평하게 웃고 있는 친구들을 보았을 때―수업이 시작한 뒤에 일어날 비극을 동정하면서도 그 멍청함이 어처구니없기도 한 표정이었다.

"아, 넌 아직 모르고 있구나." 하고 중얼거릴 때 어울리는 그런 표정이었다.

난유가 끓여 온 차를 마시면서 타츠야 씨는 옛날에 대한 그리움에 젖어 들었다.

물론 집의 건물도 다르고, 구조도 전혀 다르다. 이웃집들도 거의 다 재건축을 해서 아파트가 많이 늘어났다. 그래도 호텔에서 탄 택시가 야마노테 지구에 들어서면서 그리운 장소를 몇 군데나 지나왔다. 다니던 초등학교나 중학교는 그대로였고, 평소 쇼핑할 때 자주 들르던 잡화점도 편의점으로 바뀌긴 했지만 건재했다.

"저 앞의 커브를 돌면 스오의 거리가 한눈에 내려다보였는데 하고 생각하고 있었는데, 바로 보이더라고요. 40년의 공백이―순식간에 이어지는 거예요."

타츠야 씨는 그때의 감동을 되새기듯 말했다. 나와 난유가 "저 학교 건물이, 그렇게 오래됐나요?"라고 놀라기도 하고, 자주 가는 편의점이 원래는 건어물과 채소를 팔던 잡화점이었다는 사실에 눈을 동그랗게 뜨기도 했다.

2000년에 야마노테로 이사 온 할아버지 할머니는 물론 그 이전의 도시를 모른다. 하지만 2000년 때의 일도 제대로 들어본 적이 없었다. 그리워하는 기색도 없었다. 계속 살다 보면 거리의 변화와 자신의 인생이 서로 일치하는 나머지 굳이 기억을 되짚어 볼 마음이 생기지 않는 것일지도 모른다.

그러나 무라마츠 씨 가족은 1981년 3월에 야마노테의 세 들어 살던 집에서 나와 스오를 떠났다. 그 후로 다시는 한 번도 방문하지 않았던 타츠야 씨에게 이웃에 대한 기억은 그때 그대로의 모습으로 고스란히 남아 있었다.

감회에 젖어 있는 타츠야 씨와는 달리 미츠코 씨는 차에도, 과자에도 손을 대지 않고 그저 가만히 앉아 있다. 마음이 먼 세상으로 산책하러 나간 채 아직 돌아오지 않고 있다.

타츠야 씨의 마음과는 정반대로 택시가 시내에서 야마노테 지구로 들어서고부터 미츠코 씨의 마음은 멀리 떠나 버렸다. 계속 기대하고 있었을 텐데. 스오 시가지를 한눈에 내려다볼 수 있는 커브 길에서 타츠야 씨의 재촉에 미츠코 씨도 시선을 돌리기는 했지만, 표정에는 어떤 변화도 없었던 모양이다.

고향인 나가노현에서 고등학교를 졸업할 때까지 살았던 미츠코 씨는 졸업 후 아이치현의 자동차 회사의 협력업체에 취직해 공장에서 일했다.

"아버지는 그 회사와 거래하던 운송 회사의 영업사원이었어요."

타츠야 씨는 그렇게 말하며, "주마등 이야기는 들었죠?"라고 확인한 후 말을 이어 갔다.

"아버지와의 만남이나 독신 시절 했던 데이트, 신혼 시절의 일…, 여행을 할 때까지 어머니 본인이 잊고 있었던 이야기도, 카즈라기 씨 덕분에 모두 주마등에 그릴 수 있게 되었습니다."

카즈라기 씨는 예의 무표정한 얼굴로 다른 쪽을 보고 있었다. 눈이 마주쳐 이것저것 묻는 것을 거부하고 있는 듯했다.

하지만 그런 분위기조차 읽지 못하는 것이 난유다. "주마등 그림은 카즈라기 씨가 결정하나요?"라고 직설적으로 물었다. 잘했어. 아주 좋은 질문이야.

본인은 대답하지 않았지만 가르쳐 주어도 괜찮다는 눈짓을 이해한 타츠야 씨가 가르쳐 주었다.

"주마등에는 그 사람 인생의 여러 추억이 그려져 있어요."

"…그렇다고는 하죠. 곧잘."

난유의 말투는 반신반의한다기보다 '의심'의 비중이 더 커 보였지만, 타츠야 씨는 무덤덤한 얼굴로 말을 이어 갔다.

"여러 가지라고는 하지만 어렵고 곤란한 말이죠. 인생의 추억이 즐거운 것들만 있으면 좋겠지만 그건 불가능하고. 싫은 기억도 포함해서, 여러 가지, 뭐랄까요. 보고 싶었던 것은 보지 못하고, 보고 싶지 않은 것을 마지막에 보게 되는 일도 당연히 있을 수밖에 없죠."

"와, 그렇겠네요. 그럼 죽고 싶지 않은데!" 난유가 얼굴을 찡그렸다.

"더구나 주마등은 죽기 직전에 한번만 볼 수 있을 뿐이죠. 어떤 그림이 나타날지는 미리 알 수도 없어요."

난유는 한층 더 얼굴을 찌푸렸다. 반신반의의 균형이 깨어져 믿는 쪽으로 기울어지고 있는 것 같았다.

"그래서 브레멘 여행사의 도움을 받는 거죠."

내가 보게 될 주마등의 내용을 알려 달라. 이런 주마등으로 마무리해 달라. 주마등에 이 장면은 꼭 넣어 달라. 혹은 그 반대로 이 장면은 반드시 빼 달라. 그런 요청에 부응하는 것이 브레멘 여행사—그러니까 카즈라기 씨의 일이었다.

"카즈라기 씨에게는 고객의 주마등이 보이거든요. 주마등뿐만 아니라 그 소재가 되는 추억도 기억 속에서 찾을 수 있어요."

고객들은 카즈라기 씨와 함께 추억의 장소를 여행한다. 그렇게 함으로써 희미해져 버렸거나 달라져 버린 기억을 보정하고, 주마등 그림도 수정한다.

"카즈라기 씨는 그것을 세밀하게 보고, 꼭 필요한데 빠진 장면이 있으면 그것을 그려 넣고, 없어야 할 장면이 남아 있으면 지워 버리고…. 주마등을 요청받은 대로 다시 그려 줍니다. 다시 말하면…." 타츠야 씨는 한 마디를 덧붙이며 이야기를 마쳤다.

"카즈라기 씨는 주마등을 그리는 화가입니다."

잠시 침묵이 흐른 뒤 난유는 감탄하며 말했다.

"…뭔가, 엄청나!"

이 녀석, 부르지 말았어야 했다. 역시나.

한편, 나는 당황한 나머지 말문이 막혀 어떤 말도 제대로 잇지 못했다.

"뭐, 갑자기 그런 말을 들으면 무슨 말인지 이해하지 못하는 게 당연하죠. 사실 처음엔 나도 그랬고요."

타츠야 씨는 웃으며 말했다. "하지만 브레멘 여행사는 진짜랍니다. 우리 세계에서는 이미 명성이 자자해서 저도 지인을 통해 겨우 부탁해서 의뢰가 가능하게 됐거든요."

그런 평판은 인터넷에는 절대 드러나지 않는다. 그런 세계에서의 이야기일 것이다.

"카즈라기 씨가 어머니의 주마등을 그려 준다고 해서 정말 감사하고 있습니다. 어머니도 행복해하고 계시고요. 정말이랍니다."

타츠야 씨는 새삼 다시 고개를 숙였다. 하지만 카즈라기 씨는 무뚝뚝하고 침울한 얼굴 그대로, "일을 맡았으니까요. 이젠 그 이상은 그만…." 하며 말을 끊었다.

"…미안합니다."

타츠야 씨는 조금 어색한 표정으로 나를 돌아보며 말을 이어 갔다.

"그러니 말도 안 되는 부탁이라 생각하겠지만 결코 이상한 이야기가 아니니 믿어 줘요."

나는 조용히 고개를 끄덕였다. 완전히 거부하는 것은 아니지만,

쉽게 받아들일 수 있는 이야기도 아니었다. 하지만 어쨌든 여기까지 온 이상 어쩔 수 없다. 각오를 다지고 다시 한번, 아까보다 더 크게 고개를 끄덕였다.

"괜찮습니다. 믿어요."

난유도 옆에서 "난 처음부터 믿었어."라고 너스레를 떨었다.

타츠야 씨는 안도하는 표정으로 다시 이야기를 꺼냈다.

타츠야 씨의 아버지, 즉 미츠코 씨의 남편인 세이지 씨는 5년 전에 돌아가셨다. 그것이 계기가 되었는지, 그때부터 노화가 급속히 진행된 미츠코 씨는 3년 전쯤에 치매가 발병했다고 한다.

"아버지는 전근 족이었어요. 짧게는 반년, 길게는 2년마다 전근을 가셔서 가족 모두가 이사를 해야 했어요."

신혼 시절을 아이치현에서 보내고, 규슈 하카타에서 외아들 타츠야가 태어났다. 그 후에도 오사카, 히로시마, 가나카와, 다시 아이치, 효고 등지로 옮겨 다니다가 1974년 4월―타츠야 씨가 초등학교 6학년이 되던 시기에 스오로 이사를 왔다.

다츠야 씨에게는 다섯 번째 전학이었다. 세이지 씨가 단독으로 부임하는 선택지가 없는 것은 아니었다. 하지만 그렇게 되면 사택에 살던 가족은 따로 나와 아파트나 전세를 구해야만 했다.

"지금 생각하면 말도 안 되는 이야기입니다만, 그 당시에는 그게 당연한 일이었죠. 어머니 역시 아버지 곁에서 내조하면서 뒷받침하고 싶었던 것 같아요."

그런데 중학교와 고등학교에서의 전학은 초등학교 때와는 무게감이 달랐다.

1975년, 중학교 1학년 가을 세이지 씨가 삿포로로 전근을 갔을 때 타츠야 씨는 눈물을 흘리며 전학을 거부했다.

"그래서 아버지께서도 이러지도, 저러지도 못하고 속을 많이 끓이셨어요."

아버지는 혼자 떠나기로 하고, 회사에서 빌려준 집을 나와 새로 집을 구하고 월세도 부담하기로 했다. 그것이 바로 이곳에 세워져 있던 집이었다.

타츠야 씨는 고등학교를 졸업할 때까지 스오에서 미츠코 씨와 단둘이 살았다. 그 사이 세이지 씨는 삿포로, 사이타마, 오사카 등지로 단신 부임을 계속했다.

"5년 반을 그렇게 지냈어요."

1981년 3월, 타츠야 씨가 도쿄의 대학에 진학하는 것으로 결정되자 미츠코 씨는 스오의 세 들어 살던 집에서 나와 오사카의 세이지 씨에게로 향했다.

"대충 정리하면 그런 흐름인데…, 그 5년 반 동안 조금 신경 쓰이는 일이 있었어요."

미츠코 씨는 스오의 세 들어 살던 집에서 바라보던 거리 풍경을 매우 그리워했다. 치매가 발병되기 전보다 오히려 지금이 훨씬 더 생각이 많아졌다.

그렇지만 그 5년 반의 나날들은 주마등에 그려져 있지 않다.

"카즈라기 씨가 몇 번이나 들여다보아도 지금까지는 어떤 추억도 그려져 있지 않아요. 아버지가 단신 부임하기 직전부터 다시 아버지와 함께 오사카에서 살기 시작할 때까지의 기간이 완전히 빠져 있어요."

정말 아무 일도 없었던—인생의 마지막에 돌아볼 추억이 전혀 없는 세월이었던 것일까. 아니면 치매 때문에 있어야 하는 기억이 빠져나간 것일까. 아니면 꼭 버리고 싶은 기억이 있어서 무의식적으로 5년 반 동안 있었던 모든 일을 지워 버린 것일까.

"만약 버리고 싶은, 좋지 않은 기억 때문이라면, 그건 그것대로 괜찮아요. 다만 아들 입장에서는 어머니는 무엇이 그렇게나 싫었던 것일까, 나와 단둘이 살았던 삶이…. 좀 억울하기도 하고요. 하지만—"

가볍게 웃던 타츠야 씨는 곧 진지한 표정으로 다시 말을 이어 갔다.

"만약 어머니께 소중한 추억이 있는데, 치매 때문에 그 추억이 주마등으로 그려지지 않는다면 어머니도 안타까울 거예요. 그러니까 어쨌든 스오에 와서 기억을 자극한다면 치매의 안개가 잠시라도 걷히지 않을까 해서…. 지금, 알면서도 이렇게 불편을 끼쳐 죄송한 마음입니다."

타츠야 씨는 다시 한번 나를 보며 "잘 부탁합니다."라고 고개를 숙였다.

2.

모두 함께 정원으로 나갔다.

미츠코 씨는 테라스의 정원 의자에 앉았다. 타츠야 씨는 몸을 숙여 미츠코 씨와 눈높이를 맞추고, "그동안 많이 그리웠죠, 어머니."라고 말하며 눈 아래 펼쳐진 거리를 바라보았다. "스오은행의 간판도 보이고, 스오의 재난 창고도 있어요. 바로 저기."

현재 은행과 양조장을 가리킨다. 미츠코 씨는 대답이 없고, 가리키는 손끝을 눈으로 좇고 있는 것도 아니었지만 타츠야는 우쭐해진 목소리 그대로 말을 이어 갔다.

"저기가 역이니까…. 그 앞 희고 커다란 건물이 중앙병원인가 봐요."

난유가 뒤에서 "맞아요."라고 말하고, 내가 "5, 6년 전에 재건축했어요."라고 덧붙였다.

"역시 그렇군요. 중앙병원에 한 번 실려 간 적 있었는데…."

고등학교 1학년 여름방학, 축구부원이었던 타츠야 씨는 연습 중에 발목이 부러졌다.

"축구를 잘하는 학교였기 때문에 연습도 엄격하게 했거든요."

"그 고등학교가 혹시 스오 고등학곤가요?"라고 난유가 묻자, 타츠야 씨는 "그래, 스오지."라며 고개를 끄덕였다.

초등학교, 중학교, 그리고 고등학교의 대선배인 셈이다.

"어머니께 걱정을 끼쳤어요, 그때는."

미츠코 씨는 파트타임 근무를 하고 있었다. 병원까지 함께 왔던 축구부 선배가 전화를 걸어, 직장 직원에게 부상 소식을 전해 달라고 했는데—. 타츠야 씨는 픽 웃음을 터뜨리며 "만화 같은 일이 일어났어요."라고 말했다.

'발목 골절'이 '목 골절'로 미츠코 씨에게 전해져 버렸다.

"난리가 났죠. 어머니는 당황해서 병원으로 달려왔고—."

말끝을 흐리며, 미츠코 씨의 얼굴을 들여다본다.

"그때, 어머니.누군가와 같이 왔잖아요. 누구더라, 그 사람…."

미츠코 씨의 대답은 없었다. 애초에 처음부터 이야기를 듣고 있는 기색도 없었다.

타츠야 씨도 "옛날 일이라 잊어버렸겠지?"라며 쓸쓸하게 웃으며 다시 먼 곳을 바라보았다.

40년이 흐르면, 거리도 달라진 곳이 적지 않다.

타츠야 씨가 가장 놀란 것은 신칸센의 고가 선로가 거의 보이지 않게 된 것이었다.

"그때는 정원에서 보면 스오의 도시 끝에서 끝까지 일직선으로 선로가 뻗어 있었어요. 높은 건물이 없었기 때문에 시야가 방해받지 않고 정말 잘 보였어요."

선로가 보이면 당연하겠지만 그 위를 달리는 신칸센 차량도 보인다.

"당시에는 아직 규슈 신칸센도, 특급인 '노조미'도 없었고, 각 역에 정차하는 '일반열차'와 그보다는 조금 더 빠른 '우등열차'만 있었어요."

같은 '우등열차'라도 정차역의 조합은 다양했다. 스오역에 정차하는 열차가 있는가 하면, 지나가는 열차도 있다. 그 모든 것을 정원이나 2층 창문을 통해 보면 한눈에 알 수 있다.

"스오역을 통과하는 우등열차는 어쨌든 속도가 빨라서 시야에 들어와서 단숨에 역을 지나쳐서 사라져 버리죠. 하지만 정차하는 쪽은 훨씬 앞에서부터 속도를 늦춰서 천천히 달려요. 그 차이가, 정말 재미있어요."

특히 밤에는 달려가는 '빛'이 압권이었다. 그날의 날씨나 습도에 따라 가끔 선로와 바퀴가 맞닿는 곳에서 불꽃이 튀기도 했다. 그 모습이 정말 아름다웠다.

"공부하는 동안 숨을 틔우게 해 준 건 신칸센이었어요. 왼쪽에서 오른쪽으로 선로가 뻗어 있으니, 왼쪽이 도쿄, 오른쪽이 규슈의 하카타. 지금의 저 '우등열차'는 도쿄에서부터 달려왔구나, 라고…. 전혀 지루하지 않았어요." 다음 열차를 보내면 다시 공부하러 가자고 생각하면서, 또 한 대 더, 또 한 대 더….

대학 입시에 관해서는 이 지역 대학에 가는 것은 전혀 생각해 보지 않았다.

"애초 전근 족의 자녀이기 때문에 스오에 대한 애착도 희박했지만, 그보다 매일 밤 멀리서 와서 떠나는 신칸센을 보았던 게 큰 영향을 끼친 것 같아요."

타츠야 씨의 말에 나는 세차게—고개를 끄덕였다.

알아요, 알고 있어요. 정말 잘 알아요. 어렸을 때부터 창밖을 내다보는 것을 좋아했고, 시내를 바라볼 때마다 멀리 가고 싶었던 이유. 같은 마음이었다.

지금 우리 집에서는 선로 앞에 늘어선 높은 빌딩에 가로막혀 실제 신칸센이 뚝뚝 끊어진 것처럼 보인다. 그래도 불꽃을 튕기며 스오의 고가 선로를 달리는 모습이 선명하게 떠오른다.

"지금은 '우등열차', '일반열차'뿐만 아니라, 직행도 '노조미'에 '미스호', '사쿠라' 등… 종류도 많아졌고, 운행 횟수도 훨씬 늘었겠지."

확실히 늘어났다. 이야기하는 동안에도 상행선과 하행선 한 대씩, 스오를 통과하는 직행이 바삐 역을 빠져나가고, 스오에서 정차하려는 하행선 우등 열차가 속도를 늦추며 시내로 진입하고 있다. 막 눈앞을 지나가는 중이었다.

하지만 타츠야 씨의 기억과는 달리 그 모습은 거의 보이지 않는다.

"정말 건물이 많이 생겼구나…"

타츠야 씨는 "40년이나 지났으니 당연하지."라며 세월의 간격을 실감하는 듯이 계속 말을 이어 나갔다.

그때 조금 떨어진 곳에서 팔짱을 끼고 서 있던 카즈라기 씨가 타츠야 씨에게 말을 걸었다.

"괜찮으시면 2층 창문에서도 보시겠습니까? 눈높이가 달라지면 보이는 풍경도 달라지니까요."

 남의 집인데도 불구하고 마음대로다. 하지만 카즈라기 씨는 팔짱을 낀 채, 못마땅해 하는 나의 시선을 무덤덤하게 받아들이고, 가볍게 무시한 채 말을 이어 갔다.

 "계단도 있으니, 처음에는 타츠야 씨 혼자서 가시는 건 어떨까요."

 그리고 난유에게 눈을 돌린다.

 "자네가 안내해 드려."

 갑작스러운 명령에 난유는 당황한 나머지 불평은커녕 멍하니 쳐다만 보다가, "아, 예…."라며 고개를 끄덕였다.

 "그럼, 어머니는—?"

 타츠야 씨가 묻자 카즈라기 씨는 당연하다는 듯이 말했다.

 "하루카에게 맡기겠습니다."

 정원에 미츠코 씨와 카즈라기 씨, 그리고 내가 남았다. 타츠야 씨는 떠나기 직전까지 걱정스러운 표정을 짓고 있었지만, 정작 미츠코 씨는 정원 의자에 앉아 앞을 바라볼 뿐 혼자가 되어서도 주변을 둘러보는 기색조차 보이지 않았다.

 나는 카즈라기 씨 곁으로 다가가 작은 목소리로 물었다.

 "어떻게 하시려고요? 돌봐 주실 건가요?"

 "등에 손을 얹어 봐요."

 "미츠코 씨의?"

 고개를 끄덕였다. 하지만 나에게는 눈길을 돌리지 않았다. 미츠코 씨를 가만히―과학자가 실험하는 모습을 관찰하듯 바라보며, 말을 이어 갔다.

"의자 등받이가 방해될지도 모르겠지만, 하루카의 왼손을 무라마츠 씨의 등 왼쪽에 올려 주세요."

"마사지를 하라는 건가요?"

"아뇨, 아무것도 하지 않아도 됩니다. 그냥 손을 얹어 주세요. 가급적이면 심장 바로 뒤, 어깨보다 훨씬 아래쪽이 좋으니, 위에서 손을 뻗는 것보다는 옆구리 쪽에서 손을 넣는 느낌으로."

"…뭘 하라는 거예요? 그건?"

"처음엔 대충해도 좋아요. 익숙해지면 금방 알 수 있어요. 더 익숙해지면 특별히 뭔가를 할 필요도 없어요."

처음에는―?

익숙해지면―?

"저기, 왜 그래야 하는지 모르겠어요."

"괜찮아요. 해 봐요."

"저기요, 왜 그런지 모르겠는데요."

"괜찮아요, 가서 해 봐요."

대화가 되지 않는다. 애초에 한순간도 이쪽을 쳐다보지 않는다.

"지금이라면, 보일 겁니다."

"―보이다뇨?"

"어서."

할 수 없이 미츠코 씨 곁으로 가서 오른쪽에 섰다. 낯선 내가 바로 옆에 와도 미츠코 씨는 놀라지도 당황하지도 않았다. 나의 존재를 전혀 모르는 듯했다.

"…실례할게요."

나는 왼손을 의자와 미츠코 씨 등 사이에 끼워 넣었다. 손이 닿는 느낌은 미츠코 씨에게도 전해질 것이다. 느껴질 텐데도 몸놀림은커녕 반응하는 기미조차 보이지 않는다.

심장의 바로 뒤쪽이라면 여기쯤일까? 나는 방향을 잡고 손을 펴서 등 뒤로 부드럽게 가져다 댔다.

그러자—!

눈앞에 펼쳐진 풍경에서 색이 사라졌다. 소리도 사라졌다. 교대라도 하는 듯이, 톡-톡, 손바닥에 미츠코 씨의 가슴이 뛰는 것이 느껴졌다.

흑백으로 된 정적의 세계에 카즈라기 씨의 목소리가 귓전—이라고 할까, 아니 마치 귓속에 있는 것처럼 가까이에서 들려왔다.

"뭔가 변화가 있죠?"

있느냐고 묻는 것이 아니라, '있죠?'라고 확인하는 말투였다. 이 사람은 모든 답을 알고 있는 것일까?

나는 당황하면서도 고개를 끄덕였다.

"색이, 사라졌…, 소리도, 사라…."

내 목소리도 실제로 입을 움직여 내는 소리인지, 마음속으로 그저 생각만 하는 것인지 분명하게 알 수가 없었다.

"그렇군요."

카즈라기 씨는 조금도 놀라지 않는다. 체크해야 할 공란에 'V'를 기재하듯 짧게 박수를 치며 말을 이어 갔다.

"그대로 거리를 지켜봐 주세요. 무라마츠 님의 등 뒤에서 손을 떼지 말고, 되도록 무라마츠 님의 심장 박동에 맞춰서 호흡해요."

"…네."

쿵, 쿵, 쿵 미츠코 씨의 심장이 뛰었다. 그에 맞춰 나도, 숨을 들이쉬고 내쉰다. 풍경에 색은 되돌아오지 않는다. 소리도 들리지 않는다. 숨을 들이쉰다. 내쉰다. 들이쉰다. 내쉰다. 들이쉰다….

"천천히 눈을 깜박여요."

이유도 모른 채 시키는 대로 눈을 감았다가 천천히―, 하나, 둘, 셋 하고 눈을 뜬다.

처음에는 풍경에 초점이 맞지 않았다. 근시나 난시 혹은 안구 건조증이라든가, 그런 건 전혀 아닐 텐데. 뿌옇고 흐릿했던 시야가 안개가 걷히듯 맑아지고….

보였다. 스오의 거리다. 그대로 흑백이기는 하지만, 풍경의 가로와 세로 폭이 한 뼘 더 작아진 것 같았다. 거리의 높이도 낮아지고, 유난히 눈에 띄는 것은 옥상에 '스오 중앙병원'이란 간판이 걸린…. 이건, 재건축하기 전, 예전의 중앙병원이잖아?

신칸센의 고가 선로가 보인다. 시야를 가리는 것은 아무것도 없다. 시내를 가로지르는 선로가, 지금, 훨씬 오래된 차량을 매단 신칸센이, 왼쪽에서 오른쪽으로 달려가고 있다.

깜짝 놀라, 미츠코 씨의 등에서 손을 뗐다.

그러자 눈 앞에 펼쳐진 거리가 한순간 현재로 돌아오고, 색과 소리도 되찾았다.

한편 미츠코 씨는 내가 손을 닿았을 때와 마찬가지로 뗐을 때도 아무런 반응을 보이지 않고 있었다.

뒤돌아보니 카즈라기 씨는 아까처럼 팔짱을 낀 채 평소와 다름없이 침울한 표정으로 서 있었다. 나와 눈이 마주치자 팔짱을 풀고 손짓을 한다. 희미하게 웃고 있었다. '사라져 버렸군' 하는 아쉬움인지, '어쩔 수 없지'라는 체념인지 명확하지 않은, 미묘하고 복잡한, 어쨌든 침울한 그러나 웃는 표정으로 나를 맞이했다.

"지금…, 옛날의 스오 풍경을 봤어요."

"그렇겠지요."

"…알고 있었나요?"

"그래요. 1970년대 후반, 아드님이 아까 말했던 시절의 스오잖아요."

"신칸센, 보였어요."

"그래요? 잘 됐네요."

"잘 된 게 아니에요, 전혀."

거리를 한 발 좁히며 "가르쳐 주세요."라고 호소했다. "지금 본 게 뭐예요? 병인가요? 눈이 아니라 정신적인 쪽?"

카즈라기 씨는 다그치는 나에게 눈을 돌리지 않고, 침착한 목소리로 "병이 아닙니다."라고 못 박고는 말을 이어 갔다.

"힘입니다. 하루카에겐 힘이 있어요."

"…뭐라고요?"

"이제 알았잖아요. 하루카는 과거를 볼 수 있어요."

"…왜요?"

"처음 패밀리 레스토랑에서 만났을 때부터 그런 느낌이 들었어요."

물음과 대답이 빗나가고 있었지만 카즈라기 씨는 개의치 않고 계속했다.

"다시 한번, 무라마츠 님의 등에 손을 대 줘요. 이번에는 놀라더라도 손을 떼지 말고, 잠시 그대로 있어 봐요."

그렇게 하면—.

"무라마츠 님의 주마등에 그려질 만한 것이, 하루카에게도 보일 것입니다."

뭐가 뭔지 전혀 모르겠다.

다만 다시 한번 미츠코 씨의 오른쪽에 서서 왼손을 뻗어 등에 갖다 대자 아까보다 더 세차게 심장이 뛰는 것을 느꼈다.

풍경에서 색이 사라지고, 소리가 사라져 간다. 미츠코 씨 심장의 고동에 호흡을 맞추며, 천천히 눈을 감았다 떴을 때, 옛 스오의 풍경이 다시 펼쳐진다. 놀라지 않은 것은 아니지만 아까처럼 당황하지는 않았다. 한 번 가 본 적이 있는 길을 가는 것과 같다. 익숙하다고 할 정도는 아니더라도 '처음'과 '그다음'은 역시나 전혀 다르다.

"많이 안정되었네요."

카즈라기 씨의 목소리가 귓속에서 들렸지만, 이제는 괜찮다.

"오른손, 비어 있죠?"

나는 "네."라고 대답했다. 목소리가 아니라 생각이 귓속에서 울려 퍼진다.

"그 오른손을 자신의 왼쪽 가슴… 심장 부근에 대 보세요."

나는 시키는 대로 했다. 왼손에는 미츠코 씨의 심장 박동을, 오른손에는 나의 심장 박동을 느낀다.

"무라마츠 님의 심장 박동과 자신의 호흡을 맞추다 보면 어느새 하루카의 심장 박동도 거기에 겹쳐질 것입니다."

바로 그렇게 된 것은 아니다.

"40년 전으로 거슬러 올라가는 것이기 때문에 시간이 좀 걸립니다. 서두르지 말고, 기다려요. 서두르면 심장 박동이 빨라지고, 호흡도 흐트러질 수 있어요."

아무리 시간이 걸리더라도 그것은 내가 느끼는 것일 뿐 실제로는 시간이 거의 흐르지 않는다.

"한 번 겪어 보면, 그때부터는 점점 익숙해지고, 익숙해지면 금방 다시 저편으로 들어갈 수 있게 됩니다."

현재와 과거의 사이에 회로가 생긴다는 느낌일까.

흑백의 도시를 바라본다. 높은 건물이 거의 없고, 역 바로 근처에는 주택이 즐비하게 늘어서 있다. 구획정리나 재개발이 되기 전의 시가지는 지금보다 더 어수선하지만, 그만큼 활기가 느껴진다.

아, 지금 일치됐다—!

나의 심장, 미츠코 씨의 심장 박동이 하나로 가지런해졌다.

깨달음과 동시에 카즈라기 씨가 "천천히 눈을 깜빡여 봐요."라고 말했다.

눈을 감았다 뜨니 그곳은 자동차 안이었다.

3

세상의 색이 돌아왔다. 소리도 돌아왔다.

하지만 그것이 먼 과거의 일이라는 점은 변함이 없다.

중년의 남녀가 차를 타고 있다. 남자가 운전대를 잡고, 조수석에는 여자가 앉고, 뒷좌석에는 아무도 없다.

승합차다. 자동차에 익숙하지 않은 내 눈에도 차 안의 장비와 디자인이 오래전 것임을 알 수 있다.

남자는 넥타이를 매고 있다. 그러나 겉옷은 양복이 아니라 두 가지 색의 반팔 작업복이다. 제조업이나 건설업의 사무직이란 느낌이 든다.

가슴 주머니에 트럼프 다이아몬드 무늬의 마크가 자수로 새겨져 있다. 여자가 블라우스 위에 걸치고 있는 작업복에도 새겨져 있다. 스오의 사람들에게는 익숙한 마크다. 일본의 대표적인 기업 '미쓰비시'—스오의 공장지대도 미쓰비시의 석유화학 공장이 중심이 되고 있다. 두 사람은 그 계열사에서 근무하고 있을 것이다.

처음에는 상품 배달이나 외근 영업을 나가는 것이 아닌가 생각했는데 아무래도 상황이 이상하다. 두 사람 모두 심각한 표정을 하고 있다. 남자의 운전은 거칠고, 분명히 초조해하고 있고, 여자는 두 손으로 손수건을 꼭 쥐고 있다. 고개를 숙이고, 마치 마음을 다해 기도하는 듯이…. 아니, 자세히 보면 손이 떨리고 있다. 손수건을 쥐고 있지 않으면 그 떨림이 몸 전체로 전달될지도 모른다.

그런 식으로 두 사람을 관찰하고 있는 나는—어디에도 없다. 몸이 없다. 하지만 어디든 갈 수 있다. 영화나 드라마의 카메라처럼 자유롭게 움직일 수 있다. 회사 마크의 자수를 확인할 때는 줌인할 수 있고, 지금 시도해 보니 차 밖으로 스르르 빠져나가는 것도 가능하다.

차는 스오의 시내를 달리고 있다. 40년 전의 거리다. 벌써 몇 년 전에 망해 버린 지역 자본의 백화점도 주변에 높은 건물이 적은 탓인지, 위풍당당한 모습으로 우뚝 솟아 있다.

차 안으로 돌아왔다. 여자는 아까보다 더 깊숙이 엎드려 손수건을 더 세게 움켜쥐고 있다, 신음하는 듯한 소리를 내뱉는다.

"…타츠야. …타츠야. …타짱…."

얼굴을 들여다보고는 알았다. 반쯤 엎드려 있는 것은 예전의 미츠코 씨다.

눈 앞에 펼쳐진 광경이 바뀌었다.

학교 운동장이다. 건물이 보인다. 4층짜리 옥상에 작은 천체 관측 돔이 있다. 그것으로 알았다. 스오고등학교다.

축구 골대 앞에 학생들이 모여 있다. 축구부 부원들 외에도 야구부와 육상부 부원들도 있다. 그 한가운데에 축구부 부원 한 사람이 바닥에 쓰러져 있다.

"발목을 삐끗했어?" "이상한 방향으로 꺾였어." "부러지진 않았어?" "이봐 무라마츠, 일어설 수 있겠니?" "서 있기 힘들어도 몸을 일으켜 세우자." "안 돼, 움직이지 않는 게 좋아." "선생님, 이쪽이요! 1학년 무라마츠가 발목을 다쳤어요!"

아까 타츠야 씨에게 들었던 이야기가 생각났다. 고등학교 1학년 여름방학 때 타츠야 씨는 축구부 연습 중에 발목이 부러졌고, 중앙병원으로 이송되었다. 축구부 선배가 전화를 걸어 파트타임 근무를 하고 있던 미츠코 씨에게 위급함을 알려 달라고 했다. 그러나 그때 '발목 골절'이 '목 골절'로 미츠코 씨에게 잘못 전달되고….

장면이 바뀐다.

미쓰비시 마크를 크게 내건 공장의 사무실에 전화가 걸려 온다. 수화기를 든 어린 사무원이 "정말이에요?" 깜짝 놀라며, 상사를 돌아본다.

"소장님, 큰일 났어요! 무라마츠 씨의 아들이 다쳐 병원을 갔다는데요!"

넥타이 차림에 작업복을 걸치고 있는 소장—승합차를 운전하고 있는 남자다.

다른 직원이 공장 내의 안내 방송으로 일하는 미츠코 씨를 불러 경위를 전한다. 여기서 발목을 목으로 잘못 전달한다.

당연히 미츠코 씨는 놀란다. 충격이 너무 커서 당황과 낭패를 넘어 얼굴은 창백해지고, 멍한 상태로 서 있을 뿐이다.

그런 미츠코에게 소장이 소리를 지른다.

"택시를 부르면 시간이 걸려. 회사 차로 갑시다. 운행하지 않는 차, 빌려 갈게!"

스스로 차 열쇠를 손에 들고 뒷일을 맡기고는 사무실을 뛰쳐나간다.

그렇군, 그런 거였구나.

'지난 줄거리' 같은 느낌으로 이야기의 흐름을 파악하자 눈앞의 광경은 곧바로 차 안으로 돌아왔다. 마치 휴대폰의 AI 도우미가 재빠르게 움직여 주는 것 같았다. 게다가 이 도우미는 내가 호출하고 지시하지 않아도 스스로 알아서 움직인다.

다시 보니 소장은 미츠코 씨와 다를 바 없는 40대 초반의 나이에 머리 모양이나 넥타이 무늬가 구식으로 보였지만, 그 부분을 '지금'으로 보정해 보면 의외로 잘 어울리는지도.

무엇보다 파트타임으로 일하는 직원을 위해 회사 영업 차량을 내주고, 그것도 직접 운전대를 잡는 것은 상사로서 대단한 일이라고 생각한다.

물론 지금의 미츠코 씨에게는 소장의 배려를 고마워할 여유가 없고, 그저 타츠야의 무사함을 계속 기도할 뿐이다.

차가 달리고 있는 곳은 스오의 시가지로 이어지는 국도다. 10년 전에 고속도로와 순환도로가 교외로 개통된 후 지금은 완전히 쓸쓸한 옛길이 되었지만, 당시에는 현내에서도 손꼽히는 교통 체증 구획으로, 낮에도 정체가 자주 발생했다고 한다.

실제로 지금도 차들이 조금 달렸다가 멈추고, 또 달렸다가 멈추기를… 반복하고 있다. 정차할 때마다 불안과 초조함을 더해 가던 미츠코 씨는 출발한 차가 금방 다시 멈춰 버리자 기어이 참지 못하고 큰 소리로 숨을 내쉰다.

"괜찮아."

소장이 말한다. "걱정하지 마."

스오의 사투리가 아니다.

"전화 통화는 자칫 과장되게 느껴질 수 있어. 나도 요코하마에서 자주 전화로 연락을 받아. 딸이 다쳤다느니 열이 난다느니, 처음엔 놀라지만 잘 들어보면 별것 아니야. 별일 아닐거야. 특히 이번 같은 경우는 메시지 전달 게임 같은 걸 테니까."

전국에 거점을 두고 있는 미쓰비시 그룹의 소장은 단독으로 부임한 것일까. 이야기를 들어보니 요코하마에 집이 있고, 딸이 있는데…, 전화는 아내가 걸었다는 것일까….

"뭐, 걱정하는 마음은 당연히 이해해."

소장은 기어 변속기를 쥐고 있던 왼손을 떼고는 손수건을 꼭 쥐고 있는 미츠코 씨의 손을 잡는다.

어—? 이렇게까지, 한다고?

미츠코 씨는 소장의 손을 거부하지 않는다.

성희롱, 갑질…. 하지만 미츠코 씨의 모습을 보니 그런 말들이 깨끗이 사라진다.

미츠코 씨가 '거부하지 않는다'는 것이다. 그 증거로 소장이 올려둔 손에, 자기 손을 포갰다. 그러니 자신의 두 손으로 소장의 손을 감싸 쥔 것이다.

"…고마워요."

미츠코 씨가 말했다. 힘없는 목소리지만 엷은 미소를 담고 있다. 그 한마디에는 공장의 소장과 파트타임 종업원의 관계에 그치지 않는, 깊은 안도감과 신뢰가 깃들어 있다.

"괜찮아. 절대 아무 일 없을 거야."

소장은 웃으며 말했다. "중앙병원은 응급환자 대응에 익숙하고, 다치자마자 바로 이송되었기 때문에 크게 걱정할 일은 아닐 거야."

"그래도 목뼈가 부러졌다고…."

"뭐 어쨌든 아들의 상태를 확인해 봐야겠지. 지금은 의사를 믿고, 아들의 젊음을 믿어 봐야지."

"…정말 고마워요."

미츠코 씨는 방금 했던 말과 같은 말을 아까보다 더 감정을 담아 되풀이한다.

깊은 감정이었다. 뜨거운 감정이기도 하고. 더 나아가—말해도 좋을지 모르겠지만 아련하고 촉촉한 감정이기도 했다.

바로 앞에 멈춰 있던 트럭이 드디어 움직이기 시작한다. 소장은 미츠코 씨의 양손에 잡혀 있던 손을 슬쩍 떼어낸다. 그리고 그 흐름에 따라 미츠코 씨의 왼쪽 어깨를 가볍게 안는다.

"괜찮아, 내가 있잖아."

그렇게 말하면서 왼손으로 기어 레버를 다시 잡고 차를 움직인다.

미츠코 씨는 작게 고개를 끄덕인다. 왼쪽 어깨에 남아있는 포옹의 여운을 맛보기라도 하듯, 뺨을 살짝 붉게 물들이며 눈을 감는다.

―앗, 이건, 안 되는 것 아닌가?

아니, 진짜, 안 돼. 절대!

4

너무 놀란 나머지 나의 왼쪽 가슴에 대고 있던 오른손이 떨어졌다.

그 순간, 풍경이 다시 정원에서 바라보던 풍경으로 돌아왔다. 색이 사라지고, 소리도 사라지고, 흑백의 '그때 그 시절'이 눈앞에 펼쳐졌다.

"수고했어요."

카즈라기 씨의 목소리가 귓속에서 울려 퍼졌다.

왼손을 미츠코 씨의 등에서 떼어냈다. '그때'는 다시 색과 소리가 있는 '지금'으로 돌아왔고, 정원 의자에 앉아 있던 미츠코 씨도—.

"전망이 아주 좋네요."

잔잔한 미소를 지으며 나를 돌아보며 "이 여행을 도와줘서 정말 고마워요."라며 정중하게 고개를 숙였다. 현실 세계로 돌아온 것이다.

"귀찮은 부탁인 줄 알았지만 역시나 방문해서 좋았어요. 너무 그리웠던 나머지 저도 모르게 눈물이 나네요." 말뿐 아니라 핸드백에서 손수건을 꺼내 빨갛게 충혈된 눈가에 댔다.

그 손수건이 승합차 안에서 움켜쥐고 있던 손수건과 겹쳐, 나는 생각 없이 눈을 돌렸다.

"나중에 부모님이 돌아오시면 다시 한번 인사드리겠습니다."

현실을 정확하게 알고 있는 부분도 있고, 그렇지 않은 부분도 있을 것이다.

아까 내가 보았던 '그때'의 광경은 미츠코 씨 자신이 기억하고 있던 것일까? 아니면 기억에 봉인한 채 기억하지 않으려 했던 것을 내가 훔쳐본 것일까…?

미츠코 씨는 '지금'의 도시를 바라보고 있다. 미소는 한결 더 부드러워져 있었다. 눈물이 날 것 같은 그리움 속에는 그 소장도 포함된 것일까?

2층에서 난유와 타츠야 씨의 이야기 소리가 들린다. 2층에서 바라보면 시야가 더욱 넓어지고, 공장지대 너머의 조선소까지 보인다. 타츠야 씨는 "옛날에도 있었어, 저 건물.", "아니, 저런 곳에 아파트가 들어섰네."라며 감격스러워했다.

하지만 타츠야 씨는 미즈코와 소장의 관계를 꿈에도 생각해 보지 않았을 것인데….

견딜 수 없어 카즈라기 씨의 옆으로 가자 내가 어떤 말도 하지 않았음에도 카즈라기 씨는 "뭐, 그럴 수도 있죠."라고 냉정하게 말하며 계단 쪽을 보며 2층을 향해 말했다.

"정원으로 나오지 않을래요? 어머님 상태도 좋아졌으니, 이곳에서 함께 거리 풍경을 보면 생각나는 일도 많아질 것 같은데요."

타츠야 씨는 "그래요?"라고 말하고, 목소리를 낮추어 "정말 고맙습니다."라며 고개를 숙였다.

좋은 사람이다, 정말. 그렇기에 아까 마츠코 씨의 모습을 떠올리니 가슴이 조여든다.

타츠야 씨가 난유와 함께 테라스에서 정원으로 나왔다. 2층에 있는 동안 타츠야 씨와 한결 친해진 난유는 휴대폰으로 옛 스오의 사진이나 동영상을 검색하면서 도시의 풍경을 이것저것 설명해 주고 있다.

그런 세 사람의 뒷모습을 거실에서 바라보며 나는 카즈라기 씨에게 물었다.

"제가 방금 본 게… 정말 있었던 일인가요?"

"하루카가 봤다면 사실일 거예요."

그리고 한층 더 무뚝뚝하게 말을 이어 갔다.

"흔히 있는 일이죠. 주마등에서 불륜이 나오는 것은."

"…정말이에요?"

"하루카는 통야식을 알고 있나요?"

"장례식 전날 밤에, 밤새워 지키는?"

"왜 그렇게 하는지도 알아요?"

고개를 가로저었다. 사람이 죽으면 가까운 사람들이 밤샘을 한다. 그때 친척이나 친지들이 함께 고인을 추모하고, 추억을 서로 이야기한다ㅡ. 할머니 때도 그랬지만 이유가 무엇인지는 생각해 보지 않았다.

"종교에 대해서는 잘 모르지만, 우리 회사 사장님 말로는 주마등 때문이라고 하더군요."

주마등에서 놓친 것이 있을지도 모르니 모두 추억을 이야기하며 돌아가신 분에게 알려 준다는 것이다.

"뭐, 돌아가시고 나서 알려 줘도 이미 늦었지만 남겨진 사람들의 마음은 또 다르니까요."

"주마등이 놓치는 것도 많은가요?"

"의외로 많아요. 본인조차 잊어버리고 있다…라고 할까, 주마등에 그려 넣어야 할 것이 분명한데도 불구하고 그 소중함을 모르는 경우가 많아요. 또 본인들이 마개로 막고 있는 경우도 있어요. 이른바 기억을 스스로 봉인하고 있는 거죠. 전쟁이나 크나큰 재난을 겪은 사람들에겐 그런 경우가 많아요."

"네…. 알 수 있을 것도 같아요. 그런데 또 하나."

잊고 있는 것은 아닐지라도 봉인할 수밖에 없는 것이 있다. 이것을 주마등에 그려 넣으면, 자신의 인생을 부정해 버리거나 남겨진 가족들을 배신하게 되는 것일 수 있으니까—.

혹시나 하는 생각이 든 내게 카즈라기 씨는 작게 고개를 끄덕이며 말했다.

"무라마츠 님의 경우는 그럴지도 모릅니다."

카즈라기 씨는 내가 가진 힘에 관해 놀라기도 하고, 감탄하기도 했다.

"재능이 있다는 건 짐작하고 있었지만 설마 오늘 본, 이 정도일 줄은…."

오늘은 그저 미츠코 씨와 호흡을 맞춰보는 것만으로 충분할 것으로 생각했다.

"첫 다이브에서 이렇게 순조롭게 빠져들어 가는 경우는 거의 없어요."

"…다이브라고 하는 건가요?"

"다이빙입니다. 기억의 바다로 뛰어든다는 이미지를 생각하면 됩니다."

그 기억의 바다가 치매일 경우 몹시 거칠다.

"기억의 가닥이 끊어져서, 어디가 어떻게 연결되는지 모르기 때문에, 말하자면 나침반을 사용할 수 없는 거죠."

미츠코 씨의 경우도 마찬가지였다. 스오 시내를 보고 있다고 하더라도 스오에서의 일을 생각하고 있는지는 알 수 없다. 이사도 많이 다녔기에 1970년대 후반 스오의 기억을 더듬어 보더라도 전혀 다른 시대, 다른 도시의 기억 속에 던져지는 경우도 있다.

그런데 나는 단 한 번 만에 그 당시 스오의 기억을, 그것도 터무니없이 소중한 기억을 건드렸다는 것이다.

"대단한 일이지. 훌륭해요."

칭찬하면서도 탁자에 두 팔꿈치를 대고 소리도 없이 손뼉을 치는 모습이 자못 건성이다. 표정도 우울하기 짝이 없다. 그래도 말은 앞으로 뻗어 나간다.

"아까 하루카가 본 광경에는 색이 묻어 있었을 거예요."

"네…."

"그런데 그 전의 옛날 스오 시내의 모습은 흑백이었다. 아닌가요?"

"네…, 그랬어요."

"그렇다면 추억과 주마등의 관계를 알려 줄게요."

색이 묻어 있는 추억은 주마등으로 그려질 수 있는 가능성이 있지만 흑백의 추억은 그렇지 않다.

숨을 삼키고 있는 나에게 카즈라기 씨는 "병원으로 향하는 차의 장면은 주마등으로 나올지도 모릅니다."라고 말한 후, 잠시 생각하다가 표현을 바꿨다.

"주마등으로 그려져야 할 소중한 추억이라는 거지, 그 장면은."

"…하지만 불륜이잖아요."

내 말에 반응하지 않고, 눈도 마주치지 않고 "소중한 추억에는 색이 묻어나고, 색이 묻어나는 추억은 주마등에 그려질 수 있다. 그것만 기억해요."라고 말한다.

"그려질 가능성이 있다는 건, 주마등으로 나올지 안 나올지는 아직 알 수 없다는 거죠?"

또 무시당했다. 마당에서는 미츠코 씨가 타츠야 씨에게 몸을 의지한 채 휴대폰을 들고 있는 난유의 설명을 듣고 있다.

"아까 카즈라기 씨는 미츠코 씨가 스오에 있었던 5년 반의 추억은 어떤 것도 주마등으로 그려져 있지 않다고 말씀하셨잖아요. 그럼 차 안에서의 장면도 없었나요?"

"그래요. 지금 시점에서는 아직 아무것도 없어요."

"하지만 가능성은 있는 거죠?"

"그렇죠."

"가능성이 있는데도 주마등에 나오지 않는 추억도 있나요?"

"그래요. 흔한 일이에요."

"무라마츠 님의 경우에만 국한된 일도 아니고요."라고 덧붙이며 계속 말을 이어 갔다.

"치매 때문에 주마등으로 잘 안 나오는 것일 수도 있고, 억압이 너무 강해서 그런 것일 수도 있어요."

"억압?"

"기억에서 지워버리고 싶다, 생각조차 하지 않으려고 한다, 잊어버린 척한다…. 그런 것들입니다."

"불륜이기 때문에요…?"

대답은 없다.

"그동안 계속 잊어버린 척했는데, 스오에 오는 바람에 생각이 나서 주마등에 그려지기도 하나요?"

잠시 사이를 두었다가 "추억을 알아보는 방법에는 이런 것도 있어요."라고 말을 돌렸다.

본인이 기억하지 못하는 추억은 반투명한 형태로 기억의 바다를 떠다니고 있다는 것이다. 난유라면 "해파리 같은 건가요?"라며 어리둥절해할지도 모르겠다. 그러나 같은 비유를 써도 카즈라기 씨는 아무렇지도 않게 "바다에서 해파리를 찾기 어려운 것처럼, 본인조차 기억하지 못하는 추억을 찾는 것은 매우 어렵습니다."라고 말을 이어 갔다.

"게다가 그 반투명한 추억에도 희미하게 색이 묻어나 있을 때가 있어요."

"그럼, 주마등에―"

"그려 넣어야 할 추억입니다."

그리고 카즈라기 씨는 어제까지 본, 미츠코 씨 기억의 바다에 관해 알려 주었다.

"병원으로 가던 차 안에서의 장면은 분명히 어제도 있었어요. 다만 그때는 아직 투명하고 색도 없었어요."

그런데 오늘 방금 내가 본 장면에는 색이 묻어나 있었다. 반투명하다기보다 조금 더 뚜렷한 질감까지 있었다.

"생각이 떠올랐나 봐요. 기억이 되살아났다기보다는 억압의 무거운 돌덩이가 떨어져 나간 것일지도 몰라요."

"스오에 와서요—?"

고등학교와 축구부, 타츠야 씨의 부상 이야기를 들었기 때문에—?

"주마등으로 그려진 거예요?"

나는 힘주어 물었다.

대답은 돌아오지 않았다.

"아, 하지만 그려내도, 지워 버려도 되는 거죠?"

이번에도 묵묵부답이다.

화가 나서 "주마등을 보는 방법을 가르쳐 주세요." 탁자에 몸을 숙여 카즈라기 씨를 노려보았다. "어떻게 하면 잘 볼 수 있나요? 내게 정말 재능이 있다고 했잖아요. 그렇다면 방법을 가르쳐 주세요. 열심히 배울게요."

하지만 카즈라기 씨는 정원에 있는 사람들에게서 눈을 떼지 않고, "아직은 무리입니다."라고 퉁명스럽게 말했다. "지금은 추억의 색이 있다는 것을 아는 것만으로 충분하답니다. 뭐든지 할 수 있다고 생각하지는 말아요."

"…방금 '아직'이라고 했잖아요. 그럼 언젠가는 볼 수 있게 된다는 건가요?"

순간 눈살을 찌푸린 카즈라기 씨는 "주마등, 볼 수 있게 되고 싶어요?"라고 되물었다.

　의외라는 듯이, 그리고 왠지 모르게 나무라는 듯이.

　당연하지 않으냐고 바로 대답하고 싶었지만, 목소리로 나온 대답은 "모르겠어요…."였다.

　카즈라기 씨는 그래도 괜찮다는 듯이 고개를 끄덕이고 "어쨌든—" 하며 이야기를 마무리 지었다.

　"미츠코 님의 주마등은 아주 섬세한 것이기 때문에 섣불리 함부로 하진 말았으면 합니다. 부탁할게요."

　되묻고 싶은 말이 한두 가지가 아니었다. 궁금한 것은 더 많았다.

　그러나 나는 조용히 고개를 끄덕였다. 카즈라기 씨도 미츠코 씨와 타츠야 씨, 그리고 난유의 뒷모습을 물끄러미 바라볼 뿐이었다.

　5.

　1층 일본식 방에 묵었던 무라마츠 씨 모자는 밤 9시가 지나자 불을 끄고 잠자리에 들었다. 미츠코 씨는 그렇다 치더라도 타츠야 씨에게는 너무 이른 취침 시간이란 생각이 들기도 하지만, 그런 점이 정말 제대로 된 효도일 것이다.

　이른 저녁 식사는 택시를 불러 역 앞, 타츠야 씨가 인터넷으로 예약해 둔 일식집에서—얄밉게도 난유까지—대접을 받았다.

술을 조금 마신 탓인지, 타츠야 씨는 저녁 식사 도중부터 나와 난유에게 경어를 사용하던 정중한 말투를 그만두고, 마치 아저씨가 고등학생에게 말하는 듯한 말투가 되었다. 그편이 낫다. 나도 마음이 편해졌고, 타츠야 씨와 난유가 완전히 친해진 모습을 보면서 난유를 끌어들인 것은 정말 잘한 일이었다는 생각이 들었다.

카즈라기 씨는 식사 후 역 앞의 호텔로 향했고, 우리는 다시 택시를 타고 집으로 돌아왔다. 타츠야 씨는 우리가 먼저 내린 후에도 난유가 그 택시를 계속 타고 집에까지 갈 수 있게 했다. 정말 고마운 일이다. 타츠야 씨가 원래 다정다감해서인지, 난유를 아주 좋아해서인지…. 아마 둘 다인 것 같았다.

다음 날 아침에는 카즈라기 씨는 렌터카를 타고 우리 집에 와서, 미즈코 씨와 타츠야 씨를 데리고 스오 시내 드라이브를 하기로 했다.

난유까지 '어차피 일요일이라 한가하니까' 함께 가기로 했다. '너는 상관없잖아.'라며 무뚝뚝하게 거절할 줄 알았던 카즈라기 씨도 왠지 환영하는 기색으로 "현지인의 안내를 받을 수 있을 것 같네요."라고 타츠야 씨에게 말했다.

한편 나는 가능하면 집을 지키고 싶었다. 좀 더 솔직하게 말하면 이 대화에서 빨리 빠져나오고 싶었다. 예전에 살던 집에서 풍경을 떠올리게 해 주는 것으로 임무는 이미 끝난 것이다. 우리 집에 묵는 것은 상관없지만 나는 민박집 아주머니로 남고 싶다. 이불도 널어 주고, 시트도 매일매일 갈아 주면서 '이 정도면 되겠죠?'라고 말하고 싶은 것이다.

"…왜냐하면, 책임까지 질 수는 없잖아."

2층 내 방에서 밖을 바라보며 중얼거렸다.

창가로 옮긴 의자에 앉아 활짝 열어젖힌 창틀에 턱을 괴고 야경을 바라보는 것이 내가 가장 좋아하는 일이다. 즐거울 때보다 오히려 반대로 고민이 있고, 생각해야 할 일이 있을 때 종종 이렇게 있고는 했다.

거리의 불빛은 야경이라 할 정도로 눈부시지는 않지만, 가로등에 비친 공업지대는 날아오르기 직전의 우주선처럼 보이기도 한다.

미츠코 씨도 오늘, 정원에서 공업지대를 바라보고 있었을까? 저녁 식사 때, 타츠야 씨가 "어머니는 미쓰비시 화학에서 파트타임으로 일했어요."라고 알려 주었다.

"조그마한 공장과 영업소가 있었는데. 처음에는 공장 현장직이었는데, 나중에는 사무직으로 옮겼어요."

그 소장이 자신의 곁에 두고 싶어 이동시킨 것일까? 그럴 수도 있다. 지금 생각해 보면 그런 짓을 하고도 남을 얼굴이었다.

타츠야 씨에게 "어머니, 그랬죠?"라는 말을 들은 미츠코 씨는 "그래, 그래."라고 미소를 지으며 고개를 끄덕였지만 더는 아무 말도 하지 않았다. 카즈라기 씨도 무표정하게 입을 다물고, 젓가락으로 회를 조심스럽게 집어먹을 뿐이었다.

그 모든 것을 보아야 하는 깃은 정말 힘들고, 곤란하고, 피곤하고, 귀찮은 일이지만….

 스오의 희미한 야경을 바라보며 저녁에 들려준 카즈라기 씨의 이야기를 떠올렸다.
 인생이 마감될 즈음에 보는 주마등은 기본적으로 기억 중에서도 특별한 것―즉, 색을 입힌 추억만 그려진다.
 "말 그대로 인생의 축소판입니다. 주마등의 그림을 보면 그 사람의 인생이 어떠했는지 알 수 있어요."
 예를 들어, 반년쯤 전에 담당했던 고객 이야기를 들려주었다.
 외식업으로 큰 성공을 거둔 사업가였다. 마루야마 씨라고 했다. 나도 이름은 알고 있다. 아마 지난달에 일흔 살의 나이로 돌아가셨던 것 같다.
 "어쨌든 평판이 안 좋은 사람이었어요. 돈밖에 모르는 사람이라거나 귀신이나 심지어 악마라고 하기도…. 실제로 많은 사람을 울렸고, 아무렇지도 않게 범죄를 저지르기까지 하면서 성공한 경우였으니까요."
 그런 탐욕스러운 사람이 중병으로 시한부 선고를 받았고, 인생의 마무리가 뜻밖에 다가왔다. 그래서 갑자기 불안감에 휩싸였다. 자신의 인생은 돈밖에 없었던 것일까? 그렇다면 마지막에 보는 주마등에는 돈과 관련된 것들만 나오지 않을까. 가슴이 따뜻해지는 추억, 정이 묻어나는 추억을 필사적으로 찾아보았다. 몇 가지, 없는 것은 아니었다. 그렇다고 그것들이 주마등으로 제대로 그려지기나 할까….

그래서 브레멘 여행사에 의뢰하여 카즈라기 씨와 함께 인생의 여러 연고지를 둘러보게 되었다.

"아니나 다를까 색이 짙게 묻어나는 기억은 돈과 관련된 장면들뿐이었어요. 동료였던 사람을 배신하거나 쫓아내기도 했고, 승승장구하며 웃는 얼굴이 지겨울 정도로 많이 등장했고, 나머지는 호화로운 곳에서 술잔을 기울이는 주지육림의 세계뿐이었어요." 스스로 찾아낸 '좋은 사람'에 대한 추억도 모두 흑백이라—주마등으로 그릴 정도의 가치가 없었다.

"자식들을 돌보았던 것도 자상함이 아니었고, 아무리 많은 기부를 해도 절세를 위한 대책이었을 뿐 의미가 없는 일이었어요. 이 기적이기만 한 추억으로는 될 일이 아니었어요."

그런데 다른 한편 본인이 지워버린 기억 속에 소중한 추억이 숨어 있는 경우도 있다. 마루야마 씨의 경우도 그랬다. 카즈라기 씨는 여행 중에 기억의 바다를 뒤져 그것을 발견했다. 미츠코 씨의 추억을 찾아낸 것처럼.

"초등학교 5학년 때 어버이날에 두 살 아래 여동생과 용돈을 모아 선물을 샀어요. 오르골이 들어 있는 소품함이었어요." 어머니는 매우 기뻐했고, 심지어 이런 일도—. "사실 여동생은 너무 어려 돈은 거의 마루야마 씨가 낸 것이었어요. 하지만 어머니 앞에서는 '둘이서 반씩 냈어요.'라고 말했고, 어머니도 그 사실을 잘 알고 있었지요. 그래서 마루야마 씨를 꼭 안아주기도 했으니까요…."

 어버이날의 추억은 반쯤은 흐릿하지만 색은 희미하게 남아 있었다. 주마등으로 그려야 할 추억인데, 마루야마 씨 자신은 잊고 있었던 것이다. 안타까운 일이었다.

 아니, 애초에 이런 추억들은 보통 잊어버리지 않나?

 나의 의문을 알아챈 카즈라기 씨는 "잊은 척하는 거죠."라고 웃으며 말했다. "기억을 덮어버리고, 생각의 끈을 끊어 버렸어요."

 "…왜요?"

 "4, 5년 전에 여동생과 재판이 있었어요. 골육상쟁이라고 할 정도의."

 마루야마 씨는 그룹 계열사 중 하나를 여동생 부부에게 맡기고 있었다. 그런데 경영 방침을 둘러싸고 남매가 언론을 동원해 비방전을 벌인 끝에 여동생 부부를 특수배임죄로 고소했다. 결국 여동생 부부는 경영진에서 쫓겨났고, 어떻게든 사이를 회복시키려 했던 고참 간부들까지 밀려나고 말았다.

 남매는 절연하고, 마루야마 씨는 여동생에 얽힌 여러 가지 기억을 봉인해 버렸다.

 하지만 어버이날의 추억에서 색은 사라지지 않았다.

 여행이 끝날 무렵 이 사실을 말하자 마루야마 씨는 크게 동요하며 그럴 리가 없다, 있을 수 없다고 반박했다.

 그런 마루야마 씨에게 카즈라기 씨는 말했다.

 "이 추억은 주마등으로 그릴 가치가 있습니다."

다만, 지금 이 상태로는 주마등으로 나올지 여부를 임종의 순간이 되어야만 알 수 있다.

확실히 보고 싶다면 카즈라기 씨가 주마등으로 그린다. 정 보고 싶지 않다면 다른 장면으로 주마등을 가득 채운다. 더욱이 완벽히 없애고 싶다면 색을 지워도 좋다.

"색을 지울 수도 있나요?"

내가 묻자, 카즈라기 씨는 "아주 드문 경우입니다."라고 고개를 끄덕이며, "하지만 그 반대는 불가능합니다."라고 말했다. 추억에 색을 입히는 것은 어디까지나 본인—화가는 잊고 있었던 추억을 불러낼 수 있도록 안내하는 것밖에 할 수 있는 일이 없다. 그것이 여행인 것이다.

카즈라기 씨는 마루야마 씨의 이야기로 다시 돌아갔다.

"어떻게 할까요? 결정해 주세요."라고 권유하자, 마루야마 씨는 신음을 내지르며, "조금만 생각할 시간을 주시면 안 되겠습니까?"라고 말했다.

"물론 괜찮습니다. 중요한 일이니 천천히 생각해서 결정해 주세요."라고 말은 하면서도 사실 카즈라기 씨는 이미 예상하고 있었다.

"거절하려고 한다면 바로 거절합니다. 주저할 이유가 없죠."

예를 들어 전쟁을 경험한 세대에게는 그 당시의 추억을 찾았다고 하면 바로 '필요 없다'고 거절하는 사람이 적지 않다. '오랜 세월을 잊고 살았는데 굳이 왜 상기시키느냐?'고 화를 내는 사람도 있다. 그런 경우에는 이쪽도 즉시 색을 지우고 만일이라도 주마등으로 떠오르지 않도록 한다.

"반대로 바로 거절하지 않으면 대부분 받아들이는 경우가 많아요. 망설이는 순간, 사실은 반쯤은 받아들이고 있는 거죠."

마루야마 씨도 마찬가지였다. 여행을 모두 마친 후 어버이날의 추억을 주마등으로 그려 달라는 연락이 왔다.

그 후 얼마 지나지 않아 마루야마 씨는 악평으로 가득 찬 일생을 마감했다. 주마등에는 돈에 집착하는 자신의 모습이 역겨울 정도로 비쳤을 것이다. 어쩔 수 없다. 그런 삶을 살아왔기 때문이다.

그러나 그런 주마등 그림 속에 단 하나—여동생과 다정하게 지냈던 시절의 자신이 있었다.

"편안한 얼굴로 숨을 거뒀다고 합니다."라고 카즈라기 씨는 말했다.

'상행 신칸센이 한 대만 더 오면 창문을 닫자.'

창밖을 바라보고 있으면 아침이든 낮이든 밤이든, 전망이 좋은 날이든 그렇지 않은 날이든, 시간이 흘러가는 것을 잊어버린다.

지금도 그렇다. 마루야마 씨의 이야기를 떠올리고 있는 사이에 30여 분이 흘렀다.

상행 신칸센이 왔다. 스오역을 통과하는 열차라 속도는 상당히 빠르다. 창문을 통해 비치는 차 내부의 불빛이 마치 빛의 구슬 장식처럼 가끔 높은 빌딩에 가로막히며 도시를 서쪽에서 동쪽으로 가로지른다.

밤 10시가 가까웠으니 이미 도쿄행은 끊어지고 없다. 신오사카행의 막차쯤일까, 아니면 오카야마나 히로시마까지 가는 기차일까. 어느 쪽이든 어쨌든 신칸센은 먼 곳으로 향한다. 그것이 좋다.

아까 마루야마 씨의 주마등 이야기를 생각하다 문득 엄마가 떠올랐다. 떠올랐다고는 하나 사진으로 알고 있는 것은 내가 3살 무렵까지다. 그러니 벌써 14년 전—엄마는 그때 스물아홉 살이었다.

지금은 행방불명, 살아 있는지 죽었는지도 모르는 엄마의 주마등은 어떤 모습들일까. 거기에는 세 살 때 버린 외동딸이 그려져 있을까?

브레멘 여행사의 고객은 마루야마 씨처럼 시한부 선고를 받거나, 미츠코 씨처럼 치매에 걸린 사람만은 아니다. 젊은 사람도 있다. 중간보고라고 할까, 지금 시점에서 주마등에 어떤 추억이 그려져 있는지를 알고 싶다—카즈라기 씨에 의하면 그런 사람들이 최근 들어 늘어나고 있다고 한다.

"예를 들어, 이혼한 사람이라면 헤어진 남편이나 아내가 주마등에 나올지가 궁금한가 봐요."

나도 마찬가지로 알고 싶다. 현재의 주마등에, 엄마가 있을까? 얼굴도 모르는 아빠는 나올 이유가 없다. 그러나 엄마는, 가능성은 있다. 만약 그려진다면…. 그것을 보고 싶을지 아닌지 지금은 알 수가 없다.

3장

1.

카즈라기 씨가 빌린 렌터카는 3열 좌석의 승합차였다.
"이 차라면 모두 여유 있게 앉아 갈 수 있으니까요."
'모두—' 속에는 당연하다는 듯 나도 포함되어 있을 것이다. 덩달아 어젯밤 거의 밤을 새우다시피 스오시의 역사를 조사했다는 난유도.
무라마츠 씨 모자는 어제의 장거리 이동의 피로도 없는 듯 오늘 아침에는 어스름한 새벽에 일어나 정원에 나가 있었다.
미츠코 씨의 치매 증상은 일단 지금은 진정된 상태다. 내가 고등학교 2학년 학생이고, 혼자 살고 있는 이유는 타츠야 씨가 몇 번을 설명해도 잘 모르는 모양이지만, 우리 집에 처음 왔을 때와 같은 멍한 눈을 하고 있지는 않다.
카즈라기 씨가 운전석에, 조수석에 타츠야 씨, 2열에 미츠코 씨와 난유가 나란히 앉았고, 나는 3열에 앉았다.

처지로 미루어 보면 난유가 3열에 앉아야 하지 않나 생각했지만 난유는 하룻밤 동안 공부한 성과를 보여주기 위해 태블릿 단말기도 가져와서 "전, 할머니의 전속 가이드니까. 궁금한 게 있으면 뭐든지!"라고 당당하게 말했다.

카즈라기 씨도 이런 분위기를 좋아하지 않을 것 같은데도 의외로 쉽게 "그럼 미츠코 씨 옆자리에 앉아 주세요." 그 진의는 모두가 각자의 자리에 앉고 나서야 알 수 있었다.

"하루카, 미안한데 뒤에서 미츠코 씨의 어깨를 받쳐 줄래요? 좌석 벨트가 있다고 해도 난 승합차 운전에는 익숙하지 않거든요. 처음에는 커브 길이 계속 이어지니까 만약을 대비해서라도."

"네…."

"호흡을 제대로 맞추면 잘 받쳐드릴 수 있을 것 같아요."

처음에는 영문을 몰랐지만 그 한마디로 '아, 그런 뜻이구나.' 하고 이해할 수 있었다. 어제저녁 정원에서 미츠코 씨 기억의 바다에 다이빙 했을 때와 마찬가지로—그래서 난유가 자신만만하게 자리 잡은 것이 편리했을 것이다.

카즈라기 씨는 타츠야 씨에게 말을 걸었다.

"어디부터 돌아볼까요?"

"가능하면 우리가 살았던 시절의 분위기가 남아 있는 장소가 좋지 않을까요?"

곧바로 난유가 "그럼 서쪽 입구의 긴텐 거리로 가보면 어떨까요?" 하고 말했다.

"거기 상점가는 아주 옛날부터 있었어요."

"긴텐 거리라면 스오야가 있었던 곳?"

타츠야 씨의 목소리가 높아졌다. "생각나, 그래. 상점가였지."

"스오야가 백화점이죠?"

"맞아, 맞아, 옥상에 작은 놀이공원이 있었어."

"1993년에 문을 닫았지만, 옛날에는 시내에서 가장 큰 백화점이었다고 하네요."

"그런데도 망해 버렸구나…. 지하에 있던 식당에 자주 갔었는데…. 그렇죠, 어머니?"

조수석에서 돌아보며 말을 걸자, 미츠코 씨도 그리운 듯 고개를 끄덕인다. "아버지는 카츠 카레, 어머니는 튀김 소바."라고 타츠야 씨가 말했다.

"그래, 그리고 아버지는 삿포로에서 돌아오면 꼭 회 정식을 드시고."

"…그랬지."

대답하는 말끝이 미묘하게 가라앉은 것처럼 들리는 것은 나만의 지레짐작일까.

"그럼 먼저 긴텐 거리로 갔다가, 미쓰비시 화학을 들러 보죠. 지금도 같은 자리에 있는지는 모르겠지만."

미츠코 씨가 아르바이트하던 곳, 그리고 그 소장과 함께 일하던 직장―.

가슴이 철렁 내려앉은 나의 동요를 알 리 없는 미츠코 씨는 "잘 부탁합니다."라며 작게 고개를 숙였다.

　미묘한 굴절이 있는 듯 없는 듯…. 아직은 잘 모르겠다.

　카즈라기 씨는 차를 출발시켰다. 앞서 들은 대로 미츠코 씨의 어깨를 뒤에서 받치고, 살며시 왼쪽 가슴에 오른손을 얹었다.

　호흡을 가다듬고, 미츠코 씨의 심장 박동과… 일치됐다―라고 생각할 겨를도 없이, 눈앞의 풍경에서 색이 사라졌다.

　2.

　흑백의 세계에서 차는 야마노테에서 시가지로 굽이굽이 좁은 길을 따라 내려간다.

　야마노테 지구는 1970년대부터 급속도로 택지 개발이 진행됐다. 하지만 그 속도가 너무 빨라 도로 정비가 따라가지 못했다. 왕복 4차선 도로가 개통되어 지금과 같은 거리 풍경이 된 것은 1980년대 후반―이라고 난유가 타츠야 씨에게 설명하는 목소리가 들린다.

　"예전에는 더 구불구불하고, 길도 좁고, 많이 흔들렸어. 익숙해지기 전까지는 멀미를 해서 학교에 도착했을 때는 이미 기운이 다 빠져 있었지."

　타츠야 씨는 그리운 듯이 말한다.

그 옛날의 길을 나는 지금 보고 있다. 미츠코 씨의 몸은 승합차를 타고 있지만, 마음은 옛날 버스를 탄 기억을 따라가고 있다.

색이 없는 기억 속에서 40대 중반의 미츠코 씨는 2인용 좌석의 창가에 앉아 있다. 옆에 앉은 사람은 양복에 넥타이 차림의 아저씨다. 아는 사이는 아닌 듯, 좁은 좌석에서 서로 어깨가 닿지 않도록 조심하는 모습이 역력하다.

좌석은 모두 꽉 찼고, 서 있는 사람들도 많다. 대부분 직장인과 고등학생이다. 아침 출근 시간대인 것 같다. 다들 코트를 입고 있으니 계절은 겨울이다.

미츠코 씨는 이런 시간에 버스를 타고 어디로 가고 있는 것일까. 나의 궁금증은 난유의 무심한 도움으로 해결되었다.

"시내로 나갈 때는 항상 버스를 이용했나요?"

"그래. 택시 같은 건 사치니까 어디를 가든 버스를 타야 했지."

"집에는 차가 없었어요?"

"아버지가 삿포로에 단신으로 부임했을 때 함께 가져갔어. 어머니는 운전면허가 없으니까 차만 집에 둘 수가 없었지."

타츠야 씨는 뒤에 있는 미츠코 씨에게 "어머니, 항상 버스를 탔었지?"라고 말했다. "우체국 앞 버스정류장에서 오모테마치 버스터미널까지…. 기억나지 않아요?"

미츠코 씨는 천천히 고개를 끄덕이며 "버스터미널에서 붕어빵을 선물로 사서 돌아가곤 했지."라고 말했다.

타츠야 씨는 "그래, 맞아. 정류장 구석에 조그만 가게가 있었어."라며 즐겁게 맞장구를 쳤다.

 승합차 안에서의 대화는 서로에게만 집중되어 있다. 하지만 미츠코 씨의 마음은 이곳에 없다. 내 눈에 비친 것도 먼 과거의 버스 안 모습 그대로였다.

 "어머니도 파트타임으로 일하는 미쓰비시 화학까지 일주일에 사흘은 버스를 타고 다녔어요."

 "역 반대편에 있었으니, 야마노테에서 오면…."

 "버스터미널에서 갈아타야 했어요. 출퇴근은 힘들었지만 아버지가 단신으로 부임했기에, 두 집 살림을 해야 했기에 가계가 어려웠어요. 어쨌든 집세도 내야 했으니 출근하게 되었지요."

 그렇다면 지금 미쓰코 씨의 기억 속에 되살아나는 것은 미쓰비시 화학으로 향할 때의 모습일까?

 그런데 미츠코 씨의 옷차림은 결코 화려하진 않지만 평상시 출퇴근용 옷차림은 아니다. 조금 더 화려하고 경쾌하며, 화장과 헤어스타일에도 은은한 화사함과 윤기가 묻어난다.

 버스가 시내로 들어서자마자 환승 장소인 오모테마치 버스터미널보다 한참 앞에서 미츠코 씨는 하차 버튼을 누른다.

 국도에서 길 하나만 들어가면 나오는 다이쇼마찌 버스 정류장이다. 이름 그대로 다이쇼 시대에 도매 상가로 번성했던 곳이다. 지금은 재개발로 아파트가 즐비하게 들어섰지만, 미츠코 씨의 기억 속 다이쇼마찌는 장사꾼들이 모여 살 것 같은 소박한 사무실 빌딩과 창고가 즐비하게 늘어서 있다.

미츠코 씨는 버스 정류장에서부터 걷기 시작한다. 몇 번이나 왔던지, 익숙한 발걸음이다. 하지만 이곳은 미쓰비시 화학과 전혀 상관없는 곳이다.

대로변 모퉁이를 돈다. 늘어선 건물들의 모습은 더욱 낡았고, 인적이 거의 끊긴 듯하다. 그런 한 모퉁이 주차장으로 미츠코 씨는 쏜살같이 들어선다. 아니, 정확히 말하면 길에서 발을 들여놓기 직전에 좌우로 눈을 돌렸다. 주변을 살펴 아무도 보고 있지 않다는 것을 확인하듯.

주차장은 월정액 주차장과 시간제 주차장으로 나뉘어져 있다. 아직 대부분의 회사나 도매상들이 문을 열기 전이라 정액 주차장 쪽에는 회사 이름이 적힌 경차나 승합차, 경트럭이 빼곡히 주차되어 있다. 그 그늘에 조용히 숨어 있듯, 시간제 주차장 구석에 승용차 한 대가 있다.

미츠코 씨는 그 승용차를 발견하고는 얼굴에 미소를 짓는다.

그 순간—풍경에 색이 입혀진다.

이제부터는 미츠코 씨의 주마등으로 그려야 할 추억이라는 것이다.

풍경이 이리저리 흔들린다. 나의 호흡이 거칠어지고 심장 박동이 빨라졌기 때문이다. 심호흡, 심호흡, 침착하게….

승용차는 지극히 평범한 흰색 소형차다.

미츠코 씨는 조수석 문을 연다.

운전석에 있는 사람은 미쓰비시 화학의 영업소장이다.

미츠코 씨를 태운 차는 국도 동쪽으로 향한다. 미쓰비시 화학과는 정반대 방향이다.

소장은 평상복 차림이다. 차도 회사의 업무용 승합차가 아니었다. 'ㅎ' 번호의 렌터카—자신의 차는 다른 지역 번호라서 눈에 띄기 때문일까.

차 안에서 주고받는 말을 연결해 보니 소장은 오늘 연차를 낸 모양이다. 연말을 앞두고 연차휴가 일수가 얼마 남지 않았다고 한다. "덕분에 요코하마에는 한동안 못 돌아갈 것 같아." 웃는다. "뭐, 그 편이 더 좋긴 하지만."

아내와 자녀의 존재가 슬며시 떠오르자 미츠코 씨의 표정이 잠시 흐려진다.

이를 눈치챈 소장은 옅은 미소를 지으며 "투덜거리는 게 아니야."라고 하며 계속 말을 이어간다.

"일요일에는 당신을 아드님에게 돌려줘야 하니까."

미츠코 씨는 "그만해요."라며 얼굴을 찡그린다. "집 얘긴, 그만하세요."—그 목소리와 표정은 더 이상 소장과 파트타임 직원이라는 관계의 그것이 아니다.

소장은 "미안해, 미안해."라고 웃으며 사과했지만, 한참을 달려 시내를 빠져나가자 다시 미츠코 씨의 집 이야기를 꺼낸다.

"오늘 아침에는 아드님이 학교 간 이후에 나왔어?"

미츠코 씨는 "정말 그만해요."라고 반복한다. 그 얘기를 듣기가 싫고, 화가 난다. 아니 슬프고 괴롭다.

하지만 소장은 계속 말을 이어 간다.

"도시락은 뭘 만들었어? 다음엔 나한테도 만들어 줘. 한 사람 몫이나 두 사람 몫이나 똑같잖아."

"그만…, 제발. 더 이상 말하지 말아요…."

하하하, 소장은 웃는다. 마음 씀씀이가 나쁘다—라기보다 뭐랄까, 이렇게 미츠코 씨를 슬프게 만들고, 괴롭히고, 곤란하게 하는 것이 즐겁고…, 쾌감을 느끼는 것일까?

하지만 미츠코 씨도 싫다고는 해도 차에서 내리려는 기색은 전혀 없다.

차는 아까부터 계속 흔들리고 있다. 실제 움직임 때문이 아니라 나의 동요가 그대로 전달되고 있다. 적어도 흑백으로 그려지고 있으면 좋았을 텐데. 미츠코 씨가 기억에 새긴 이 장면에서 색이 사라지지 않는다.

시내 중심부를 등에 지고 가는 방향이라 국도의 차량 흐름은 순조롭게 진행된다. 얼마 지나지 않아 차창 밖으로 전원 풍경이 펼쳐지고, 더 나가자 산이 다가온다. 멀리 바다가 보인다. 아주 맑은 겨울 아침이다. 햇살은 맑은 공기를 뚫고 바다에 바로 박혀 반짝반짝 빛나고 있다. 산자락의 작은 마을을 지날 때, 나뭇가지에 하나만 남은 감 열매가 눈에 선명하게 들어온다. 그 아름다움이 그저 원망스럽기만 하다.

차는 고개 앞에서 샛길로 접어든다. 그러자 산자락에 웅크린 듯 서양의 성을 모방한 디자인의 러브호텔이 세워져 있다.

안 돼, 절대로 안 돼, 이건 안 돼!

차가 흔들린다. 드라마의 대지진이나 대폭발 장면처럼 심하게 흔들리더니—펑, 하고 깜깜해졌다.

3.

미츠코 씨의 등에서 손을 뗌과 동시에 나는 현실 세계로 돌아왔다.

승합차는 스오의 시가지로 들어서고 있었다. 첫 번째 목적지인 긴텐 거리까지는 앞으로 몇 분밖에 남지 않았다.

타츠야 씨와 난유는 오모테마찌 버스터미널의 과거와 현재에 관해 이야기하고 있었다.

예전에는 시내를 운행하는 버스 노선이 훨씬 더 많았기 때문에 지금은 승강장이 6번까지 있지만 그때는 12번까지 있었다고 한다. 난유는 "대박!"하고 놀라워했고, 반대로 타츠야 씨는 줄어든 승강장의 공간들이 편의점이나 패스트푸드점이 된 것을 알고는 "시대가 바뀌었구나." 하며 쓸쓸해 했다.

붕어빵 가게는 우리가 어릴 적에 이미 사라지고 없었다.

"어머니, 안타깝네요. 아직 하고 있으면 사고 싶었는데."

타츠야 씨가 조수석에서 얼굴을 돌려 말을 걸자, 미츠코 씨는 "어쩔 수 없잖아, 이제. 아주 옛날 일이니까."라고 말했다.

나는 타츠야 씨의 얼굴을 똑바로 볼 수가 없었다. 대화도 냉정하게 듣고 있을 수가 없었다.

미츠코 씨의 대답은 또박또박 분명하고, 의식도 현실 세계에 머물러 있었다. 그러나 기억 속에는 소장과의 비밀 드라이브가 아련하게 새겨져 있는 것이다.

다시 등을 만지면 그 장면이 이어져 연속으로 돌아가는 것일까? 그것은 정말 싫다. 전혀 관계없는 다른 장면이 떠오르면 좋겠지만, 만약 그 장면이—호텔 방에 들어간 다음의 장면이 나온다면….

"하루카 씨?"

카즈라기 씨가 앞을 향한 채 말했다.

"만일의 사태에 대비해서 제대로 무라마츠 님의 어깨를 받쳐 주실래요?"

손을 떼고 있다는 사실을 알고 있는 것이다. 룸미러로 확인한 모양이다.

어쩔 수 없이 다시 한번 미츠코 씨 기억의 세계로 돌아갔다.

흑백의 풍경이 펼쳐진다. 안심이 되었다. 그 장면의 연속이 아니다.

넓은 레스토랑이다. 전망 창 너머로 신칸센 고가도로가 보인다. 혹시나 하고 든 생각은 이곳이 스오야 백화점의 오코노미 대식당이 아닐까 싶었다.

스오야 백화점은 내가 태어나기 훨씬 전에 문을 닫았기 때문에 식당을 이용한 기억이 없다.

그러나 쇼와 시대 고도 경제 성장기—스오의 도시가 가장 활기 찼던 시절에 문을 연 백화점이었기에 시의 역사를 돌아볼 때면 반드시 옥상의 유원지나 오코노미 대식당의 사진이나 동영상이 소개된다.

그래서 금방 알 수 있었다. 그래, 그래, 맞아. 홀 중앙의 긴 테이블 한가운데에 커다란 주전자와 찻잔들을 비치해 두었고, 차는 셀프서비스였다. 손님은 식권을 사서 자리에 앉고, 점원이 표를 반으로 찢는다.

일식, 중식, 양식, 디저트, 간단한 술안주…. 뭐든지 다 있었다.

당시 동영상을 보면 어떤 요리도 지금의 패밀리 레스토랑 쪽이 훨씬 더 맛있어 보이지만, 미츠코 씨의 기억에 새겨진 오코노미 대식당의 풍경은 아기자기하고 정겨운 느낌이다.

요리의 플레이팅은 역시나 촌스럽고, 어차피 식재료나 요리 솜씨도 그다지 뛰어나지 않았을 것이다.

하지만 음식을 먹는 손님들의 표정이 정말 행복해 보인다. 다들 맛있게 먹는 것처럼 보이고, 즐거워 보이고, 행복해 보여…, 할머니가 생전에 "옛날에는 일요일에 백화점에서 밥을 먹는 게 제일 즐거웠어."라고 말씀하셨던 것을 비로소 실감할 수 있다.

그런 손님 중에 미츠코 씨 가족이 있다. 창가의 4인용 식탁에 가족이 앉아 있다. 미츠코 씨, 옆에는 타츠야 씨, 그리고 반대편에 앉아 있는 사람은 남편인 세이지 씨일 것이다.

"역시 전혀 다르네."

세이지 씨가 말한다. "생선은 세토 내해가 최고야. 홋카이도도 좋은데, 삿포로는 꽤 내륙이기 때문에…."

세이지 씨가 먹고 있는 것은 회 정식이다. 타츠야 씨도 아까 백화점 식당에서는 세이지 씨가 항상 회 정식을 먹었다고 했다. 미츠코 씨는 튀김 소바, 그리고 타츠야 씨는 카츠 카레.

이것도 아까 말한 그대로다.

그러나―이 장면에도 색은 입혀져 있지 않다.

긴텐 거리를 걷고 있는 중에도 머릿속은 혼란스러웠다.

타츠야 씨와 난유가 좌우에서 부축하는 가운데 걷고 있는 미츠코 씨의 작은 등을 몇 미터 뒤에서 보고 있노라면 저절로 고개가 꺾이고 한숨이 새어 나온다.

긴텐 거리의 상점가는 1960년대 후반에 조성되었다. 당시는 지역 전체에서 상점가 자체가 드물었고, 일부러 비 오는 날을 택해 멀리서 쇼핑을 하러 오는 사람도 있었다고 한다.

"지붕은 교체한 곳이 많은데, 뼈대는 그대로이기 때문에 두 분이 살았던 때와 같을 거예요."

난유는 셋이 나란히 걸어가면서 하룻밤 동안 공부한 결과를 타츠야 씨와 미츠코 씨에게 선보인다.

하지만 타츠야 씨는 "똑같긴 하지만… 역시 달라."라고 쓸쓸한 듯이 쓴웃음을 짓는다.

"옛날에는 훨씬 더 떠들썩했어."

"그렇긴 했겠죠…."

난유의 맞장구치는 소리도 가라앉아 있다. 사실 아직 오전 중이기는 하지만 오늘은 일요일인데도 오가는 인적은 거의 없다. 셔터를 내린 가게도 많고, 이빨이 빠진 듯한 빈터도 군데군데 있다.

2000년대 초반 교외에 영화관과 스포츠 시설을 함께 갖춘 대규모 쇼핑몰이 생기면서, 긴텐 거리를 비롯해 거리의 상가들은 큰 타격을 입고 말았다.

"조금 더 앞으로 가면 교차로가 나와요. 스오야 백화점이 있던 곳이지요."

역전 거리와 마주치는 교차로에서 상가는 끝났다. 옛날에는 교차로 건너 맞은편에도 상가가 이어져 있었는데, 지금은 이미 그쪽의 상가는 철거되어 버렸다.

백화점 터는 그 후 학원이 되기도, 가전 대리점이 되기도 했지만 지금은 균일가 판매점과 캐주얼 의류 매장, 오락실과 불단 용품점이 넓은 매장을 차지하며 운영되고 있다.

반면 교외의 쇼핑몰은 개업한 지 몇 년 만에 인근 미타지리시에도 비슷한 대형 상업시설이 생긴 탓에 손님들을 빼앗겨… 쇠퇴하고 말았다. 영화관도 오래전에 문을 닫았고, 쇼핑몰의 운영 주체도 속속 바뀐 끝에 이제는 긴텐 거리와 크게 다를 바 없는 한적한 처지에 내몰리고 말았다. 쇼핑몰을 운영하는 기업은 전면 철수를 검토하고 있고, 폐허가 되어서는 안 된다는 지역 주민들과 계속

갈등을 빚고 있다고 한다.

  이 거리에도 주마등이 있다면, 거기에는 어떤 장면이 그려져 있을까? 세계가 멸망하는 순간, 모든 거리는 각자의 주마등을 보는 것일까?

  4.

  오후에는 역 남쪽에 펼쳐진 해안가로 향했다.

  난유의 안내로 당시 모습을 그대로 간직하고 있는 공장과 창고를 둘러보았다. 하지만 결과적으로 미츠코 씨와 타츠야 씨에게 쓸쓸함만을 더해 주었을지도 모르겠다.

  40년의 세월이 흘렀기 때문이다. 일본의 고도 경제성장을 지탱했던 스오 산업단지의 역할과 존재감도 아주―부정적인 방향으로 변해 버렸다.

  산업단지의 중심이었던 미쓰비시 그룹도 공장을 잇달아 폐쇄하고 영업 부문도 대폭 축소했다. 할머니에 따르면 예전에는 '미쓰비시가 기침을 하면 스오가 감기에 걸린다'는 말이 있을 정도였고, 미쓰비시 회사 마크를 보여주기만 해도 어느 가게에서든 외상으로 물건을 살 수 있었다고 한다.

  하지만 지금은 스오? 어디에도 그 흔적이 남아 있지 않다. 도시 자체가 늙고, 지치고, 쓸쓸해진 나머지 40년 전의 모습이 아직도 남아 있는 한 귀퉁이는, 정확히 말하면, '남아 있는' 것이 아니라 '버림받은' 것이라 해야 맞다.

"폐허가 되고 말았어."

타츠야 씨는 창고 거리를 한 바퀴 돌아보고 차로 돌아오면서 쓴웃음을 지었다.

실제 난유가 안내한 곳은 대부분 이미 몇 년 전부터 사용하지 않는 곳이었다.

'관계자 외 출입 금지'라는 안내문이 붙어 있거나, 철조망과 울타리로 막혀 있거나, 벽면에 스프레이 낙서가 그려져 있거나….

"뭐, 할 수 없지. 그만큼 오랜 세월이 흘렀다는 뜻이니."

타츠야 씨는 "그렇죠, 어머니."라며 미츠코 씨에게 말을 건넸다. "옛날이야기니까. 모든 게 다."

미츠코 씨는 "그건 그래, 변하지 않았다면 그게 더 이상하지."라고 웃으며 대답했다.

나는 혼자 가슴이 두근거렸다. 미츠코 씨의 웃는 얼굴에도 솔직히 따라 웃을 수가 없다. 미츠코 씨의 기억을 조금 더 들여다보고 싶다. 40년이 흐르는 사이에 무엇이 남고 무엇이 사라졌는지 알고 싶다.

하지만 그것이 두렵기도 하다.

"그럼 이번엔 미쓰비시 화학 영업소 터로 가 볼까요?"

난유가 말했다. 옛터—그래, 미츠코 씨가 일하던 공장이나 사무실은 더 이상 남아 있지 않다.

옛 미쓰비시 화학 스오 영업소에는 학교 체육관 정도 크기의 공장이 있었고, 사무실은 그 '부속물' 같은 형태로 딸려 있었다.

"하지만 공장은 헤이세이^{平成}(1989~2019)가 조금 지나면서 가동이 중단되어 한동안은 영업 부문만 운영했어요. 그러다 그조차 십여 년 전에 히로시마 지점으로 통합되었고요. 지금은 주변 부지와 합쳐서 이렇게 큰 물류센터가 된 거죠."

난유의 설명대로, 그 자리에 생긴 미쓰비시 물류센터는 현내에서 가장 큰 규모를 자랑한다. 다만 장식이 없는 직육면체의 조합으로 된, 창문이 거의 없는 창고는 마치 거대한 관이나 묘비처럼 보이기도 한다.

타츠야 씨도 "이래서야 옛날이 전혀 생각나지 않는데요."라며 웃었다.

"하지만 사실 깜짝선물이 있어요."

난유는 태블릿 PC 화면을 두 사람에게 보여 주었다. "인터넷에는 안 올라와 있는 것 같은데, 좋은 사진을 찾았어요."

어제 집에 돌아와서 미쓰비시 그룹과 관련이 있는 친척과 지인들에게 일일이 연락을 취해 당시 사진을 보내 달라고 부탁했다고 했다.

"역시 미쓰비시예요. 금방 많이 모였어요. 보내 준 사진 중에 미쓰비시 화학의 주차장 사진도 있었어요. 색은 안 좋지만 일단 컬러니까."

콘크리트로 된 2층짜리 사무실 앞에는 넓은 주차장에 회사 로 고가 새겨진 영업용 차량들이 줄지어 서 있었다.

 화면을 들여다본 타츠야 씨는 "사무실 건물이네. 내가 기억하는 사무실 건물도 확실히 이런 모습이었어. 어머니가 파트타임으로 일하던 시절과 굉장히 비슷할 것 같아."라며 "어때요?"라고 미츠코 씨에게 물었다.

 대답이 없었다. 미츠코 씨는 조용히 화면을 뚫어져라 쳐다보고 있었다.

 너무 멀다. 미츠코 씨의 뒤로 돌아가서 어깨나 등에 손을 얹을 수 없으니 지금 미츠코 씨의 마음이 어떤 장면을 떠올리고 있는지 알 길이 없다.

 난유가 사진을 보여주는 타이밍이 조금만 더 빠르거나 늦었다면 어떻게든 됐을 텐데….

 아쉬운 마음만큼이나 안도하는 마음도 있었다.

 드라이브의 마무리는 고등학교.

 "모처럼이니 모교에 들르지 않겠습니까?"

 난유가 타츠야 씨에게 제안한 것이다.

 단순히 방문만 하는 것이 아니라 선생님과 경비 아저씨와도 친한 난유는 "안녕하세요. 친척 아저씨와 아주머니를 모시고 분실물 찾으러 왔어요!"라고 인사하는 것만으로 관계자 외에는 출입이 금지된 학교 건물 안으로 쉽게 들어갈 수 있었다.

 미츠코 씨와 타츠야 씨는 난유의 안내로 교내를 둘러보고, 나는 카즈라기 씨와 둘이서 운동장의 백네트 뒤—콘크리트로 단차를 둔

관중석에 나란히 앉아 야구부의 타격 연습을 바라보고 있었다.

공립 고등학교에서 흔히 볼 수 있는 장면이지만, 이 학교의 운동장은 협소하다. 그래서 모든 운동부가 동시에 연습할 수가 없다. 특히 자리를 많이 차지하는 야구부와 축구부, 럭비부는 연습 시간이 서로 겹치지 않게 세밀하게 조정하는 것이 관례였다.

오늘은 야구부가 오전과 오후 내내 운동장을 사용하고, 럭비부는 점심부터 오후 3시까지, 축구부는 럭비부와 교대하여 6시까지 연습을 한다. 우리가 학교를 방문했을 때는 마침 럭비부가 연습을 마치고 공과 태클 더미를 정리하는 중이었다. 축구부 OB인 타츠야 씨에게는 최고의 타이밍이었다.

아까 난유가 "교내를 한 바퀴 돌고 나서 축구부 부실에 들러볼까요?"라고 제안하자, "괜찮을까? 갑자기 아저씨가 선배 가면을 쓰고 얼굴을 내밀어도?"라며 망설이면서도 반가워하는 눈치였다. 그런 타츠야 씨 옆에서 미츠코 씨는 아무런 죄책감이나 미안함도 느끼지 않고 웃고 있었다.

야구부원들의 거친 구령과 금속 배트 특유의 고음의 타구 소리를 들으며 나는 말했다.

"그 소장님과 미츠코 씨… 결국 어떻게 된 거죠?"

카즈라기 씨는 간단하게 대답했다.

"헤어졌어요. 결론부터 말하면, 소장이 전근을 갔어요. 하루카도 보고 들었겠지만, 그 소장은 원래 요코하마에 가족이 있었고, 스오에는 단신으로 부임했거든."

스오에 온 지 3년. 타츠야 씨의 학년으로 치면 중학교 3학년 4월부터 고등학교 2학년 3월까지였다.

"외근 중인 남자와 남편이 외근 중인 아내의 이중 불륜…. 흔한 이야기인지는 모르겠지만 그럴 수도 있겠지."

미츠코 씨의 흑백의 기억 속에는 헤어지기까지의 과정도 단편적으로 남아 있는 것 같다.

"어떻게 할까요?"

"우선은 색깔이 있는 기억이 얼마나 있는지 전체적으로 파악해야 할 거예요."

지금까지 하루카가 본 것은—그러니까 카즈라기 씨에게 보고한 색깔이 있는 기억은 타츠야의 부상 소식을 듣고 중앙병원으로 향하는 장면과 소장과 함께 드라이브를 가는 장면이었다.

"이 두 가지네요."

"네…."

"대단하네요. 역시 하루짱은 재능이 있어요."

"하지만 다른 것도 있겠죠. 색깔이 있는 기억이."

그랬으면 좋겠다. 되도록 소장이 나오는 장면은 이 두 장면뿐이고, 나머지는 모두 가족과 얽힌 추억으로….

카즈라기 씨는 내 질문에 대답하지 않고 "내일도 잘 부탁해요."라고 말했다.

카즈라기 씨는 오늘 밤 하네다행 마지막 비행기를 타고 도쿄로 돌아간다. 타츠야 씨와 미츠코 씨는 토요일까지 우리 집에 머물면서 스오의 거리를 걷거나 렌터카를 타고 조금 먼 곳으로 드라이브를 하며 토요일까지 지낼 예정이다.

"지금까지 방문했던 도시에서도 계속 그렇게 해 왔어요?"

그리운 도시에서 며칠을 보내면 잊고 있던 기억이 되살아난다. 오랜 세월 동안 잘못 기억하고 있던 기억이 수정된다. 떠올려도 흑백으로 남는 장면도 있고, 화려한 색감이 입혀진 장면도 있다. 또 흑백이었던 기억에 색이 붙기도 하고, 반대로 색이 있는 기억이 흑백이 되기도 한다….

"무라마츠 님의 주마등도 여행을 시작하기 전과 비교하면 많이 달라졌어요."

"그럴 수가 있나요?"

"그럼요. 특히나 치매 환자들에게는 흔하게 있는 일이에요."

화가 고갱이 그린 작품의 제목을 알려주었다.

<우리는 어디에서 와서, 누구이며, 어디로 가고 있는가?>

나는 그 작품을 본 적은 없다. 그렇지만 제목이 전달하는 의미는, 왠지 모르게 알고 있다.

"기억이란 곧 자신이 어디에서 왔는지에 관한 여정입니다. 그것이 있기에 자신의 정체성을 알 수 있고, 어디로 갈 것인가 하는 미래도 알 수 있어요."

주마등은, 그 여정을 그린 것으로 죽음을 앞둔 사람의 지나간 세월을 비춰 보임으로써 자신이 어떤 사람인지를 알려 주고, 죽음의 여정을 떠나게 해 주는 것이다.

"하지만 치매로 기억이 흔들리거나 잠식되어 흐릿해지면 주마등의 그림도 이상해져요. 실제와 다른 여정을 보여 주게 될 수도 있다는 거죠."

그것을 바로잡아 제대로 그려 넣는 것이 이번 카즈라기 씨의 일이었다.

"반년 정도 전에 여행을 시작했을 때, 미츠코 님의 주마등은 상당히 심각한 상태였어요. 전쟁을 체험한 세대에게는 많지만, 어쨌든 고생한 기억밖에 그려져 있지 않았어요. 실제로 타츠야 씨에게 물어보면 치매 증상이 나타난 후부터는 다른 사람인가 싶을 정도로 의심이 많아지고, 돈에 집착하고…. 그런 식이었어요."

'거짓말'이란 소리가 나올 뻔했다. 지금의 차분한 미츠코 씨라고는 믿을 수 없었다.

"여행을 통해 행복한 추억을 많이 되찾았어요."

카즈라기 씨는 그렇게 말하면서 "다행이지."라며 미소를 지었다. 침울한 미소이기는 했지만 진심으로 기뻐하는 모습이었다.

때마침 타격 연습을 하던 3학년 학생이 경쾌한 소리와 함께 큰 타구를 날렸다. 고시엔을 목표로 하는 현 예선에서 항상 1, 2회전에 지고 마는 야구부지만 올 여름에는 3학년 투수에게 기대를 걸고 있어 수십 년 만에 다크호스 대접을 받고 있었다.

"하지만, 주마등에는 아직 아무것도 그려져 있지 않잖아요?"

"네, 아까 들여다봤을 때도 그 5년 반 동안은 아무것도 그려져 있지 않았어요."

"어, 근데 카즈라기 씨, 언제 미츠코 씨의 등을 만졌어요?"

"저는 등을 보기만 해도 알 수 있어요."

별일 아니라는 듯 말하며, "하루카도 언젠가는 만지지 않고도 볼 수…."라고 말하다가 고개를 갸웃거리며 고쳐 말했다. "만지지 않아도 보이게 된다…가 더 맞겠죠?"

"보고 싶지 않아도요?"

나도 모르게 얼굴을 찡그렸다.

"하루카가 그 정도의 재능이 있다면, 그렇다는 이야기입니다. 없어도 좋고. 없다면 그편이 더 나아요. 하루카는 이미 충분히 힘을 가지고 있고, 그것 때문에 짊어지지 않아도 좋을 고민도 떠안고 있어요."

지금처럼―, 이라는 말에 나는 조용히 고개를 끄덕였다.

"남의 주마등을 볼 수 있는 힘도 마찬가지입니다. 보지 않아도 된다면 보지 않는 편이 나아요…."

"나는 그렇게 생각해요."라고 이어진 말을 타구 소리가 덮어버렸다. 땅볼 타구를 쫓아가던 내야수가 슬라이딩을 했다. 그러나 타구는 내민 글러브 밖으로 빠져나갔다. 백업으로 들어간 외야수는 그 타구를 놓쳐 버렸고, 수비에 나선 부원들로부터 야유가 쏟아졌다.

말의 흐름이 끊어진 것을 알아채고 카즈라기 씨는 다시 이야기를 되돌렸다.

"주마등에 아무것도 그려져 있지 않은 것은 치매 때문일 가능성도 있습니다. 어떤 판단이 가장 최종적으로는 필요하게 되겠지만… 경우에 따라서는 최후의 최후는 타츠야 님의 판단이 될지도 모릅니다."

어떤 장면을 주마등으로 남겨두고, 어떤 장면을 지울 것인가―.

하지만 그러기 위해서는―.

"타츠야 씨는, 어머니의 불륜에 대해…."

"전혀 모릅니다."

"알려 줄 건가요?"

"그것도 포함해서, 최종적인 판단을 하는 것이니. 그러기 위해서라도 어쨌든 색이 입혀진 추억이 달리 또 남아 있는지 아닌지를 내일부터 살펴봐야만 합니다."

"제가요?"

"싫어요?"

"싫다고 해야 되나요…. 아니 더 정확히 말하면 곤란하다고 해야 할까요…."

"아무것도 하지 않아도 돼요. 스오에서 보내는 동안 미츠코 님의 기억이 자극을 받아 색깔이 있는 추억이 떠오른다면, 그다음에 내가 들여다보면 금방 알 수 있으니까요."

하지만 그것은 그것대로 조금 부족한 것 같은데….

그런 마음이 내 얼굴에 드러났는지 카즈라기 씨는 웃음을 띠며 말했다.

"하루카가 보는 것을 막지는 않을 테니까, 어쨌든, 자유롭게 해요."

둔탁한 타구음과 함께 날아가던 공이 떨어져 내야로 굴러갔다. 간단해 보이는 타구였는데, 이상한 회전이 가해졌는지 잡으려던 수비수의 앞에서 갑작스레 튀어 올라 턱을 가격했다. 수비수는 얼굴을 감싸고 그 자리에 주저앉았고, 다른 선수들도 달려와 연습은 중단됐다.―역시나 고시엔은 먼 나라 이야기였다.

"토요일 아침에 다시 두 사람을 데리러 올게요. 그때까지 잠자리만 잘 부탁합니다. 그것 말고는 늘 하던 대로 학교에 다니면 되고요."

이미 사례금을 받았으니 받아들일 수밖에 없다. 하지만 적어도 한 마디 불평은―.

"그냥 모든 걸 다 맡겨 버리는 건가요?"

"확실히 하루카에겐 부담이 되겠지만, 의외로 저기 난유가 있다는 것이 큰 도움이 될지도 몰라요."

"그래요?"

"저 친구도… 가끔 풍경을 흑백으로 볼 때가 있지 않나요?"

"―예?"

숨이 멎을 것 같았다.

"어제, 말해 줬어요. …농담이었긴 하지만."

대답과 동시에 난유로부터 메시지가 날아왔다..

<지금 축구부 부실. 타츠야 씨가 1만 엔으로 주스 사 줬어. 날씬해도 배포는 크다!> 너구리가 배를 두드리는 이모티콘이 붙어 있었다. 정말, 태평해.

그러나 카즈라기 씨는 휴대폰 화면을 보여 줘도 웃지 않았다. 진지하게, 침울하게, "난유는… 괜찮아요."라고 말하면서 계속했다. "그에게도 하루카와 같은 능력이 있을지도 몰라요."

4장

1.

　월요일 아침, 난유가 등교하자마자 곧바로 교실 밖의 베란다로 데려가 미츠코 씨와 미쓰비시 화학 소장의 불륜에 관해 이야기했다. 카즈라기 씨가 간파한 나의 힘, 게다가 그런 힘이 난유에게도 감추어져 있을 것 같다는 것도.

　난유는 '거짓말'을 다섯 번, '진짜?'를 일곱 번, '믿을 수 없어'와 '끝내준다'를 각각 두 번씩 말했다. 그리고 이야기를 끝내자 마무리하듯 깊은 한숨을 내쉬며, "미쳐 버리겠네…."라고 내뱉었다.

　예상했던 반응이었다. 그것은 나 자신의 솔직한 반응이기도 했다. 그렇기 때문에 전화나 문자가 아니라 얼굴을 마주 보고 전하고 싶었다.

　"그런데 오늘 무라마츠 씨는 어디로 간다고?"

　"렌터카로 쿠가오섬에 가 보겠다고 했어."

스오에서 차로 1시간 남짓 되는 쿠가오섬은 본토와 다리로 연결된 경치가 수려한 섬으로, 세토 내해의 섬들이나 인접한 네 곳의 지역까지 한눈에 볼 수 있었다. 그리고 바다로 뻗은 곶에는 국민 숙소가 들어서 있기도 했다.

"무슨 추억이라도 있는 거야?"

"그래…. 미쓰비시 화학의 직원 여행. 임시직 직원들도 함께 참여해서 모두 국민 숙소에서 묵었대."

여행을 마치고 돌아온 후 미즈코 씨는 집에 있었던 타츠야 씨에게 연신 "좋았어, 정말 좋았어."라고 말했다. 그랬던 일을 기억하고 있던 타츠야 씨가 "잠깐 가 볼까요?"라고 미츠코 씨에게 권유했다.

"그 여행을 한 게 언젠데?"

"타츠야 씨가 고등학교 1학년 때. 황금연휴였대."

"그 말은—."

"불륜이 진행 중이었던 시점이었지."

난유는 여덟 번째 "진짜?"라고 말한 뒤, "안 되는 거잖아. 그런 건."이라고 말했다.

"그러게."

잊고 있던 소장과의 추억이 되살아날지도 모른다. 만약 그 기억에 색이 입혀져 있다면 또 성가신 일이 늘어나 버린다.

미츠코 씨가 쿠가오섬에서 돌아오면, 조심스럽게 기억을 들여다본다. 그러면 오늘 하루 동안 어떤 일을 떠올렸는지, 그것이 주마등과 어떻게 연관되어 있는지 알 수 있을 것이다.

"하지만 만약에 안 좋은 기억이라면 어떻게 하지?"

"음…."

"그건 그렇고, 그 전에, 불륜을 타츠야 씨에게 알려 주지 않아도 괜찮을까? 걱정되는데…."

"난유라면 알려 줄 거야?"

"아니라고 하기도 그렇고, 알려 줘도 정말 괜찮을까 싶기도 하고. 여러 생각이…."

"…워매, 어느 쪽이여?"

가짜 간사이 사투리로 투덜거리며, 난간에 올린 팔 위에 턱을 괴고 바깥 풍경을 바라보았다.

교실이 2층에 있어 베란다에서 보면 운동장이 한눈에 들어온다. 방금 10분 후에 수업이 시작한다는 예비종이 울린 참이었다. 아침 훈련을 하고 있던 육상부는 종소리를 신호로 연습을 끝내고 용품 정리를 시작했다. 운동장 밖 도로는 걸어서 통학하는 학생들과 자전거로 통학하는 학생들이 뒤섞여 붐비고, 정문 앞에 버스가 정차하자 학생들이 우르르 쏟아져 나왔다.

여느 때와 다름없는 아침인데 나와 난유만이 다른 세상에 있는 것 같았다.

"무라마츠 씨 일도 그렇지만, 내 일만으로도 정신을 못 차리겠어, 지금은…." 솔직하지만 나약한 소리를 내뱉었다.

"왜냐하면 갑자기 주마등이라든가 남의 기억을 들여다볼 수 있다든가, 갑자기 그런 말을 들으니 정신을 못 차리겠어."

"그래?"

너무 가벼운 반응에 황당해서 입이 벌어질 지경이었지만 난유도 멍하게 있는 것은 아니었다. 자신이 가진 힘에 관해 들으면서 처음에 '거짓말!', '진짜?'를 연발한 뒤로는 냉정 그 자체를 유지하고 있었다.

"난유, 누군가의 기억을 보았던 적이 있어?"

"없지, 없어. 절대. 그런 적은. 하지만 볼 수 있다면 보고 싶어."

기억을 들여다보는 방법을 묻기에 대답해 주었다.

상대방의 등 뒤로 가서, 왼쪽 어깨나 왼쪽 등, 그러니까 심장 근처에 왼손을 갖다 댄다. 오른손은 자신의 왼쪽 가슴에 대고 호흡을 일치시킨다. 다시 말하면 심장의 고동과 고동을 연결하는 느낌이다. 고동이 연결되었다고 느끼면 천천히 눈을 떴다 감았다 하면 기억 속 장면이 보인다.

"그렇구나." 하며 고개를 끄덕인 난유는 왼손을 왼쪽 어깨에서 등으로 뻗으려고 애쓰며 말했다.

"어깨는 어느 정도 되겠지만, 왼쪽 등 쪽, 그러니까 바로 심장 뒤쪽이란 거지? 거긴 자기 손으론 절대 닿을 수가 없는 곳이잖아."

"손바닥을 갖다 대는 건 힘들겠지."

"그렇다면 자기 기억을 자기가 보는 것은 무리겠네."

"…아마도 그렇겠지."

"그래, 그렇구나."

난유가 아쉬운 듯이 말했다.

"보고 싶어?"

"당연하지."

재빨리 대답하고, "하루짱은 안 그래?"라고 되물었다. "자신의 기억이라든가, 보고 싶지 않아?"

"그건…."

말문이 막혔다.

"내가 봐 줄까?"

난유는 난간 벽에서 내 쪽으로 재빨리 돌아왔다.

"안 돼!"

나도 모르게 소리를 지르고, 몸을 홱 돌려 등을 가렸다. 베란다에 멀리 있던 아이들은 물론이고, 교실 안에 있던 친구들도 놀라서 쳐다볼 정도로 비명과도 같은 소리였다.

"아, 이 자식, 성희롱으로 고발…."

당황해하고 있을 때 수업 시작종이 울렸다. 시작종 소리 때문에 내 비명 소리는 더 이상 주목을 받지는 않았다.

난유도 처음에는 깜짝 놀랐지만 곧 "괜찮아, 괜찮아. 아무 짓도 안 해. 할 리가 없잖아!"라고 웃으며 교실로 돌아갔다.

단지 그동안 하고 싶은 말을 거리낌 없이 해 온 우리로서는 이런 느낌을 주고받으며 끝내는 것은 예상치 못한 일이었다. 조금 뒷맛이 찝찝한 일이 되고 말았다.

애초에 그렇게 과민하게 거부한 것은 등이나 어깨를 만지려고 했기 때문만은 아니었다.

　기억을 보이고 싶지 않았다. 더 정확히 말하면 본 결과를 알고 싶지 않았기 때문이었다.

　나는 엄마를 전혀 기억하지 못한다. 하지만 카즈라기 씨에 따르면 '기억나지 않는 것'과 '기억에 남아 있지 않는 것'은 다르다고 한다. 그렇다면 만약 기억나지 않는 엄마와의 추억이 기억에 남아 있고, 그 기억이 되살아나는 바람에, 장면에 색이 입혀져 주마등에 그려진다면…. 혹은 이미 주마등으로 그려진 그림 속에 내가 모르는 엄마와의 추억이 있다면….

　알고 싶지 않았다. 하지만 100퍼센트 알고 싶지 않은 게 아니라 알고 싶은 마음도 분명히 있었다.

　그렇지만 아는 것이 두렵고, 알고 나면 더 이상 알기 전으로 돌아갈 수 없다는 것, 그것이 두렵다. 하지만 아는 것이 가능하다면….

　'하지만'이 몇 번이나 겹치는 안타까운 마음을 품은 채 1교시부터 3교시까지 수업을 들었다.

　4교시가 끝나갈 무렵 갑자기 "으악, 아파!"라는 난유의 비명이 교실에 울려 퍼졌다.

　"죄송합니다! 허리와 왼손이 경련을 일으켰어요!"

　등 왼쪽에 손을 갖다 대려고―.

　난유는 수업 중에 자신의 기억을 스스로 들여다보려고 했던 것이다.

수업 중 교실에서 난유의 역할은 개그 담당─그래서 4교시에 일어난 소동도 모두에게 웃음을 안겨 주고 끝났다.

"그래도 진심이었잖아?"

점심시간, 식당의 긴 테이블에 나란히 앉아 밥을 먹으며 난유에게 말했다.

"그렇긴 해."

난유는 카츠 카레를 와작 씹어 먹으며 인정했다.

이 학교 학생들의 점심시간은 각자 집에서 가져온 도시락을 먹는 그룹과 매점에서 산 컵라면이나 샌드위치, 야채 빵을 먹는 그룹, 그리고 식당에서 정식이나 카레, 라면, 우동을 먹는 그룹으로 나뉜다.

평소에 나는 매점 조, 난유는 도시락 조였다.

하지만 4교시가 끝나자마자 나는 바로 난유의 자리로 달려가 말했다.

"식당, 가자. 카레 사 줄게."

"그럼 카츠 카레로, 푸짐하게."

순식간에 등급을 올렸다. 마치 기다렸다는 듯이. 200엔의 차액보다도 난유의 의도대로 전개되는 것이 분했지만 이미 엎질러진 다음이었다.

그래도 본론은 난유가 먼저 꺼냈다.

"나, 3교시 끝나고 난 뒤에 타카야마의 등에 손을 얹어 봤어."

타카야마는 우리 학년에서 기타를 가장 잘 치는 밴드부의 일원이다. 동급생이나 3학년과 함께 연주하는 밴드는 시시하다고, 대학생들과 밴드를 결성해 라이브 하우스에서 연주하고 있었다.

"저 녀석, 초등학교 때 부모님이 클래식 기타를 사 주셨어. 원래 기타를 원하기도 했는데, 선물은 깜짝 선물이었어. 너무 기뻐서 그때부터 바로 연주를 하기 시작했어…. 처음에는 연주하는 방법도 몰라, 전혀 음악 같지도 않았는데. 그래도 아주 즐거워 보였어…."

난유는 타카야마의 기쁨을 자기 일인 것처럼 전했다. 그 장면에는 색도 입혀져 있었다고 했다. 몇 십 년일지 앞으로 먼 훗날 타카야마가 인생을 마무리할 때 주마등으로 떠오를 가능성이 있다는 것이다. "무조건 괜찮을 거야, 저 친구는 좋은 친구니까."라며 웃는 난유도 좋은 친구인 것 같다.

하지만 한숨을 쉬며 "정말이더라. 나 진짜 남의 과거를 들여다볼 수 있어…. 그걸 알았어."라고 말하는 목소리는 가라앉아 있었다.

"왜냐하면… 위험해. 이건, 절대."

"그래, 나도 그렇게 생각해."

"남의 기억을 함부로 들여다보는 것도 그렇고, 게다가 본인이 기억하지 못하는 것도 있는 거잖아. 안 돼, 그런 건 절대 안 돼."

그러면서 계속 말을 이어 갔다.

"예를 들어, 어떤 사람이 철이 들기 전에 부모에게 학대를 당했다고 하면 본인은 기억에서 지워 버리고 잊어버렸어. 그런데 그걸 밖에서 들여다보고 '너, 알고 있니?' 하는 식으로 끼어든다면…!

어떻게 하겠어?"

그리고 계속된 이야기는 이런 이야기ㅡ.

"어렸을 때 바지에 똥을 쌌는데, 본인은 절대 떠올리고 싶지 않은 일인데, 죽기 전에 주마등처럼 떠오르면…. 아무리 행복한 삶을 살았다 해도 마지막에 망가지는 거잖아."

아동 학대에서 똥까지. 너무 진폭이 넓다. 하지만 하고자 하는 말은 아주 잘 알겠다.

"하루짱이 아까, 내가 기억을 보려고 하자 화를 냈잖아."

"…화가 난 건 아니지만."

"하지만 알겠어. 역시 안 될 것 같아, 그런 건."

미안하다고 계속 말했다. 자기 돈가스를 한 조각, 젓가락으로 집어 내 우동에 올려주었다. 이렇게 사과하는 방식이야말로 난유의 방식이다.

"그런데 말이야, 반대로 하면 어때?"

"ㅡ뭐?"

"하루짱이 내 기억을 들여다보는 거지. 그럼 어때? 해 줄 수 있어? 없어?"

아무리 그렇게 말해도ㅡ.

"내가 부탁한다면, 하루짱. 들여다봐 줄래?"

난유는 그렇게 말하며, 돈가스 두 조각을 우동 위에 올려놓았다.

침묵이 이어졌다. 난유는 대답을 재촉하지 않고, 열심히 숟가락을 움직이며 카레를 몇 입 계속 떠먹었다.

"미안, 모르겠어."라고 말할 수밖에 없었다. 망설임 끝에 겨우 대답을 결정하고 나니 그 순간 난유가 먼저 미안하다고 사과를 해왔다.

"나도 아직 결정하지 못하겠어. 지금은 그저 '만약에' 그러면 어떨까 하는 것뿐이야."

정말일까?

"거짓말이 아니야. 진짜, 정말, 정직하게."라고 재빨리 덧붙이는 것이야말로 미심쩍기 그지없었지만.

"근데, 지금 말하면서 생각해 봤는데, 과거를 들여다보는 게, 의외로 두려운 일이야."

원래 미래를 아는 것이 두려웠다. 너무 궁금하지만 너무 무서웠다. 그것은 나도 잘 알고 있었다.

"하지만 기억이라면 괜찮지 않을까 생각했어. 현실에서 이미 일어난 일은 어쩔 수 없기 때문에, 그래서 무슨 일이 있었다고 해도 자업자득이라고나 할까, 어쩔 수 없는 일이잖아."

"…그렇긴 하지."

"그래도, 무서워. 어휴, 역시나 무서워."

하나하나 확인하듯 말하면서 "왜 그럴까?"라고 고개를 갸웃거린다.

나는 우동 국물을 마시면서 다시 한번 고민에 빠졌다. 말해도 되는 건지 모르겠다. 하지만, 뭐, 괜찮겠지, 하고 입을 열었다.

"난유의 주마등, 아빠나 엄마도 분명 나올 거 아냐?"

그러자 난유는 카레를 입에 넣고만 있었다.

"난 엄마 아빠가 주마등으로 나올지 어떨지 잘 모르겠어."

"하루짱은 어느 쪽이 좋아?"

"…지금은, 모르겠어."

"나는… 아빠나 엄마가 나오지 않는 편이 좋겠어."

"왜?"

"실망하는 표정이라면 싫을 것 같아."

난유를 죽은 형과 비교하며 실망하고 낙담하는 엄마 아빠의 표정이 주마등에 떠오른다면—.

"힘들 거야. 그런 건."

하하하 웃는 난유에게 나는 어떤 대답도 할 수가 없었다.

2.

그날 밤 식탁에는 쿠가오섬의 기념품인 해산물이 놓여 있었다.

"미안해요. 어머니가 기분이 좋았던 나머지 신이 나서 너무 많이 사 버렸어요."

타츠야 씨의 사과대로 '휴게소'에서 구입한 소라, 전복, 돌멍게, 닭새우 등은 모두 '살아 있는 것들'로 꽤 많은 양이었다.

게다가 미츠코 씨는 장거리 드라이브에 지쳤다. 저녁에 집에 돌아오자마자 목욕을 하고 저녁 식사를 기다리지 않고 바로 누워 버렸다.

그러나 쿠가오섬으로의 드라이브는 타츠야 씨가 기대했던 것 이상으로 미츠코 씨를 기쁘게 만들었다. 차를 타고 섬 안을 여기저기 돌아다니는 동안 "좋아. 와 보고 싶었어."라는 말을 연발하며, 예전 직원 여행에서 먹었던 해산물 구이가 얼마나 맛있었는지 이야기했고, 그래서 '살아 있는' 해산물을 많이도 구입해 버렸다는 것이다.

"어찌 됐든 돌아오는 길에 스오 시내에서 이런 것도 사 오긴 했어요."

식탁 위에는 휴대용 가스버너가 놓여 있었다.

"살아 있는 것들이고 장마철이기도 하니 어떻게 해서든 오늘 중으로 먹지 않으면 맛이 변할 것 같아요."

"그렇긴 하겠죠⋯."

"나도 혼자서는 힘들겠지만, 하루카는 어때? 해산물 잘 먹어요?"

"⋯죄송해요. 조개류를 잘 못 먹어요."

이럴 때야말로 도움이 되는 사람이 바로 난유─.

전화 한 통으로 기다렸다는 듯이 자전거를 타고 우리 집에 와 주었다.

나는 현관문 밖까지 나와 난유를 맞이하고, 집에 들어가기 전에 "알고 있겠지만,"이라고 못을 박았다. "소장에 대한 이야기는 절대 해서는 안 돼."

식사가 시작되고 난 후 난유는 내 걱정은 뒤로 하고, 해산물 구이를 맛있게 먹는 데만 열중했다.

뿔소라의 살에 이쑤시개를 꽂고 중간에 끊지 않고 내장까지 꺼내는 요령을 "이렇게요, 이렇게. 소라 살을 돌리는 게 아니라 껍질을 돌리는 느낌으로요."라고 타츠야 씨에게 알려주기도 하고, 전복 내장과 미림, 간장을 섞은 소스를 만들어 타츠야 씨로 하여금 "야, 이것 정말 맛있네."라는 감탄사를 연발하게 만들기도 했다.

하지만 난유의 표정에서 가끔씩 웃음이 사라지는 순간이 있었다. 예를 들어, 타츠야 씨가 쿠가오섬을 드라이브하던 미츠코 씨의 모습을 이야기할 때―.

"놀랄 정도로 잘 기억하고 계셨어. 오랫동안 잊고 있었는데, 수십 년 만에 드라이브를 하는 건데도 갑자기 기억이 되살아나신 것 같았어."

섬의 모습은 그때와는 완전히 달라져 있었다. 그래도 미츠코 씨는 섬의 전망대에서 시코쿠가 보였다는 이야기와 특산품인 말린 귤껍질을 욕조에 띄운 귤탕 이야기를 그리운 듯이, 기쁜 듯이 타츠야 씨에게 들려 주었다.

"하지만 나는 잘 기억하고 있어. 여행을 떠나기 전, 어머니는 고집스럽게도 가지 않으려고 했어. 직원 여행이라고 해도 어머니는 공장 일을 하는 임시직원이라 미쓰비시 화학의 사무직원들과는 다르다고 하셨어. 신경 써야 할 것도 많고, 실제로 방 배정 인원도 정직원과 임시직원으로 나뉘는 것 같아서 어차피 임시직원들은 혼숙을 하게 될 거라고 투덜거리며 마지못해 가셨거든."

그런데 돌아왔을 때는 갈 때 언제 그랬느냐는 듯이 기분이 좋아져서 "재밌었어. 정말 즐거웠어."를 연발했다는 것이다. 여행 중에 기쁜 일이 있었을까. 소장과의 관계가 더 돈독해졌을까.

타츠야 씨는 "역시 잘한 일이었어. 다시 한번 쿠가오섬에 가야겠어."라며 만족스러운 표정으로 편의점에서 사 온 맥주를 마시고, 버너에 살짝 구워낸 돌멍게를 먹었다.

그런 타츠야 씨의 이야기를 난유는—분명 나도 눈이 마주치지 않는 곳에서는 답답해하고, 눈이 마주치면 억지웃음을 지으며 계속 듣고 있었다.

다음 날 아침, 거실 문을 여는 소리가 들려 나는 2층 침대에서 잠이 깼다.

처음에는 놀랐다. 잠의 여운이 순식간에 사라졌다. 할머니가 돌아가신 지 두 달 가까이 되었고, 마지막 입원으로 집을 비운 것도 한 달은 되었다. 따지고 보면 석 달 정도 혼자 살았고, 그러다 보니 집 안의 소리에도 자연스레 예민해졌다.

하지만 침대에서 일어나자마자 '아, 그렇구나.' 하고 상황을 파악했다. 타츠야 씨나 미츠코 씨가 일찍 일어나서 거실에서 정원으로 나간 모양이다.

시계를 보았다. 오전 5시 30분. "진짠가?"라고 중얼거리며 침대에서 일어나 잠옷을 스웨터로 갈아입었다. 화장실에서 양치질과 세수를 하고 정원으로 나가니 생각했던 대로 정원 의자에 미츠코 씨가 앉아 있었다.

나를 발견한 미츠코 씨는 "안녕하세요."라고 반갑게 인사를 건넸다. "죄송해요, 깨웠나요?"

"아뇨…. 그런 것 아니에요."

"어젯밤에 일찍 자 버려서 벌써 깼네요."

지금은 치매 증상은 나타나지 않는 것 같다. 옷도 갈아입고, 머리도 손질하고, 이대로 밖으로 나가도 괜찮을 정도였다.

나도 의자에 앉았다. 원형 테이블을 사이에 두고 나란히 앉아 정원을 바라보는 모양이 되었다.

"어제는 타츠야가 쿠가오섬에 데려가 줬어요."

"네…. 들었습니다."

"선물로 소라와 전복을 많이 샀는데 드셔 보셨어요?"

"맛있었어요."

"아, 그래요? 다행이다. 너무 많이 사서 다 먹을 수 있을지 걱정했거든요."

지금 미츠코 씨의 머리와 마음은 아주 맑다. 말투에서 점점 딱딱함이 사라지는 것만 봐도 잘 알 수 있었다.

이 상태라면 어떤 이야기를 해도 통하겠구나—그래서인지 나는 당황스러운 마음에 애교 섞인 웃음을 지을 수밖에 없었다.

미츠코 씨는 어제 드라이브가 무척 즐거웠던 모양인지, "현지인에게는 당연한 이야기일지도 모르지만"이라는 말을 여러 번 반복하며 세토 내해의 아름다움과 섬의 한적한 풍경의 운치를 이야기했다.

맞장구를 치며 나는 이야기가 과거의 추억을 건드리면 어쩌나 하는 걱정을 하고 있었다. 알고 싶었다. 하지만 알게 되는 것이 두려웠다.

"…차, 끓여 올게요."

나는 도망치듯 주방으로 향했다. 물을 끓이고 차를 준비하는 동안 미츠코 씨는 정원 의자에 앉아 스오의 거리를 내려다보고 있었다.

카즈라기 씨는 뒷모습을 보는 것만으로도 기억의 바다에 빠져들거나 주마등을 들여다볼 수 있다고 했다. 내 눈에는 지금 인생의 끝자락에 다다른 할머니의 작은 뒷모습 외에는 아무것도 보이지 않는다. 하지만 언젠가는 보이게 될 것이라고 카즈라기 씨는 말했다.

주방에서 정원으로 돌아갈 때 이쑤시개를 곁들인 매실장아찌도 접시에 담았다.

"돌아가신 할머니는 아침 차에 곁들여 항상 이것을 드셨어요. 차에 넣고 중간에 이쑤시개로 찔러서 구멍을 내면 신맛이 차에 스며들어요. 그럼 배가 고파져 아침밥이 맛있어진다고 하셨어요."

"괜찮으시다면…." 하고 권하자, 미츠코 씨는 "감사합니다."라고 웃으며 내가 설명한 대로 마시는 방법을 따라 했다.

"…어떠세요?"

"응, 맛도 좋고 몸에도 좋을 것 같네요."

"지금 어디를 보고 계셨어요?"

"역 건너편, 바다 쪽을요. 멍하니."

바다 쪽—해안가에는 미쓰비시 화학의 영업소가 있었다.

"어딘가 그리운 곳이라든가, 찾아보고 싶다거나, 생각을 불러일으키는…?"

두근거리며 물었다.

"아니, 그냥 멍하니 바라보고 있었을 뿐이에요. 여기나 저기라는 장소가 아니라 여러 가지가 그리워서요."

"…스오에서 알게 된 사람들도 많이 있으셨겠어요?"

바보 같은 질문이라고 스스로를 꾸짖었다. 하지만 묻지 않을 수 없었다. 절벽 위에 서서 위험하다, 위험하다, 무섭다, 무섭다, 무섭다고 생각하면서도 조금씩 앞으로 나아가는 것과 같은 것일까?

"그런 사람들이 있었어요. 하지만 대부분 이사를 하고 나면 그 다음부터는 연락이 끊겨서 지금까지 연락하는 사람은 아무도 없어요. 연하장을 계속해서 보내던 친구도 작년에 죽었고…."

"…만나고 싶은 사람이 있지는 않나요?"

"글쎄." 하고 미즈코 씨는 거리를 바라보던 그대로 온화하게 미소를 짓고 차를 홀짝거렸다. 그 옆모습을 보고 있자니 왠지 모르게 등골이 오싹해졌다.

아침 식사를 하며, 타츠야 씨가 오늘의 일정을 알려 주었다.

"사바 텐만구에 가 보려고 해요. 한 번 가 본 적이 있어요, 가족 모두 함께요."

스오 시내에서 차로 한 시간 정도 떨어진 사바 텐만구는 넓은 매화나무 숲이 있고 학문의 신 스가와라 도진菅原道眞을 모시고 있어, 수험 시즌과 매화가 피는 시기가 겹치는 2월경에는 합격 기원 참배객과 매화를 보러 온 사람들로 북적거린다.

　타츠야 씨가 가족들과 함께―타츠야 씨와 미즈코 씨, 그리고 단독 부임지인 사이타마에서 돌아온 세이지 씨와 함께 세 명이 갔던 것도 그 무렵이었다.

　"고등학교 2학년 2월이었어요. 우연히 아버지가 히로시마에 출장을 갈 일이 있어서 집에 돌아왔기 때문에…."

　오늘은 그 기억을 더듬어 본다.

　"계절은 전혀 다르지만 텐만구 홈페이지를 보면 신사 경내가 예전과 조금도 달라지지 않은 것 같아서 어머니도 그리워하실 거로 생각해요."

　"어머니, 기대 되죠?"라는 말을 들은 미즈코 씨도 싱글벙글 웃으며 고개를 끄덕이며 "제비뽑기를 몇 번이나 뽑았지."라고 말했다.

　처음 뽑은 제비뽑기는 '말길'이었다. '흉'보다는 낫지만 '길' 중에서는 순위가 낮다.

　실망하는 타츠야 씨에게 미즈코 씨가 "이건 엄마 몫으로 하고 한 번 더 뽑아."라고 말했다.

　그러자 세이지 씨도 "모처럼이니까 두 번만 더 뽑아봐. 세 장의 뽑기 중 가장 좋은 것이 타츠야의 복주머니다. 두 번째는 엄마, 세 번째는 아빠로 해."

"그래, 그랬었지. 그랬지."

타츠야 씨는 추억에 잠긴 듯 몇 번이고 고개를 끄덕였다.

"제비뽑기의 규칙으로는 잘못된 것일지도 모르지만, 그렇게 해 봤어요. 결국 다시 뽑아서 '중길'과 '길'이 나왔어요. 여전히 '대길'은 나오지 않았지만, 가슴이 뭉클했지요. 좋은 이야기죠?"

스스로 말해도 상관없지 않으냐고 너스레를 떨며 웃다가 "하지만,"이라고 말하며 미쓰코 씨에게 시선을 돌리더니 이번에는 진심을 담은 웃음을 지었다.

"오늘은 아침부터 즐겁고 기쁜 추억이 되살아났어. 오늘 하루 잘 보낼 것 같아. 그렇죠?"

나는 형식적으로 웃어 주고 식기를 갖다 놓겠다는 핑계로 자리를 떴다.

웃을 수가 없었다. 듣고 있을 수가 없었다. 타츠야 씨가 고등학교 2학년이던 2월—미쓰비시 화학의 소장은 다음 달 말 단신 부임을 마치고 스오를 떠나게 된다.

그런 시기에 미츠코 씨는 세이지 씨와 타츠야 씨와 함께 사바텐만구에 가서 아름다운 매화를 즐기고, 행운의 제비뽑기를 하며 오랜만에 가족의 단란함을 맛본 것이었다. 소장과의 이별은 이미 끝났을까? 갈등이라도 하고 있었던 것일까. 아직 아무것도 모르는 단계였을까.

뒤로 돌아서서 어깨나 등을 만지면 미츠코 씨의 기억을 엿볼 수 있다. 그날의 텐만구에서의 추억이, 미츠코 씨의 마음속에 어떻게 남아 있는지 알 수 있다. 꺼림칙함이나 답답함이 있었을까? 이것은 이것, 저것은 또 저것이라고 선을 긋고 있었던 것일까? 세이지 씨와 타츠야 씨에게 사과하면서 울고 싶다고 생각하면서 웃고 있었던 것일까? 아니면 사실은 마음이 그곳에 있지 않고 소장 생각만 하고 있었던 것은 아닐까?

들여다보면 알 수 있을 것이다. 하지만 알게 되는 것이 두렵다. 계속 흔들리던 '알고 싶다'와 '알고 싶지 않다'의 시소가 이제 확연히 기울어졌다. 손을 대지 않으면 들여다볼 수 없는 부자유가 솔직하게 고마웠다. 카즈라기 씨가 말했던 '보인다'는 것의 의미도 이제야 이해할 수 있었다.

등을 보는 것만으로도 기억을 알 수 있다—?

그건, 절대로, 안 돼.

3.

수요일과 목요일은 비가 내렸다. 소중한 이틀이 공교롭게도 날씨 탓에 아쉽게 흘러갔다.

"그래도 다행이었어요. 어머니도 월요일과 화요일에 멀리까지 외출해서 피곤한 상태였으니까요."

타츠야 씨는 웃으며 이틀 모두 동네를 가볍게 드라이브만 하고, 나머지는 미즈코 씨와 함께 집에서 보냈다고 한다.

그것이 좋았던 건지, 나빴던 건지—.

목요일 밤, 미츠코 씨의 상태가 조금 이상해졌다.

질문에 반응하는 속도가 느려졌고, 이야기 내용도 어긋나기 시작했다.

저녁 식사 때 타츠야 씨가 "이 지방의 조림은 역시 다시마 국물하고 잘 어울리네요."라고 말하자, 미츠코 씨는 "네, 덕분에요."라고 대답했다. 내가 "목욕물이 데워졌어요. 어서 오세요."라고 말하자 "정말, 여러 가지가 있네요."라고 고개를 끄덕였다. 하지만 대화가 서로 잘 들어맞을 때도 있기 때문에—'왔다 갔다 하는' 상태인 것 같았다.

타츠야 씨도 물론 눈치채고 있었다. 당황하고 의기소침한 표정으로 미츠코 씨를 바라보다가, 오늘 밤에 비가 그친다는 텔레비전의 일기예보에 "좋아, 드디어 맑아지는군." 하며 아주 밝게 웃으며 포즈를 취했다.

"내일 맑아지면 어디로 가실 건가요?"

"거북이산 온천에 모셔 가려고요."

스오에서 차로 30여 분 거리에 있는 거북이산 온천은 우리에게도 익숙한 곳이었다. 특히 슬라이더가 있는 온수풀은 초등학생 시절에는 '가족 나들이', 중학생이나 고등학생들에게는 '수영복 차림이라 조금 부담스러운 데이트 장소'로 유명했다.

"수이메이소라는 곳 알아요? 그곳에 가 볼까 생각 중이에요. 인터넷에서 찾아보니 당일치기 여행도 가능하다고 하더라고요."

나는 이름만 알고 있지만 온천 지역에서도 예전부터 꽤 유명한 곳일 것이다. 다만 지금 타츠야 씨의 말을 들어보면 당일치기 입욕이 가능해서라기보다 처음부터 수이메이소를 정하고 가려는 것 같았다.

"도쿄에서도 꽤 유명한 곳인가요?"

타츠야 씨는 "네, 뭐…."라고 얼버무리며 화제를 다른 것으로 바꾸어 버렸다. 미츠코 씨는 지금의 대화를 들으면서도 마음을 멀리 내팽개친 채로 있었다.

방으로 돌아와 휴대폰으로 수이메이소 웹사이트를 확인했다.

역시 전통 있는 료칸답게 료칸뿐만 아니라 거북이산 온천 자체에 대한 소개도 있었다.

학이나 원숭이가 상처를 치료하러 왔다가 그것을 본 사냥꾼도 온천에 몸을 담그게 된 것이 역사의 시작이라는 거북이산 온천은 원래는 산골짜기의 한적한 온천이었지만, 미쓰비시가 스오에 진출한 메이지 말기부터 '스오의 안방', '미쓰비시의 영빈관'으로 번성해 산업단지가 도시의 경제를 강력하게 지탱하고 있던 쇼와^{昭和}(1926~1989) 시대의 고도 경제 성장기에는 공장에서 일하는 사람들이 손쉽게 오갈 수 있는 레저 장소로 더욱 활기를 띠었다.

수이메이소는 그 무렵 온천 지역 외곽에 개업했다.

<온천 지역의 번잡함을 과감히 등지고 조용히 자리 잡은 '숨은 숙소'로서, 평온함과 고요함을 원하는 고객들의 사랑을 받아 왔습

니다.〉 사이트에는 당시 료칸의 사진도 실려 있다. 산자락에 몸을 숨기듯 세워진 2층짜리 일본식 료칸은 확실히 '숨은 료칸'인 것 같았다. 솔직한 느낌으로는 조금은 사연 있는 남녀가 어울릴 것 같은 분위기….

생각이 꼬리에서 꼬리로 이어지려는 것을, '안 돼, 안 돼!'라며 서둘러 끊어냈다.

다음 날 아침 미츠코 씨는 어제의 '왔다 갔다'에서 훨씬 더 증상이 악화되어 있었다.

지난 토요일에 우리 집에 왔을 때와 같은 지장보살 님으로 돌아가 버렸다. 미소는 온화하지만 말을 하지 않았다. 눈도 침울하고, 타츠야 씨가 말을 걸어도 거의 반응하지 않았다.

"하지만 괜찮아요. 목욕은 실내에 노천탕이 있으니, 그리고 들어가지 못할 상황이면 안 들어가면 되고. 어쨌든 수이메이소에 가는 것만으로도 어머니는 충분히 만족하실 거예요."

역시 수이메이소는 미츠코 씨의 요청이었던 모양이다.

"추억의 료칸이라는 건가요?"

웃음을 지으며 농담처럼, 하지만 용기를 내어 타츠야 씨에게 물었다.

타츠야 씨는 웃음으로 대답을 대신했다. 하지만 말로는 더 이상 설명해 주지 않았다. 그대로 자리를 박차고 일어나 정원으로 나갔다. 이야기가 길어지는 것이 싫어서―내가 너무 많은 생각을 하는 것일까?

지장보살이 된 미츠코 씨는 식탁에 앉아 있지만 아침밥을 먹으면서도 젓가락을 거의 들지 않고 뉴스가 흘러나오는 텔레비전 화면을 멍하니 바라보고 있다.

지금 미츠코 씨의 주마등은 어떤 모습으로 다시 그려졌을까. 스오에서 일주일을 보내며 쿠가오섬, 사바 텐만구 등을 방문하면서 무엇을 떠올렸을까. 기억 속에 잠들어 있는 추억도 있을 것이고, 잊고 싶었지만 되살아난 기억도 있을 것이다. 어떤 기억에 색깔이 있고, 어떤 기억은 또 흑백인지….

기억의 바다에 뛰어들면 확인할 수 있을 것이다. 하지만 그것이 너무 두렵다.

타츠야 씨가 정원에서 거실로 소리를 질렀다.

"어머니, 오늘은 날씨가 좋아요. 이틀 연속 비가 온 덕분에 먼지가 씻겨 내려서 산업단지까지 아주 잘 보여요."

미츠코 씨의 대답은 역시나 없었다. 타츠야 씨는 쓸쓸한 듯 짧게 웃으며 "하지만, 뭐―."라고 마음을 추스르며 말을 이어 갔다. "오늘만큼은 하루 종일 옛날의 세계에서 지냈으면 좋겠네요."

아침부터 맑았던 하늘은 저녁까지 계속 맑았다.

아침 뉴스에서 일기예보 진행자가 "오늘은 빨래하기 좋은 날입니다!"라고 목소리를 높였던 것처럼 이틀 연속 내린 비를 상쇄하고도 남을 만큼 좋은 날씨였다. 밖에서 교실로 불어오는 바람도 어제까지의 습기가 사라지고 산뜻하게 불어왔다.

하지만 그런 좋은 날씨와는 달리 나는 마음이 답답한 채로 방과 후를 맞이했다.

뭔가 불안했다. 가슴이 두근거리고, 가슴 한구석에 묵직한 무언가가 억누르고 있는 느낌이 사라지지 않고 있었다.

그 원인은 물론ㅡ.

"그렇게 신경이 쓰이면 타츠야 씨에게 전화해 보면 되잖아. 전화가 곤란하면 문자라도."

점심시간에 난유가 말했다. "내가 연락을 해 볼까?"라고.

솔직히 조금 마음이 움직였다. 타츠야 씨도 나보다 난유가 더 이야기하기 편할지도 모른다는 생각이 들기도 했다.

하지만 나는 단호하게 삼켰다. 응석을 부리고 싶지 않은 마음이 반, 나머지 반은 난유 쪽도 오늘은 아침부터 기운이 없었기 때문이었다.

이유는 방과 후에야 알았다. 평소에는 친구와 함께 가던 난유가 이례적으로 같은 버스 옆자리에 앉았다. "하루짱이 집으로 돌아갈 거면 나도 같이 가자."라며 말해 주었다.

어젯밤, 아빠와 조금 말다툼이 있었다는 것이다.

원인도 내용도 별것 아니었다. 저녁 식사 후 거실에서 휴대폰을 만지작거리고 있던 난유에게 집에 돌아온 아빠가 "공부하고 있었니?"라고 물었다. 난유는 "지금 수학 동영상을 보고 있었어."라고 되받아치자, "그런 걸로 공부가 되느냐?", "되니까 다들 채널을 구독하는 거잖아.", "좀 더 진지하게 해라.", "하고 있다고."….

늘 있던 일이었다. 아빠는 책상에 앉아 노트와 참고서를 펼쳐 놓고 하는 스타일 외의 공부를 고집스럽게 인정하지 않는다. 머리가 굳은 것이다. 반면 난유는 교육 전문 유튜버의 채널 여러 군데에 등록하고 있기는 하지만, 실제로 보는 것은 게임 실황 중계가 대부분이다.

요컨대, 두 사람 모두―. 싸움 자체는 서로 얼굴을 붉히지 않고 흐지부지 끝났다.

"하지만 문제는 그 이후였어…."

평소 난유는 감정 기복이 심하다. 자기 방 밖에서는 화를 내다가도, 방으로 들어가 간식을 먹다 보면 금세 기분이 풀린다. 좋든 나쁘든 매달려 있지 않는 성격이다.

그런데 어젯밤은 한참이 지나도 기분이 가라앉지 않았다.

"화가 난 건 아닌데, 뭔가 찝찝한 게 계속 가슴에 남아서…. 마음이 가라앉지 않는 거지. 점심시간에 하루짱이 말했던 가슴이 답답한 것과 조금 비슷한 것 같기도 하고."

목이 말라서 방을 나오니 식당에서는 아빠가 늦은 저녁을 먹고 있었다.

"마침, 아빠가 내게 등을 돌리고 있었어. 그래서 그 뒷모습을 보고 문득 생각난 거지."

아까의 싸움이 아빠에게 어떤 식으로 기억에 남았을까―.

비슷한 일이 자주 일어나니까 특별히 앙금이 깊게 남아 있지는 않겠지. 하지만 넌더리를 내고 있을지도 몰라. "그만 좀 해라."라고 내팽개치고, "역시 히로키는 안 되는 놈이야."라고 단정 짓고… 그리고….

"히로시가 살아 있다면 좋을 텐데, 라고 형 생각을 했을지도 몰라…."

"―생각이 너무 많네."

난유도 "알아, 알아. 안다고."라고 웃으며 고개를 끄덕였다.

하지만 이야기는 거기서 끝나지 않았다.

냉장고에 있는 보리차를 마시고 자기 방으로 돌아와서 다시 한 번 생각했다.

"나한테도 카즈라기 씨처럼 주마등을 그리는 화가의 힘이 있다면, 아빠나 엄마의 기억에 들어가 형의 추억을 틈틈이 주마등으로 그려 주면 최고의 효도가 될 것 같다는 생각이 들었어. 그림이 너무 많으면 나에 대한 기억을 지워 버리면 되니까."

말문이 막히는 나를 아랑곳하지 않고 난유는 계속 말을 이어 갔다.

"하지만 내가 신경 쓰지 않아도, 주마등 그림은 처음부터 형만 그린 것일지도 모른다고…. 그런 생각을 하다 보니, 왠지 점점 우울해져서 울고 싶어지더라고…."

버스가 야마노테 간선도로의 오르막길에 접어들자 엔진 소리가 커졌다. 그 소리에 묻히지 않기라도 하듯 난유는 "엉, 엉."하고 우는 흉내를 냈다.

하차 버튼에 손을 뻗는 것이 망설여졌다.

보통 나는 다음 정류장인 야마노테 우체국 앞에서 내렸다. 난유는 그 두 정류장 다음의 히가시쵸메 공원.

아빠와의 다툼을 이야기하고 나서도 여전히 기운이 없었다. 평소 같았으면 이야기하고 나면 "이제 다 풀렸어!" 하고 웃으며 기운을 되찾는데. 그만큼 우울해하고 있는 것 같았다.

버스를 타고 같이 가 주는 게 좋을까. 아니면 빨리 혼자 있게 해 주는 게 좋을까. 반쯤 팔꿈치를 구부린 채 이러지도 저러지도 못하고 있는데, 난유가 내 얼굴을 보지 않고 조용히 버튼을 눌렀다.

"…미안해."

"특별히 사과할 게 뭐 있어. 하루짱 집이 더 가까우니까─."

그런 의미의 '미안'은 아니었지만─그 말을 입 밖으로 내뱉으면 더 많은 '미안'이 될 것 같았다.

<다음 정류장에 정차합니다>라는 차내 전광판이 켜지고 버스는 속도를 줄였다.

"나, 결정했어."

"─뭘?"

"카즈라기 씨 여행사 일은 고졸이라도 괜찮을까? 중퇴자라도 괜찮지 않을까?"

"─뭐라고?"

"왜냐하면 재미있을 것 같아. 그래서 자발적으로 첫 출근. 내일이 어버이날이니까 아빠의 기억을 들여다보고, 형에 얽힌 추억을 체크해 주는 거야. 어때? 대단한 효도지?"

빨리 말하면서 "나에 관한 안 좋은 기억에 색이 칠해져 있으면 카즈라기 씨에게 지우는 법을 가르쳐 달라고 해야지."라고 웃었다. 하지만 나와는 눈을 마주치려고 하지 않았다.

어디까지가 진심인지 알 수 없는 채로 버스가 정차하자 나는 뒷머리를 누군가 끌어당기기라도 하는 느낌을 받으며 자리에서 일어섰다.

"하루짱?"

마침내 난유가 이쪽을 돌아보고, 아이처럼 두 손을 얼굴에 치켜들고 흔들며 인사했다.

"오늘은 고마웠어. 미안해."

"…특별히 사과할 게 뭐 있어."

답례를 하고 버스 뒷문으로 향했다.

나중에 후속 연락을 위해 문자나 메일을 보내야겠다고 생각하며 버스에서 내렸다.

하지만 몇 분도 지나지 않아 그런 여유는 사라져 버렸다.

집까지 거의 다다랐을 때 타츠야 씨로부터 전화가 걸려 왔다.

"어머니가 길을 잃었어—."

4.

　미츠코 씨가 사라진 것은 거북이산 온천에서 스오로 돌아와 역 앞 주유소에 들렀을 때였다.

　렌터카에 기름을 넣은 후 타츠야 씨가 화장실에 갔다가 돌아왔을 때 조수석에 앉아 있던 미츠코 씨가 사라지고 없었다.

　미츠코 씨는 치매가 발병한 이후 GPS 기능이 있는 목걸이를 항상 착용하고 있었다. 그런데 오늘은 온천에 들어갈 때 목걸이를 풀어 외투 주머니에 넣고 그대로—더욱이 그 외투는 차에 그대로 남겨져 있었다.

　주유소 근처를 아무리 찾아보아도 찾을 수가 없었다. 주유소는 시내에 있기 때문에 골목으로 들어가 한 번이라도 모퉁이를 꺾어 버리면 더 이상 쫓아가기가 힘들다. 한참 주변을 돌아다니다 타츠야 씨는 혼자서는 안 되겠다고 포기하고 경찰에 연락했다.

　"지금은 경찰에서도 사람을 보내 찾고 있는데, 전혀 단서가 없어서…."라고 말했다.

　주유소 바로 옆에는 오모테마찌 버스터미널도 있었다. 미츠코 씨는 외투를 차에 둔 채 지갑이 들어 있는 핸드백을 들고 갔다. 지갑에는 IC 카드도 있으니, 만약 그 카드를 이용해 버스라도 탔다면 상황은 더욱 심각해질 것이었다.

　"버스 회사에서도 기사들에게 연락을 해 봤지만…, 아직 찾지 못했어요."

게다가 버스터미널 정문 옆은 택시 승차장으로도 활용되고 있었다.

가능성은 다양하게 펼쳐져 있고, 그만큼 만일의 위험도 커진다.

"어쩌면 어머니가 우리 집으로 돌아가려고 하실지도 몰라요."

예전의 우리 집―지금 나의 집.

"미안하지만, 하루카. 집에 돌아가면 밖에 나가지 말아 줄래요. 그래서 어머니가 돌아오면 바로 내게 전화해 줬으면 좋겠어요."

나는 그 말대로 집으로 돌아와서 밖으로는 한 발짝도 나가지 않고 타츠야 씨로부터의 새로운 연락을 기다렸다.

하지만 한 시간이 지나도 전화는 울리지 않았고, 미츠코 씨도 돌아오지 않았다.

저녁 6시 뉴스가 시작되자마자 현관문이 열리고 땀에 흠뻑 젖은 난유가 들어왔다.

"역시 안 오셨네. 미안해, 잠깐만 쉬게 해 줘."

현관 계단에 주저앉아 헉헉, 후후 연거푸 어깨로 숨을 쉬었다.

나는 냉장고에서 꺼낸 보리차를 컵에 따라 현관까지 가져갔다.

"고마워." 곤란할 때마다 난유를 찾게 된다. 내가 전화를 걸어 미츠코 씨 이야기를 전하자, 곧바로 "그럼 나도 자전거로 찾아볼게."라고 말해 주었다. "의외로 걸어서 돌아올지도 모르고, 버스를 탄다 해도 내린 뒤에 길을 잃어버릴지도 몰라. 어쨌든 40년 이상 시간이 흘러 거리 모습도 완전히 달라졌을 테니까."

분명 그럴 가능성도 있었다.

"내가 빙글빙글 돌아볼게."

그 말대로 난유는 언덕길로 이루어진 야마노테 지구를 한 시간 가까이 자전거로 뛰어다녔다.

이어 보리차를 마시고는 "조금만 더 힘내 볼까?"라며 일어섰다.

"이제 됐어, 난유. 정말, 고마워."

"무슨 소리야? 괜찮아. 이대로 놔두면 신경이 쓰여서 잠을 잘 수도 없어."

현관문을 연 난유는 그 직후―.

"으아아악!"

소리를 지르며 뒤로 풀쩍 물러났다.

현관문 밖에는 지치고 피곤함에 절은 표정의 미츠코 씨가 서 있었다.

미츠코 씨는 반대로 난유를 발견하고는 비틀거리며 다가왔다. 거의 쓰러질 것 같은 기세에 난유도 몸을 피할 수가 없었다.

작은 미츠코 씨는 난유의 양팔을 잡고, '괜찮아요?' 하는 걱정스러운 표정으로 난유를 올려다보았다. 골똘히 무언가를 생각하는 표정이었다. 난유의 옆에 있는 나는 문자 그대로 눈에 들어오지 않는 듯했다.

무언가 말을 했다. 입이 움직였다. 하지만 소리는 되어 나오지는 않았다.

"어떻게 된 일이에요? 괜찮아요? 어디 아프거나 하시진 않아요?"

당황하며 묻는 난유에게 미츠코 씨는 말로 대답하는 대신 두 팔을 움켜쥔 손에 힘을 주었다. 손이 덜덜 떨리고 있었다. 미츠코 씨 자신의 팔뿐만 아니라 난유의 팔에까지 그 떨림이 전해질 정도로 격렬한 떨림이었다.

"…미안해…."

목소리도 떨리며 터져나왔다.

"미안해…. 정말 미안해…."

울기 시작했다.

"미안해, 미안해. 미안해…. 타짱…."

난유를 타츠야 씨로—고등학교 시절의 타츠야 씨로 착각하고 있다.

"엄마가 잘못했어…. 용서해 줘…, 용서해 줘… 타짱."

"아니 저, 저기. 사람을 잘못 보셨어요, 그게 아니라—" 말을 한 난유는 그 모든 것을 한꺼번에 떨쳐버리듯 숨을 몰아쉬더니, 새삼스럽게 웃음을 지었다.

"무슨 일이야, 놀랐어?"

부드럽고 따뜻하게 말을 건넨다. 붙잡고 있던 팔을 슬쩍 빼고, 반대로 미츠코 씨의 양팔을 바깥쪽에서 감싸안아 주었다.

"진정해. 자, 자. 일단 올라가자, 엄마."

타츠야 씨의 역할을 맡은 것이었다.

하지만 미츠코 씨는 싫다는 듯 고개를 가로저으며 심하게 울면서 "미안해, 미안해."를 반복할 뿐이었다.

난유가 나를 바라보았다. '등 뒤로 돌아, 등으로.'라며 입이 움직이고 있었다.
　망설이고 있자니, '빨리, 빨리!' 무서운 얼굴로 재촉했다. 어찌 할 수가 없었다.

　오열하는 미츠코 씨의 등에 왼손을 얹었다. 작은 등이 파도치듯 심하게 떨리고 있어, 심장의 박동을 제대로 느낄 수 없었다.
　그 대신 등의 떨림이 팔을 타고 내 가슴에 울려 퍼졌다. 규칙적인 심장 박동과는 다른, 폭풍우 치는 바다 같은 거친 울림이었다.
　그 울림이 내 눈에 비친 현관 풍경의 색을 지워 버렸다. 그리고 부서지는 파도처럼 미츠코 씨 기억의 파편들이 하나둘씩 눈앞에 나타났다.
　단풍이 물들어 가는 산골짜기 여관에 미츠코 씨와 미쓰비시 화학의 소장이 있다. 외부로부터의 시선을 가리는 구조의 툇마루에 두 사람이 어깨를 맞대고 앉아 있다.
　순식간에 장면이 바뀌면서 바다가 펼쳐진다. 작은 만을 끼고 있는 모래사장 해안에서 미츠코 씨가 원피스 자락을 움켜쥐고 파도가 몰아치는 곳에서 물장난을 치고 있다. 누군가 이름을 불렀는지 뒤를 돌아보고는 기쁜 듯이 손을 흔든다. 그 웃음 끝에는 모래사장에 앉은 소장이 있다. 모래사장에는 꽃이 무리 지어 피어 있다. 분홍의 갯메꽃과 흰색 갯방풍꽃―계절은 초여름. 해안에서 보이는 주변 섬들의 경치를 보면 이곳은 쿠가오섬이 아닌가 싶다.

장면은 다시 아파트나 맨션의 방으로 바뀌었다. 미츠코 씨가 청소기를 돌리고 있다. 가구가 거의 없는 살풍경한 방이다. 벽에 기대어 놓은 작은 탁자에는 재떨이가 놓여 있다. 소장이 혼자 사는 방일까. 소장의 부재중에 청소를 하는 것일까. 수납장 상판에 사진 액자가 있다. 끼워져 있는 사진은 보이지 않는다. 뒤집혀 놓였기 때문이다.

왜 그럴까?―라는 생각을 하자마자, 설마라는 예감이 뇌리를 스쳐 지나갔다.

미츠코 씨는 청소를 마친 후 망설이며 사진 액자에 손을 뻗는다. 되도록이면 만지고 싶지 않다. 이대로 두고 싶다는 본심이 묻어나는 몸짓이다. 액자를 들어 올린다. 사진을 마주한다. 세 가족이 찍혀 있는 사진이다. 예감이 맞아떨어졌다. 부모와 여자아이. 아빠는 소장이다.

미츠코 씨는 사진을 뚫어져라 쳐다본다. 나의 시선은 마치 영화나 텔레비전 드라마의 카메라처럼 미츠코 씨 앞으로 돌며 그 표정을 포착한다.

노려보고 있다. 하지만 눈빛의 강렬함, 그 뿌리에는 적대감과는 다른 것도 확실히 섞여 있다. 미안함인가. 죄책감인가. 사진 속 소녀는 고등학생 정도―당시 타츠야 씨와 비슷한 연령대다.

장면이 다시 바뀐다.
이번에도 마찬가지로 삭막한 맨션이나 아파트의 한 방이다. 다만 아까와는 다른 방이다.

미츠코 씨는 작은 주방의 쓰레기를 치우고 있다. 쓰레기의 대부분은 컵라면이나 인스턴트 라면, 일회용 식품이나 반찬통 같은 종류이고, 맥주나 위스키 빈 병도 많다. 원래 음식물 쓰레기를 버리는 삼각형 통에는 물에 젖은 담배꽁초가 산더미처럼 쌓여 있다.

미츠코 씨는 주방에서 거실로 이동한다. 육 첩 남짓 되는 다다미방이 두 개 있다. 한쪽 방에는 옷을 넣어두는 서랍장만 있을 뿐 텅 비어 있다. 보통 때는 사용하고 있지 않은 것인지, 아니면 잘 때에만 이불을 펴는 것인지 알 수 없다. 나머지 또 다른 방에는 텔레비전과 좌탁, 그리고 책장이 있을 뿐이다.

이곳도 단신 부임한 한 사람이 살고 있는 것일까? 그렇다면 누구—?

텔레비전은 브라운관이고, 받침대에 비디오 데크 등은 없다. 미츠코 씨 외모도 앞서 소장의 방을 청소하던 시절과 그리 다르지는 않다.

이 장면도 같은 시기—라고 한다면 즉, 여기는 소장의 집이 아니라….

텔레비전 받침대 선반에 사진 액자가 있다. 아까는 뒤집혀 있었는데, 이쪽은 사진이 정면을 향해서 장식되어 있다.

맞지 않았으면 하는 예감이, 다시 뇌리에 떠올랐다 사라진다.

손걸레로 텔레비전 받침대의 먼지를 제거하던 미츠코 씨는 액자를 들고 가볍게 먼지를 털고 나서 들여다본다. 앞서 소장의 가족사진과 마주쳤을 때에 비하면 손에 들고 있는 동작이 지극히 자연스럽고 가볍다. 하지만 응시하는 시간은 아까보다 훨씬 길다.

세 사람의 가족—예감대로 세이지 씨와 미츠코 씨, 그리고 타츠야 씨가 찍혀 있다. 타츠야 씨가 고등학교 2학년이던 2월, 사바 텐만구에 참배했을 때의 사진이다. 경내에 안치된 커다란 소의 동상을 등지고 세 사람이 웃는 얼굴로 나란히 서 있다. 사진을 바라보는 미츠코 씨는 미소를 짓고 있다. 하지만 그 미소에 눈물이 흐른다. '미안해'라고 말하듯 입술이 움직인다.

떠오르는 장면은 모두 색깔이 있다. 즉, 이 장면들은 미츠코 씨가 세상을 떠나기 전, 주마등으로 떠오를 수 있는 추억인 것이다.

장면이 바뀐다.

시간이, 윙윙거리며 되감긴다.

아기 타츠야가 침대에서 잠을 자고 있다. 아직 젊은 미츠코 씨와 세이지 씨는 타츠야의 잠든 얼굴을 들여다보며 볼을 살며시 쓰다듬기도 하고, 작은 손을 가볍게 쥐기도 한다.

시간이 조금 흐른다.

새 책가방을 등에 멘 타츠야 씨가 상급생들의 손에 이끌려 등교하는 것을, 미츠코 씨와 세이지 씨가 아파트 입구에서 배웅한다. 조금 걱정스러운 표정의 미츠코 씨에게 세이지가 괜찮다고 웃으며 안심시킨다.

시간이 더 흐른다.

정장 차림에 넥타이를 느슨하게 풀어 헤친 세이지 씨가 거실에 누워 있다.

술에 취해 있다. 직장에서의 불쾌한 일—전보 발령이 났을지도 모른다. 세이지 씨는 몸을 일으켜 미츠코 씨가 건네는 물 한 잔을 마시며, 뭔가 억울하다는 듯이 다다미를 주먹으로 치면서 말한다. 미츠코 씨는 맞장구를 치면서 세이지 씨를 달래고 격려하고 있다.

시간이 더, 더, 흘러간다.

집에 돌아온 세이지를 기다렸다는 듯이, 미츠코 씨는 "이봐요, 잠깐만 들어 봐요."라고 다그친다. 세이지는 "알았다, 알았어." 하며 귀찮다는 듯이 목욕탕으로 향하고, 미츠코 씨는 분개하며 식탁 의자에 앉아 테이블에 엎드려 버린다.

시간이 훌쩍 지나가 버린다.

미츠코 씨와 세이지 씨가 둘이서 식탁에 마주 앉아 있다. 좁은 식당이다. 찬장이나 냉장고, 조리 기구도 작고, 그 숫자도 적다. 미츠코 씨는 스오에 살 때보다 조금 더 늙어 있다.

오사카였나, 타츠야 씨가 대학 진학을 위해 도쿄로 떠난 후, 세이지 씨의 부임지에서 미츠코 씨는 신혼 시절 이후 부부만의 시간을 보냈다. 그때의 추억일까. 두 사람 모두 말을 많이 나누지 않는다. 조용하고 온화하고 단란했던 시간이다.

시간이 더더욱 빠르게 흘러간다.

노인이 된 미츠코 씨와 세이지 씨가 타츠야 씨의 결혼식 피로연 원탁에 있다. 하객석을 돌며 신부와 함께 촛불을 밝히는 타츠야 씨를 두 사람은 맨 뒷자리에서 눈부시게, 미츠코 씨는 눈물까지 흘리며 바라보고 있다. 그리고 두 사람은 문득 눈길을 마주치고, 여러 가지 일이 있었어, 있었지, 라는 만감이 교차하는 느낌으로 웃으며 고개를 끄덕인다.

그 모든 장면에는 색이 없다. 마지막 타츠야 씨의 결혼식 피로연 장면 정도는 주마등으로 보여 주고 싶지만 모처럼 밝힌 촛불의 작은 불빛만이 희미하게 흔들릴 뿐이다.

미츠코 씨 기억의 바다는 점점 거칠어진다. 조각조각 떠오르는 장면에는 맥락이 없고, 게다가 순식간에 사라져 버린다.

어린 타츠야 씨가 웃는다. 머리가 희끗희끗해진 세이지 씨가 웃는다. 10대의 미츠코 씨가 공장의 유니폼인 작업복을 입고 웃는다. 청년 타츠야가 웃는다. 스타디움 점퍼에 트레이닝복. 와, 80년대. 청년 세이지가 웃는다. 높이 세운 머리 모양에 세련된 구두, 1950년대 풍이다. 손자를 안은 미츠코 씨가 웃고, 중년의 뚱뚱한 타츠야 씨가 웃고, 병원 침대에 누워 있는 세이지 씨가 웃고, 어린 미츠코 씨가 모닥불 곁에 서서 웃고 있다….

하지만 가족들의 웃는 모습에 색이 입혀진 것은 없다.

어린 미츠코가 울고 있다. 농가의 우물가에 쪼그리고 앉아 훌쩍훌쩍 울고 있다. 아직 청년의 면모가 남아 있는 세이지 씨가 거칠게 행동하고 있다. 술에 취해 집으로 돌아와서, 더 마셔야겠다고 위협적인 목소리로 말한다. 교복을 입은 타츠야 씨가 가만히 쳐다보고 있다. 교복 깃에는 고등학교의 마크가 새겨져 있다. 화가 난 건지 슬픈 건지, 아니면 둘 다인지, 아니면 전혀 다른 감정인지, 타츠야 씨는 그저 말없이 똑바로 정면을 바라보고만 있다. 미츠코 씨가 울고 있다. 지금까지 수없이 보아 왔던 '그 시절'—스오에 있던 시절의 미츠코 씨가 도시의 야경을 바라보며 울고 있다. 건물과 정원의 분위기는 다르지만 그곳에서 바라보는 스오의 거리 풍경은 우리 집 정원에서 보는 것과 그리 다르지 않다. 그러니 미츠코 씨는 토요일 정원에서 울고 있었던 것이다. 그리고 다시 타츠야 씨가 정면에서 쳐다본다. 아까처럼 교복 차림으로, 아까보다 더 분노에 찬 표정으로, 아까보다 더 슬픈 표정으로.

그런 기억에는 모두 선명한 색깔이 입혀져 있다.

미츠코 씨는 꼭 봐야만 하는 걸까. 보지 않아도 되는 것일까. 만약 자신의 삶을 마감하는 순간에 슬픈 기억들만 잇달아 목격하게 된다면, 그것은 가족을 배신한 것에 대한 대가일까….

더 이상 참을 수 없어, 나는 미츠코 씨의 등 뒤에서 손을 뗐다. 풍경이 현실로 돌아왔다. 난유와 눈이 마주쳤다. 울음이 터질 것 같은 내 표정에서 모든 것을 짐작했는지 난유는 조용히 고개를 끄덕였다.

난유는 계속 우는 미츠코 씨를 달래고, 어깨를 감싸안아 현관에서 거실 소파로 데리고 갔다.

난유는 소파에서도 미츠코 씨 곁을 떠나지 않았다. 어깨를 안아 주고 등을 쓰다듬어 주면서 미츠코 씨를 진정시킨 후 내가 주방에서 가져온 보리차를 천천히 마시게 했다.

나중에야 알았다. 난유는 현관에서도, 거실에서도 계속 미츠코 씨의 어깨와 등을 만지고 있었다. 그것만으로도—호흡을 맞추지 않아도 기억의 바다로 뛰어들어 내가 본 것과 같은 장면을 보고 있었다는 것이다. 카즈라기 씨의 말대로 난유에게도 역시 기억을 들여다보는 재능이 있었다.

나는 미츠코 씨의 일은 난유에게 맡기고 서둘러 타츠야 씨에게 전화를 걸었다. 무사히 돌아왔다는 것만 알리고, 미츠코 씨의 상태는 말하지 않았다.

그 자리에 주저앉을 뻔한 모습이 전화기 너머로 느껴질 정도로 타츠야 씨는 진심으로 안도했다. "고마워요, 하루카. 정말 고마워…."라고 눈물을 흘리며 말했다.

미츠코 씨도 난유가 등을 쓰다듬어 주는 동안 잠이 들어 버렸다.

난유는 미츠코 씨의 몸을 부드럽게 소파 위에 눕히고, 내가 가져온 수건 담요를 덮어 주고는 거실의 불을 끄고, 나와 둘이서 조용히 정원으로 나갔다.

"타츠야 씨, 지금 어디래?"

"스오 경찰서라서 30분 정도 걸린다고 했어."

"그래…."

난유는 망설이는 표정을 지으며 "나, 여기 있는 게 좋을까. 돌아가는 게 좋을까?"라고 물었다.

"있어. 있는 게 좋을 거야, 당연히."

나를 위해서도—.

하지만 난유는 "나, 타츠야 씨를 만나면 왠지 모르게 기억이 떠오를 것 같은 느낌이 들어."라고 말했다. "보고 싶지 않아도."

그것이 두려웠다.

"그 사람…, 미츠코 씨의 불륜을 알고 있었을지도 몰라."

미츠코 씨는 계속 의심하고 두려워하고 있었다. 자신을 쳐다보는 타츠야 씨의 얼굴이 생생하게 기억에 남아 있는 것도 그 때문이었다.

결국 난유는 타츠야 씨가 돌아오기 전에 떠나 버렸다. 나는 함께 있어 주었으면 했지만, "미안해. 정말 미안해. 하지만 왠지, 정말 무서워 견딜 수가 없어."라고 양손으로 절까지 하는 시늉을 해서, 무리하게 강요할 수가 없었다.

돌아가는 길에 난유가 물었다.

"하루짱은 타츠야 씨의 기억을 들여다볼 생각이 있어?"

나는 얼른 고개를 저었다. '덜컥, 덜컥'하는 소리가 들릴 정도로 세차게.

"그렇군…."

조금 안도한 난유는 "괜한 짓일지도 모르지만—"이라고 운을 떼며 말을 이어 갔다.

"우리들, 뭐랄까, 아직 열일곱 살이잖아. 고등학교 2학년, 어린 애들이잖아. 그런데 타츠야 씨는 쉰여덟이라고 했나. 곧 환갑이잖

아. 미츠코 씨도 여든이 넘었고. 둘 다 어른이잖아, 어쨌든."

그런 두 사람은 스오에서 살았던 시절의 기억을 40년 이상 가슴에 묻어 두고 있었다.

"나, 그 40여 년의 세월이 정말 대단하다는 생각이 들었어. 추억 그 자체보다 그것을 지닌 채 살아온 세월이 더 무겁다고나 할까. 그래서 우리 같은 애들이 어른들의 기억을 들여다보고 추억을 확인해도…, 사실은 아무것도 모르는 게 아닐까?라고."

무슨 말을 하고 싶어 하는지는 어느 정도 알겠다. '이런 추억이 있었습니다.' 하고 찾아내는 것만으로는 사실 의미가 없을지도 모른다. 하지만 그러면 거기서 무엇을 어떻게 하면 좋을까….

난유와 교체라도 하듯 타츠야 씨가 택시를 타고 돌아왔다.

미츠코 씨는 아직 소파에서 자고 있다. 타츠야 씨는 미츠코 씨가 덮고 있던 수건 이불을 정돈하면서, "깨어나면 방으로 데려갈게요."라고 말했다. "하루카에게도 걱정을 끼쳤지만, 그래도 무사해서 다행이네요. 정말…."

타츠야 씨는 사랑스러운 손길로 미츠코 씨의 머리를 부드럽게 쓰다듬어 주었다. 그 뒷모습을 보기가 무서워서 나는 고개를 숙인 채 내 방으로 올라왔다.

5장

1.

월요일, 난유는 학교에 나오지 않았다.

과식한 탓에 배탈이 난 것 같다고 했다. 난유의 엄마가 결석한다는 연락을 해 왔다.

담임인 소노다 선생님은 아침 조회 시간에 그 사실을 학급에 전달하며, "난유는 유리나 못도 먹을 수 있는 위장인 줄 알았는데 아니었어."라고 말해 모두에게 폭소를 안겨 주었다.

상대에 따라서는 괴롭힘이 될 수도 있는 말이었지만 난유라면 괜찮았다.

지금 교실에 있었다면 누구보다 먼저 웃었을 것이다. 선생님 말처럼 샤프나 나침반을 입에 물고 교실을 더욱 들썩이게 했을 것이다.

소노다 선생님을 비롯한 교과 선생님들은 익히 잘 알고 있기 때문에 교실을 활기차게 만들고 싶을 때면 으레 난유를 놀리거나 비꼬고는 했다. 곤란할 때는 난유에게 부탁하기도 했다. 그러면 본인도 기대에 부응해 웃기기를 마다하지 않았다. 타고난 엔터테이너인 것이다. 그리고 공부는 그리 잘하지 못해도 학교를 좋아하고, 친구들과 만나 왁자지껄 떠드는 것이 즐거워 참지 못하는 녀석이다.

그런 난유가 다음 날도 결석했다.

"복통이 머리까지 옮아와 두통이 심해서 못 가겠대요."

소노다 선생님도 조금은 걱정스러운 눈치였다. 엄마 말에 따르면 열도 없고 기침, 콧물 등 감기 증상도 없지만 어쨌든 머리가 아프고, 어제에 이어 배도 아파서 침대에서 일어나지 못하는 상태라고 했다.

"뭐, 장마철이고, 환절기이고, 사춘기니까…. 컨디션 관리도 힘들겠지."

선생님 입장에서는 '사춘기'라는 대목에서 웃어 주기를 바랐던 모양이었다. 하지만 아쉽게도 헛발질로 끝났다. 난유만 있으면 실수했을 때도 '식상하다'며 웃음을 끌어낼 수 있었을 텐데.

하지만 개그가 안 통하는 것은 그렇다 해도, 다들 은근히 걱정이 되는 것은 어쩔 수 없었다. 중학교 때 독감으로 학급이 폐쇄되었을 때에도 "다른 반 수업은 들어도 되나요?"라고 끈질기게 묻던 난유가 이틀이나 연속 결석이라니…. 역시나 걱정이 되었다.

하지만 내 걱정은 원인이 전혀 달랐다. 두통도 복통도 실은 전혀 믿을 수가 없었다.

   금요일에 미츠코 씨를 찾은 뒤, 난유는 토요일도 일요일도 우리 집에 나타나지 않았다. 일요일은 그렇다 치더라도 토요일은 타츠야 씨 모자가 돌아가는 날이었다. 당연히 작별 인사를 하러 올 줄 알았고, 점심 전에 카즈라기 씨가 두 사람을 데리러 온다고 톡으로 알려 주기까지 했다.

   하지만 메신저에 '읽음'이라 표시는 되었지만 답장은 없었고, 토요일에도 배웅을 못 나온다는 연락조차 주지 않았다.

   메일 주소와 전화번호를 교환할 정도로 친해진 타츠야 씨는 "마지막에 또 웃겨 주지 않을까 기대했는데…."라며 아쉬워했고, 미츠코 씨도 조금은 쓸쓸한 표정으로 "친구분에게 안부 전해 주세요."라고 내게 말했다.

   금요일에 패닉에 빠진 것이 오히려 다행이었는지, 토요일에 미츠코 씨는 아침에 일어나자마자 상쾌한 표정으로 말도 제대로 했다.

   도쿄에서 아침 일찍 비행기를 타고 스오에 온 카즈라기 씨에게 금요일 밤에 미츠코 씨를 잃어버린 이야기와 그 이후의 경위를 알려 주었다. 카즈라기 씨는 그다지 놀라지도 않고 '여정의 고비에 흔히 있는 일'이라고 말했다. 색이 입혀진 추억이 많이 떠올랐다는 것도 "아, 그랬군요."라며 가볍게 고개를 끄덕일 뿐이었다.

   그런 카즈라기 씨도 난유가 토요일에 나타나지 않은 것은 예상치 못한 일이었다고 했다.

   "아, 그래요?"라며 당황한 기색이 역력했다.

그래서 내 쪽에서도 두통과 복통이라고 그냥 넘길 수가 없었다.

월요일은 그냥 내버려둘 수 있었지만 화요일까지 쉰다는 건 역시나 걱정이 되었다.

'무슨 일 있었어?'

화요일 저녁 문자를 보내고 메일도 보냈다. 둘 다 밤이 되어서야 읽었거나 열어보기는 했지만 답장은 오지 않았다.

참을 수 없어 밤 9시에 과감히 전화를 걸었다. 그러나 벨 소리가 울리기도 전에 자동 응답으로 전환되어 버렸다.

"하루짱이야~. 짜잔~. 살아 있니? 전화해⋯."

순간적으로 말이 튀어나왔다. 가능한 한 가볍게 말했다.

한 시간이 지나도 응답은 없었다.

어찌할 바를 몰라 '어휴, 미치겠네.' 하고 한숨을 쉬고 있는데, 문득 달력이 눈에 들어왔다.

어제 일요일은 어버이날이었다.

그러고 보니 난유가 금요일에 했던 말이 떠올랐다.

"아빠의 기억을 들여다보고 형에 대한 기억을 체크해 드리려고—"

농담처럼 말했고, 사실 100퍼센트 진심도 아니었던 것 같았다. 하지만 진심이 전혀 들어 있지 않은 말도 역시 아니었을 것이다.

금요일에 미츠코 씨의 과거를 들여다보고, 토요일에 미츠코 씨와 타츠야 씨와 헤어질 때에도 얼굴을 내밀지 않고, 일요일에 무슨 일이 있었는지는 모르겠지만, 월요일과 화요일에 학교를 쉬고⋯. 러시아 민요 「일주일」(일본의 유치원에서 널리 배우는 노래로, 요일별로 이루어지는 여자들의 일상을 노래한 내용이다. – 옮긴이 주) 같지만, 꽤 진지하게, 그럴 수도 있겠구나, 라고 생각했다.

결국, 자동응답기에 남겨진 난유의 응답은 없었고, 문자와 메일에도 답장이 없었다.

그리고 수요일에도 난유는 학교를 나오지 않았다.

점심시간, 같은 반의 미사키를 비롯한 친구들이 "하루짱, 잠깐만." 하고 나를 베란다로 불러내서 말했다. "난유가 가출했다는 소문, 진짜야?"

내가 눈을 동그랗게 뜨자 미사키가 "하루짱도 모른다면 역시 그럴 리가 없겠네…"라고 말했다.

가출설이 잠잠해진 뒤에도 미사키 일행은 난유가 3일간 결석한 이유를 여러 가지로 상상하며 수다를 떨었다. 실연설, 입시 공부 시작설, 아이돌 추격전에 나섰다는 설, 게임의 늪에 빠졌다는 설 등 제멋대로의 이야기를 늘어놓았다.

하지만 별 상관없는 수다 속에 가끔 날카로운 한마디가 끼어들기도 했다.

"난유는 눈에 보이지 않는 장벽이 있는 것 같지 않아?" 미사키는 난유의 밝음 이면에 의외로 쓸쓸함이 감추어져 있다는 것을 눈치챘다.

"걘 사람들을 웃기는 대신 여기부터는 들어오지 말라고 그어 놓은 선이 있는 것 같아."

나도 동감이다. 고개를 끄덕이자, "하루짱과 닮았어."라고 말했다. 나쁜 의미의 말투는 아니었지만 그때 문득 난유에게 들었던 얼룩말 이야기가 떠올랐다. 우리 둘 다 소수파라는. 그 이야기를 한 지가 고작 열흘 남짓밖에 지나지 않았다는 것을 깨달았을 때 지금까지 의식하지 못했던 피곤함이 갑자기 등을 떠밀며 밀려오는 것을 느꼈다.

미사키와 함께 있던 친구 유키가 혼자서 나를 베란다로 불러낸 것은 그날 방과 후의 일이었다.

어제저녁 유키의 엄마가 신칸센 스오역에서 난유를 봤다는 것이다.

유키의 엄마는 역의 '기념품 가게'에서 파트타임으로 일하고 있다. 그런데 난유가 그곳에 와서 옆에 있는 계산대에서 스오의 이름난 과자 '세토 다요리'를 사고 있었다는 것이다.

난유에 대해서는 유키의 엄마도 잘 알고 있었다. 수업 참관일이나 체육대회, 문화제에서 누구보다 눈에 띄는 녀석이기 때문이었다.

마침 난유는 종이 손가방에 담긴 '세토 다요리'를 막 받아 든 참이었다. 유키의 엄마가 말을 걸자, 난유는 깜짝 놀라 발걸음을 재촉해 가게를 빠져나가 자동 발권기로 향했다고 했다.

"엄마는 난유가 학교를 나오지 않는 줄도 몰랐고, 다른 손님이 기다리고 있기도 해서, 그 자리는 그렇게 끝나 버렸다 하더라…."

가출에 대한 소문이 돌고 있는 상황에서 모두에게 알리면 이야기가 무책임하게 퍼질 것 같아서 점심시간 수다를 떨 때는 입을 다물고 있었다고 했다. "하지만 난유의 이야기는 아무래도 하루 짱에게 전하는 것이 좋겠다고 생각했어."

제멋대로 한통속으로 엮이고 싶지는 않지만 고마웠다.

스오는 신칸센이 멈추는 역으로서는 작은 역이라 오카야마나 히로시마처럼 상하행 열차가 계속 드나드는 것은 아니었다. 난유가 탄 열차도 거의 틀림없이 특정할 수 있었다.

그 시간이라면… 도쿄행 특급 '노조미'였을 것이다.

하루에 몇 번밖에 오지 않는 스오 정차 '노조미'는 쇼핑을 한 시간, 그 몇 분 후에 도착한다.

그래서 결정을 내렸다. 난유는 기념품으로 과자를 사고, 도쿄행 '노조미'를 탔다.

목적지를 짐작할 수 있었기 때문에, 나는 땅을 바라보던 눈을 감고 한숨을 내쉬었다.

'세토 다요리'는 유자가 들어간 양갱을 얇게 펴고 다시 말아 두루마리 편지 모양으로 만든 과자로, 가격도 저렴하고 유통기한도 길어 쇼와 시대부터 기념품이나 선물용품의 단골 메뉴—스오 시민 중 한 번도 먹어본 적이 없는 사람은 없다고 해도 과언이 아닐 정도로 인기가 많은 과자였다.

다만, 그런 만큼 이미지가 낡고 맛도 그저 그런 정도여서 젊은 사람들은 선물용으로만 구입했다.

그런 '세토 다요리'를 난유가 선물로 선택한 것은 무난한 선물을 택한 것인지, 아니면 웃기려고 한 것인지 잘 모르겠다….

어느 쪽이든, 역에서 기념품을 살 여유는 있었다는 것이다. 설령 가출이라고 해도, 급박하거나 아니면 허둥거린, 그런 느낌은 아니었을지도 몰랐다. 그렇다면 그다지 걱정할 필요도 없을 듯싶었다.

'세토 다요리'를 사 들고 간 난유가 "제발! 여기 문 앞에서 쫓겨 나면 전, 더 이상 돌아갈 곳이 없어요!"라고 무릎을 꿇어야 하는 상대인—팔짱을 끼고 침울한 표정이지만 당황해하는, 카즈라기 씨의 모습이 눈에 들어왔다.

하지만 그 이후는 알 수 없었다. 만약 난유가 내 상상대로 브레멘 여행사에 제자로 들어가기를 원한다면 카즈라기 씨는 어떻게 할 것인가. 분명 난유의 재능을 알아 보고 기대를 하고 있는 것 같기는 했지만….

집에 돌아와 이런저런 생각을 하고 있는데 전화가 걸려 왔다. 발신자는 난유의 집 전화—난유의 어머니로부터 걸려 온 전화였다.

2.

30분 후, 난유의 어머니가 차를 타고 우리 집에 왔다.

방문 이유는 "얼마 전 새로 산 생강으로 밥을 만들어서 하루짱에게도 나눠 주고 싶어서…."라고 말했다. 냉동해 둔 것을 전자레인지에 데워 왔다. 요컨대 분명 우리 집에 오기 위한 구실이었다.

하지만 아주머니는 구실이라 하기에는 저장 용기에 담긴 손수 만든 반찬도 한 번에 다 먹을 수 없을 만큼 많이 가지고 왔다.

"그냥 집에 있는 것들로 채워 오긴 했는데. 오래 보관할 수 있는 것들이니 밥 먹을 때 챙겨 먹어라."

"…아주머니, 항상 고마워요."

"응, 그래. 그래."

아주머니는 부모님이 없는 나를 걱정하며, 여러모로 돌봐 주신 분이다. 할머니가 돌아가시고 혼자 살게 된 후부터는 "곤란한 일이 있으면 무엇이든 말하라."는 말은 늘 입에 담는 표현이기도 했다. 아직 그런 어려움은 없지만, 솔직히 기쁘고 감사한 마음이었다.

하지만 지금은 입장이 뒤바뀌었다. 식탁에서 마주 앉자 아주머니는 본론으로 들어갈 순간을 찾는 듯 어색한 몸짓으로 보리차를 몇 모금 마셨다.

내가 먼저 말을 꺼낼 수밖에 없다.

난유—라고 말하려다 아니지, 하며 입을 다물었다. 부모에게 난유는 그저 히로키일 뿐이었다. 형의 이름을 물려받은 동생인 것이다.

"히로키, 몸 상태는 어때요? 학교 친구들도 걱정하고 있어요. 히로키가 사흘이나 쉬는 건 처음 있는 일이니까요."

가출 소문을 전할지 여부는 아주머니가 어떻게 반응하느냐에 따라 결정할 생각이었지만 아주머니도 각오를 단단히 했는지 단숨에 이야기를 이어 나갔다.

"지금 도쿄에 있는 것 같아."

역시—.

"머리와 배가 아팠던 건 엊그제와 어제 낮에만…. 지금 생각해 보면 꾀병이었을지도 몰라. 그 녀석 연기를 잘하더라고."라고 한숨을 내쉬며 휴대폰을 꺼냈다.

월요일 아침, 배탈이 나서 몇 번이나 화장실을 들락거렸다. 두통이 있다고도 했다. 열은 없었지만 '잠을 자다가 감기에 걸렸겠지.'라는 생각에 학교를 쉬게 했다.

화요일이 되어도 두통과 복통은 계속됐다. 작년부터 한국 아이돌과 드라마에 푹 빠진 아주머니는 매주 화요일마다 문화센터에 가서 한글을 공부하고 있었다. 아주머니는 공부를 건너뛸 생각이었지만 난유는 "난 괜찮으니, 가서 공부하고 와."라고 권유했다.—아마도 그 시점에는 도쿄로 가기로 마음먹고 있었을 것이다.

"내가 외출하기 직전에 히로키에게 말했어. '점심때도 몸이 안 좋으면 병원에 가.'라고."

아주머니가 저녁에 집에 돌아와 보니 난유는 없었다. 당연히 병원에 갔을 것으로 생각했는데, 사실 그 시간에 스오역으로 향하고 있었다.

저녁에 가족들의 단체 대화방에 난유가 이런 문자를 남겼다.

<수학여행 답사 다녀오겠습니다.>

도쿄 스카이트리 이모티콘과 함께—

아주머니가 대화방의 화면을 보여 주었다. 어제 밤 9시 전에 <도쿄 도착.>이라고 보낸 것을 시작으로 여러 번 문자를 남겼다. <도쿄, 너무 덥다.>, <사람, 너무 많다.>, <전철, 너무 복잡하다.>, <우동 국물, 너무 시커멓다.> 등등…. 별 볼 일 없는 내용만 적혀 있었고, 시부야의 스크램블 교차로 사진을 첨부한 것도 있었다.

단, 아저씨나 아주머니가 <어떤 호텔에 묵고 있니?>, <언제 돌아오는지 알려 줘.>, <누굴 만나고 있는 거니?>, <자동응답 전화 들었으면 답장해 줘.>라고 계속 물어도 전혀 대답하지 않았다. 대신 먹기 직전의 햄버거나 소고기덮밥 사진을 보내왔다. 패밀리 레스토랑의 샐러드 바에 있는 모습을 셀카로 찍으며, 밥은 잘 먹고 있다, 균형 잡힌 식단도 챙겨 먹고 있다고 어필하고 있었다.

"진짜 걱정할 필요가 없겠는데요."

아주머니는 웃으며 "그렇긴 하지만 이대로 방치해 둘 수는 없어…."라며 한숨을 내쉬었다.

"돈은 괜찮을까요?"

다시 한숨을 내쉬며 문자를 보여주었다. <5만 엔, 빌려 갑니다. 죄송합니다.>—급하게 현금이 필요할 때를 대비해 장롱에 넣어둔 돈을 꺼내 갔다. 세뱃돈을 저축하고 있었던 자기 명의의 계좌에서도 어제 현금 카드로 거의 전액인 10만 엔을 인출했다.

"근데…, 뭘 하려고 도쿄에 갔는지를 전혀 모르겠어."

대화방에도 설명은 없었다.

"언제까지 있을지도 모르겠고…."

인터넷 카페에서 잠을 자면 한동안은 도쿄에 머물 수 있을 것이다. 5만 엔의 빚도 장기전에 대비한 것일지도 몰랐다.

"야, 하루짱!"

아주머니의 말투가 바뀌었다. "하루짱은 뭔가 짚이는 데가 없어?"

드디어 왔다. 속일 수도 없는 노릇이었다.

"저기, …. 전혀 생각이 나지 않는 건 아닌데…."

"지난주에 하루짱에게 도쿄에서 손님이 왔었잖아. 옛날에 스오에 살던 할머니가 아들과 함께. 그 이야기와 관련이 있어?"

"…그게, 그럴지도 몰라요."

아주머니는 식탁 앞으로 몸을 기울이며, "알려 줘."라고 말했다.

주마등 이야기는 꼭꼭 감춰둔 채 미츠코 씨 모자의 추억을 따라가는 여행에 관해 이야기했다.

아주머니도 난유에게 어느 정도 들은 모양인지, "치매 재활에 회상 요법이라는 것이 있다고 하던데, 그것과 비슷한 것일지도 모르겠네."라고 고개를 끄덕였다.

"히로키도 여러 가지로 도와줘서 정말 고마웠어요."

"아냐, 그 아이도 재미있어 했어. 옛날 스오의 사진을 찾아보기도 하고."

"그래서 무라마츠 씨는 그 여행을 도쿄의 여행사에 부탁해서―"

"부메랑이라는 회사? 히로키가 그렇게 말했었는데."

"아뇨, 브레멘입니다. 「브레멘 음악대」에 나오는."

나도 모르게 웃음이 나왔다. 아주머니가 착각한 건지, 난유가 실수한 건지, 아니면 난유는 진짜 잘못 알고 있는지도 몰랐다.

덕분에 긴장이 풀려서 그다음부터는 조금 더 매끄럽게 말할 수 있었다.

난유가 브레멘 여행사의 일에 관심이 엄청나게 많아서 자신도 같은 일을 하고 싶어서 도쿄로 간 게 아닐까….

물론 주마등 이야기가 없으니 '엄청나게'라는 부분의 설득력이 떨어졌다. 아주머니도 전혀 납득하지 못하는 표정으로 "그럼 지금 학교를 쉬면서까지 도쿄에 갈 필요는 없잖아?"라고 말했다.

"…그러게요."

정말 맞는 말이다, 실제로.

"게다가 왜 나나 아빠에게 한마디도 하지 않고, 가출한 것처럼 나가 버렸는지 도무지 모르겠어."

"…맞아요."

부모님께 말할 수 없다는 점이 핵심인데―물론 말할 수 없다. 대신 아주머니에게 물어보았다.

"일요일에 히로키는 어땠어요?"

"좋았어. 평소와 다름없이 잘 지냈지."

"일요일은 어버이의 날이었죠?"

그러자 아주머니는 "그래, 맞아. 그랬지."라고 몇 번이고 고개를 끄덕였다. "그 녀석, 신이 나서 아빠 어깨까지 주물렀고, 용돈을 좀 달라고 하면서 웃기까지 했는데…"

예상대로였다. 난유는 아빠의 주마등을 보고 만 것이었다.

난유의 최신 문자는 점심 무렵에 도착했다.
<건강하니까 아무 걱정하지 마세요.>
시대극 애니메이션 캐릭터가 '아버지 어머니, 제발 부탁합니다.'라고 말하며 엎드려 절하는 이모티콘이 찍혀 있었지만 물론 부모로서 그냥 내버려둘 수는 없는 노릇이었다.
<지금 어디 있는지, 언제쯤 돌아오는지 빨리 연락해 줘.>라고 아주머니가 답장을 보냈고, 회사에 있던 아저씨도 4시 정각에 <7시에는 경찰에 신고하겠다.>라고 최후통첩을 했다.
난유가 읽은 것은 아저씨가 문자를 남긴 직후였다. 그런데도 아직—5시를 넘긴 지금까지도 답장이 오지 않았다.
"하루짱, 그 여행사 전화번호 알고 있지? 알려 줄래?"
'모릅니다'라고 말할 수가 없었다. 하지만 이대로 아주머니가 카즈라기 씨와 직접 통화하게 해도 되는 걸까….
당황스러워하는 사이 내 휴대폰 대화방에 문자 알림이 떴다. 화면을 보니 난유가 보낸 것이었다.
"응? 하루짱. 알려 줘."
아주머니는 방금 온 문자의 주인공이 난유라는 걸 아직 알지 못했다.
"걔에 대해선 걱정하지 않아도 될 것 같아. 하지만 도쿄에 가본 적도 없는 아이가 혼자서 어슬렁어슬렁 돌아다니다 보면 무슨 일이 생길지도 모르잖아? 아빠도 나도 그게 걱정돼서 어젯밤은 잠을 못 잤어."

아주머니의 본심은 어젯밤에 경찰이나 학교와 상담하고 싶었다. 하지만 아저씨가 "괜한 소리 하지 말라."고 말렸다.

"히로키도 히로키 나름대로 생각이 있을 거고, 전화로 연락이 오고 있으니, 마지막까지 지켜봐야지."

난유 군을 믿는—것뿐만 아니라, 세간의 시선도 조금은 의식하고 있다는 느낌이 들었다.

그런 아저씨가 이것저것 가리지 않고 단호하게 시한을 통보했으니, 그건 정말 진심일 것이다.

"하지만 경찰에 신고하기 전에 어쨌든 히로키와 직접 이야기를 나누고 싶어."

휴대폰으로는 연결되지 않는다. 그렇다면 난유가 찾아갔을 가능성이 큰 브레멘 여행사에 연락할 수밖에 없는 것이었다.

"하루짱, 어서 번호 알려 줘."

거듭된 압박에 나는 급히 "명함, 위층에 놓아두었으니 가서 가지고 올게요."라고 말하고는 휴대폰을 들고 자리를 박차고 일어났다. 내 방으로 들어가자마자 난유의 문자를 확인했다.

<부모님이 오실지도 몰라.>

이미 왔어, 벌써—.

<카즈라기 씨 전화번호 물어볼지도 몰라.>

물어보고 있어, 이미—.

<그래도 알려주지 마!>

쉽게 말하지 마—.

<하루짱이 전화해. 가급적이면 우리 부모님 앞에서. 그쪽이 더 빨리 이해시킬 수 있다고 카즈라기 씨가 말했어.>

옆에 있는 거지—?

<언제라도 좋으니까, 부모님 앞에서 바로 전화해 줘.>

나는 <1분 후에 전화할게.>라고 문자했다. 곧바로 읽었다는 표시와 함께 엄지손가락을 치켜세운 OK 이모티콘이 돌아왔다.

3.

식탁으로 돌아와서 아주머니의 눈빛에 부담감을 느끼며 카즈라기 씨의 휴대폰 번호로 전화를 걸었다.

벨 소리가 울리기도 전에 연결이 되었다.

"곤란한 일입니다."

갑자기 말소리가 들렸다. "무라마츠 씨를 통해 알아냈다니 저희도 어쩔 수 없지만…, 정말 상식을 벗어난 행동이네요."

난유는 타츠야 씨에게 전화를 걸어 브레멘 여행사의 사무실 주소와 전화번호를 알아냈다.

"지금 난유의 부모님이 옆에 계시는 거죠?"

"…네."

"응대는 최소한으로 하면 됩니다. 저희 쪽에서 보고만 간단히 전해 드릴 테니까요."

"…부탁드립니다."

난유는 오늘 아침 일찍 사무실을 찾아왔다. 약속도 되지 않은 출현이었다. 먼저 전화를 걸면 문전박대를 당할 것으로 생각한 모양이었다.

"저는 오늘 현장으로 바로 출근했는데, 출근길에 회사에서 전화가 와서… 깜짝 놀랐어요."

난유가 갑자기 찾아온 것도 물론 놀랐지만, 그보다 더 침착한 카즈라기 씨를 놀라게 한 것은—.

"칭찬하기가 좀 그렇지만, 난유는 정말 대단한 친구예요. 단 한 시간 만에 직원들을 어떻게 구워삶았는지 완전히 자기편으로 만들어 버려서, 내가 사무실에 얼굴을 내밀었을 때는 이미 아르바이트 채용까지 결정되어 있었어요."

그 소리의 뒤쪽에서 "인간적인 매력을 마음껏 발산했지!"라는 기세등등한 난유의 목소리가 들렸다.

"무엇보다 사장님이 이 친구를 마음에 들어 하셨어요. 그렇게 되면 저는 더 이상 할 말이 없으니까요…"

난유가 곧바로, "사장님, 정말 재밌는 아저씨야!"라고 말하고, "넌 좀 조용히 하고 있어."라고 꾸짖는 소리가 들렸다.

"그럼요."

카즈라기 씨는 말했다. "부모님이 걱정하시는 것은 당연한 이야기입니다."

"…네."

"가장 좋은 것은 이 친구가 부모님과 제대로 대화하는 것인데…"

"싫어요!"라고 말하는 난유의 목소리가 들린다.

"…아무래도 그건 좀 어려울 것 같습니다."

"…그렇군요."

아주머니는 걱정스러운 얼굴로 나를 바라보고 있다. 대화를 듣지는 못하지만, 나의 짧은 대답만으로도 어느 정도 이야기의 흐름을 짐작하는 것 같았다.

"사실 우리 사장님이 하루짱도 무척 보고 싶어 합니다. 사장님뿐만 아니라 직원들도 모두 하루짱과의 만남을 고대하고 있습니다."

갑자기 이야기의 주제가 나로 바뀌었다.

"난유도 하루카라면 솔직하게 말할 수 있을 것 같아요."

"어, 뭐예요. 이건 하루짱과 관계없는 얘기예요. 그만 좀 해요. 진짜!"라고 난유가 항의해도 카즈라기 씨는 아랑곳하지 않고 말을 이어 갔다.

"데리러 와 줄래요?"

내가—? 난유를—?

"사장님께서도 꼭 한번 오라고 하십니다."

교통비와 숙박비도 브레멘 여행사가 부담한다고 했다.

"어떻습니까. 하루짱이 난유의 부모님께 설명하기가 곤란하면, 제가 직접 설명해 드릴 용의도 있으니까."

"아니, 하지만…."

생각 없이 말을 하자 아주머니는 손짓으로 연신 전화를 바꿔 달라고 요구했다. 그럴 수는 없다. 나도 각오를 다질 수밖에 없었다.

전화를 끊은 척하며 휴대폰을 무릎 위에 올려놓았다. 이쪽의 이야기가 들릴 수 있도록 하라는 것이 카즈라기 씨의 지시였다.

아주머니는 "바꿔 달라고 했잖아."라며 불쾌한 표정을 지었지만, "죄송해요. 미처 몰랐어요."라고 사과하고 바로 본론으로 들어갔다.

"역시 히로키, 브레멘 여행사에 가 있어요."

"지금도 거기에 있니?"

"네…. 오늘 아침에 갑자기 와서 아르바이트를 시켜 달라고 했다네요."

아주머니가 표정이 달라진 것을 보고 바로 "저쪽에선 일단 거절한 것 같아요."라고 살짝 거짓말을 덧붙였다.

"하지만…, 거절하면 히로키가 어디로 갈지 모르잖아요. 오히려 걱정스러우니까 일단 회사에서 청소나 하라고 하고, 있을 곳을 마련해 준 것 같아요."

아주머니의 표정이 풀리지 않는다. "데리고 있기 전에 돌려보내야지."라는 뜻인 것 같았다.

"미성년자라고, 아직 고등학생이라고."

목소리가 고음으로 뾰족해졌다. "부메랑인지 뭔지는 모르겠지만, 상식이 너무 없네. 가출한 고등학생을 집으로 돌려보내지 않고, 본인이 부탁했다는 이유로 일까지 시키고…. 그건 일종의 범죄나 다름없어."

역시 안 된다. 그건 그렇다. 자식을 걱정하는 부모의 마음을 너무 얕잡아 보았다. 나에게 부모가 없는 탓일지도 모른다.

"하루짱, 너도 이상해."

"예? 저요?"

"그래. 아까부터 그 회사를 엄청나게 칭찬하고 있잖아. 네가."

"그런 거…."

"칭찬하고 있어, 들어 보면 알 수 있어."

분노의 화살이 완전히 이쪽으로 향했다.

"히로키가 그 회사를 좋아한다는 걸 네가 어떻게 알았어?"

"그러니까, 그건 본인이 직접…."

"네가 부추긴 것 아니야? 도쿄에 가 보면 어떻다느니, 아르바이트를 하면 된다느니…. 그 자식에게 쓸데없는 바람을 불어넣은 게 너 아니야?"

그건 아니다. 절대 아니다. 하지만 난유에게 주마등 이야기를 가르쳐 준 것은 분명—.

나는 입을 다물고 말았다. 난유를 걱정하는 아주머니의 마음을 생각하면 무슨 말을 해도, 설령 오해를 푸는 것조차도 이기적인 변명이 될 것 같았다.

아주머니는 더 이상 나를 나무라지 않았다. 침묵 속에서 마시다 남은 차를 싱크대에 버리고, 찻잔을 간단히 씻은 후 식탁으로 돌아왔다. 그 사이에 마음을 가다듬은 모양인지 차분한 목소리로 말했다.

"히로키나 하루짱은 이제 고등학교 2학년이 됐다고 혼자서 잘 먹고 잘살 수 있을 거라고 생각하겠지? 하지만 말이야, 2학년이 되어도, 3학년이 되어도, 역시 스무 살이 될 때까지는…. 본심을 말하자면 스무 살이 지나도, 그러니까 아무리 나이가 들어도 아이는 아이야. 부모 입장에서는 믿을 수 없고, 위태로워 보이고, 정말 위험하다고."

난유는 아주머니가 이렇게 걱정을 많이 해 주고 있다. 아저씨도 주마등에 무엇이 그려져 있었는지는 모르겠지만, 걱정하고 있을 것이다. 하지만 내게는 그런 가족이 없다. 언제 어디를 가도 아무도 걱정하지 않는다. 그래서 굉장히 처신이 가볍고, 자유롭다.―그 사실이 지금, 갑자기, 슬퍼졌다.

"이봐, 하루짱. 너한테는 미안하지만, 역시 경찰에 신고해야겠어. 그 회사 전화번호 좀 알려 줘."

왔다. 드디어 궁지에 몰렸다.

그때 아주머니의 핸드폰이 울렸다.

"어머. 하루짱, 뭐야? 이 소리?"

영상통화의 벨 소리였다.

"저기, 히로키한테서 온 건데 잠깐 봐 줄래?"

영상통화에 익숙하지 않은 아주머니가 휴대폰의 조작을 내게 맡겼다. 나는 휴대폰을 각티슈 위에 올려놓고 스피커에서 음성이 나오도록 했다.

화면에는 난유의 얼굴이 비치고 있었다. 카즈라기 씨의 모습은 보이지 않지만, 이쪽 이야기 흐름은, 휴대폰으로 저쪽에도 전달되었을 것이다. 아주머니가 '경찰에 신고하겠다'고 한 순간 끼어들어 온 것일까―그런데 영상통화는 왜 한 걸까?

"오랜만이야, 엄마. 잘 지냈어?"

난유는 태평스럽게 손을 흔들며 웃는다. 아주머니는 "무슨 바보 같은 소리를 하는 거야. 응, 잘 지내고 있어!"라고 꾸짖으면서도 무사한 모습을 보며 눈시울을 붉혔다.

"저기요, 대충은 하루짱한테 들었겠지만, 뭐, 그런 거죠."

"…무슨 소리야, 정말. …우린 계속 걱정하고 있었어…."

눈물을 흘리는 아주머니에게 난유는 밝게 웃으며 말했다.

"저기, 그래서 일단 일요일에 돌아가기로 했는데, 그 전에 브레멘 여행사 분이 엄마랑 잠깐 인사하고 싶으시다고 해서."

아주머니는 "인사라니…."라며 난처해했지만 난유는 아랑곳하지 않고 말을 이어 갔다.

"사장님입니다!"

아주머니보다 내가 먼저 "정말?"이라고 되물었다.

"뭐랄까, 엄마가 걱정하고 있을 것 같으니까, 조금이라도 안심시켜야겠다는 생각이 드셨대. 그리고 사장님이 등장, 갑자기 보스 강림인 거지. 그만큼 나, 기대되는 신인이라는 사실."

"아, 안녕하세요. 처음 뵙겠습니다."
걸걸한 목소리로 천천히 인사를 건넸다.
"사장, 카즈라기입니다."
"하루짱, 카즈라기 씨 아버님이셔."라는 난유의 목소리가 들려왔다.

4.

사장은 묘한 분위기의 사람이었다.
묘하게 존재감이 있었다. 포인트는 눈빛이었다. 날카롭다기보다는 깊었다. 눈이 마주치면 금방이라도 빨려 들어갈 것 같았다.
얼굴 생김새는 카즈라기 씨의 아버지답게 결코 밝지 않았다. 어느 쪽이냐 하면 오히려 두려움을 불러일으키는—다만 단순히 상대를 겁을 줘서 두렵게 만드는 것이 아니라, 그런 단계는 이미 지난 것 같은, 간담이 서늘한 위엄이 있었다.
"안녕하세요, 이번에 아드님 일로 어머니께 걱정을 끼쳐 죄송합니다…."
목소리는 갈라지고, 말투도 매끄럽지 못했다. 알아듣기 힘들었지만, 그만큼 더 잘 들어야겠다는 생각이 들었다. 아주머니도 조용히 휴대폰 화면을 쳐다보고 있었다.
"아드님, 참 좋은 청년이네요."

그렇게 말하며 희미하게 웃었다. 그동안 무뚝뚝한 표정이었던 만큼, 조금만 긴장을 늦춰도 이쪽까지 안심이 되게 만드는 웃음이었다. 웃으면 의외로 애교가 많은 얼굴이라는 것을 알겠다.

"그는, 그러니까, 재능이 있어요."

"재능이라니…. 무슨 말씀인가요?"

"다른 사람을 위해 땀을 흘리는 재능입니다. 친절하고 상냥합니다. 제 자식에게서 듣긴 했지만 실제로 만나 보니 다시 한번 더 잘 알 수 있었습니다."

으으윽, 하고 난유가 쑥스러움을 감추기 위해 익살을 떨었다―짜증스럽다.

아주머니도 한숨을 쉬며 말했다.

"칭찬해 주시는 건 좋지만, 부모에게 한마디도 하지 않고, 도쿄에 가서 학교도 마음대로 쉬고…."

사장은 손바닥으로 말을 멈추고 "어머니의 걱정을 잘 알고 있습니다."라고 말했다. "아드님이 도쿄에 있는 동안은 저희가 책임지고 돌봐 드리겠습니다. 그리고 일요일에는 반드시 집으로 돌려보내겠습니다. 그때까지만 어떻게 아드님을 좀 맡겨 주실 수 없겠습니까?"

부탁한다고 고개를 숙였다가 들고는 계속 말을 이었다.

"하루카 씨가 데리러 와 달라고 할 생각입니다."

뒤돌아보는 아주머니에게 나는 당황하면서도 손가락으로 오케이 표시를 하며 대답했다.

사장은 아주머니에게 브레멘 여행사의 업무에 관해 설명했다.

"아주 간단하게 말씀드리자면, 개인 여행 전문 여행사입니다. 고객 한 분 한 분의 요청에 따라 맞춤형 여행을 코디네이트 하는 것이죠."

"실례지만…, 그렇게 해서 사업이 되는 건가요?"

아주머니의 질문에 사장은 웃으며 고개를 끄덕이고는 "물론 티켓을 끊고 호텔을 예약하는 것만으로는 운영이 어렵겠죠."라고 말했다.

"다만, 우리 고객의 여행은 단순한 관광 여행이 아닙니다."

예를 들어, 사장은 최근 몇 가지 일을 소개했다.

바로 지난달 정년퇴직한 초등학교 선생님의 여행이 무사히 끝났다고 했다. 선생님이 오랜 교직 생활 중 처음 맡았던 반의 제자들을 찾아가는 여행이었다. 졸업생 명단은 있었지만 이미 40년 가까운 세월이 흘렀기 때문에 브레멘 여행사의 담당 직원이 한 명씩 지금 살고 있는 주소를 파악해 나간 것이었다.

지금 진행되고 있는 것은 아흔이 넘은 연로한 화가가 '젊은 시절 생활비로 팔아치운 작품을 보고 싶다.'는 소원을 들어주는 여행이었다. 담당 직원은 전국의 화랑을 수소문하고 컬렉터를 찾아다녔다. 터무니없는 관람료를 요구하는 악덕 업자와도 끈질기게 협상을 벌여 마침내 긴 투어 일정이 확정되었다고 했다.

"지금은 제 아들에게 두 가지 일을 병행하게 하고 있습니다."

카즈라기 씨는 무라마츠 씨의 여행뿐만 아니라 언론에서도 유명한 심장외과 의사로부터 의뢰를 받았다. '신의 손'이라는 별명을 가진 명의인데 그도 역시 환자를 살리지 못해 안타까운 적이 여러 번 있었다고 한다. 그 사람들의 무덤을 찾아다닌다는 것이었다.

사망한 환자의 유족에게 연락을 취해 성묘를 허락받는 것이었다. 일부는 이제 와서 왜 그러느냐고 화를 내는 사람들도 있기 때문에 이를 설득하는 것도 카즈라기 씨의 몫이었다.

"그래서 여행사와 조사업체, 흥신소를 합친 것과 같은 일이라고 생각하면 이해하기 쉬울 것 같아요. 당연히 시간과 인력도 많이 들기 때문에 그에 상응하는 보수를 받게 됩니다."

그런데도 여행 의뢰와 문의가 끊이지 않고 있다고 했다.

사장의 설명에 아주머니는 "부자들은 이제 평범한 단체 여행만으로는 만족하지 못하는 것 같네요."라고 말했다. "온천이니 하와이니 하는 것으로는 만족할 수 없겠죠. 이젠."

부유층을 고객으로 하는 사치스러운 개별여행을 취급하는 업체—라는 말에 납득이 된 모양이었다.

사장도 "네, 맞습니다."라고 웃으며 고개를 끄덕였다. 웃는다고 해서 인상이 좋아지는 것은 아니었지만 그 무뚝뚝함에 미묘하게 우스꽝스러운 느낌이 더해져 맛이 한층 배가되었다.

"역시 저희를 찾아주시는 분들은 인생을 살며 겪은 추억이야말로 가장 큰 재산이라고 생각하시는 것 같습니다."

"정말 그렇겠군요."

"무엇보다 돈으로 환산할 수 없습니다. 행복한 추억은 물론이고, 설령 그것이 슬픈 추억이라 할지라도 그 사람에게는 무엇과도 바꿀 수 없는 소중한 것이니까요."

"정말…, 그렇겠네요."

아주머니의 목소리가 조금 가라앉았다. 어쩌면 죽은 히로키의 일을 떠올렸는지도 모르겠다.

"뭐 아무튼, 덕분에 우리 회사도 바쁘게 일을 하는 거죠."

"네…."

"아드님처럼 젊고 유능한 인재는 솔직히 목구멍이 포도청일 정도로 필요하죠."

"아니, 하지만 우리 아이가 우수하거나…. 그건 사장님이 후하게 쳐 주신 거죠."

그렇게 말하면서도 아주머니는 꽤 기뻐하는 표정이다. 애교가 없는 사장이기에 칭찬에 진정성이 있는 것 같았다.

"아뇨, 아뇨. 아드님은 착해요. 요즘 젊은이라 하기엔 보기 드물게 사람의 마음을 잘 헤아리고, 사람을 기쁘게 하기 위해 노력하는게 기특해요. 그런 아드님이 우리 회사 일에 관심을 둔 것은 영광스러운 일입니다."

"…아뇨, 그렇게 말씀하실 정도의 아이는 아닙니다. 진짜 …."

당황한 아주머니에게 사장은 "며칠만 더 우리 회사 일을 좀 봐 주었으면 합니다."라고 말했다. 느긋하게 말하던 말투가 조금 빨라졌다.

"오늘이 수요일이니 목, 금, 토요일까지 아르바이트를 하고 일요일에 스오로 돌아가게 하겠습니다. 괜찮으시겠습니까?"라고 말을 이어 가자, 아주머니는 무심코 고개를 끄덕이며 "네."라고 대답했다.

5

그래서 나는 도쿄에 가게 되었다.

하지만 내가 난유를 데리러 가야 할 이유 같은 것은 어디에도 없었다. 아주머니도 영상통화를 마친 후 "하루짱, 네가 왜 도쿄에 가야 하는 거지?"라며 고개를 갸웃거렸다.

하지만 사장과 이야기를 하고 있을 때에는 왠지 모르게 이야기가 술술 진행되면서 고개를 끄덕이게 되었다.

"뭐, 아무튼. 있는 곳도 알았고, 이야기도 할 수 있어서 안심했어."

아주머니는 그렇게 말하고는 곧바로 아저씨에게 연락했다. 위험한 지경에서 경찰에 신고하지 않고 무사히 빠져나올 수 있었다.

"정말 그렇네. 도쿄는 도시니까 다양한 직업이 있네."

아주머니는 브레멘 여행사의 업무에 완전히 감탄하며, "그렇구나."를 몇 번이고 반복하며 나를 끌어안았다.

추억을 따라가는 여행에 흥미를 느꼈던 것일까. 혹시 자신도 그렇게 해보고 싶다고 생각한 것일까?

히로키를 떠올리는 여행―?

아니, 하지만 선천적으로 몸이 약했던 히로키와의 추억은 대부분 병원에서의 기억이었을 것이다. 애초에 세 살에 세상을 떠난 히로키에 대한 추억이 추적할 만큼 많기나 한 것일까….

아니면 아주머니가 찾고자 하는 것은 더 옛날―아저씨와 결혼하기 전이나 어린 시절의 기억일까? 그 가능성도 없지 않다는 것을 깨달았다. 아주머니는 처음부터 '난유의 엄마'가 아니라 '히로키의 엄마'였던 시절도 있었고, 아이를 낳기 전의 신혼 시절, 그 전의 연인으로 지내던 시절, 그 전의 아저씨가 아닌 다른 사람과 사귀던 시절도…. 그런 것들이 '절대로 없다'라고는 절대로 말할 수가 없기에….

당연한 이야기인데도 생각해 보지 않았던 것을 뒤늦게나마 깨달았다.

아주머니에게도 내가 모르는 추억이 많이 있다―.

그건 맞다. 정말 그렇다. 우리 할아버지나 할머니도 마찬가지다. 그럼 우리 엄마도…. 내가 알 수 없는 여러 가지 추억을 안고 지금도 어딘가에서 건강하게…. 그런지 아닌지는 모르겠지만 살아 있을 거야…. 그런지 아닌지도 사실은 모르는구나….

금요일 저녁, 학교 수업을 마치고 도쿄로 향했다.

사실 학교 따위는 쉬고 싶었다. 출발은 금요일 아침이나 목요일도 괜찮았다. 사장과 영상통화를 한 수요일 밤의 야간버스도 괜찮았지만, 아저씨와 아주머니가 '학교를 쉬게 할 수는 없다.'고 완강하게 말렸다.

하지만 시간적 여유가 생긴 덕분에 이쪽도 준비도 하고 일정도 계획할 수 있었다.

저녁 5시가 넘은 시간에 스오역을 일반열차로 출발해 히로시마역에서 특급인 '노조미'로 갈아타고 도쿄에 도착한 것은 밤 10시 전이었다. 카즈라기 씨는 "우리가 호텔을 잡아 주겠다."고 했지만, "친척 집에 묵겠다"고 거절했다.

카즈라기 씨는 허를 찔린 듯 "아, 그래요?"라고 되물었다.

'후후'하고 속내를 읽으며 나는 조금은 심술궂게 말했다.

"부모님은 안 계셔도 친척 정도는 있는데요."

"…실례했습니다."

"어머니의 오빠가 세타가야에 있어서 어렸을 때부터 계속 돌봐주고 있어요."

외삼촌—이라고 하지는 않았다. 혈연을 의식하고 싶지 않았다. 사소한 고집이라 해도 양보할 수 없었다.

"세타가야 어느 쪽입니까?"

"내리는 역은 후타코 타마가와입니다. 현지인들은 니코타마라고 부르죠."

'후타고'를 '후타코'라고 발음했더니 "후타고, 입니다"라고 고쳐주었다. "탁음이 아닙니다."

내가 촌놈이라는 것을 다시 한번 깨달았다. 사실 나는 아직 다이스케 씨의 집을 방문한 적이 없었다.

후타고 타마가와도 멋진 동네라고 사촌 언니인 미유에게 듣기는 했지만, 어디가 어떻게 멋진지 전혀 감이 잡히지 않았다.

"상대방에게는 이미 이야기는—?"

"전화로 승낙받았어요."

"도쿄에 오는 이유는 어떤 식으로?"

"친구와 함께 디즈니랜드에 놀러 가는 거라고 했어요."

카즈라기 씨는 "그렇구나."라며 웃었다. "그럼 미키 마우스 굿즈를 준비해 두겠습니다."

의외로 생각이 미치는 곳이 섬세하다.

하지만 나는 그런 꼼수를 부리지 않고, 속임수가 들통날 것을 각오하고 다이스케 씨의 집에 묵을 생각이었다.

다이스케 씨와 만나서, 이야기하고, 묻고 싶었다.

우리 엄마, 지금, 어디서, 무엇을 하고 계세요—?

목요일 하고 길에 잠시 길을 돌려 도시 외곽에 있는 묘지로 향했다.

49재 이후 처음으로 할머니 묘소를 찾았다. 물론 할아버지도 빠뜨리지 않고 찾았다.

장마가 끝나려면 아직 멀었지만 이번 주는 맑은 날이 계속되고 있었다. 산 중턱에 조성된 묘지에서는 석양에 비친 세토 내해가 마치 바다 자체가 주황색 빛을 발하는 것처럼 눈부시게 보였다.

묘지 사무실에서 산 꽃을 무덤에 바치고 합장했다.

미안하다고 사과했다. 무엇이 미안한지, 왜 미안한지는 나 자신도 잘 모르겠다. 하지만 교실에서 수업을 듣다가 문득 할머니에게 사과하는 게 좋을 것 같다는 생각이 들었다.

할머니는 돌아가시는 순간 어떤 주마등을 보셨을까. 거기에는 불효자식인 딸 후우짱도 등장했을까.

후우짱, 흔들흔들, 하―늘하늘―.

할머니는 가끔, 정말 아주 가끔―기분이 좋고 할아버지가 곁에 없을 때만 후우짱의 이야기를 들려주셨다.

평온하고, 멍하니, 항상 먼 곳을 바라보던 소녀였다고 했다. 그래서 친한 친구들이나 가족들은 마치 주제가처럼 빗자루를 흔들며 놀려댔다고 했다.

후우짱, 흔들흔들, 하―늘하늘―.

할머니는 천천히 손뼉을 치며 그리운 듯이 노래를 흥얼거렸다. 때로는 그리움에 외로움과 아쉬움이 섞여 목소리가 울먹이며 흔들리기도 했다.

카즈라기 씨를 두 달만 더 일찍 만났더라면 나는 할머니의 기억을 들여다볼 수 있었을 것이었다. 할머니가 원한다면, 카즈라기 씨에게 부탁해 주마등에 후우짱을 그려 넣을 수도, 반대로 주마등에서 후우짱을 지워 버릴 수도 있었을 것이었다.

할머니는 어느 쪽을 원했을까. 모르겠다. 주마등에서 후우짱과 재회하는 것이 행복한 일인지, 그렇지 않은 일인지, 그조차 모르겠다. 그래서 나는 다시 한번 손을 맞잡고 눈을 감고 미안하다고 중얼거렸다.

금요일에는 아주머니가 학교에서 우리 집까지, 그리고 우리 집에서 스오역까지 차로 데려다주었다.

사실 혼자 가고 싶었지만, "폐를 끼치고 있는데, 이 정도는 하는 게 마땅하다."는 아주머니의 말을 거절할 수가 없었다. 그리고 "재워 주는 외삼촌에게 차 한 잔이라도 사 들고 가."라며 선물로 1만 엔을 받기도 했다.―이건 솔직히 행운이었다.

2박 3일이라 짐은 작은 캐리어와 배낭으로 정리했다. 교복을 벗고 갈아입은 옷은 평상복. 아주머니에게 "편의점에 과자 사러 가는 길이야?"고 핀잔을 들었지만 이런 상황일 때 긴장하는 것이 쑥스러웠다. 좋게 말하면 평정심을 잃지 않는 성격이고, 대놓고 말하면 매사에 깨어 있는 성격인 것이다.

아주머니는 역으로 가는 차 안에서 "정말 미안해, 하루짱."이라고 다시 한번 사과했다. 아저씨가 내게 난유를 데려와 달라고 한 것을 꾸짖었다고 했다.

"나도 수요일에 집에 돌아와서 생각했어. 하루짱이 도쿄에 가야 하는 까닭이 어디 있냐고. 하지만 이미 늦었더라고."

브레멘 여행사 사장과의 영상통화는 지금 생각해 보면 여우에게 꼬리를 잡힌 것과 같았다고 했다.

"그 할아버지, 말을 잘하는 것도 아니었는데, 결국은 저쪽 페이스에 내가 끌려가고 말았어⋯."

"알겠습니다."라고 말하며 나도 쓴웃음을 지었다. 그 사장님, 정말 묘한 분위기였는데. 그분도 주마등 화가인 걸까. 저런 사람이 그려 준다면 슬픈 추억을 마지막에 보는 것도 의외로 나쁘지 않을지도 모르겠다는 생각이 들었다.

물론 아주머니는 주마등 이야기를 모른다. 설령 이야기를 해도 믿어 줄 것 같지 않고, 믿어 준다면 오히려 이야기가 더 복잡해질 것 같다는 생각도 들었다.

하지만 아주머니에게도 주마등은 있다. 히로키가 많이 등장할 것이다. 난유도 마찬가지로—열여섯 살 난유의 추억이 세 살 때 죽은 히로키보다 적다면⋯.

차오르는 생각을 그만 멈추기로 했다.

차는 스오역 주차장에 정차했다.

좋아, 가 보자—.

6장

1

밤 10시 전에 도쿄역에 도착했다. 거기서부터 휴대폰 앱에 의지해 지하철을 갈아탔다.

다이스케 씨의 집에서 가장 가까운 역은 니시타마가와역으로, 노선도를 보니 중간에 시부야를 지나간다. 일단 전철에서 내려서 시부야의 스크램블 교차로를 잠깐 구경하고 다시 탈까—하고 처음에는 생각했지만, 다이스케 씨는 중도 하차 금지를 엄중히 명령했다.

그 이유는 미유가 어젯밤 전화로 알려 주었다.

"시부야역은 던전이기 때문이야."

던전—지하 미궁.

"도쿄 사람도 길을 잃을 정도로 엄청나게 복잡해. 특히 지하철에서 지상으로 나가려면 어디로 나가야 할지 알 수 없고, 지상으로 나간 뒤에도 어리둥절한 채 무작정 걷다 보면 다시 역으로 돌아갈 수도 없게 되거든."

미유는 정말이야, 정말이라고 말하며 재차 다짐을 받았다.

"내 말 잘 들어. 오테마치에서 한조몬선을 갈아타고, 그대로 니코타마까지 와. 알았지?"

촌놈 취급을 당하는 것 같아서 서운했지만, 1년에 한두 번밖에 만나지도 못하지만 대학 1학년 미유와 대학 3학년인 다케히코는 내겐 언니와 오빠 같은 존재다.

"지하철을 타고 시부야를 빠져나올 때쯤에 문자를 줘. 전철 안에서는 전화할 수 없을 테니까."

그 시간에 맞춰 집을 나와서 역까지 마중 나와 준다고 한다.

"니코타마역에서 우리 집까지는 걸어서 충분히 올 수 있는 거리니까, 하루짱이 피곤하지 않다면 카페에서 늦게까지 수다 떨다가 집에 가자."

나도 기대했지만 계획이 바뀌었다.

지하철 안에서 <지금 시부야를 출발했어.>라고 문자를 보냈다. 애니메이션 캐릭터가 엎드려서 사과하는 스탬프와 함께 <마중. 아빠가 가기로 했어.>라는 답장이 왔다. <하루짱보다 5, 6분 빠른 전철을 타고 있으니 그대로 개찰구에서 기다리고 계시겠대. 출구가 하나밖에 없으니까 금방 찾을 수 있을 거야.>

조금 아쉬웠다. 하지만 창문에 비친 내 얼굴은 미소 짓는 모습이었다. 긴장이 풀리자 이유도 없이 웃음을 터뜨리는 바보가 된 것 같았다.

 기분이 좋았다. 원래 기분이 마구 상기되는 성격은 아니지만 오늘 밤은 평소와는 달랐다.

 '노조미'가 도쿄에 도착하기 직전, 다마가와강 철교를 건너 고층 빌딩이 즐비한 도심에 들어섰을 때쯤부터―아니 더 거슬러 올라가 오다와라나 하마마쓰, 도요하시였던가, 나고야, 교토, 신오사카, 오카야마였던가…. 히로시마에서 특급열차 '노조미'로 갈아탄 시점부터 이미 흥분하고 있었다.

 더 거슬러 올라가 기억을 더듬어 보면, 스오를 빠져나온 '일반열차'가 첫 번째 터널에 들어서면서 차창 밖으로 스오의 거리가 사라지고, 대신 내 얼굴이 창문에 비쳤을 때 어깨와 등이 한결 가벼워진 것을 느꼈다. 어깨의 짐을 내려놓은 것 같다고나 할까. 너무 만성적이어서 자각할 수 없었던 어깨 결림이 드디어 풀렸다고나 할까. 그런 느낌이었다.

 기차가 터널을 빠져나오자 차창 밖 풍경이 갑자기 평온해졌다. 주소로 따지자면 이 근처도 스오 시내였을 것이다. 하지만 이곳은 방금 전까지 있던 세상과는 다른 곳이었다. 그것이 즐거웠고, 기뻤다.

 그런데 지금 나는 도쿄에 있다. 너무 어릴 때 떠났기 때문에 기억에는 남아 있지 않지만, 도쿄는 내가 태어난 고향이다.

 생각도 나지 않는 고향에 돌아왔다. 연어인가―역시나 아주 기분 좋은 상태였다.

자동 개찰구가 열 대 이상 늘어선 니시타마가와역 개찰구에 다이스케 씨가 서 있었다.
　개찰구를 빠져나오자 그 순간 다이스케 씨도 나를 알아보고, "여기─"하고 손을 들고 이쪽으로 와 주었다.
　"이야, 잘 지냈어?"
　"네…. 죄송합니다. 갑자기."
　"아냐, 무슨 소리야. 그건 전혀 상관없지만, 하루짱도 사실은 친구와 함께 있는 게 더 낫지 않았을까?"
　디즈니랜드에 놀러 간다는 핑계를 믿고 있다.─미안합니다.
　"마유코 씨나 미유 언니도 오랜만에 만나고 싶었거든요."
　"그래, 마유코도 잔뜩 기다리고 있더라."
　웃으며 고개를 끄덕인 다이스케 씨는 "그건 그렇고…, 배고프지 않아?"라고 물었다. "우리 집에 가는 길에 맛있는 중화요리가 있는데, 만두 같은 걸 가볍게 먹을까?"
　배는 고프지 않다. 하지만 다이스케 씨의 집은 역에서 걸어서 10분 정도 거리에 있고, 집에 가면 먹을 것이 얼마든지 있는데도 불구하고 일부러 어딘가를 들렀다 가자는 것은─.
　"그럼 만두, 조금만 먹어도 되나요?"
　내 말에 다이스케 씨는 잠시 의외라는 표정을 지었다가 안도하는 듯이 웃었다.
　어차피 안 될 것이라 생각하면서도 약간의 가능성을 믿고 권유해 본 것일까. 그렇다면, 역시, 집에 도착하기 전에 나에게 하고 싶은 이야기나 물어보고 싶은 것이….

"좋아, 그럼 가자."

다이스케 씨는 걷기 시작했다. 괜찮다고, 괜찮다고 했지만 다이스케 씨는 내 캐리어도 들고 걸어갔다.

"하루짱은 만두를 좋아했었지?"

"네, 뭐…. 그냥 좋아하는 편이에요."

"그 가게는 마늘이나 부추를 넣지 않은 만두도 있고, 물만두도 있으니 야식으로도 괜찮아. 아주 인기가 많아."

"와우, 기대되네요."라고 웃으며 분위기를 맞춘 후, 슬쩍 물어보았다.

"그 만두, 미유 언니도 좋아하나요?"

"응, 자주 먹어. 니코타마에 살면서 그곳 만두를 안 먹으면 바보 같다고들 해."

"이야, 대단하네요."라며 다시 분위기를 맞춘 후, 말을 이어갔다.

"포장도 가능한가요?"

"그럼. 군만두는 포장도 돼."

"그럼 테이크아웃해서 언니와 함께 먹는 건 어떨까요?"

"어, 아니…."

틀림없다. 이제 확신했다. 다이스케 씨는 집에 가기 전에 나랑 둘만 이야기하고 싶은 것이다. 하지만 어떤 이야기를?

"역시 가게가 좋겠죠? 만두는 갓 구운 것이 더 맛있잖아요."

악의 없는 연극을 했다. 이런 걸 잘하는 난유라면 어떤 식으로 웃을까?라고 생각하면서.

다이스케 씨는 "그렇지, 그래. 응, 그래."라고 고개를 끄덕이며 발걸음을 재촉했다. 안도하면서도, 역시 가게에 가는 것이 좋겠지, 라고 각오를 다지는 것 같은 복잡한 끄덕임이었다.

가게는 역 앞 번화가의 외곽에 자리 잡고 있었다. 역시 맛집답게 밤 10시가 다 되어 가는데도 테이블은 만석이었다, 카운터에 간신히 두 사람만 앉을 수 있는 자리가 있었다.

음료와 만두를 주문했다. 중간 사이즈의 생맥주와 우롱차가 나오자 다이스케 씨는 "그럼, 자, 마시자."라고 잔을 가볍게 들어 건배하는 흉내를 내며 힘차게 맥주를 마셨다. 잔을 카운터에 내려놓고 "만두는, 조금 더 걸리려나?"라고 중얼거렸다. 그러다가 옆자리에 앉은 내 얼굴을 들여다보며—갑자기 본론으로 들어갔다.

"하루짱이 도쿄에 놀러 온다고 전화했을 때… 깜짝 놀랐어. 역시 이런 것, 운명의 이끌림이라는 것이 있는 게 아닌가 싶었어."

세상에 고리타분해, 나는 한숨을 내쉬며 말했다.

"…무슨 일이 있었나요?"

"있었어."

이번 주 월요일에 엄마한테 연락이 왔다는 것이다.

조금 전까지 나를 감싸고 있던 포근한 공기가 갑자기 팽팽하게 조여 왔다.

다이스케 씨는 엄마를 이야기할 때 항상 '후우'나 '후우쨩'이라고 부른다.

어른의 형제자매로서의 '누이'나 내 입장에서 본 '엄마'가 아니라 어린 시절에 부르던 호칭인 '후우쨩'—나도 그 호칭이 조금 마음에 든다.

'누이'라고 하면 너무 멀고, '엄마'라고 하면 너무 가깝다. '후우쨩'이라고 하면 만화나 애니메이션의 캐릭터처럼 친근감과 거리감을 동시에 느낄 수 있다.

아무튼, 후우쨩으로부터 다이스케 씨에게 연락이 왔다. 월요일 저녁, 아직 다이스케 씨는 회사에서 일을 하고 있을 때였다.

"처음에는 누군지 몰랐어."

다이스케 씨의 휴대폰에 등록되어 있지 않은 번호로 짧은 문자가 왔다.

<안녕하셨어요?>

남을 대할 때의 예의 바른 태도, 평이한 어조로.

"하지만 그 한마디만으로는 뭐가 뭔지 알 수 없었어. 주소록에 없는 번호이기도 했고."

답장을 하지 않았다. 그러자 30초 정도 지나서 새로운 문자가 왔다.

<후우입니다.>

그제서야 다이스케 씨도 발신자를 알 수 있었다. 답장을 할까 말까 망설이고 있는데, 또다시 새로운 문자가 왔다.

<엄마와 하루카는 잘 지내고 있나요?>

다이스케 씨는 꼭 전해야 할 말을 전했다.

<어머니는 4월에 돌아가셨어. 연락하고 싶었지만, 휴대폰 번호를 몰라서 어떻게 할 수가 없었다.>

답장은 3분 후―.

<죄송해요.>

1분 후―.

<하루카는 혼자가 된 건가요?>

다이스케 씨는 <그래.>라고만 대답했다.

"쌀쌀맞은 말투로 말했지만 진심이긴 했어. '할머니가 돌아가시기 전부터 이미 하루짱을 외톨이로 만든 건 너잖아.'라는 마음."

나는 어깨를 움츠리고 조용히 고개를 끄덕였다. 엄마―후우짱 이야기만 나오면 항상 그렇다. 나는 오히려 피해자인데, 왠지 같이 혼나고, 같이 사과해야 하는 기분이 들게 된다.

후우짱은 한 시간 가까이 지나서야 답장을 보내왔다.

<하루카는 잘 지내고 있나요?>

다이스케 씨는 <잘 지내고 있어.>라는 최소한의 답장에, <전화해도 되나?>라는 한 마디를 덧붙였다.

"그편이 빠르기도 하고, 역시 동생이니까 목소리도 듣고 싶었고."

하지만 답장은 그날 밤이 지나도록 돌아오지 않았다.

"화요일 아침, 드디어 왔어."

후우짱은 <전화는 할 수 없어요. 음성 통화는 안 돼요.>라고 말한 뒤 이렇게 말을 이었다.

<하루카를 만나기는 어렵겠죠?>

'말도 안 돼!—'

나도 모르게 목소리가 나올 뻔했다. 다이스케 씨도 "알아." 하고 고개를 끄덕였다.

"갑자기 왜 그러는지 궁금해서 <무슨 일이야?>라고 보냈더니 바로 답장이 왔어."

<하루카를 만나고 싶어요.>

이번엔 목소리를 억누르지 못하고 "정말?"이라고 되묻고 말았다. 다이스케 씨도 놀랐다. <무슨 일이라도 있어?>라고 문자를 보내고, 전날과 마찬가지로 <전화 가능해?>라고 또 덧붙였다. 답장은 오지 않았다—. 금요일 밤인 지금에 이르기까지.

수요일에 다이스케 씨는 전화를 걸었다. 벨 소리가 두 번 울리자 자동응답기에 '오빠다. 전화 좀 해 줄래? 이야기 좀 하자.'라고 녹음을 남겼다. 하지만 응답은 없는 상태였다.

만두가 나왔다. 다이스케 씨는 "좀, 먹어 봐." 하며 접시에 식초와 후추를 담아 주었다. 단골은 한 접시 다섯 개 중 식초와 후추로 전반부 세 개를 먹고, 후반부에는 간장으로 맛을 달리해서 먹는다고 한다.

추천한 양념으로 먹어 보았다. 맛있어야 하는데 충격이 너무 커서 '만두구나.', '식초와 후추구나.'라는 것밖에 느끼지 못했다.

다이스케 씨는 내가 만두를 다 먹을 때까지 기다렸다는 듯이 곧바로 이야기를 이어 갔다.

  후우짱이 다이스케 씨에게 연락한 것은 2년 만이었다.

  "하지만 그 전엔 더 짧은 기간이었어. 1년, 1년 반…. 짧을 때는 반년에 두 번도, 세 번도 연락이 오곤 했어."

  "그렇게 자주요?"

  전혀 몰랐다. 다이스케 씨는 내 시선을 옆모습으로 받아들이며 눈을 마주치지 않고 "말하지 않아서 미안하다."고 말했다. "하지만 누구에게도 말하지 않는 게 좋겠다고 생각했어."

  누구에게도―에는 나뿐만 아니라 마유코 씨와 다케히코와 미유도 포함되어 있다.

  "그래서 지금부터 하는 말은 우리 아내나 아이들에게는 가급적이면 말하지 않았으면 좋겠는데…. 괜찮을까?"

  "…네."

  "후우의 연락은 주로 돈을 빌려달라는 것이었거든."

  역시나. 나도 아까부터 짐작하고 있었기 때문에 조용히 고개를 끄덕였다. 하지만 그 침묵을 오해한 건지 다이스케 씨는 당황해하며 변명하듯 말했다.

  "아, 아니야. 뭐랄까 빌려달라고 해도 큰돈이 아니었어. 10만 엔이나 20만 엔 같은…. 우리 집 저축을 어떻게 하지 않아도 내가 충분히 마련할 수 있는 금액이었으니까 전혀 신경 쓸 일이 아니었어."

  총액을 알고 싶었지만, 다이스케 씨는 "뭐, 이러쿵저러쿵 말해도 우린 남매니까. 괜찮아, 특별할 것도 없어."라며 자세한 이야기는 해 주지 않았다.

"모처럼 도쿄에 놀러 왔는데 갑자기 복잡한 이야기를 해서 미안해."

사과해야 하는 것은 오히려 내 쪽일 수도 있는데.

"하지만 일단은 그런 일이 있다는 걸 하루짱도 알아 둬야 해서."

"네…. 감사합니다."

"그래, 그래서 어떻게 하고 싶어?"

"─예?"

"만약 하루짱이 도쿄에 있는 동안 후우로부터 다시 연락이 와서 하루짱을 만나고 싶다고 하면…, 어떻게 할 거야?"

당황하는 나에게 다이스케 씨는 말을 이어 갔다.

"그리고 만약 스오에 돌아간 뒤에도 같은 연락이 오면 어떻게 했으면 좋겠니?"

다이스케 씨는 온몸을 내 쪽으로 돌리며 '어떻게 할까?'의 내용을 다시 한번 강조했다.

"만나 줄래?"

나는 즉시 고개를 저었다. 생각도 하기 전에 몸이 먼저 반응해 버렸다.

2.

 다음 날 아침 6시 정각에 일어났다. 스오를 떠나기 전에 카즈라기 씨는 "도쿄 디즈니랜드를 핑계로 할 거라면 일찍 일어나는 것이 포인트지."라고 말했다. 그렇지 않으면 현실성이 없다는 것이다.
 "8시 반에 입구 게이트에 도착할 수 있도록 역산해 봐요."
 환승 앱으로 알아보니 니코타마역을 7시 30분 출발해야만 제시간에 도착할 수 있었다. 거기서 또 더 거꾸로 계산하면 기상 시간은 6시가 되었다.
 잠이 부족했다. 애초에 중국집에서 나와 다이스케 씨의 집에 도착한 것이 날짜가 바뀌기 조금 전이었다. 쓸데없는 곳을 들렀다는 이유로 마유코 씨에게 핀잔을 듣고 있는 다이스케 씨를 그대로 두고, 서둘러 샤워를 했다. 마유코 씨는 평소 사용하지 않는 일본식 방에 이불을 깔아 주었는데, 미유가 "조금 비좁긴 해도 내 방에서 같이 자자."라고 해서…. 사랑하지도 않는 남자와 만나고 있다는 등, 이런저런 수다에 지친 미유가 방의 불을 끈 것은 새벽 1시가 훌쩍 넘은 시간이었다.
 그러나 좀처럼 잠이 오지 않았다. 몸은 피곤한데 눈은 맑고 조금도 졸리지 않았다.
 미유의 방에는 전용 테라스가 있다. 데크 의자를 놓으면 꽉 찰 정도로 좁은 테라스지만, 지붕의 경사를 잘 이용해 다른 집의 사람들이 볼 염려가 없는 곳이었다. 미유도 날씨가 좋은 날에는 데크 의자에 누워 독서와 음악을 즐긴다고 했다.

미유를 깨우지 않기 위해 테라스에 나가 데크 의자에 누웠다. 밖은 덥지만 밤하늘은 맑아서 별이 많이 보였다. 의외로 예쁜 밤하늘이었다.

스오의 밤하늘은 어땠을까. 스오에서는 보이지만 도쿄에서는 보이지 않는 별이나 그 반대의 별이 있는 것일까. 문득, 외국에 온 것도 아닌데, 라고 생각하며 웃었다.

집에서 먼 곳을 볼 때면 도시 풍경이나 바다 쪽에 눈길이 가고는 했다. 하지만 당연한 이야기다, 하늘은 바다보다 더 멀다. 신칸센으로 갈 수 있는 도시보다 밤하늘의 별이 훨씬, 훨씬 더 멀다. 하늘에서 보면 도쿄와 스오의 거리 따위는 0과 다를 바가 없을 것이다.

엄마를, 생각했다. 결국, 잠이 들지 않는 이유가 이거였구나, 라고 인정했다.

나는 지금 도쿄에 있다. 엄마는 지금도 여전히 도쿄에 있을까. 만약 도쿄에 살고 있다면 그곳은 니코타마에서 얼마나 멀리 떨어져 있고, 전철로는 얼마나 걸릴까. 마음만 먹으면 금방 갈 수 있을까—만에 하나 마음만 먹는다면 말이다.

별빛은 수백 년, 수천 년, 수만 년이 걸려서 도달한다고 한다. 지구의 사람들이 빛을 보았을 때, 사실은 그 별은 이미 소멸했을 가능성도 있다고 한다.

엄마도, 그럴지 모른다. 다이스케 씨가 전해준 "하루카를 만나고 싶다."라는 말을 더듬어 가면 그 끝에는…, 정말 있기나 한 것일까….

　다이스케 씨의 가족에게는 "아침에는 알아서 일어나서 갈 테니 걱정하지 말라."고 해 두었지만, 실제로는 마유코 씨가 손수 만든 아침 식사를 푸짐하게 대접받았다.
　"디즈니랜드에서 노는 날은 체력 싸움이니까. 잘 먹고 체력을 비축해 두는 게 아주 중요해."
　일찍 일어난 미유도 "다음에 올 때는 5시에 일어나서 7시에 랜드에 도착할 수 있도록 하는 게 좋을 것 같아."라고 조언해 주었고, 오늘 밤의 귀가 시간도 다케히코가 "불꽃놀이까지 보러 가는 거지? 그리고 친구와 함께 있으니 니코타마에 돌아오는 것은 11시가 넘을 거야. 꼭 데리러 갈게."라며 약속해 주었다. 덕분에 오늘 하루는 이른 아침부터 밤 늦게까지 자유롭게 움직일 수 있게 되었다.
　그래서 다이스케 씨의 가족에게 미안한 마음이 커진다. 오늘의 거짓말뿐만 아니라, 알지는 못하겠지만 엄마의 빚에 대해서도―미안하다. 정말.
　니코타마역까지는 아침 산책이 일과라는 다이스케 씨가 산책을 하면서 데려다 주기로 되었다. 물론 그것은 핑계에 불과했지만 실제로 둘이서 걸으면서 대화는 거의 없었다. 다이스케 씨는 걸으면서 어깨를 돌리거나 팔꿈치나 팔을 스트레칭할 뿐이었다. 가끔 입을 열어도, 날씨 이야기나 어젯밤의 중화요리 이야기나 디즈니랜드의 놀이 기구를 추천해 주는 정도였다.

최종의 최종, 역 바로 앞에 와서야 비로소 다이스케 씨는 본론을 꺼냈다.

"일단, 하루짱으로서는, 뭐. 설혹 연락이 오더라도 만나지 않겠다는 건데…."

그리고 어정쩡한 말투로 "그런 거지?"라고 재차 확인했다. 나의 대답도 미묘하게 늦어졌다.

고개를 끄덕이는 제스처에 망설임이 묻어 나와 다이스케 씨도 눈치채고 말았다.

"마음이 바뀌었어?"

"아뇨…. 지금은 조금 흔들리고 있다고 할까, 망설여져요…."

"그래…, 그렇겠지?"

다이스케 씨는 "어쨌든"이라며 덧붙였다. "또 연락이 오면, 하루짱에게 전해 줘도… 괜찮을까?"

나는 조용히 고개를 끄덕였다.

그렇게 이야기가 끝났다―라고 생각했는데, 승강장을 향해 걸어가는 나를 불러 세우고 다이스케 씨가 말했다.

"내 본심으로는 한 번만이라도 만나줬으면 싶어. 역시나 여러 가지 일들이 있긴 했지만, 후우짱은 오직 하나 남은 동생이기도 하고, 아버지, 어머니도 돌아가시고 유일한 가족인 셈이니, 그 녀석의 마지막 남은 가족이 되었으니 그 녀석의 소원은 어떻게든 들어 주고 싶어."

나는 다시 한번 가만히 고개를 끄덕이고는 걷기 시작했다. 이번에는 더 이상 불러 세우지 않았다. 그러나 몇 걸음 더 가다 돌아보니 다이스케 씨는 여전히 그 자리에 서 있었다. 내 시선을 알아차린 그는 조금은 쓸쓸하게 웃으며, 잘 다녀오라고 손을 흔들었다.

카즈라기 씨는 니코타마역 개찰구에서 기다리고 있었다.

하지만 기차를 타지는 않았다. 근처의 유료 주차장에 차를 주차해 놓았다고 했다.

"만원 전철은 평소에도 가능하면 타지 않으려고 해요."

전철이 붐비면 꼼짝도 못 할 정도로 끼인 가운데, 많은 사람들의 뒷모습을 눈앞에서 보게 된다. 인연도 관계도 없는 사람의 기억이나 주마등을, 보고 싶지 않아도 보게 된다. 그것이 힘들다고 했다.

"그래서 하루카도 사실은 지금 상태로 있는 것이 좋아."

등에 손을 얹는 한번의 수고로움이 필요한 동안에는 적어도 저절로 보이는 상황은 방지할 수 있다는 것이다.

"글쎄, 언제까지 이 단계에 머물러 있을 것인지, 아니면 언제 앞으로 나아갈 것인지는 하루카가 가진 능력에 달려 있어."

내 능력에 기대하고 있는 건가. 반대로 비관하고 동정하는 것인가. 잘 모르는 상태 그대로 카즈라기 씨는 "가죠."라고 말하며 앞장서서 걷기 시작했다.

"어디로 가는 거예요?"

"우선 무라마츠 님 댁에 가 보려고. 여기서부터 20분 정도 걸려요. 세이조라는 동네인데, 하루카는 아나요?"

"이름은 들어봤는데…. 연예인들이 많이 사는 곳이죠?"

"그 친구도 같은 말을 하던데."

그 친구―난유는 한발 앞서 세이조에 가 있다. 니코타마로 향하는 도중에 카즈라기 씨의 차에서 내려 달라고 했다. 지금은 유명인과 우연히 마주칠 기회를 노리고, 세이조학원 앞 전철역 근처를 배회하고 있을 것이라고 한다.

"연예인은 전철을 이용하지 않을 것 같기도 하지만, 뭐. 본인이 만족한다면 그것으로 충분하지 않을까 싶어서요."

"…죄송합니다. 뭔가 폐만 끼쳐드린 것 같아서."

내가 왜 사과를 해야 하는지 모르겠다. 하지만 사과를 잘한다고나 할까, 별생각 없이 그렇게 해버리는 습관이 내게는 있는 것이다.

"뭐, 걔가 지금 차에 타고 있어도 수다로 시끄러울 뿐이니까요. 이쪽도 고마운 일이지. 덕분에 도움이 되었어."

"죄송해요…. 정말 말이 많은 녀석이라서요"

"이야기의 핵심에서 달아나고 싶을 때, 말이 아주 많아지던데."

"…예?"

"세이조에서 차를 내린 이유의 절반은 하루카와 당장은 마주치기 싫었던 것 같아요. 하루카를 만나면, 도쿄에 온 이유를 물어볼 테고, 난유는 그게 싫은 거겠지."

어버이날 들여다본 아버지의 기억에 관하여—.

카즈라기 씨에게는 이야기했을까?

내게는 지금뿐만 아니라 앞으로도 말하고 싶지 않은 것이 아닐까.

"어차피 같이 차에 타고 있으면 하루카가 입을 열기도 전에, 그저 수다만 떨고 있을 거야, 엉뚱한 농담만 늘어놓으며…."

꽤 귀찮아질 뻔했다고 웃었다. 그리고 그 표정을 그대로 유지한 채로 계속 말을 이어 갔다.

"아, 그런데 좀 힘든 일이 있었던 모양이던데, 그 친구."

그 경위를 어디까지 알고 있는지 확인하고 싶었지만, 카즈라기 씨는 이쯤에서 이야기는 끝이다, 라고 말하듯 발걸음을 재촉했다.

차를 타고 세이조로 향하는 동안 브레멘 여행사에 대한 간단한 설명을 들었다.

"사장님이 하루카 씨에게 우리 회사의 역사를 알려 주라고 부탁하셨어요."

"…사장님은 카즈라기 씨의 아버님이시죠?"

"우리 회사는 아버지가 창업하셨어요. 쇼와 말기였으니 벌써 30년이 넘었네."

카즈라기 고타로 씨라고 했다.

"자식이 말하기는 좀 면구스럽지만, 아버지는 전설의 화가라고 불렸어요."

"주마등을 그리는?"

"그래요. 젊은 시절 아버지는 지금의 저와는 비교할 수 없을 정도로 기억의 깊은 곳까지 파고들 수 있었다고 해요."

기억의 바다에서 어렴풋한 추억을 찾아낸다. 투명한 추억 가운데 옅은 색을 찾아낸다. 아무리 화려하고 선명한 색이라도 주마등으로 그려서는 안 되는 기억은 정중하게 지워버리고, 흑백의 단색으로 남아있던 소중한 기억에 조금이라도 색이 입혀지길 바라며 본인의 기억을 자연스럽게 유도하여 주마등을 완성해 나간다.

"아버지가 모셨던 고객들은 저 같은 사람이 근접할 수 없는 분들이었어요."

"유명인들인가요?"

"아뇨. 언론에서 화제가 되거나 지금으로 치면 인터넷에서 떠들썩하다거나 하는 그런 수준의 이야기라면 그런 사람은 없습니다. 말 그대로 세상이 달라졌어요. 더 높고…, 더 폐쇄적이고…, 더 깊고 어두운…, 그런 세상입니다."

정치의 위쪽. 경제의 위쪽. 연예계의 위쪽. 잔혹한 범죄 조직까지 있을지도 모른다.

"쇼와 말기라는 시대는 하루카에게는 잘 와 닿지 않을 것 같고, 나도 책이나 옛날 동영상으로 접했을 뿐이지만, 주마등의 관점에서 생각해 보면 꽤 흥미로운 것들이 많아요."

쇼와 말기부터 헤이세이 초기에 사망한 정치인이나 재계 인사들은 전쟁을 아는 세대였다. 그것도 공습을 받고 도망치는 어린 아이가 아니라 어른으로서—다양한 입장에서 전쟁에 직접 관여했던 세대인 것이다.

쓰라린 기억이 넘쳐 난다. 다시는 떠올리고 싶지 않은 것도 많을 것이다.

나이를 먹은 그들은 자신의 기억에 겁을 먹게 되었다. 악몽에 시달리기도 하고, 문득 잊고 있던 기억이 갑자기 되살아나서 패닉에 빠지기도 하고….

무엇보다 두려운 것은 죽기 직전에 보고 싶지 않은 것을 보게 되는 것이었다고 했다.

"즉, 자신이 어떤 주마등을 보게 될지 두려워서 어쩌지 못하는 경우인 거죠."

전쟁으로 마음에 깊은 상처를 입은 사람은 물론…. 아니, 오히려 누군가의 마음에 깊은 상처를 입힌 쪽이 훨씬 더 겁을 먹는다. 말하자면 자신의 과거가 복수를 해 오는 것과 같은.

"당시에는 지금으로 치면 치매에 걸린 정치인이 전쟁 중 환각을 보고 정신 착란을 일으키거나, 완화치료로 모르핀을 사용해 왔던 거물 해결사가 마지막 며칠 동안을 그저 울기만 하면서 누군가에게 용서를 빌기도 하고…. 여러 가지 일이 있었던 것 같아요."

그런 사람들 사이에서 은근히 소문이 돌기 시작했다.

주마등을 다시 그려주는 남자가 있다―.

파격적인 보수를 받지만, 그에게 일을 맡긴 사람들은 모두 다사다난했던 인생의 마무리를 마음 편히 맞이할 수 있다. 그가 어떻게 주마등을 새롭게 그렸는지는 죽어가는 당사자 이외에는 알 수가 없다. 다만 죽은 사람이 누구이든 그 얼굴에는 생전의 엄격함과 고압적인 모습이 사라진 대신 온화한 미소를 머금고 있었다.

그 화가가 바로 카즈라기 고타로였다. 정계와 재계의 거물들 사이에서 고타로 씨는 은근히 명성이 자자했다. 인생의 마지막에 보는 주마등을 아름답게 꾸며 주면, 편안하고 평온한 얼굴로 떠날 수 있다는 것이다.

"예나 지금이나 거물급 정치인이나 재계 인사들이 점쟁이에게 의지하거나 중요한 결정을 내릴 때 영매나 교주에게 자문을 구한다는 이야기는 적지 않아요. 그중에는 사기꾼과 진배없는 사람들도 있었을 겁니다."

하지만 고타로 씨는 진짜였다. 그래서 아는 사람만 아는 존재로 일본의 전후를 이끈 여러 분야의 리더들을 조용히 떠나보냈던 것이다.

"결코 무대 위에 등장하는 존재는 아니지만 이 나라 역사의 한 부분을 담당해 왔다는 자부심을 아버지는 가지고 있을 것입니다."

고타로 씨는 브레멘 여행사를 창업했다. 어디까지나 여행사로서 추억의 장소를 따라가는 맞춤형 여행을 기획하는 형태로 '표면적인' 명분을 마련했다. 하지만 '이면에서' 하는 일은 계속 주마등을 그리는 것이 일이었다.

헤이세이도 중반을 지나면서 전쟁에 직접 참여했던 세대가 맡겨 오는 일은 많이 줄었다. 그런데도 브레멘 여행사를 찾아오는 작업 의뢰는 끊이지 않았다.

"요컨대, 사람들은 누구나 주마등 보기를 두려워하는 거죠. 정치든, 비즈니스든, 연예계든, 문화와 스포츠든, 이 세상은 깨끗하게만 해도 성공할 수 있는 달콤한 곳이 아닙니다. 살아남은 사람들은 모두 나름대로 마음의 상처를 가지고 있어요. 쓰라린 추억이 있다면, 거기에는 후회도 있고, 여러 곳에서 원한을 사고 있는 경우도 있죠."

그렇기에 인생의 마무리를 맞이하는 시기가 오면 두려움이 생긴다. 과연 자신이 평안히 세상을 떠날 수 있을까 하는 불안감에 휩싸인다.

"이기적인 바람이죠. 그동안 온갖 나쁜 짓을 해놓고 나서, 최후의 최후에는 아무 일 없었다는 듯이 죽고 싶어 하니까요."

카즈라기 씨는 웃으며 "하지만 그런 마음을 이해는 하죠."라고 말했다. "세대와 시대를 막론하고 임종의 순간에 떠올리고 싶지 않은 기억은 누구에게나 있는 것이니까요."

그래서 브레멘 여행사의 고객은 앞으로도 계속 늘어날 것이라고 했다.

"저는 운 좋게도 아버지가 가진 힘을 물려받았어요. 저 말고도 같은 힘을 가진 동료들이 있어요. 다만 고객의 수와 화가의 수가… 즉, 수요와 공급의 균형이 전혀 맞지 않아요. 요즘은 어떻게 알았는지 해외에서 요청이 들어오는 경우도 적지 않아요."

예를 들어, 베트남 전쟁의 기억을 안고 있는 미국인으로부터—.

예를 들어, 문화대혁명으로 부모에게 자기비판을 강요한 중국인에게서—.

예를 들어, 베를린 장벽이 무너지기 전 동독에서 이웃을 비밀경찰에 밀고한 독일인으로부터—.

"그래서 제멋대로 생각이긴 하지만 이기적인 본심을 말하자면, 이번에 미츠코 씨의 일로 우연히 하루카와 난유를 만난 것은 우리에게는 큰 행운이었습니다. 두 사람은 분명 주마등 화가가 될 수 있는 능력이 있습니다."

그 말을 듣고도—

침묵을 지키고 있는 나에게 카즈라기 씨는 곧바로, "미안해요. 너무 앞질러 간 건가요?"라고 말하며 말을 이어 갔다.

"우리 아버지가…, 그러니까 사장님이 하루카 만나기를 무척이나 기대하고 있는 것은 분명합니다."

그 말에도—.

차는 교차로에 접어들었다. "거의 다 왔어요."라고 카즈라기 씨는 말했고, 그 이후로는 더 이상 말을 하지 않았다.

난유는 세이조 학원 앞 역 버스정류장에서 기다리고 있었.

조금 쑥스러워하며 "이야!"라고 손짓으로 인사하고 "우리 엄마 따라다니느라 수고했어."라고 웃었다.

"…용돈, 졸업까지 절대 없다고 하시더라."

나 역시 쑥스러움을 감추지 못했다.

"히히히—힛."

장난스럽게 안 된다는 듯 양손을 흔들어대는 난유를 지나쳐 버렸고, 카즈라기 씨는 "그럼, 가자."라고 침울하게 말했다.

3

타츠야 씨는 난유와 내가 온다는 것을 카즈라기 씨로부터 미리 전해 들었다고 한다.

물론 우리의 능력에 대해서는 아무 말도 하지 않고 '친구끼리 도쿄에 놀러 갈 계획을 세우고, 브레멘 여행사에도 연락을 했길래, 마침 토요일 아침에 무라마츠 씨 집에 간다고 해서 함께… 오게 되었다.'는 줄거리를 만들었다.

현실적으로 납득하기가 솔직히 힘든 이야기였다. 애초에 모처럼 친구들 함께 도쿄에 왔는데 별도의 일정까지 만들면서 무라마츠 씨를 만난다는 것도 꽤 무리수이기에….

하지만 "다행인지 불행인지, 지금 타츠야 씨는 그렇게까지 생각이 미칠 여유가 없는 것 같아요."라는 카즈라기 씨의 말대로, 우리를 맞이한 타츠야 씨는 지친 기색이 역력했다.

응접실에서 아내를 소개할 때의 목소리와 표정에도 피곤함이 묻어났고, 일주일 전과 비교해도 안색이 초췌해 보였다.

"일부러 와 줬는데, 어머니가, 오늘은 집에 안 계셔요. 시설의 외출 허가가 안 나와서…."

미안하다는 말을 받아, 카즈라기 씨가 알려주었다.

미츠코 씨는 재작년부터 집에서 멀지 않은, 같은 세이조에 있는 양로원에 입주했다. 그전까지는 타츠야 씨와 함께 살았지만 치매가 진행되어 증상이 심해진 것을 깨닫고, 폐를 끼치고 싶지 않아 스스로 원해서 입소하게 되었다고 한다.

"양로원이라고 해도 보통의 시설과는 달라요. 몸을 움직일 수 있을 때까지는 아파트와 다를 바 없는 거주동에서 생활하고, 침대에서 일어날 수 없게 되면 24시간 간호를 받을 수 있는 요양동으로 이동하는…. 2단계 구조로 되어 있고, 어쨌든 호화롭고, 간호와 의료, 그리고 간병까지 최고의 서비스를 받을 수 있는 곳이에요."

설명이 끝나기를 기다렸다가 타츠야 씨는 카즈라기 씨에게 말했다.

"어제 요양동으로 옮겼어요."

카즈라기 씨는 "그렇군요…."라고 고개를 끄덕였다.

"그렇다는 건, 그러니까—."

큰 소리로 묻지는 않았지만, 타츠야 씨는 나를 보고 작게 고개를 끄덕이며 "이제 얼마 남지 않으신 것 같다."며 커피를 씁쓸하게 들이켰다.

지난 토요일, 스오에서 도쿄로 돌아오는 신칸센 차 안에서 미츠코 씨는 내처 잠이 들어 있었다. 스오역을 벗어나자마자 눈을 감

앉고, 그 뒤로도 계속 좌석을 뒤로 젖히지도 않고 가슴에 손을 얹은 채로 잠을 잤다.

"코골이까지 심하게 하셔서 뇌출혈이 아닐지 걱정될 정도였어요…."

스오에 정차하는 몇 안 되는 '노조미'였기 때문에 도쿄까지 환승 없이 올 수 있었다.

"스오에서 점심에 출발해 저녁에 도쿄에 도착할 때까지 단 한 번도 잠에서 깨지 않았어요. 마시지도 않고, 먹지도 않고, 화장실도 가지 않고, 뒤척이지도 않고…. 어쨌든 무서울 정도로 푹 주무셨어요."

도쿄역까지 2~3분 남았을 때, 미츠코 씨는 드디어 잠에서 깨어났다. 하지만 그것은 단지 닫혀있던 눈꺼풀이 열린 것일 뿐, 타츠야 씨가 말을 걸어도 반응하지 않고, 허공을 응시하는 눈빛도 초점이 맞지 않았다. 기차가 역에 도착해도 제대로 걸을 수 있을 것 같지 않았다.

"카즈라기 씨가 바로 승무원에게 연락해 도쿄역 승강장에 휠체어를 마련해 달라고 부탁했어요. 좌석에서 승강장까지는 내가 업고 모셨죠…."

미츠코는 계속 사과를 했다고 한다.

"미안해, 미안해. 타짱, 미안해…." 주문을 외우듯 아들에게 계속 사과를 했다고 한다.

나와 난유는 눈을 마주쳤다.

타츠야 씨는 눈치채지 못한 채 깊은 한숨을 내쉬며 말했다.

"어머니의 그 목소리가… 귓가에 맴돌아요, 지금도….”

  도쿄로 돌아온 지 일주일 만에 미츠코 씨는 눈에 띄게 쇠약해졌다. 식사를 하지 못하고, 침대에서 일어나지도 못하고, 체온도 38도를 오르내렸다.

  그리고 마침내 어제 요양동으로 옮겨졌다. 원래대로라면 몸이 회복되면 다시 거주동으로 돌아갈 수 있었다. 그러나 지금까지의 상태로 볼 때 기대할 수 없는 일이었다.

  의사와 간호사가 상주하는 요양동에서는 임종까지 이루어진다. 지금 상태라면 당장 내일은 아니겠지만 마음의 준비는 해 두라고 의사는 타츠야 씨에게 말했다.

"그러니까, 이제….”

  타츠야 씨는 카즈라기 씨에게 말했다. "일의 마무리를 부탁합니다.”

"알겠습니다. 내일 미츠코 님을 찾아뵙고 주마등을 마무리하도록 하겠습니다.”

"내일이라고요? 오늘 갑자기 안 좋아지시면….”

"죄송합니다, 부득이하게 바꿀 수 없는 선약이 있어서요.”

  타츠야 씨는 잠시 불만스러운 표정을 지었다. 그러나 카즈라기 씨의 말투는 정중하고 낮은 자세였지만 협상의 여지는 없다고 단호한 태도를 보였다.

"…알겠습니다, 그럼 내일 잘 부탁드리겠습니다.”

자신도 잘 부탁드린다고 답한 카즈라기 씨는 "어제 미츠코 님과 만난 시점의 보고입니다만, 지금 타츠야 님의 이야기를 들어보면 아마 주마등의 내용에는 큰 변화가 없을 것입니다."라고 전제한 뒤, 머릿속에 있는 노트를 넘기며 읽어 내려가듯 말했다.

"미츠코 님은 아주 편안하게 떠날 수 있을 것입니다. 어린 시절의 가난, 아버지와 큰오빠를 전쟁으로 잃은 슬픔, 입양된 남동생과의 이별…. 다양한 고충이 있었지만, 그 속에서도 소소한 즐거움과 행복을 정말 소중하게 기억하고 계셨습니다."

타츠야 씨는 행복한 기억만 주마등으로 남겨 달라고 부탁했다. 카즈라기 씨는 그 주문대로 힘들고 슬픈 장면은 지워버렸다. 며칠 후 미츠코 씨가 보게 될 주마등에는 아버지의 등에 업혀 설경을 바라보던 추억, 동생의 주특기인 눈웃음, 가족들이 총출동해 도와준 추수…. 행복한 일들만 남겨져 있었다.

"그리고 어머니가, 재혼해서 우리 집에 들어온 시아버지 때문에 아주 힘드셨다고 했는데, 그쪽은…?"

"안심하세요. 이미 깨끗이 지워 놓았습니다."

"감사합니다. 어머니도 기뻐하실 겁니다."

"그래서—"

카즈라기 씨는 이제부터가 진짜 시작이라는 듯 말투와 자세를 바꿨다.

"스오에서의 5년 반의 공백도 이제 채워져 있습니다."

나와 난유는 당황하고, 동요하고, 긴장하면서, 함께 카즈라기 씨를 쳐다보았다.

한편, 타츠야 씨는 눈가에 주름을 지으며, 대리석 테이블 위에 놓인 커피잔을 가만히 응시하고 있었다.

"잘 모르겠어요…."라고 떨리는 목소리로 말했다. "어머니는 신칸센에서 내릴 때 무엇을 제게 사과했을까요?"

일주일 내내 그 일이 타츠야 씨를 괴롭혔다.

"생각나는 말씀은 없었나요?" 카즈라기 씨가 물었다.

대답은 쉽게 나오지 않았다. 타츠야 씨는 당황한 듯 어깨를 축 늘어뜨리며 힘없이 고개를 저었다.

"오히려 가르쳐 주셨으면 좋겠어요. 어머니의 주마등에는 어떤 추억이 그려져 있었나요. 그것이 제게 사과한 것과 관련이 있는 건가요?"

카즈라기 씨는 "그 전에 확인해 주셔야 합니다."라며 미츠코 씨와 타츠야 씨가 스오에서 보낸 일주일 동안 어디를 다녀왔는지 물었다.

쿠카오섬도 사바 텐만구도 타츠야 씨가 "가 볼까?"라고 권유했고, 미츠코 씨는 이에 응했다.

"가메야마 온천이었죠? 거기는 누가—?"

"저였어요."

"료칸은—?"

연이어 빠르게 묻는다. 따지는 듯한 템포가 되었다. 타츠야 씨도 약간 당황한 표정으로 고개를 들었다. 하지만 카즈라기 씨는 당황하지 않고 타츠야 씨를 정면으로 응시했다.

"료칸을 가자고 결정한 것은 누구였습니까?"

거듭된 질문에 타츠야 씨는 눈을 돌리고 소파에 등을 기대며 "저예요."라고 말했다. "계속 궁금했어요."

"그 료칸이?"

고개를 끄덕이며 "젓가락 포장지, 젓가락 포장지입니다."라고 말했다. "수이메이소 이름이 적힌 젓가락 포장지가 어머니의 지갑에서 발견됐어요. 예쁘게 작게 접혀 있었어요."

그것을 타츠야 씨가 우연히 발견했다. 고등학교 2학년 가을─연휴를 이용해 축구부가 규슈로 원정을 떠난 지 며칠 후였다.

"원정은 2박3일이고, 그동안은 어머니는 혼자서…. 하룻밤을 여관에 묵어도 저로서는 모를 일이었지요."

처음에는 미쓰비시 화학의 파트타임 동료들과 함께 휴식을 취하러 갔을 가능성도 희망적으로 생각했다.

하지만 지금처럼 인터넷 검색은 할 수 없었지만 오히려 옛날이 더 현지의 평판이 잘 전달되었던 것 같았다. 어른들의 세계에 정통한 척하는 고등학교의 선배가 알려 주었다. 수이메이소라는 료칸은 단체나 가족이 묵을 수 있는 종류의 숙소가 아니었다고 한다.

"그 정도 되면 성실한 고등학생도 알 수 있잖아요. 아들이 없는 틈을 타서 온천 료칸에 묵고 젓가락 포장지를 소중히 가지고 돌아온 것의 의미 정도는… 모를 리가 없죠."

미츠코 씨에게는 물어볼 수가 없었다. 세이지 씨에게도 물론 말할 수 없었다. 아무것도 보지 않았다고 생각하기로 했다. 생각을 멈추고 가슴 깊숙이 묻어두고 뚜껑을 닫을 수밖에 없었다.

"내 자신의 주마등에 그 장면이 그려져 있다면 카즈라기 씨에게 지워 달라고 부탁할 작정입니다."

억지웃음을 짓던 타츠야 씨는 먼 곳을 응시하는 표정으로 "왜 이제 와서 어머니를 수오메이소에 데리고 갔을까…."라고 중얼거렸다.

카즈라기 씨는 어조를 부드럽게 바꾸어 "저는 그 선택이 나쁘지 않았다고 생각합니다."라고 말했다. "미츠코 님에게 소중한 추억의 장소인 것은 틀림없으니까요."

"잘난 척한다고 여길지도 모르겠습니다만, 대가 없이 효도할 생각이었습니다. 설령 정말 어머니가 아버지와 제게 비밀이 있었다고 해도 이미 40년 이상 지난 일이고, 아버지도 돌아가셨기 때문에 지금 와서 책망할 생각은 전혀 없습니다. 그보다 카즈라기 씨가 말씀하신 대로 그 료칸이 어머니에게 소중한 추억의 장소라면 다시 한번 그곳에 가보게 해드리고 싶었어요…."

스오로 향하기 전, 가메야마 온천에 가는 것은 미리 알려드렸다. "조금 멀어서 피곤할 것 같아. 그럼 안 가셔도 돼요."라며 미츠코 씨의 탈출구도 마련해 두었다. 그런데도 미츠코 씨는 거절하지 않았다. "아 그래."라고 웃기만 할 뿐이었다. 수이메이소 이름을 꺼냈을 때에도 변함이 없었다.

"오히려 제가 속으로는 겁을 먹은 채로, '그립지 않아요?'라고 물었어요."

미츠코 씨는 그저 조용히 미소만 지을 뿐이었다.

"그래서… 괜찮겠지, 라고 생각했어요."

애초에 고등학교 시절 타츠야 씨가 가졌던 지나친 근심이지는 않았을까? 아니면 40년의 세월이 흘러 미츠코씨의 마음속에 스오에서의 부끄러운 사건도 정리가 되어 있었던 것일까?

"하지만 그렇지 않았어요. 그래서 온천에 가기 전부터 이상해져서 마지막에는 저렇게 되어 버렸어요…."

타츠야 씨는 나와 난유에게 눈을 돌리며 "너희들에게도 폐를 끼쳤구나."라고 씁쓸하게 웃으며 다시 카즈라기 씨에게로 향했다.

"결국 저는 어머니를 힘들게 하기만 한 걸까요?"

카즈라기 씨가 고개를 저었다. 그때 난유가 화가 치미는 목소리로 말했다.

"…울고 계셨어요, 미츠코 씨. 저를 고등학교 때의 타츠야 씨로 착각해서 울면서 사과하고…. 용서해 달라고 했어요."

소파에서 허리를 세우고, 몸을 기울이며 "전, 아직도 생생하게 기억하고 있어요."라며 왼쪽 가슴을 두드리며 말을 이어 갔다.

"미츠코 씨의 얼굴이 여기쯤 있고, 펑펑 울어서 눈물 때문에 흠뻑 젖어 버렸어요. 그런데 눈물은 따뜻하잖아요. 따뜻하다기보다 정말 뜨겁잖아요. 그러니까, 그 뜨거움을, 전 일주일이 지난 지금도 기억하고 있어요."

이야기하는 동안 감정이 북받쳐 올랐는지 난유 자신도 눈물을 흘리고 있었다.

"그래서, 전 용서해 주셨으면 좋겠어요…."

"용서하고 있어. 처음부터 용서하고 있었어."

　타츠야 씨는 당연한 것 아니냐고 훈계하듯 웃었다. "벌써 40년도 더 된 일이야. 시효가 다 지났잖아. 그런 건."

"그렇다면 말씀해 주세요. 미츠코 씨의 귀에 대고 말해 주시면, 분명히 기뻐하고 안심하고…. 더 이상 건강해지는 것은 불가능할지 모르지만, 마지막에는 행복해질 수 있을 거로 생각해요."

　'아, 그거 좋겠구나.' 하고 나는 고개를 크게 끄덕였다.

　타츠야 씨도 "그래야겠다…."라고 대답했다.

"그렇죠?" 난유도 눈물 젖은 얼굴로 기쁜 듯이 말했다.

　그런데 카즈라기 씨는 그 자리의 분위기를 갈아치우듯이, "죄송합니다만 시간이 없어서요…."라며 표정을 딱딱하게 굳힌 채 "이야기를 원점으로 되돌렸으면 합니다."라고 말했다. 지금까지의 전개를 납득하지 못하고 있음이 분명했다.

　타츠야 씨는 의아하다는 표정을 지었고, 나와 눈이 마주친 난유는 뭔가 잘못을 한 것 같다는 듯이 어깨를 으쓱했다.

　그런 우리를 돌아보며 카즈라기 씨가 말했다.

"미츠코 님의 주마등에 그려진 스오의 추억은 여러 가지가 있습니다."

　타츠야 씨는 말없이 고개를 끄덕였다.

"단, 가족과 함께한 장면은 아닙니다."

그것은, 즉―.

타츠야 씨가 숨을 죽였다.

"남길 수도 있고, 지울 수도 있고, 다른 추억으로 대체할 수도 있습니다."

난유가 무슨 말을 하려고 했지만, 카즈라기 씨는 이를 무시하고 말을 이어 갔다.

"결정하시는 것은 타츠야 님이십니다. 잘 부탁드립니다."라고 고개를 숙였다.

7장

1

자동차는 세이조에서 고속도로 인터체인지를 향해 달린다.
목적지는 브레멘 여행사의 사무실—사장이 기다리고 있었다.
"사장님도 하루카가 도쿄에 오는 것을 정말 기대하고 있습니다."
카즈라기 씨는 고타로 씨를 '아버지'가 아닌 '사장님'이라고 불렀다. 일과 사생활을 잘 구분하고 있는 것 같다.
"어, 나는요?"
조수석에서 어린애처럼 구시렁거리는 난유에게 "너는 난데없이 왔으니까."라고 무뚝뚝하게 대답한다. "재미도 없고, 귀찮기만 하지."
"…그렇군요."
"뭐, 하지만—."
카즈라기 씨는 장난스럽게 웃었다. "결과적으로는 환영하는 것 같던데. 너도."

"그렇죠? 제대로 보면 금방 알 수 있잖아요, 제 매력. 그렇지 않아? 하루짱?" 하고 뒷좌석에 앉은 나를 돌아보며 웃는다.

하지만 나는 맞장구를 치며 웃을 수 있는 기분이 아니다. 더 말을 걸려는 난유를 무시하고 카즈라기 씨에게 물었다.

"어느 쪽이라 생각하세요?"

타츠야 씨의 결정—미츠코 씨의 주마등에 떠올린 장면을 그대로 남길 것인지, 지울 것인지, 다른 것으로 바꿀 것인지.

결론은 나오지 않았다. 오히려 카즈라기 씨는 그 자리에서 굳이 결론을 내리지 않으려고 했던 것 같다.

타츠야 씨는 한 번은 바로 "지워주세요."라고 대답했지만, 카즈라기 씨가 "알겠습니다."라고 대답하자 "아, 아니, 잠깐만요…."라고 멈춰서 생각에 잠겼다.

그러자 카즈라기 씨는 "다음 일정이 있어서요."라며 재빨리 돌아갈 준비를 하면서 "내일까지는 괜찮으니 천천히 생각해서 다시 연락해 주세요."라고 말했다.

카즈라키 씨는 처음에는 내 질문을 못 들은 척하며 무시했다. 하지만 운전석까지 몸을 숙여 질문을 반복하자 한숨을 쉬며 대답했다.

"모르겠어요."

"미리 단정 짓지 말라는 말씀인가요?"

"예단하지 않는 것은 중요한 일이지만, 그것을 차치하더라도 나도 잘 모르겠어. 결정하는 것은 타츠야 님이고, 타츠야 님의 생각이나 가치관까지 관여할 수는 없으니까요."

"가치관?"

"그래요. 인생의 마지막에 어떤 추억을 마주하고 싶은지…. 어떤 추억을 마주하는 것이 인생을 행복하게 마무리 짓는 방식인지…. 그것을 결정하는 것은 그 사람의 가치관밖에 없어요."

타츠야 씨는 일단 당장 지워주기를 원했다. 자신의 어머니가 불륜의 기억과 재회하며 인생을 마감하는 것이 싫었다기보다는 슬픈 기억을 미츠코 씨에게 떠올리게 하고 싶지 않았고, 잊어버린 채, 없었던 일로 하고 싶었던 것 같았다.

하지만 다시 생각했다. 주마등으로 남겨둔다는 선택이 타츠야 씨를 주저하게 하고, 망설이게 하고, 결론에서 멀어지게 했다.

"너희들이라면 어떻게 할래?"

카즈라기 씨가 되물었다.

나는 난유가 먼저 대답하기를 기다렸다. 난유도 분명 내가 먼저 대답하기를 기다리고 있었을 것이다. 그래서 두 사람 모두 침묵으로 일관했다.

그것을 예상하고 있었는지, 카즈라기 씨는 웃으며 말했다.

"어려운 일이죠, 정말."

"타츠야 씨가 우왕좌왕할 것을 알고 있었나요?"

"누구나 그렇죠. 어떤 부모와 자식도, 부부라도 망설임 없이 주마등 그림을 결정할 수 있는 사람은…, 없어요."

남겨야 할지 말아야 할지 결정하지 못하는 그림이 반드시 나온다.

"왜 그런 것 같아요?"

난유도 나도 대답할 수 없었다.

이번에도 그럴 줄 알았는지, 카즈라기 씨는 바로 "단순한 논리야."라고 답을 알려주었다.

"소중한 추억이 반드시 옳은 추억일 필요는 없기 때문이지."

옳지 않아도―세간의 상식이나 도덕에 어긋나더라도 그 사람에게 소중한 추억은 있다.

"사람은 실수를 해요. 잘못된 일을 저지르기도 하고. 하지만 그것이 매우 소중할 때도 있어요. 잘못된 것을 모두 지워버리면 소중한 것이 남지 않을 수도 있어요."

그는 드물게 열정이 담긴 목소리로 한숨을 내쉬며 잠시 말을 멈추었다가, "예를 들면"이라고 말했다.

"하루짱에게 자신을 버린 엄마처럼―."

이어 난유 군에게도 말했다.

"죽은 형을 지금도 잊지 못하는 부모님처럼―."

모든 것을 꿰뚫어 보는―.

내가 입을 열려고 하자 "아, 미안해요."라고 말문을 막았다. "내가, 도로 합류를 잘 못하거든. 잠시만 조용히 해 줘요."

차는 마침 인터체인지의 요금소를 막 통과한 참이었다. 여러 고속도로 차선을 일반 차선에서 합류해야 하므로 정체 속에서 앞뒤,

좌우 차들의 움직임을 살피며 진행해야 한다.

카즈라기 씨의 운전은 확실히 서툴렀다. 일반도로를 달릴 때는 그렇지 않았는데, 요금소를 들어서자마자 핸들을 잡은 양손에 힘이 들어가면서 얼굴이 굳어지는 것을 알 수 있었다.

스오에서 운전에 서툴다고 한 것은 내가 미츠코 씨의 등을 만지게 하기 위한 구실이었지만, 이번에는 진짜인 것 같아 웃음이 나왔다.

처음 만났을 때부터 냉정하고 침울했던 카즈라기 씨에게 처음으로 인간미가 느껴졌다.

"카즈라기 씨?"

"―응?"

"이젠 편하게 말씀하세요. 저한테 정중하게 말씀하지 않으셔도 될 것 같아요. 아무렇게나 말해도 괜찮고, 그편이 저도 편해요."

"―알았어요. 하지만 잠깐만, 지금은 조용히 해."

합류 직전이었기 때문에 수다를 떨고 있을 때가 아니었던 것이다.

"힘내세요―."

나는 웃으며 말했고, 부담을 주지 않기 위해 앞으로 숙이고 있던 상체를 원래대로 돌려놓았다. 안전이 최우선이다. 자신도 의외라고 생각될 정도로 놀란 것은 사실이었다. 어머니에게 버림받았다는 사실을 이미 알고 있다는 사실을 알았기 때문일까. 자신의 비밀을 알고 있는데도 마음이 편안하리라고는 생각지도 못했다.

주행 차선으로 진입해 차의 흐름을 타자, 카즈라기 씨도 겨우 숨을 고르고 어깨에 힘을 뺐다. 그때를 노려 이야기를 이어 갔다.

"얘기해도 될까요?"

"아…, 괜찮아."

부탁한 대로 정중한 말투가 아니었다.

"카즈라기 씨, 미츠코 씨가 스오에 있을 때 주마등에는 가족이 안 나온다고 했었죠?"

"…그래."

"스오야 백화점의 식당에서 밥을 먹는 모습이나 사바 텐만구에서 참배하는 모습도?"

"애초에 색이 안 들어 있었어. 몇 번을 들여다봐도 흑백 그대로였어."

"흑백의 추억에 색을 입히는 건 절대 불가능한 건가요?"

지금까지 침묵하던 난유 군도 내 말에 덧붙이듯 "그리고 이 장면도요…."라며 타츠야 씨의 결혼식 피로연 장면을 언급했다.

"색이 없다는 건 너무 아깝잖아요."

"하루짱," 나를 돌아보며 "하루짱도 봤지? 그 장면이 좋았잖아. 부부 역사의 최종 목적지 같은 느낌이었어."라고 말한다.

분명 나도 그렇게 생각한다. 하지만 그런데도 왜 색이 칠해져 있지 않았을까 하는 생각도 들었다. 그것은 미츠코 씨에게는 결코 소중한 추억이 아니었고―부부의 역사는 인생의 마지막에 다시 한번 돌아볼 만큼의 비중이 없었다는 뜻일까.

"저라면, 그 장면만이라도 색을 입혀서 주마등으로 그리면 정말 좋을 것 같은데…."

난유가 끼어들며 어떻게 생각하느냐고 묻자, 카즈라기 씨는 말을 끊는 듯한 말투로 말했다.

"하루카에겐 스오에서 이야기했을 거야. 이쪽이 마음대로 색을 칠할 수는 없어. 잊고 있던 기억을 되살리도록 유도할 수는 있지만, 마지막은 본인에게 달려 있어. 우리에게는 그 이상의 힘은 없고, 설령 할 수 있다고 해도…, 하지 않아."

왜 그래야 하냐고 묻는 난유에게 그는 계속 말을 이어 갔다.

"행복한 추억과 행복해 보이는 추억은 다르거든."

피로연 장면은 분명 행복해 보인다.

하지만 미츠코 씨는 결혼 생활 후반부에는 세이지 씨에 대해 단절된 감정만 가지고 있었다고 한다.

카즈라기 씨는 그것을 알고 있었다. 미츠코 씨와 짧은 시간밖에 함께하지 않은 나나 난유가 알지 못하는 추억을 여러 가지 찾아냈기 때문일 것이다.

"스오에서의 불륜도 평생 미안한 마음을 가지고 있는 상대는 타츠야 씨뿐이었어."

그 말을 듣고 문득 생각이 났다.

난유 군이 마지못해 "알겠습니다…."라고 물러선 후, 이번에는 내가 몸을 숙였다.

"타츠야 씨가 미츠코 씨를 쳐다보는 장면…. 색이 들어 있었는데, 그건…."

"아, 고등학교 교복을 입고 있는 것 말이지?"

금방 알아들었다. 카즈라기 씨도 이미 파악하고 있었다는 뜻이다.

"그건 지웠어. 분명히 미츠코 씨를 괴롭히는 추억이기 때문에, 거기까지는 이미 처음의 요청대로 내가 판단했어."

반쯤은 안심하고, 그렇기에 납득할 수 없는 나머지 절반에 대한 생각이 가슴에서 목구멍으로 치밀어 올라 목소리로 나왔다.

"그럼 왜 불륜 장면은 안 지워주시는 건가요? 미츠코 씨, 고통스러워하며 그렇게 울면서 타츠야 씨에게 사과하잖아요. 타츠야 씨도 처음에는 지워 달라고 했잖아요. 그렇다면 지금 당장—."

"옳지 않아도 소중한 것은 있다고 아까 말했잖아."

"네…."

"그다음에 행복해 보이는 기억과 행복한 기억은 다르다고. 잘 듣고 있었잖아."

"그러긴 했어요."

"그럼 알겠지?"라고 밀어냈다.

"불륜의 기억이 미츠코 씨의 인생에 중요한 것인지 아닌지는 본인이 결정해야 하고, 치매로 인해 결정할 수 없게 되었다면 그건 타츠야 씨의 역할이야. 우리 마음대로 지울 수는 없어."라고 계속 말하면서 방향지시등을 왼쪽으로 돌렸다. 고속도로 출구가 가까워지고 있었다.

2

차는 대로에서 몇 번이나 안쪽으로 들어갔다. 시부야의 어디쯤인지 짐작도 할 수 없었다. 다만 거리의 분위기는 세련되지도, 고급스럽지도 않았다. 이 정도면 스오와 뭐가 다른지 알 수가 없었다.

"건물에는 주차장이 없어."라며 카즈라기 씨가 차를 월정액 주차장에 넣었을 때 왠지 모를 편안함을 느꼈다.

월정액 주차장에서 회사까지 카즈라기 씨의 뒤를 따라 걸으며 난유가 작은 목소리로 말했다.

"너무 건물이 낡아 놀랄지도 모르겠다. 지은 지 40년 됐다고 하더라."

쇼와 시대에 지어진 것이었다.

"7층짜리 건물 3층인데, 엘리베이터도 낡고, 같은 층에 다른 회사도 있고, 화장실도 공용이야. 그래서 좀 곰팡내가 나던데…."

하지만 난유가 욕을 하는 것은 아니었다.

"아주 정겨워. 정말, 제대로 된 쇼와 레트로인데. 헤이세이 중간쯤에 태어난 나도 향수를 느낄 만한 곳이야…. 아주 편안한 분위기야."

확실히 건물은 낡았다. 엘리베이터도 낡았다. 3층에 도착하자 공동 화장실 냄새가 코를 찔렀다. 곰팡내와 방향제 냄새가 뒤섞인 냄새였다. 마침 남자 화장실에서는 누군가의 재채기 소리와 주섬주섬 화장지를 꺼내는 소리까지 들렸다.

과연, 쇼와 레트로였다─묘한 향수와 편안함은 난유가 말한 그대로였다.

"토요일이라 사무실은 기본적으로 쉬는 날이지만, 나와 하루짱을 위해 문을 열어 주셨어. 사장님도 출근하고, 또 대불님이 계시니까 놀라지 마."

"─뭐라고?"

"아, 그냥. 보면 알아."

3층에는 네 개의 사무실이 있고, 복도 끝자락에 브레멘 여행사가 있었다.

유리로 된 문은 카즈라기 씨가 손잡이를 잡아당기자 쉽게 열렸다. 자동 잠금장치나 인증 시스템조차 없다. 누구나 언제든 환영한다는 의미일 것이다.

접수 카운터나 칸막이도 없어 출입구에서 사무실이 한눈에 들어왔다. 학교 교실의 절반도 안 되는 공간에 회의용 테이블과 직원용 책상 몇 개, 그리고 창문을 등지고 있는 사장의 책상이 있다.

다만 지금 사무실에 있는 사람은 업무를 보는 여성 직원뿐이었다. 통통한 체형에 나이도 우리 부모님보다 조금 더 많은 아주머니였다.

컴퓨터 화면에서 고개를 든 아주머니는 우리와 눈이 마주치자, "어머─!"라며 반갑게 소리쳤다. 웃는 소리가 들릴 정도로 다정다감하게 눈웃음을 띠고─.

"난유, 수고했어─."

동료인 카즈라기 씨가 아닌 난유에게 먼저 말을 건네고, 처음 보는 나에게도 눈길을 주고 웃음을 지으며 말했다.

"하루짱?"

"…네."

갑자기 성이 아닌 이름으로, 그것도 '짱'이라 불러서 위아래로 쳐다보았다.

무례한 행동이지만 아주머니는 환한 미소를 짓고 있어 기분이 나쁘지는 않았다. 푸근한 미소다. 특히 눈이. 선처럼 가늘어지고 눈두덩이에서 눈꼬리까지 예쁜 호를 그리며, 즉 초승달이라고 할까, 세로로 쓴 괄호 같았다.

"알겠어!"

불현듯 쾌재를 외친 아주머니는 눈을 순식간에 초승달에서 보름달로 바꾸고는 카즈라기 씨를 향해 눈을 부릅뜨고 말했다.

"알겠어, 알겠어. 알았다구. 케이짱, 보는 눈이 있네. 이 아이, 좋아. 정말 좋아."

케이짱—? 카즈라기 케이이치로니까?

어리둥절해하면서도, "알았다구."라는 말이 내게도 건네는 말이라는 것을 알 수 있었다.

커다란 체형과 큰 머리, 그리고 저절로 바라보게 되는 복스러운 미소를 합치면, 이 사람이 난유가 말한 '대불님'인 것 같다.

본인도 금방 "성은 고이즈미라고 하는데, 다이부츠^{大佛} 씨라 불러도 좋아."라고 말한다. "어차피 뒤에서는 그렇게 부를 거잖아."—장난스러운 눈을 난유에게 돌리고 나서, 내게 자초지종을 알려준다.

　난유는 브레멘 여행사에 온 그날 고이즈미 씨에게서 "모르는 게 있으면 뭐든지 사양하지 말고 물어 봐."라는 말을 듣고 "모두 다이부츠 님을 닮았다고 하지 않나요?"라고 물었다는 것이다.

　"죄송합니다. 정말 죄송해요."

　내가 사과할 수밖에 없다. "옛날부터 그랬어요. 생각한 걸 곧바로 재잘재잘—."

　하지만 고이즈미 씨는 "괜찮아, 괜찮아."라며 크게 웃으며 난유의 등을 툭툭 쳤다.

　"어, 어…." 하며 앞으로 넘어질 뻔한 난유를 바라보는 눈빛은 또 다시 세로쓰기 괄호가 되어 있었다. "그럼, 이제 다이부츠 씨라고 불러도…."

　"이 아이는, 그걸로 충분해. 분위기는 읽어내는 게 아니라 바꾸는 것이야. 난유는 그 분위기를 바꾸는 힘이 있으니까."

　그렇구나, 그 말이 조금은 이해가 된다.

　"무거운 공기를 가볍게 만드는 건 우리 회사 업무에서 굉장히 중요한 일이야. 그래서 사장님도 그런 점이 마음에 든 거지."

　다이부츠 씨는 난유의 등을 한 번 더 두드리며 "힘내!"라고 격려했다.

　그때 문이 열리더니 덩치 큰 남자가 씩씩하게 들어왔다.

　사장이었다.

　"아, 안녕하세요. 하루카, 어서 와요."

어제도 마주쳤던 것 같은 목소리로 인사하고 재채기를 한 번—아까 남자 화장실에 있던 사람이 사장님인 것 같다.

"만나기를 고대하고 있었어요."

말과는 달리 그다지 기대하지 않는 듯한 표정으로 응접실로 가자고 손짓을 했다.

얼굴은 이미 휴대폰 화면으로 보기는 했지만 사장은 키가 컸다. 카즈라기 씨나 난유와는 달랐다. 날씬한 두 사람과 달리 골격이 탄탄했다. 산전수전 다 겪은 수십 년의 세월이 느껴졌다.

짧은 백발에 짧은 수염이 듬성듬성 난 분위기만큼은 휴대폰으로 봤을 때와 별반 다르지 않았다.

하지만 강렬한 눈빛은 화면이란 2차원에서 현실의 3차원으로 바뀌면서 더욱 위압감을 더했다. 힘주어 말하는 건 아닌데, 어쨌든 눈빛이 강하고 깊고, 역시 무서운 인상이었다.

그런 사장님과 응접실에서 마주 보게 되었다.

난유가 응접실 안으로 따라 들어오는 것을 카즈라기 씨가 막아섰고, 지금은 다이부츠 씨 '덕질'하는 아이돌 이야기에 끼어들어 있었다. 난유가 곁에 없는 것만으로도 갑자기 마음이 허전해진다. 다이부츠 씨가 칭찬했던 '분위기를 바꾸는 힘'을 다시 한번 실감했다.

사장이 먼저 굵은 저음의 목소리로 한마디 했다.

"좋은 콤비다."

"―예?"

"너와 난유. 좋은 콤비야. 카즈라기에게 들었던 대로네."

회사에서는 아들 케이이치로 씨를 '카즈라기'라고 부른다고 덧붙였다.

"일은 일이니까, 구분은 해야지."

"하지만―"

다이부츠 씨라고 말하려다 서둘러 올바른 호칭으로 말을 이어갔다.

"고이즈미 씨는 '케이짱'이라고 불렀어요."

사장은 아차, 하고 웃으셨다.

"어쩔 수 없지, 그 사람은. 어렸을 때부터 그렇게 불렀으니까. 이제 와서 바꿀 수는 없지."

"…의외로 융통성이 있으시네요."

조금 마음이 편해졌다. 사장도 웃음을 머금은 채로 말했다.

"의외로 겁이 없네, 너도."

그런 건 아니에요, 무릎이 떨려요, 라고 말하려고 했는데, 그보다 앞서―.

"그러니까 역시, 난유랑은 좋은 콤비구나."

사장은 자신의 말에 그래, 그래 하며 고개를 끄덕이다가 불쑥 본론을 꺼냈다.

"괜찮다면, 주마등 화가가 되지 않겠어?"

깊은 눈빛으로 쳐다보는데 말문이 막혔다.

"뭐, 천천히 생각해 봐. 아직 고등학교 2학년이니까. 오늘내일 답해야 하는 이야기가 아니니까."

사장님은 눈빛을 조금 풀고 웃으며 이런 이야기도 들려주었다.

"저쪽은 우리 사무실에 왔을 때 그 자리에서 자퇴서를 쓸 것 같은 기세였는데 말이야."

"난유는, 졸업하면 여기서 일하게 되나요?"

그 물음에 긍정도 부정도 하지 않고 먼 곳을 쳐다보며 계속한다.

"너에 대한 얘기는 카즈라기에게 들었어."

"…보이는 거죠, 전부?"

"아, 들여다보려고 한 건 아닌데, 그냥 보여. 그건 그것대로 짊어져야 할 짐이기도 하고. 힘들어."

"카즈라기 씨, 만원 전철을 타지 않으려고 노력한다고 했어요."

"전철만 그런 게 아니야. 사람이 혼잡한 곳은 어디라도 불편해. 그런 곳을 피하다 보니, 결국은 우울한 사람이 되어 버려서 곤란했지."

하하하 웃으며 먼 곳을 바라보며 흥얼거리듯이 말했다.

"후우짱, 흔들흔들, 하―늘하늘―. 이러면 비슷한가?"

들릴 듯 말 듯 부른 곡조였지만 후우의 반복이 미묘하게 달랐다. 하지만 그런 것까지 알고 있구나 생각하니 오히려 마음이 놓인다고 해야 하나. 될 대로 되라고 생각하니 어깨에 힘이 빠지고 편해진다.

"엄마랑은 그 후 만나지는 않았어?"

고개를 끄덕이다가 살짝 움찔했다. 사장과 눈이 마주쳤기 때문이다. 한결 더 깊은—가슴 속 깊디깊은 곳까지, 더 나아가 그 이면까지 들여다보고 말 것 같은 눈빛이었다.

"만나 볼 생각은 없나?"

다이스케 씨의 이야기가 떠올랐다. 어젯밤과 오늘 아침의 일도 이미 기억의 일부가 된 것일까. 사장은 그것까지 보고 있는 것일까? 보고 있는데도 굳이 내 마음을 확인하려고 하는 것일까? 묻고 있는 사람은 사장인데 대답하는 내가 더 의아했다.

대답이 막혀 있자 사장은 슬그머니 시선을 돌렸다.

"우리 일에 관해 다시 한번 간단히 설명해도 될까?"

"…네."

"난유는 강의보다 실제로 해보는 편이 더 빨리 알아듣는다고 말했었는데…."

"침착하지 못해서 선생님 말씀을 한자리에 앉아 듣는 것도 힘들어해요."

사장은 하하, 웃으며 이야기의 본론으로 넘어갔다.

3.

사람은 자신의 주마등을 자기 스스로 그릴 수가 없다. 인생의 마지막에 어떤 추억을 눈앞에 펼쳐 놓을지 결정할 수 없다. 그뿐만 아니라 주마등 그림을 미리 알 수조차 없는 것이다.

"임종 때의 즐거움이라 할 수도 있어. 단 한 번의 승부로, 불평할 수도 없어. 불만이 있더라도…, 이미 죽어 버렸으니."

확실히 그렇다.

"참 끔찍한 이야기라고 생각되지 않니? 아무리 행복한 삶을 살았다고 해도 마지막에 주마등으로 혐오스러운 추억만 보인다면, 최후의 최후에 망쳐 버리게 되는 거지."

"그래요…."

"뭐, 반대로 불행이 계속되는 인생이었다 해도 최후의 최후에 행복한 주마등을 보고, 웃으며 죽을 가능성도 있는 셈이지."

"예…."

"문제는 '제대로 됐는지', '잘못됐는지'를 미리 알 수가 없고, 본 뒤에 확인하는 것도 불가능하다는 거야."

자기의 주마등도, 중요한 사람—예컨대 가족이 보게 되는 주마등도.

"사랑하는 가족이 어떤 주마등을 보고 숨을 거뒀는지 알 수 없다. 믿을 수밖에 없어. 분명 행복한 주마등을 보고 평온하게, 편안하게 떠나갔을 거라고…."

문득 할아버지와 할머니가 생각난다. 두 분은 어떤 주마등을 보셨을까. 후우쨩은 나왔을까? 그렇다면 그것은 '제대로 된 것'일까, 아니면 '잘못된 것'일까….

"우리 일이 잘 되었는지 아닌지도 고객은 믿을 수밖에 없어. 성공인지 실패인지, 누구도 확인할 방법이 없지. 우리 자신도, 엄밀히 말해서 일의 결과를 확인할 수가 없어."

그런데도 의뢰는 끊이지 않는다. 주마등 화가의 도움을 찾는 사람은 끊이지 않는다.

"옆에서 보면 이 일은 수상한 종교적 행위이거나 그냥 사기일 뿐이야."

하하하, 웃는다. 나는 웃어넘겨도 되는지 몰라 "우와…." 하며 맞장구만 쳤다.

하지만 사장님은 웃음을 거두지 않고 가슴을 활짝 펴며 말을 이어 갔다.

"우리의 힘은 진짜다ㅡ. 네 힘도 그렇고."라며 턱을 치켜세우며 덧붙였다.

사장이 예로 든 것은 난유의 어머니에게 영상통화를 하며 들려주었던 심장외과 명의의 묘소 참배 여행이었다.

"기밀을 유지해야 해서 이름을 밝힐 수는 없지만…."

사장은 잠시 고민하다가 그 명의를 '신의 손'이라고 사람들이 불렀으니 '신의 손'으로 하자고 했다. 그 센스, 나와는 좀 다른 것도 같다.

하지만 어쨌든, 신의 손 이야기다.

세계적으로 주목받는 고난도 수술을 여러 번 성공시킨 신의 손이지만, 물론 모든 수술이 성공한 것은 아니었다.

"명의의 숙명인 거지. 신의 손을 찾아온 환자들은 다른 의사들이 포기한 환자들뿐이었고, 지푸라기라도 잡는 심정으로 한 가닥 희망을 걸고 온다. 어려운 수술만 하고, 가능성도 극히 적다. 안 되는 게 당연하다. 환자도 가족도 그 사실을 익히 알고는 있지만 막상 죽고 나면 역시 의사들 탓이 되는 것이지."

유족으로부터 직접 항의를 받은 적도 있었다. 하지만 그보다 감정을 억누른 목소리로 "감사합니다."라는 인사를 받을 때가 더 힘들었다.

물론 현역 시절에는 '신의 손'이라는 자부심도 있었다. 그리고 환자의 생명을 구하지 못해도 다음 환자가 기다리고 있었다. "어쩔 수 없지, 이쪽도 최선을 다했어."라고 단언하며 앞으로 나아갈 수밖에 없었다.

그런데 나이가 들어 현역에서 물러나자 실패한 수술 꿈을 자주 꾸고 가위눌리는 것 같은 날들이 이어졌다. 낮에도 유족에게 고개를 숙이는 장면이 거듭 떠올랐다.

"그런 일이 한동안 계속되다 보니 불안해져서 우리 여행사에 오게 됐어."

자신의 주마등에는 실패한 수술이나 사망한 환자와 그 유족의 얼굴이 그려져 있는 것은 아닐까─.

카즈라기 씨가 기억을 들여다보았다. 신의 손이 한 걱정은 적중했다. 수술대에서 숨을 거둔 환자나 고개를 숙인 신의 손에게 허탈한 표정으로 인사하는 유족의 모습이 여러 가지 색깔로 기억에 남아 있었다.

지우는 것은 간단했다. 사무실에서 적당한 시간만 투자하면 요청에 응할 수 있었다. 하지만 카즈라기 씨는 신의 손이 구하지 못했던 환자들의 묘지 참배 여행을 기획했다.

"그럴 수 있겠지? 우리는 여행사야. 손님에게 여행을 시켜주는 게 우리 일이니까."

"…여행을 하면 뭐가 달라지나요?"

사장은 "그 얘길 하기 전에 좀 멀리 가 보자."며 디지털 데이터와 인간의 기억, 둘의 차이를 이야기했다.

디지털 데이터는 시간이 흘러도 변하지 않는다. 하지만 인간의 기억은 시간이 지나면 희미해진다. 선명했던 것이 흐릿해져 앞뒤 맥락을 읽지 못하게 되고 그대로 사라져 버리는 경우도 있다.

내가 "퇴화해 버리는 거죠?"라고 말하자, 사장은 웃으며 고개를 흔든다. "내 생각은 그 반대야."라고 말한다.

"…반대라니요?"

"기억이 희미해지거나 퇴색하는 것이 반드시 부정적인 것은 아니야. 언제까지나 세세하게 기억하고 싶지 않은 것도 있고, 잊고 싶은 것도 있으니까. 그렇지 않을까?"

"그건…, 네. …그럴 수도 있겠네요."

"모든 것을 마치 어제 일처럼 잘 기억한다면, 그게 오히려 너무 괴로운 일이야. 강가의 돌멩이가 물에 깎여 둥글게 되는 것과 마찬가지지. 잘 다듬어지고 둥글게 다듬어진 덕분에 더 잘 짊어지고 다닐 수 있는 추억도 있잖아."

그럴지도 모르겠다, 확실히.

"잊어버린다는 것은 신이 인간에게 부여한 소중한 힘일지도 모르지."

과장된 표현일 텐데 사장의 얼굴과 목소리의 힘 때문일까, 신기하게도 귀에 쏙쏙 들어오고 가슴에 와닿았다.

거기까지가—디지털과의 차이점.

"하지만 말이야…." 사장은 말을 이어 갔다.

"추억은 후지산과 같아. 산기슭에 있어도 전체 모습을 알 수가 없어. 후지산의 모양과 높이를 실감하기 위해서는 멀리 떨어져야만 알 수 있어."

추억도 멀리 떨어져서 돌아보면 다르게 보인다.

"행복한 추억이었을 텐데, 수십 년이 지나고 나서 돌아보면 색이 바래기도 하고, 다시는 떠올리고 싶지 않았던 시절이 오히려 사랑스럽게 느껴지기도 하지."

그래서 손님에게 여행을 권한다. 그리고 다시 한번 주마등 그림을 결정한다. 그것이 브레멘 여행사의 업무 수행 방식이었다.

시간이 걸린다. 손이 많이 간다. 처음에 "이거 지우고 저거 그려서 추가해."라고 주문받은 대로 그대로 하면 일이 빨리 끝난다. 그편이 회사 실적이란 측면에서는 훨씬 더 효율적이다.

"하지만 난 그런 일은 하고 싶지 않아. 고객이 다시 한번 인생의 기억을 되짚어 보고 다시 한번 결정해 줬으면 좋겠거든. 주마등에서 지우고 싶은 기억은 정말 지워야 하는 것인지, 남기고 싶은 기억은 정말 남길 만한 가치가 있는 것인지…"

사장은 거기서 말을 끊고, "꽤 많이 달라지곤 해."라며 웃었다.

여행을 마치고 나면 처음 주문할 때는 지워 달라고 했던 기억이 '역시 남겼으면 좋겠다.'가 되는 경우가 있다. 반대로 주마등으로 그려 넣고 싶었던 추억을 '역시나, 빼야겠습니다.'라고 거절하는 경우도 있다.

"나는 사람에게는 세 가지 힘이 있다고 생각해."

첫 번째는 기억하는 힘이다. 하지만 기억하고 있어도 그것은 디지털과 달리 희미해지거나 흐려지기도 한다. 그래서 두 번째는 잊어버리는 힘이다.

그리고 세 번째—.

"그리워하는 힘이다."

사장은 허공을 바라보며 미소 지었다. 바로 아득한 옛날을 그리워하는 얼굴이 되어 계속했다.

"나는 그렇게 생각해, 하루카. '그립다'는 것은 안타깝고 깊은 감정이야."

그 시절로 돌아가고 싶어서 그리운 것이야. 그 시절로 돌아갈 수 없기에 그리운 것이야. 그 시절, 그 사건을 전면적으로 긍정하기 때문에 그리운 것이고, 씁쓸한 후회가 있기에 그리운 것이다.

환한 미소를 지으며 그리워한다. 울 것처럼 얼굴이 일그러진 채 그리워한다.

"여행하면서 자신의 삶을 그리워했으면 좋겠어. 거기서 마지막에 주마등으로 남길 그림을 정했으면 좋겠어. 나는 그렇게 생각하고 있어."

심장외과 의사인 신의 손도 자신이 살리지 못한 환자에 대한 기억은 모두 주마등에서 지워 주었으면 좋겠다고 했다.

하지만 카즈라기 씨는 "돌아가신 환자들의 묘지에 참배하러 가자."고 제안해 유족과의 재회도 기획했다. 신의 손은 묘지 참배를 계속하고 유족과의 재회를 거듭하면서…. 기억은 조금씩, 조금씩, 형태를 바꾸어 나갔다.

유족들의 반응은 다양했다. 미안해하는 사람, 고마워하는 사람이 있지만, 향을 피우는 신의 손의 뒷모습을 원망스럽게 쳐다보는 사람도 있었고, 당시를 떠올리며 화를 내는 사람도 있었다. 성묘 후 회식 자리까지 마련해 준 유족이 있는가 하면, 신의 손이 건네는 인사조차 거부하며 묘지의 위치를 알려 주지 않는 유족도 있었다.

반년 동안 스무 명 이상의 묘지를 참배했다. 이제 겨우 반환점을 돌았다고 했다. 투어 일정은 모두 카즈라기 씨가 결정했다. 유족에게 사전 연락도 하고, 참배를 할 수 있는 경우는 모두—유족이 환영하든 안 하든 상관없이 신의 손에게 나가 보도록 하고 있었다.

"원한이 있다는 것을 알면서도 안내를 해 주시는 건가요?"

"그렇지…. 묘소 참배를 거부당하는 경우에도 그것대로, 어쨌든 모두 그대로 전달하고 있어요."

"신의 손이 충격을 받거나 상처를 받아도 괜찮은 건가요?"
"물론이지."
"기억은, 역시 달라져 가고 있나요?"
"변하고 있지."
"좋은 쪽으로?"
"그렇게 될 때도 있고, 반대일 경우도 있지."

신의 손, 자신의 예상과는 전혀 다른 반응을 보이는 경우도 여러 번 있었다고 했다.

"십 년 전에 재판까지 갈 정도로 다퉜던 유족이 따뜻하게 맞아주기도 하고, 반대로 20년이 지나서야 원한을 품고 오는 유족이 있기도 하고…. 여러 가지가 있었던 것 같아."

신의 손은 엄격하게 대응하는 유족들을 만나고 난 후 오히려 속이 후련했다고 한다. 그리고 여행을 계속하면서 주마등에 그려지는 그림은 점점 더 행복으로 가득 차게 되었다고 한다.

주마등 화가의 일은 자신이 그림을 다시 그리는 것만이 아니었다. 오히려 그것은 최후의 수단이었다.

"그런 일을 하지 않아도 된다면 더할 나위 없이 좋지. 가장 좋은 것은 우리가 아무것도 하지 않아도 주마등이 행복한 것으로 바뀌는 것이야."

"그렇게 금방 변할 수 있는 거예요?"
"바뀌지. 그래서 인생은 재밌는 거야."

예를 들어, 사장은 이렇게 말했다.

"하루카 씨와 같은 고등학생에게 대학 입시는 큰 의미가 있겠지. 1 지망 대학에 합격하면 소중한 기쁨의 장면으로 주마등에 그려질 것이고, 떨어지면 떨어졌기에 슬프고 아쉬운 장면으로 주마등에 남게 될 거야."

하지만 서른이 지나고, 마흔이 지나고, 쉰이 지나고…. 오래 살다 보면 대학 입시 결과 따위는 중요하지 않게 된다. 주마등에서 사라져 버린다. 그래도 괜찮다. 열아홉 살 때의 실패를 평생 끌고 가는 인생은 슬프고, 열아홉 살 때의 성공에 평생 매달리는 인생은 더 슬프고, 쓸쓸하고, 허망하다.

"왠지 알 것 같아요."

"그렇지?"

사장은 빙그레 웃으며 "인생을 되돌아보는 여행을 하는 것은 정말 주마등에 그려야 할 그림을 다시 선택하는 것이야."라고 말했다.

"그럼 미츠코 씨도…."

사장은 고개를 끄덕이며 눈가에 주름을 몇 개나 잡으며 웃음이 더욱 깊어졌다.

미츠코 씨의 기억은 여행을 통해 덮어씌워졌고, 지금까지 비어 있던 주마등에도 새로운 장면이 그려졌다.

분명히 슬픈 기억이 많아―. 주문대로 지워 버렸다.

하지만 슬퍼 보이는 추억도 정말 슬픈지 어떤지는 알 수 없다.

옳지 않은데도 소중한 추억도 있다.

"다시 쓴 주마등은 최대한 남기고 싶다는…, 말씀인가요?"

자세한 이야기는 하지 않았지만, 사장은 모든 것을 꿰뚫어 보는 듯한 표정으로 "중요한 것은 대부분 옳지 않아."라며 웃었다. "그래서 인생은 어렵기도 하고, 재미있기도 한 게지."

나도 그렇게 생각한다. 고개를 끄덕일 때 떠오른 것은 미츠코 씨가 아니라 엄마 후우짱의 모습이었음에도.

응접실 밖에서 난유를 상대로 아이돌을 쫓아다니던 이야기가 막바지에 이르렀을 즈음 다이부츠 씨에게 카즈라기 씨가 "이제 슬슬…"이라고 말했다. 다음 일을 하러 떠날 시간이 다가오고 있는 모양이었다.

"모처럼 찾아왔으니 조금만 더 함께 해 줘. 너희도 이미 타고 있는 배잖아. 미츠코 씨의 이야기를 끝까지 확인하고 싶지 않아?"

지금부터 만나러 갈 사람은 미츠코 씨와 깊은 관련이 있는 사람—"미쓰비시 화학 소장의 행방을 알아냈어."

이름은 곤도 킨콘지도 씨라고 했다.

"도쿄의 훨씬 안쪽에 있는 요양시설에 있어."

카즈라기 씨가 타츠야 씨에게 말했던 '선약'이나 '다음 일정'은 미츠코 씨의 업무와 관련된 것이었다.

"너희도 만나고 싶지?"

"…네."

"그럼 같이 가자."

내가 자리에서 일어나자 사장은 잊고 있던 것을 떠올린 듯 "아,

맞아—."라며 어눌한 말투로 말했다.

"하루카, 네 주마등 그림, 알고 싶다면 알려 줄게."

나는 무심코 뒤로 물러섰다. 무릎 뒤쪽에 부딪힌 의자가 칸막이에 부딪혀 넘어갈 뻔했다.

"괜찮습니다…. 그냥 두세요."

말로는 부족해 양손을 막대처럼 앞으로 쭉 뻗으며 거절했다.

사장은 웃으며 고개를 끄덕였다. 불시에 시험에 합격한 학생을 칭찬하는 것처럼 만족스러운 미소를 짓고 있었다.

4

카즈라기 씨와 난유를 따라 사무실을 나가려는데, 나만 다이부츠 씨에게 붙잡혔다.

카즈라기 씨는 "그럼, 건물 입구에서 기다리고 있을게."라고 말하며, 난유의 등을 밀면서 밖으로 나갔다. 다이부츠 씨가 한마디도 하지 않았지만, 미리 짠 것인지 아니면 무슨 이야기를 할지 이미 알고 있는 것인지 놀란 기색이 전혀 없었다.

사장은 자신의 책상에 앉아 바둑 잡지를 건성으로 넘기고 있을 뿐 이쪽에는 관심조차 기울이지 않았다.

다이부츠 씨는 "서서 말하긴 좀 그렇지만—," 하고 말을 꺼내더니 갑자기 본론으로 들어갔다.

"하루짱, 우리 일을 좀 해 봐."

"―네?"

"네 적성에 맞아. 난유도 닦으면 반짝이는 구슬이지만 넌 정말 대단해. 닦지 않아도 반짝반짝 빛이 나. 주마등 화가로서 사람의 기억을 들여다보는 힘이 있어. 넌 앞으로 더더욱, 점점 더 빛이 날 거야. 정말이야. 내가 말하는 거니깐 틀림없어. 응?"

언젠가는 등을 만지지 않아도, 쳐다보기만 해도 그 사람의 기억이 떠오르게 된다. 그것은 그것대로 힘든 일이지만―.

"그럴 바에는 차라리 일로서 해 버려. 남의 주마등을 돌보는 게 좋아. 그편이 나아. 그렇지 않으면―."

다이부츠 씨는 웃으며 말했다. 두 눈이 '세로쓰기 괄호'가 되었다.

"너도 언젠가, 보면 안 되는 사람의 기억을 보게 될 테니까."

그러면서 "예전의 나처럼…."이란 말을 덧붙였다.

깜짝 놀라는 나에게 사장이 바둑 잡지에서 눈을 떼지 않고 말했다.

"그 사람도 화가였어. 그것도, 아주 뛰어난 화가였지. 내가 회사를 시작한 지 얼마 되지 않았을 때 고이즈미 씨에게 정말 많은 도움을 받았어."

다이부츠 씨는 쑥스러워하며 "다이부츠로 좋아요. 다이부츠면 됐어요."라고 말했다.

"난유가 그런 말을 했지."

"저도 의외로 마음에 들어요. 지어준 별명도, 별명을 지어준 사람도."

"아, 자네도 벌써 난유를 좋아하는 것 같은데."

사장은 잡지를 한 장 넘기며 웃었다.

"케이짱과는 또 정반대 타입이라서 재미있어요. 다양한 타입이 있는 게 좋은 거죠, 이 일에는…."

"아…, 알겠어. 맞아."

사장은 잡지의 기보에 맞춰 허공에서 바둑알을 움직이는 제스처를 취하면서 불쑥 나에게로 말을 돌렸다.

"하루카, 넌 누구의 기억을 가장 들여다보고 싶니? 주마등에는 어떤 그림이 그려져 있는지, 가장 알고 싶은 상대는 누구야?"

그 사람은—.

"지금 가까이 있지 않은 사람이라도 좋아. 만약 그 사람을 만날 수 있다면…, 이라도 상관없고."

그렇다면, 역시 나를 낳고 버린 그 사람—.

대답하지 않았다. 어차피 사장은 처음부터 답을 알고 있을 것이다.

생각한 대로 입을 다물고 있는 나에게 사장은 "그러지 마!"라고 말했다. "가장 알고 싶은 상대의 기억을 들여다보는 것만큼 무서운 것은 없어."

그 말을 듣고 다이부츠 씨는 자신의 이야기를 들려주었다.

주마등의 화가로 손님들에게 여행을 기획하고, 필요할 때 주마등의 그림을 다시 그려주던 다이부츠 씨는 처음으로 자신을 위해 가장 가까운 사람의 기억을 들여다보았다.

"남편의 기억…, 들여다보니 내가 모르는 여자가 나오는 장면이 너무 많았어…. 무심코 칼로 찔러버렸지…."라며 웃었다.

다행인지 다이부츠 씨의 남편은 목숨을 건졌다. 재판에서도 집행유예를 받았다. 하지만 경찰 조사에서도, 재판에서도 범행 동기 부분에서 '남편에게 여러 명의 애인이 있다는 사실을 어떻게 알았느냐?'가 걸림돌이 되었다.

"솔직하게 '남편의 기억을 들여다보니, 계속해서, 애인들의 얼굴이 하나둘씩 차례로 나오더라….'라고 말할 수 없으니까. 결국은 여자의 육감이라는 것으로 밀어붙였어."

활짝 웃던 다이부츠 씨는 자신의 이야기를 끝맺으며, 다시 한번 강조하듯 내게 말했다.

"하루짱도 일로 할 때 외에는 기억을 너무 들여다보지 않는 게 좋아. 자신에게 친밀하고 소중한 사람이라면 더더욱."

"—네, 그럴게요."

"영화에서, 소설에서, 만화에서, 사람의 마음을 읽거나 미래를 예견할 수 있다거나 그런 특별한 힘을 가진 사람은 의외로 다들 힘들어해. 처음엔 그 힘이 좋아 여러 가지로 사용하게 되지만, 점점 주체할 수 없게 되어서는, 두려워하기도 하고 힘들어하기도 해…. 마지막에는 이런 힘은 없는 게 낫다고 생각하게 되지."

확실히 그런 이야기들이 많은 것 같다. 나는 지금 그런 이야기의 주인공과 같은 입장에 놓여 있는 것일까.

"사람은 평범한 게 최고야. 사실 귀찮은 힘 따위는 없는 게 좋아."

다이부츠 씨는 웃으며 "하지만 이미 가지고 있는 것은 어쩔 수 없으니까."라고 말했다.

"이제부터는 그것을 잘 써야지. 아줌마가 할 수 있는 말은 여기까지."

그리고 웃는 얼굴로 눈을 감고 왼쪽 손바닥은 허리 높이로 아래에서 떠받치는 자세를, 오른쪽 손바닥을 얼굴 높이로 들어 올리는 자세를 취했다. 혹시 이건 다이부츠의 포즈?

"하루짱, 절을 해."—역시나.

"고마운 가르침을 줬으니 절을 받아도 벌을 받진 않겠지?"

"…감사합니다."

가볍게 두 손을 모으고 고개를 숙였다. 난유라면 더 큰 소리로 넉살을 부리며 절을 하겠지.

"좋아, 이제 가 봐."

사장이 말을 건넸다. "카즈라기가 하는 일을 잘 보고…. 볼 뿐만 아니라 너도 이것저것 생각을 해 보는 게 좋을 것 같아."

미츠코 씨가 주마등으로 남기는 그림에 대해—.

나는 조용히 고개를 끄덕였다.

8장

1

  카즈라기 씨는 미쓰비시 화학의 소장―콘도 씨가 있는 요양시설의 주소를 내비게이션에 입력했다.

  히가시야마토시라고 했다. 화면에 표시된 지도에 따르면 도쿄의 북서쪽 끝자락이다. 시설은 다마라는 호수 옆에 세워져 있었다.

  "호수 건너편은 사이타마현이라니…. 멀다."

  실제로 내비게이션에 표시된 소요 시간도 1시간 반에 가까웠다.

  콘도 씨의 집은 요코하마에 있었을 텐데 지금은 더 이상 그곳에는 집이 없다.

  2년 전 부인이 죽고 딸이 집과 땅을 처분했다. 콘도 씨가 시설에 들어온 것은 그보다 2년 전이었다. 부인이 그때까지는 건강했지만, 콘도 씨에게 치매 증상이 나타났기 때문에 딸의 강력한 권유로 입소하게 된 것이다.

딸은 결혼해 지바현 마쿠하리에 살고 있었다. 히가시야마토시에서는 2시간 가까이 걸린다고 했다.

요코하마와 히가시야마토시 사이의 거리도 두 시간은 족히 걸린다고 했다. 나는 고개를 끄덕이며 "아, 그렇군요."라고 말했지만, 난유도 "어, 진짜요?"라며 놀라워했다. "그렇게 멀리 떨어져 있으면 만나러 오는 것도 힘들지 않나요?"

역시 난유다운 발상이었다. 상냥하다. 그런 만큼 조금 달콤하다.

카즈라기 씨도 웃으며 "처음부터 그럴 생각은 아니었어."라고 말했다. "그런데 맡겨 두기만 할 뿐이니, 오히려 멀리 떨어져 있는 게 마음은 편하겠지."

"하지만 부부잖아요? 외동딸이고요? 엄마가 죽고 나면 딸에겐 아빠가 유일한 가족이잖아요? 어, 그런데 그건 무슨 소리죠? 이상하지 않아요?" 난유는 정말 다정다감하다. 그리고 역시나, 아주 달콤하다. 카즈라기 씨도 조용히 받아넘기고, 차를 출발시켰다.

"너희에게도 미리 알려 주라고 사장님이 말씀하셨거든." 카즈라기 씨는 콘도 씨의 그 후의 삶을 짤막하게 알려 주었다.

미쓰비시 화학에서 꾸준히 영업 현장을 누볐던 콘도 씨는 직장생활의 마무리를 베트남 호찌민에서 맞이했다.

"50년 전까지는 국내 영업 거점을 돌았는데, 파견된 계열사가 동남아시아에서 농지 개발을 진행하고 있었어. 60세 정년 직전에 비료 판매 합작회사가 만들어졌고, 콘도 씨가 일본 측 CEO가 되었지. 한마디로 현장의 최고 책임자."

"그럼 엄청나게 출세한 거네요?"

난유는 놀란 듯, 그리고 받아들이기 싫은 표정으로 말했다. 그 마음, 나도 알겠다. 질문은 이제 난유에게 맡기기로 했다.

"그리 단순하지는 않아. 작은 회사고, 아시아 농업 비즈니스는 여러모로 힘들기 때문에 귀찮은 역할을 강요받았다고도 할 수 있어."

다만, 카즈라기 씨는 이렇게 말했다.

"본인은 일본에서 멀리 떨어진 베트남에 가는 것이 좋았던 것 같아."

"왜요?"

"콘도 씨, 가정이 붕괴한 상태였거든."

"아내와 사이가 안 좋았나요?"

"그런 것도 있지만, 딸과 결정적으로 안 좋았던 것 같아."

순간, 미츠코 씨의 기억 속에 새겨진 콘도 씨의 가족사진이 떠올랐다. 콘도 씨는 그것을 굳이 사진첩에 넣어 혼자서 근무하는 스오의 아파트에 보관하고 있었다.

"언제부터? 혹시 스오에서 불륜을 저지른 것이 들통나서 그런 건가요?"

"그게 원인이라기보다 시작이었지."

미츠코 씨와의 불륜은 가족에게 들키지 않았다. 하지만 스오에서의 단신 부임을 계기로 콘도 씨는 완전히 변해 버렸다고 한다.

스오에서 생활한 3년은 콘도 씨에게는 첫 번째 지방 근무였다. 물론 혼자서 생활하는 것도 처음이었다. 익숙하지 않은 혼자 생활에 힘들어하는 콘도 씨를 보고, 아르바이트생 여성이 무언가 챙겨 주기 시작했다. 바로 미츠코 씨였다. 떨어진 단추를 고쳐 주거나, 너무 많이 만든 야채 조림을 회사에 가져와서 '외식을 계속하면 영양이 편중될 수 있으니' 건네주는 것부터 시작해서, 나중에는 아파트를 방문하게 되고, 둘이서 드라이브도 같이 다니게 되고…. 그런 관계가 되어 버렸다.

  "요코하마에 돌아와서 반년 정도는 본사에서 근무했는데, 다시 전근을 가게 되었고, 이번에는 규슈의 구마모토에 단신으로 부임했어. 그 후에도 센다이, 고베, 가나자와, 기후…. 40대부터 정년까지 20년 가까이 집에 거의 머무르지 않았어."

  상부에서 지시한 전근도 있었지만, 콘도 씨가 스스로 손을 든 경우도 많았다.

  왜냐하면—.

  "딸의 말을 빌리자면, 단신으로 부임해서 마음껏 날개를 펴고 사는 즐거움을 알게 된 거지."

  그것은 즉—.

  "젊은 시절에는 진중한 성격이었는데, 한번 틀어지니 그만큼 제동이 걸리지 않았겠지."

  애인은 네 명.

  "구마모토가 처음이고, 나머지는 고베와 가나자와, …베트남에도."

부인도 짐작하고 있었다. 하지만 굳이 막으려고 하지 않았다.

"뭐, 부부의 일은 본인들밖에 모르는 일이고, 미쓰비시 관리직이라면 충분한 수입도 있고, 애인 쪽도 불륜이라고는 해도 서로 합의한 관계였기 때문에 아내에게서 남편을 빼앗는 등의 소동이 벌어지지는 않았던 것 같아."

미츠코 씨의 기억에 새겨진 콘도 씨는 그렇게 나쁜 사람으로 보이지 않았지만—아니, 애초에 불륜을 저질렀으니 거기서부터 아웃이구나, 라고 다시 생각했다. 동시에 불현듯 한 가지 의문이 떠올랐다.

"내가 기분 나쁘게 만들었나? 사장님이 말씀하셔서 이야기하긴 했는데, 역시 고등학생에게 들려줄 만한 얘긴 아닌 것 같지?"

카즈라기 씨는 미안한 표정으로 "일단 사전 지식으로 그 정도만 알고 있으면 돼."라며 이야기를 끝내려고 했다.

"아, 하지만 하나만요—."

나는 무심코 말했다. "콘도 씨는 미츠코 씨와 헤어진 거였나요?"

난유는 '헤어지다'의 의미를 잘 모르는 것처럼, "서로 사랑했던 것 아니었어? 그래서 사귀고 있었던 것이고."라며 끼어들었다. 미안, 난유. 좀 더 어른스러워지자.

나는 뒷좌석에서 몸을 숙여 카즈라기 씨에게 "어느 쪽이었어요?"라고 물었다. 무시당한 난유가 뭔가 말하려고 했지만, 그만 조용히 하라고 손으로 제지하며 말을 이어 갔다.

"그것, 정말 중요하지 않나요?"

"아, …중요하지."

"내가 보기엔, 미츠코 씨는 헤어질 생각은 하지 않았던 것 같아. 이혼까지 생각했는지는 모르겠지만, 진심으로 콘도 씨를 좋아했어."

그래서 기억에 생생하게 남아 있었다. 그래서 타츠야 씨로 착각한 난유에게 매달려 울면서 사과했다. 무엇보다 콘도 씨와의 추억에는 색깔이 있다.

"하지만 콘도 씨가 미츠코 씨를 어떻게 생각했는지는 알 수 없으니."

미츠코 씨의 기억에 남아 있는 콘도 씨의 모습은 어디까지나 미츠코 씨가 본 모습이다. 타츠야 씨의 부상 소식을 듣고 병원으로 향할 때 초췌해진 미츠코 씨를 격려해 준 친절함도―완전히 착각, 완전히 속은 것이라 할 수도 있을 것이다.

"어느 쪽이에요? 콘도 씨, 정말 미츠코 씨를 사랑했던 거예요?"

내가 흥분해서 묻자, 카즈라기 씨는 끝까지 침착하게 "모르겠다."고 대답했다. "나도 콘도 씨와 만나는 것은 오늘이 처음이야."

"그럼…."

"그것을 알기 위해 지금부터 만나는 거지."

카즈라기 씨는 '오래전 콘도 씨에게 도움을 받은 사람의 아들'로 가장해 미쓰비시 화학에 문의하거나 딸에게 연락을 취하기도 했다.

물론 갑자기 전화를 걸었는데 응대해 줄 리가 없다.

"우리 사무실에 변호사가 있어. 그 변호사가 이러저러한 의뢰를 받았기 때문에…, 하고 연락하는 거지."

난유가 "고문변호사예요? 멋지네요."라며 웃었다.

"멋있는지 아닌지는 모르겠고, 고문은 아니고 직원이지만 변호사 자격이 있는 건 확실해."

"직원이라면 제가, 만난 적이 있나요?"

"방금 전에 만났지."

다이부츠 씨—.

"어쨌든 변호사로부터 온 전화나 편지는 회사를 상대하든 개인을 상대하든 효과가 있어. 여러 가지 장애물을 단번에 해결할 수 있고…. 고이즈미 씨에게는 그것을 뛰어넘는 힘이 있기도 하고."

콘도 씨의 딸을 만나 아버지와의 불화를 털어놓게 한 것도 다이부츠 씨였다.

"내가 왜 그 사람한테 함부로 하지 않는지 잘 알겠지?"

드물게 농담조로 말하는 카즈라기 씨에게 나와 난유는 동시에 고개를 여러 번 크게 끄덕였다.

2

콘도 씨가 있는 요양시설은 호숫가 언덕에 세워져 있었다. 멀리서 보면 조금은 세련된 리조트 같은 분위기였다.

"하지만 업계 평판은 좋지 않아. 같은 수준 시설의 시세보다 입회금도, 월 이용료도 상당히 비싸. 대신에 한 번 입소하면 가족에게 큰 일이 없으면 연락을 안 하고, 큰 일이 있어도 '알아서 잘 처리해 달라.'고 하면 그대로 해 줘. 그런 정책의 시설이야."

"…고려장 같은 곳인가요?"

"그런 셈이지. 하지만 수요는 있어. 점점 늘어나고 있지."

같은 사회복지법인이 운영하는 시설이 수도권에 몇 군데 더 있는데, 모두 입소 순번이 2년, 3년 대기라고 했다.

"뭐, 그만큼 신세 지는 노인들이 많아지고 있다는 뜻이지."

"곤도 씨도… 그런가요?"

"딸의 입장에서는 비싼 돈을 들여 이곳에 보낸 것이 겨우겨우 효도한 셈이지." 오늘 방문하는 것도 "마음대로 하세요. 전 아무래도 상관없으니까요."라는 태도였다고 한다.

사무실 카운터에서 면회 접수를 마치자 호텔 로비 같은 라운지로 안내해 주었다.

라운지 밖 넓은 테라스에는 호수가 한눈에 들어왔다.

테라스에서 이야기를 나누기로 했다. 곤도 씨는 이제 휠체어를 타지 않으면 움직일 수 없었다. 앞으로 6개월도 채 지나지 않아 병상에 누워만 있게 될 것이라고 프런트 직원은 사무적으로 알려 주었다.

치매도 입주하고 나서 급속도로 진행되었다. 게다가 직원에 따르면 오늘은 '최악'이라고 한다. 누구를 만났는지 전혀 모른다, 아니 누군가를 만났다는 사실조차 인지하지 못한다. 그런 상태에서도 기억은 있다. 꺼낼 수 없을 뿐이지, 남아 있기는 하다. 그게 대단하다고 할까, 무섭다고 할까….

테라스에서 바라본 다마호수는 가로막는 건물이 없어 건너편 멀리 산맥까지 보였다.

원통에 돔형 모자를 씌운 듯한 취수탑 두 개가 고요한 호숫가에 얼굴을 내밀고 있을 뿐이었다.

하지만 이 멋진 경치도 우리 세 사람 외에는 아무도 보지 않았다. 장마철의 화창한 주말인데도 라운지에 가족이나 지인을 만나고 있는 사람은 없었다. 테라스 벤치와 가든 테이블 세트도 거의 사용하지 않는 듯 비바람에 노출되어 먼지를 잔뜩 뒤집어쓰고 있었다. 역시 이곳은 고려장을 치르는 곳이었다.

후지산은 어느 방향에 있을까? "저기, 난유?"라고 물어보려는데, 바로 뒤에 있어야 할 난유가 안절부절못하며 주변을 서성거리고 있었다.

"무슨 일이야?"

내가 말을 걸자 고개를 들었다. 나와 눈이 마주친 것은 잠깐이었지만, 조금 상태가 이상하다는 것을 금방 알 수 있었다. 갑자기 컨디션이 나빠진 것일까, 아니면 몸보다 마음이 더 안 좋아진 것일까.

난유는 카즈라기 씨 쪽을 바라보며 "저…, 잠깐 라운지에서 쉬고 있어도 될까요?"라고 말했다.

나는 그저 어리둥절할 뿐이었다. 하지만 카즈라기 씨는 조금도 놀라지 않고, 그럴 수도 있겠다며 납득하는 표정으로 고개를 끄덕였다.

"그래, 전혀 상관없어."

"…그래도 괜찮을까요?"

"콘도 씨의 기억, 보고 싶지 않은 거지?"

"…네."

"기억을 보는 게 무서워졌나?"

반박하려던 난유도 말을 삼키며 "죄송합니다."라고 고개를 숙였다.

"사과할 것 없다. 당연한 일이야."

그제야 겨우 알았다. 어버이날에 아버지의 기억을 들여다본 것이 떠올랐을 것이다. 그렇게나 보고 싶지 않았던 것을 보고 만 것일까.

라운지로 돌아가는 난유의 뒷모습을 배웅하면서 카즈라기 씨는 내게 물었다.

"하루카는 괜찮아?"

"네, …괜찮습니다."

"무섭지 않아?"

나는 조용히 고개를 끄덕였다.

카즈라기 씨는 난유의 등을 작게 턱으로 가리키며 말했다.

"쟤는, 아주 다정해."

"…그런지 아닌지는 잘 모르겠지만, 좋은 녀석이에요."

"넌, 강하고."

"…전혀 모르겠어요."

"어쨌든 너희들은 좋은 콤비야."

난유 대신 휠체어를 탄 콘도 씨가 모습을 드러냈다.

아직 거리가 멀어서 표정의 세세한 부분까지는 알 수 없다. 하지만 전체적인 분위기는 확실히 낯이 익다. 미츠코 씨의 기억에 존재하던 40년 전의 모습이 지금의 콘도 씨에게 남아 있다.

하지만 직원이 밀고 있는 휠체어를 탄 콘도 씨는 멍한 표정으로 먼 곳을 바라볼 뿐이었다. 여기가 어디인지, 왜 여기 있는지 당황한 기색조차 보이지 않고, 애초에 우리의 존재를 알아차리지도 못했는지 호수 쪽으로 향한 시선을 움직이지 않는다.

직원이 귀에 대고 말을 걸며 이쪽을 가리켰다. 하지만 콘도 씨의 반응은 전혀 없었다. 휠체어가 우리 바로 옆까지 와도 변함이 없다. 치매 증상은 미츠코 씨보다 훨씬 더 심해 보였다.

정원 의자에 앉아 콘도 씨와 눈높이를 맞춘 카즈라기 씨는 처음 설정한 대로 '아버지의 소중한 은인'에게 정중하게 인사를 건넸다.

"아버지를 정말 많이 도와주셨습니다. 콘도 씨의 이야기는 자식인 우리도 자주 들었습니다. 아버지께서도 콘도 씨를 꼭 한번 뵙고 감사의 인사를 드리고 싶다고 하셨는데, 안타깝게도 작년에 돌아가셨어요."

나는 휠체어 뒤에 앉았다.

"아버지는 특히 단신 부임의 큰 선배로서 콘도 씨를 존경하고 계셨어요. 단신 부임의 요령과 즐기는 방법을 많이 가르쳐 주셨다고 하더군요."

콘도 씨의 얼굴이 움직이지 않는다.

"자타 공인 외지 근무의 대단한 베테랑이시라고. 아버지에게 들은 것만 해도 구마모토에 센다이에, 고베, 그리고 가나자와나 기후도…."

굳이 스오는 빼고 "다른 곳에도 있었나요?"라고 물었다.

여전히 콘도 씨의 반응은 없다. 단신 부임 이야기를 꺼내도 테라스에서 바라본 고요한 다마호수처럼 의식에 잔물결 하나 일지 않았다.

하지만 그것은 어디까지나 눈에 보이는 부분일 뿐―다마호수의 깊은 곳에서는 폭풍우 같은 소용돌이가 일어나고 있는지도 모른다. 콘도 씨의 기억도… 어쩌면….

호흡과 함께 오르내리는 콘도 씨의 어깨 움직임에 시선을 고정하고, 호흡의 타이밍에 맞춰 등 뒤쪽을 부드럽게 손가락을 댔다.

콘도 씨의 기억은 심하게 혼란스러웠다. 시간의 흐름이 엉망이고, 한 장면 한 장면이 제대로 보이지도 않았다.

영상이 흔들리며 끊기기도 하고, 뒤죽박죽으로 뒤틀리기도 하고, 소리가 갑자기 끊어지기도 하고, 반대로 귀를 막아야 할 정도로 울부짖는 소리가 나기도 하고, 영상이 멈춰 버리기도 하고, 빠르게 휙휙 지나가기도 하고, 모래 폭풍 같은 소음에 덮여 아무것도 보이지 않게 되기도 하고….

마치 동영상 재생 앱에 버그가 생긴 것 같았다. 미츠코 씨와는 전혀 달랐다.

치매의 경중이 이런 부분에서 차이가 나는 것일까.

기억의 대부분은 색깔이 없다. 즉, 주마등으로 떠오르지 않는다.

큰일을 성사하고 동료들과 축배를 드는 장면도, 중학교 운동회에서 선수 선서를 하던 쾌청한 날의 무대에서도, 공장 직원들을 모아놓고 씩씩하게 훈시하는 모습도… 안타깝게도 숨을 거두는 순간에는 떠오르지 않을 것이다.

대신 콘도 씨가 마지막에 볼 수 있는 것은—.

아내가 있었다. 나이 든 아내와 둘이서 온천 료칸에 딸린 일본 정원을 산책하고 있었다.

딸도 있었다. 아기였던 딸을 '높이높이' 안고 도쿄올림픽 마라톤을 길가에서 응원하는 장면은 분명 색깔이 묻어 있었다.

한 중년 여성이 있다. 아파트 주방에서 요리를 만들면서 콘도 씨에게 말을 걸고 있다. 자세한 내용은 알 수 없지만, 간사이 출신 개그우먼에게 익숙한 말투와 억양이었다.

다른 중년 여성을 조수석에 태우고 모래사장의 파도치는 해변을 달리고 있다. 여기, 본 적이 있다. 이시카와현의 센치리하마 해변 드라이브 도로다.

그렇다면 이 두 사람은 고베와 가나자와에서 불륜을 저질렀던 상대—?

웬 젊은 여성도 나왔다. '여자'가 아니라 '소녀'라고 불러야 할 정도였다. 딸은 아니다.

얼굴 생김새와 피부색, 배경이 되는 거리 풍경으로 보아 일본이 아닌 다른 나라 사람이라는 것을 알 수 있었다.

그렇다면 베트남에서의 추억—?

가슴이 두근거리고 숨이 막혔다.

콘도 씨의 기억 속에는 그 베트남의 소녀가 여러 번 등장한다. 모두 색이 칠해져—너무 낯 뜨거워 제대로 보기 힘든 장면도 포함해서. 이런 것들은 주마등으로 나타날 가능성이 있는 것이다.

89세인 콘도 씨는 이제 언제 죽어도 천수를 다한 호상이 될 것이다. 가정생활은 둘째 치고, 일본을 대표하는 대기업에서 오랫동안 일하며 나름대로 출세도 했다. 그런 인생의 마무리를 장식하는 주마등에서 '모자이크 처리를 해야지.'라고 말하고 싶은 장면이 뒤섞여 있는 것이 한심한 것인지, 아니면 그조차 인간의 깊이를 보여주는 것인지, 솔직히 잘 모르겠다.

아내나 딸과의 추억도 괜찮다고 할 정도로 엄청나게 많은 편이다. 아내와의 부부싸움 장면이나 딸과 말도 섞지 않는 장면은 대부분 반투명한, 잊어버린 추억이고, 기억에 남는 것도 모두 흑백—주마등에는 등장하지 않는다.

색깔이 있는 것은 행복한 장면뿐이다.

특히 딸에 대한 기억은 시대가 굉장히 편향되어 있다. 주마등에 등장하는 것은 어른이 되기 전, 즉 콘도 씨가 단신 부임하며 불륜을 반복한 것이 들통나기 전, 한마디로 '좋은 남편, 좋은 아버지'로 살았던 시절의 기억뿐이다.

"뭐야, 이건…."

딸의 손을 잡고 우에노 동물원의 판다를 보고 있다. 사립 중학교 합격 발표 순간, 게시판 앞에서 가족 셋이서 포옹하고 있다. 성인식 때 입는 기모노를 입은 딸과 함께 스튜디오에서 사진을 찍고 있다.

잠깐만 기다려 봐….

딸이 성년식을 맞이할 무렵, 콘도 씨는 이미 미츠코 씨와의 만남과 이별을 끝냈다. 구마모토나 센다이로 또다시 단신 부임해 불륜을 저지르고 있었을 것이다. 그런데도 이렇게 밝은 표정으로 기념사진을 찍을 수 있는 것인가?

게다가 이런 추억도 색다르게 다가왔다.

딸이 직접 만든 발렌타인 데이 초콜릿이 소포로 도착한다. 콘도 씨는 혼자 사는 방에서 딸과 장시간 통화를 하면서 초콜릿을 먹는다.

이 방, 낯이 익다. 미츠코 씨의 기억 속에 남아 있던, 스오에서 단신으로 부임했을 때 콘도 씨의 방이다. 콘도 씨는 미츠코 씨와 불륜을 저지르는 동안 딸이 보낸 발렌타인 초콜릿을 맛있게, 행복하게 먹고 있다. 게다가 그것은 색이 입혀진 추억으로 남아 있다.

미츠코 씨와의 추억은 아직 아무것도 없는데.

미츠코 씨를 애써 찾아 보았다. 하지만 정말 찾기가 힘들었다.

도중에도 여러 가지 기억이 보였다. 색깔이 있는 것도 있고, 그렇지 않은 것도 있다. 조금씩 알아 갔다. 하지만 모르는 편이 더 나았다. 사장의 말씀대로 기억이 보인다는 것은 역시 짊어져야 할 짐인 것 같다.

콘도 씨는 대단한 사람이다. 빈정대는 의미가 80퍼센트인데, 나머지 20퍼센트는 이건 정말 대단한 사람이구나, 라고 인정하게 된다. 빈정대는 의미가 10퍼센트인가, 역시.

이대로라면 콘도 씨의 주마등은 자신에게 유리한 기억으로만 완성될 것 같다.

우연인지, 재능의 일종인지, 어떤 종교를 깊이 믿는 덕분에 그렇게 된 것인지는 모르겠지만, 즐거운 추억으로만 구성된 주마등 속에 미츠코 씨가 없다는 것은, 즉….

있다. 드디어 찾았다.

어둠 속에 희미하게 떠 있기는 하지만 틀림없이 미츠코 씨였다. 콘도 씨를 가만히 바라보고 있다. 집중하는 듯한, 아니 생각에 잠긴 표정으로.

배경의 색은 보이지 않는다. 어둠 속에 단지 40여 년 전의 미츠코 씨의 얼굴만 떠올랐다. 반은 투명하고, 게다가 색은 없다. 잊어버린 기억으로, 주마등에는 절대 그려지지 않는 장면이었다.

눈을 응시하면서 귀를 기울였다. 들렸다. 미츠코 씨는, 눈물이 섞인 목소리로 콘도 씨에게 호소하고 있었다.
"…함께, …함께…."
제발, 이라고 몇 차례 말한 직후, 동영상이 툭 끊기면서 진짜 캄캄해졌다.

3

차가 주차장을 빠져나올 때까지 나는 조용히 있었다.
카즈라기 씨도 직원들 앞에서는 콘도 씨에게 정중하게 작별 인사를 했지만, 콘도 씨가 사라진 뒤에는 거의 말을 하지 않았다.
난유도 우리들의 태도에 무언가 이상한 것을 느꼈는지, 아니면 애초 기억을 들여다보는 것 자체에 스스로 겁을 먹은 건지, 평소의 밝은 모습은 온데간데없고 조용히 조수석에 앉아 있었다.
차가 달리기 시작하자 나는 한 마디를 내뱉었다.
"…최악이야."
좀 더 진심을 담아 말할 수 있다면 조수석 등받이를 뒤에서 걷어차고 싶을 정도였다.
"카즈라기 씨는… 주마등까지 보셨죠?"
"응, 봤어."
"알려주세요. 저 사람의 주마등, 어떤 것이 그려져 있었나요?"
나는 초보자라서 색이 칠해진 장면을 놓쳤을지도 모른다. 있었으면 좋겠다.

거기에 미츠코 씨가 있을지도 모른다. 있었으면 좋겠다.

하지만 카즈라기 씨는 냉정한 어조로 말했다.

"결론부터 말하면, 콘도 씨의 주마등에 미츠코 씨는 없어."

스오의 추억으로 주마등에는 두 가지 장면만 그려져 있다.

"첫 번째는 본사에서 공장을 시찰하러 온 전무에게 격려를 받고 난 직후, 두 사람이 나란히 서서 사진을 찍을 때였어."

난유는 "뭐야? 그게!"라며 놀라워했다.

"그런 것이 소중한 추억이었어, 그 사람에게는."

하지만 더 소중한 것은 두 번째 장면—내가 무엇보다도 싫어하고, 무엇보다도 두려워했던 것이 주마등에는 그려져 있었다.

콘도 씨는 스오의 아파트에서 딸이 선물한 발렌타인 데이 초콜릿을 먹고 있는 장면을 마지막 순간에 보게 된다.

"…진짜예요?"

난유는 신음하듯 말하며, "뭐야? 정말 끔찍하잖아, 그건."이라고 한숨을 쉬며 중얼거렸다.

그런 반응의 단계가 이미 지난 나는 이야기를 밀고 나갔다.

"이런 게 '당첨'인 건가요?"

"뭐라고?"

"콘도 씨의 색이 입혀진 기억은 즐거운 기억, 행복한 기억만 있잖아요."

"정말?" 놀라는 난유에게 '그래.'라고 눈빛으로 대답하며 카즈라기 씨에게 물었다.

"주마등도 전부 그런 장면이었나요?"

"아, 그랬지. 아름다운 장면이었어."

남의 일처럼 가볍게 말했다. 나는 '역시 그렇구나.' 하고 실망했을 뿐인데, 난유는 "아름답든 어떻든 간에, 거짓은 거짓이잖아요."라고 받아쳤다. "왠지 기분이 안 좋은데요."

"네 기분은 상관없지만, 착각하지 마. 콘도 씨의 주마등에는 꾸며낸 것은 없어. 모두 실제 있었던 일들이야."

"거짓말만 아니면 뭐든지 상관없나요?"

난유는 더욱더 물고 늘어졌다. "마음껏 이기적이고, 자기만 편하고, 자기 멋대로 미화해서… 그런 추억만 색칠해서 주마등을 만들어도… 괜찮다는 건가요?"

"좋지도 나쁘지도 않아. 있는 건 있는 거지. 우리 같은 화가가 필요 없을 정도인 거지. 처음부터 완벽하게 행복한 주마등이 마련되어 있는 사람도 가끔 있어."

"어떻게… 그렇게 편할 수가 있죠?"

"그렇게 하려고 해서 된 게 아니야. 자기 뜻대로 어찌 할 수가 없어."

"운이 좋은 건가요?"

"그래. 운이 좋은 놈도 있고 나쁜 놈도 있어. 운이 좋을 때도 있다면 나쁠 때도 있다. 그것과 똑같아. 모든 것은 우연이 만들어낸 일이기에 콘도 씨 자신도 놀랄 거야, 내 인생이 이렇게나 행복했었구나, 하고."

"불공평해요. 교활하고 비열해요."

허허, 카즈라기 씨는 짧게 웃었다.

"도덕 수업이 아니잖아."

"아니, 왜냐하면―."

"세상일이 다 그래. 운이 좋고 나쁨에 따라 결과가 나뉘고, 모든 일이 불공평하고, 교활한 놈이나 비열한 놈이 이득을 보는 것은 산더미처럼 쌓여 있어. 주마등도 마찬가지야. 좋다고는 할 수 없지만, 어차피 죽는 거니까 괜찮지 않겠어? 죽는 순간의 이야기일 뿐이야. 누구에게 폐를 끼치는 것도 아니고, 죽은 얼굴이 평안하다면 남겨진 사람도 구원을 받는 셈이야. 그래서 우리 일도 존재하는 거고."

이야기 후반부는 왠지 모르게 일부러 마음에 들지 않도록 함부로 말하고 있는 것 같기도 하다―아까부터 계속 난유를 도발하는 것 같다.

난유도 점점 짜증을 내기 시작한다.

"그럼 그냥 지워 버리면 되잖아요. 카즈라기 씨는 주마등 그림을 바꿀 수도 있으니까 그냥 없애면 되잖아요. 제멋대로인 추억은 다 지우고, 그 대신 싫은 추억이나 힘든 추억을 계속 넣으면 되는 거잖아요. 왜 그렇게 하지 않나요?"

"―난유!"

지금까지 붙어 있던 '군'이 사라졌다. 소리를 지르거나 목소리를 높인 것도 아닌데, 난유는 어깨를 움찔거리며 꼼짝도 하지 못했다.

"다시는 그런 생각 하지 마."

대답 대신 난유는 고개를 돌렸다.

카즈라기 씨도 난유를 염두에 두지 않고 내게 말을 건넸다.

"하루카는 미츠코 씨가 등장하는 장면을 몇 개나 찾았어요?"

"…마지막에 딱 한 번이었어요."

"어떤 장면?"

"장소는 모르겠지만, 콘도 씨를 똑바로 바라보며 생각에 잠긴 듯한 얼굴로 눈물을 흘리는 장면이었어요. 눈물을 흘리며… 함께, 라고…."

카즈라기 씨는 고개를 끄덕였다.

"그 후 바로 캄캄해졌어요."

카즈라기 씨는 다시 고개를 끄덕이며 "어떤 의미라고 생각했어?"라고 물었다.

내가 대답하기도 전에 난유는 고개를 돌린 채로 나지막이 말했다.

"…도망가자."

나도 처음에는 그렇게 생각했다. 하지만 지금은 생각이 달라졌다. 카즈라기 씨도 "그래…."라고 애매모호하게 맞장구를 쳤을 뿐이었다.

난유는 혀를 끌끌 차며 다른 대답을 귀찮다는 듯이 말했다.

"그럼… 죽자, 같이."

카즈라기 씨는 내가 침묵을 지키는 것을 확인한 후 "그래."라고 말했다. "마지막 순간까지 생각했던 것 같아."

난유는 또 혀를 찼다.

나는 "콘도 씨는 어떻게 한 거죠?"라고 물었다. "카즈라기 씨는 알고 있죠?"

"아, 보였어."

본심으로는 보고 싶지 않았는데 보게 되었다는 것일까.

"당연한 얘기지만, 그런 각오가 그 사람에게는 전혀 없었어. 단신 부임 중에 일어난 우연이라고 할까, 유희라고 할까? 놀러 가는 것까지는 아니더라도, 처음부터 언젠가는 끝날 일이라고 생각하고 있었어."

"그렇군요…."

"그래서 이별 얘기 끝에 무리한 심중의 말을 꺼내자 그저 움찔하며 겁에 질려 도망쳤어."

그 자리에서 도망을 친 것만은 아니었다.

"조금 넉넉하게 돈을 준비하기도 했어, 그 사람."

"…용돈이었나요?"

난유는 "무슨 드라마냐?"고 혀를 차며 투덜거렸다.

콘도 씨는 그 돈을 담은 봉투를 커피숍에서 미츠코 씨에게 건넸다. 미츠코 씨는 굳은 얼굴로 봉투를 쳐다보며 밀려오는 감정을 필사적으로 억누르며 그대로 자리를 떴다. 콘도 씨는 카페의 자동문이 열리고 닫힐 때까지 기다렸다가 "휴우…."하고 숨을 몰아쉬었다. 안도하는 얼굴이 되었고, 봉투를 양복 안주머니에 넣었다.

"미츠코 씨가 등장하는 장면은 그게 마지막이었어."

색은 칠해져 있지 않았다.

"하지만 이런 후속편이 있어."

미츠코 씨와 헤어진 날 밤, 아파트에서 요코하마에 있는 아내에게 전화를 걸었다. 첫 단독 부임이 끝난 기념으로 선물을 주고 싶다고 했다. "뭐든 상관없어, 비싼 거라도 좋아."라며 웃는 눈빛 끝에 탁자 위에 놓인 돈봉투가 있었다.

"…최악이야."

나는 최대한의 경멸을 담아 말했다.

평소 같으면 난유는 이런 때라면 반드시 화를 냈어야 마땅했다. 원래 순한 성격에 정의감이 넘친다. 특히 다른 사람의 마음을 짓밟는 것에 대해서는 아주 엄격하다. 만화든 드라마든, 주변에서 '픽션인데 왜 그렇게 화를 내느냐?'고 놀랄 정도로 서슬 퍼런 기색을 감추지 않았다.

그런데 지금 난유는 나의 분노를 어깨 너머로 흘려보내듯 느긋하고 크게 하품을 해댔다.

"졸려, 졸려, 졸려. 아, 이젠 못 참겠어. 자야겠다…."

촌스러운 연극이었다.

하지만 카즈라기 씨는 그 연극에 편승하여 "푹 자라."라고 말했다. 무뚝뚝한 말투였지만 더 이상 아무 말도 하지 않았다.

"…끙."

난유도 반쯤은 뻐딱한 표정으로 대답했다. 팔짱을 끼고, 다리를 꼬고, 그대로—잠이 들었는지 아닌지는 뒤에서 봐서는 알 수 없었지만 어쨌든 침묵을 지켰다.

침묵 속에서 다마호수 남쪽 해안을 달리던 차는 중간에 우회전해 중앙분리대가 있는 큰길로 접어들었다. 중앙분리대에는 고가 모노레일의 궤도가 설치되어 있었다.

올 때도 지나온 길이었다. 같은 경로로 시부야로 돌아갈 것이다. 다만 올 때는 "우와, 모노레일 선로가 이렇게 높구나!"라며 초등학생처럼 놀라워하던 난유가 지금은 계속 조용하다. 정말 자고 있는 것일까.

"시부야에 돌아가서 뭐 할 거야?"

나로서는 다시 한번 세이조로 가서 타츠야 씨와 미츠코 씨를 만나고 싶었다.

하지만 이른 저녁에 브레멘 여행사 사무실로 돌아가면, 나도 난유도 고이즈미 씨—다이부츠 씨의 도움을 받기로 되어 있었다.

"고이즈미 씨, 어제부터 벼르고 있어요. 모처럼 도쿄에 왔으니까 두 사람을 스카이트리로 안내해 주겠다고. 하루카가 니코타마로 돌아가는 시간 제한이 있긴 하지만, 도쿄는 스오보다 일몰이 더 빠르기 때문에 야경도 충분히 즐길 수 있을 거야."라고 말했다.

두 사람. 즉, 난유도 포함해서. 하지만 난유 군의 대답은 없었다.

"그리고 하루카 씨에게는 디즈니랜드 기념품도 준비해 주셨어. 삼촌네 집은 부모님과 오빠, 언니 네 식구만 있으면 되지?"

정말이지 너무도 고마운 일이었다. 고맙다는 인사를 건네며 "카즈라기 씨는 어떻게 할 건가요?"라고 물었다.

"타츠야 씨의 연락을 기다려야 해. 콘도 씨를 주마등으로 남길지 말지 결정해 준다면 내일 아침 일찍…, 경우에 따라서는 오늘 밤 중에라도 미츠코 씨를 만나야 하니까."

만약 미츠코 씨의 상태가 급변해 숨을 거두게 된다면, 주마등 화가로서의 작업은 실패로 끝나게 된다. 일의 성패로만 따지자면, 처음에 타츠야 씨가 말한 대로 불륜 장면을 빨리 지워 버렸어야 했다. 하지만 마지막까지 기다렸다가 타츠야 씨가 후회 없는 결정을 내리도록 하는 것이 카즈라기 씨 특유의 방식—이라기보다는 성실함이라고 할 수 있다.

"지금 콘도 씨의 이야기는 타츠야 씨에게는…."

"아무 말도 하지 않을 거야. 오늘 만난다는 것도 말하지 않았어."

대답한 후 카즈라기 씨는 조수석 쪽을 힐끗 쳐다보았다. 난유는 어떤 반응도 하지 않았다. 역시나, 정말 자는 것일지도 모른다.

"그럼 왜 오늘 콘도 씨를 만났나요?"

"만약 미츠코 씨가 그 사람에게도 소중한 추억이라면…, 그 사실을 그때에는 타츠야 씨에게 전하려고 했어."

하지만 그렇지 않았다. 그래서 더 이상 아무 말도 하지 않는다.

"우리는 망설이는 고객에게 긍정적인 정보를 보여줄 수는 있지만, 부정적인 정보를 알려주지는 않아. 요컨대, 등을 떠밀 수는 있지만, 걸음을 멈추게 하지는 않는 거지."

"그 반대 아닌가요?"

"뭐가?"

"왜냐하면 만약 타츠야 씨가 아무것도 모른 채, 미츠코 씨를 위해 콘도 씨의 추억을 남겨 달라고 했다면… 배신당한 것과 같지 않나요. 미츠코 씨가 불쌍하다고 생각해요."

고작 일주일이었지만 한 지붕 아래에서 함께 지냈다. 치매 증상이 진정되었을 때의 우아한 미소와 '지금, 여기'의 감각을 잃어버렸을 때의 당황한 표정을 떠올리면 어떻게든 조금이라도 행복하게 생을 마감했으면 좋겠다는 생각이 들었다.

하지만 카즈라기 씨는 "모르는 채로 죽는 것이 배신당한 것이라고 할 수는 없어."라고 말한 뒤, "그럼 하루카 너는—"이라고 거꾸로 물었다. "만났던 사람의 기억 속에 네가 어떻게 남아 있을지 다 알고 있다는 건가?"

"그건….'

"내 생각과 다른 일은 세상에 많이 있어. 상대에 의해 이렇게 저렇게 좌우되는 게 아니야. 내가 그 일을 납득할 수 있는지 아닌지가 중요해."

그때였다.

"후―아―, 어, 아."

초등학생 학예회 같은 엉터리 연극으로 하품을 하고 난 난유는 꼬고 있던 팔과 다리를 풀고, "방금 꿈에서 봤어요."라며 더 심한 엉터리 잠꼬대 연기를 늘어놓았다.

"콘도 씨의 딸로부터 요청을 받는다는 건 어때요? 그러면 카즈라기 씨도 주마등을 다시 그릴 수 있을 것 같은데요. 브레멘 여행사와 주마등 화가의 이야기를 다이부츠 씨를 통해 잘 전달하고, '이대로 두면 당신 아버지의 주마등이 엄청나게 이기적이고, 거짓투성이가 돼요. 그래도 되나요?'라고 부추겨서 일을 받으면, 명분을 가지고 주마등을 다시 그릴 수 있지 않을까요. 제 생각엔, 그러면 콘도 씨의 딸도 이야기에 동의해 줄 것 같은데요…. 어때요? 꽤 가능성이 있지 않나요?"

난유는 완전히 의기양양한 표정이었다.

하지만 카즈라기 씨는 딱 잘라 말했다.

"—난유! 다시는 그런 생각을 하지 말라고 말했잖아. 농담이라도 하지 말라고. 알았지?"라고 말하며 깜빡이를 왼쪽으로 꺾었다.

도로가 지하차도로 들어서기 전, 샛길로 들어섰다.

"모처럼 왔으니, 둘이 모노레일을 타 봐."

샛길을 달리다 보니 모노레일과 사설철도의 환승역이 되는 다마가와죠스이역이 나타났다.

"차보다 경치가 좋아서 조금은 기분이 나아질 거야."

난유를 턱짓으로 가리키며, "나도 옆에 기분 나쁜 놈이 있으면 피곤해."라며 웃었다. 난유는 입을 다물고 있었지만, 개의치 않고 내게 말을 건넸다.

"하루카도 같이 가."

"네…."

"난유 이야기를 들어줘. 빨리 토해내지 않으면 난유도 속이 울렁거릴 거야."

아, 그렇구나, 그런 뜻이었구나—.

드디어 깨달았다.

난유는 콘도 씨와 미츠코 씨의 이야기에 자신이 들여다본 아버지의 기억을 겹쳐서 생각하고 있었던 것일까.

난유는 내가 맞장구치는 말에도 아무런 반응이 없었다. 싫다고 말하지 않는 대신, 평소의 가벼운 농담도 하지 않았다. 그래서 내가 지금 생각한 것이 옳은 것 같았다.

차는 다마가와 죠스이역 로터리에 도착했다. 다마센터행을 타고 다섯 정거장 떨어진 다치카와키타역 개찰구에서 기다리라고 했다.

"그 정도 타면 머리도 좀 식힐 수 있겠지."

카즈라기 씨가 웃으며 말하자 난유는 얼굴을 돌린 채로 작게 고개를 숙였다.

4

다마가와 죠스이—.

어디선가 들어본 적이 있는 이름이구나, 하고 기억을 더듬어 생각해 냈다.『달려라 메로스』의 다자이 오사무太宰治가 애인과 함께 몸을 던진 곳이 다마가와 죠스이였다. 미츠코 씨와 콘도 씨는 불륜을 저지르고 있었으니…. 그저 우연의 일치라고 생각되지만.

카즈라기 씨는 우리를 차에서 내려주자마자 로터리를 돌아서 달려갔다. 다치카와키타역까지는 차로 15분 정도이니 어느 쪽이 먼저 도착해도 그리 오래 기다리지 않아도 될 것 같다.

역 구내는 아주 넓었다. 가족 단위나 중, 고등학생들의 수다스러운 목소리가 벽과 바닥, 천장에 울려 퍼지고 있었다.

다음 다마센터행 열차는 5분 후였다. 개찰구 옆에는 편의점도 있었지만 난유는 "빨리 올라가자."며 에스컬레이터를 타고 고가 승강장으로 향했다.

차에서 내려서 한 말은 이 한마디뿐이었다. 나는 감히 말을 걸지 않았다. 오랜 친구다. 억지로 물어보면 고집불통이 되는 난유의 성격을 잘 알기도 하고, 언제까지나 가만히 있을 수 없는 성격이라는 것도 잘 알고 있었다.

난유가 먼저 에스컬레이터를 탔다. 두 단을 비우고 나도 뒤따랐다. 앞뒤, 아니 위아래의 관계가 되자 난유는 앞을 바라보던 중 갑자기 목소리를 높였다.

"난, 아까 하루짱과 카즈라기 씨의 이야기, 하루짱이 더 맞는 것 같아."

역시 듣고 있었다.

"하지만 하루짱의 말이 맞지만, 카즈라기 씨가 더 친절할지도 모른다고 생각했어."

"…그래?"

"인간은 이기적인 존재야. 싫은 일은 빨리 잊고 싶고, 좋은 일은 계속 기억하고 싶어. 계속 기억하는 것은 결국 언젠가는 소중한 것이 되는 거겠지. 진짜, 진짜, 진짜."

한숨을 내쉬며 말을 마쳤을 때 에스컬레이터는 승강장에 도착했다.

지붕이 있는 탓인지 의외로 어두웠다.

"다치카와 방면은 이쪽이네."

안내판에서 확인하자 난유는 승강장 끝을 향해 걷기 시작했다. 이럴 때는 반드시 선두 차량에서 경치를 보고 싶어 하는 성격이기에 가만히 마주 보고 있는 것보다 몸을 움직이는 것이 이야기하기 편한 성격이었다. 그래서—.

"일요일에, 아빠의 기억, 봤어."

그것 봐, 역시나.

"형이 맹활약하고 있었어. 아빠의 기억 속에서…. 색깔도 있고, 반짝반짝 빛나고, 아주 귀여웠어, 형은."

내가 더 멋지긴 하지만, 하며 억지웃음을 지어 보였다.

지붕이 끊어지는 승강장의 끝은 지붕 아래가 어두워서 그런지 터널 출구처럼 밝다. 승강장 문에 기댄 난유는 어깨를 살짝 내민 채 진행 방향의 경치를 바라보았다.

"생각보다 더 높은 곳을 달리는구나. 고소공포증이 있는 사람이라면 정말 무서워서 못 타겠는데."

나는 난유와 조금 떨어진 뒤에서 "그렇겠다."라고 대답했다.

"선로도 평균대 같은 거라서 위험할 것 같아. 태풍으로 바람이 세게 불면 위험하겠지. 그래도 괜찮을까?"

"…네가 걱정하지 않아도 괜찮을 것 같은데."

"이건, 그것 같아. 오르막과 내리막이 없는 롤러코스터 같은 것."

별것 아닌 수다에서 갑작스럽게 "놀이공원에 간 장면이 있었어."라며 본론을 꺼냈다.

"롤러코스터가 아니라 회전목마의 말이었지만…."

아빠의 기억에 남아있는 형 히로키와의 추억—.

"신카와의 세토우치랜드인 것 같았어."

스오에는 유원지가 없고, 가장 가까운 도시의 유원지까지 차로 1시간 반 정도 걸린다. 그럼에도 부모님은 히로키를 데리고 가족과 함께 나들이하러 갔다.

"거의 마지막에 가까웠어. 형은 어느새 세 살이 되었나 봐. 말년이야, 말년."

미안한데, 그런 말투는 필요 없어. 웃기지도 않으니까.

"그 전이 병원 장면이었으니까 상태가 좋아서 일시 퇴원할 수 있었는지도 몰라. 아니면 외출 허가를 받은 건지, 어느 쪽이든 굳이 세토우치랜드까지 갈 필요도 없는데…."

하긴, 그렇기도 하지. 라고 계속한다.

"아직 연령 제한으로 못 타는 놀이 기구도 많고, 왕복 3시간이면 형도 피곤할 것 같고, 어차피 기억도 안 날 거 아냐. 나도 세 살 때의 기억 따위 지금은 전혀―."

말끝을 흐리며 아, 하지만, 하고 말을 바꾼다.

"형이 세 살에 죽으면 세토우치랜드에 갔던 것도 꽤 기억에 남을지도 모르지. 총 3년 치밖에 기억이 없으니까."

"…그래."

"그럼, 역시 데려가길 잘한 거구나. 형의 주마등 속에 병원 외의 장면이 하나 더 늘었으니까. 잘했어, 아빠도 엄마도." 난유는 정말 다정다감하다. 카즈라기 씨가 말하지 않아도 나는 잘 알고 있었다.

모노레일의 열차 안은 꽤 붐볐다. 토요일 오후라 쇼핑이나 놀러 가는 사람들이 많은 듯했다.

하지만 운전석 바로 뒤쪽 좌석은 비어 있었다. 게다가 두 사람이 앉을 수 있는 그 좌석은 진행 방향과 같은 방향이었다. 마치 철도 운전 시뮬레이터에 앉는 느낌이었다.

"와, 초특급 좌석이 비어 있다니, 정말 기적이야. 대박, 행운이다."

난유는 신이 나서 대기석에 앉았다. 아빠의 주마등 이야기는 더 이상 나오지 않았다. 차량이 홈으로 들어오기 직전에 난유는 이야기를 마무리하는 듯이 툭 던졌다.

"글쎄, 아빠랑 엄마가 기억에 잘 남겨 두지 않으면 형을 떠올릴 사람이 아무도 없을지도 모르잖아…."

그리고 열차 문이 열리고 차량에 타기 직전에는 이런 말도―.

"만약 아빠의 기억 속에 형이 별로 등장하지 않았다면, 나, 의외로 그편이 더 화가 났을지도 몰라."

난유라면 그럴 것 같았다.

그래서 생각했다. 히로키에 대한 기억에 색이 많이 남아 있는 것이 문제가 아니었을 것이다.

오히려 가출할 정도로 충격적이었던 것은 자기 자신이 아니었을까―아빠의 기억 속에 난유는 어떤 모습이었을까? 어떤 모습으로 등장하고 있을까…?

난유는 초특급석에 앉아 완전히 흥분한 나머지 이야기의 뒷부분을 놓쳐 버렸다. 가끔 "우와―", "이야―" 소리도 내며 앞뒤 좌우를 둘러보고는 했다.

실제로 모노레일의 승차감은 상상했던 것보다 훨씬 좋았다. 소리도 조용하고, 거의 흔들림도 없이. 무엇보다 전망이 좋았다. 주변에 높은 건물이 없으니 과장된 표현이 아니라 하늘 위를 달리는 느낌이 들었다. 만약 지금이 밤이었다면 미야자와 겐지의 「은하철도의 밤」의 기분도 느낄 수 있을지도 모르겠다.

다만, 역의 간격이 짧아 아무리 속도를 내도 금방 감속해 다음 역에 도착하고 말았다. 난유는 "논스톱 특급 같은 게 있으면 좋겠다."며 웃었다.

나는 "뭐 그렇게 이기적인 말을 하냐?"고 핀잔을 주면서 난유에게서 눈을 돌리며 살짝 한숨을 내쉬었다.

난유, 하고 싶은 말이 있다면―이야기를 해서 조금이라도 편해질 수 있다면, 이쪽은 언제든 환영이야….

카즈라기 씨가 기다리고 있는 다치카와키타역은 타마가와죠스이역에서 다섯 번째—세 번째 역인 다치비역에서 부모님과 어린 남자아이 등 가족들이 타서 우리 바로 뒤에 섰다.

남자아이는 맨 앞줄 좌석이 목표였는데, 좌석이 좌우 모두 꽉 찼다는 것을 알고는 "어…."라며 볼이 부어올랐다.

"괜찮아, 금방 내려야 하고, 가운데에서도 잘 보이니까."

아이 엄마의 말대로 중앙 통로는 비어 있었다. 하지만 창문이 위쪽 절반에만 달려 있으니까, 남자아이의 키 정도로는 앞의 경치를 보기가 조금 힘들 수도 있었다.

아빠도 이를 알아차리고 아이의 양옆에 손을 넣어 살짝 들어 올렸다.

"어때, 보여?"

남자아이는 입을 삐죽거렸다.

"그럼 이렇게 하면 어때?"

아빠는 남자아이를 더 높이, 가슴 높이까지 들어 올렸다.

"아, 보인다."

아이는 기쁜 듯이 웃었다. 하지만 아빠가, 힘들어 보였다. 난유와 나는 눈을 마주치고 동시에 고개를 끄덕이며 자리에서 일어섰다. "여기, 앉으세요."—목소리까지 맞춰서 말하니 조금 쑥스러웠다.

아이는 물론이고, 그보다 더 기뻐하는 것은 아이의 부모님이었다. 나도 기뻐서 남자아이에게 "너, 몇 살이야?"라고 물었다. 대답은 손가락 세 개. 즉, 세 살이었다.

난유는 "정말?"이라고 놀라워하더니, "오오, 그렇구나."라며 웃었다. 그래, 그래. 그렇군. 혼자서 몇 번이나 고개를 끄덕이고는 그 자리를 떠나 문 옆으로 이동했다.

나도 '그렇구나. 그래, 그래.' 하며 고개를 끄덕이고 싶었다. '세 살에 죽은 히로키'가 갑자기 현실로 다가왔다. 이렇게 어린 나이에 죽었구나. 난유네 아저씨와 아주머니, 힘들었겠구나.

"지금의 아이, 우리를 기억하게 될까? 잘생긴 형이 자리를 양보해 주었어, 라고. 어떻게 생각해?"

난유는 스스로 물어보면서도 바로 질문 자체를 부정했다.

"뭐, 그런 걸 잊어버릴 정도로 오래 살면 그게 낫겠지?"

그렇다고 고개를 끄덕이는데, 조금은 눈물이 날 것 같았다.

부모와 아이는 우리와 같은 다치카와키타역에서 하차했다. 승강장에서 에스컬레이터로 아래층까지 내려와 이쪽에 인사를 하고 남쪽 출구 개찰구로 향했다. 안내판에 따르면 남쪽 출구는 백화점과 직결되어 있다. JR 다치카와역과도 무빙워크로 연결되어 있었다. 오늘은 백화점에서 쇼핑할 물건을 살까, 아니면 JR로 갈아타고 좀 더 먼 곳으로 갈까? 어느 쪽이든 즐거운 하루가 될 것이다. 즐거운 추억이 하나 더 생겨서 그것을 소중히 간직하고 기억해 주면 더 좋겠다.

멀어지는 세 사람의 뒷모습을 물끄러미 바라보는데, 부모님 사이에서 걷던 남자아이가 뒤돌아 나를 보고 웃으며 손을 흔들어 주었다.

손을 흔드는 나에게 난유는 "가자."라고 말했다. "우리 개찰구는 저쪽이니까."—카즈라기 씨와의 약속 장소는 북쪽 개찰구를 빠져나오면 바로 보이는 만남의 장소였다.

먼저 걸어가던 난유는 갑자기 기분이 나빠진 것 같았다. 지금 한 말도 무뚝뚝한 말투였다.

"왜 그래?"

"뭐가 왜? 그냥…."

"화난 것 아니야?"

난유는 조용히 발걸음을 재촉했다. 개찰구를 지나 그대로 바깥 계단을 내려가 만남의 장소에 도착했다.

카즈라기 씨는 아직 오지 않았다. 난유는 겨우 한숨을 돌렸지만, 표정을 풀지 않고 나의 질문에 대답했다.

"그 아이에게 왔었어."

"그 아이? 아이 부모?"

"아니. 나, 나 말이야. 아이일 때의 나한테 와서, 제발 좀 그만해라, 라고 말했어."

조금 전 가족을 배웅하면서 난유는 생각했다. 저 행복해 보이는 가족도, 부모님의 기억을 들여다보면 전혀 다른 면이 보일지도 모른다. 아빠는 인터넷에 혐오스러운 댓글을 쓰는 것이 취미이거나, 어머니는 비밀스러운 아르바이트에 빠져 있거나….

"그런 발상을 한다는 건, 정말 끔찍한 일이야. 앞으로 난, 누구를 만나도 그 사람의 이면에 대한 생각을 하게 될 것 같다고 생각하면… 힘들어."

난유는 쭈그리고 앉아 깊은 한숨을 내쉬었다. 마음속 깊이 힘들어 보였다. 겉모습도 다르지 않았다. 이런 표정의 난유를 본 것은 처음이었다.

"그리고 아빠의 기억에 끔찍한 기억이 있었어."

히로키가 세 살 때 세상을 떠난 지 몇 주 후, 엄마가 난유를 임신했다는 사실을 알게 됐다.

"그래서 형과 나는 학년도 나이도 네 살 차이가 났어."

난유가 초등학교 1학년일 때, 히로키는 5학년이었다. 6학년 때는 고등학교 1학년. 지금의 난유는 고등학교 2학년, 히로키는 대학교 3학년이었다. 물론 그런 계산은 그야말로 '죽은 아이의 나이를 세는' 이야기에 불과했다.

하지만 난유의 아버지는 계속 그렇게 해 왔다.

"초등학교 입학식 장면이 색으로 남아 있었어. 주마등처럼 지나가다 보면 나올지도 모르지. 새 블레이저와 반바지를 입은 나도 있고, 멋지게 차려입은 엄마도 있고, 퇴근한 아빠도 있지만…, 주인공은 내가 아니었어."

엄마 아빠는 울고 있었다.

"하지만 그건 내 멋진 모습에 감격해서 우는 게 아니라 형이 생각나서 우는 거였어. 그렇게나 작은 아이였는데 계속 입원해서 수술이나 검사만 하고, 불쌍하다, 적어도 초등학교 입학할 때까지라도 살아 있었더라면 좋았을 텐데…."

졸업식 때도 그랬어.

"졸업장을 받을 때까지는 내가 주인공인데, 거기서부터 색깔이 없어."

주마등에는 등장하지 않는다. 대신 아버지가 임종 때 볼 수 있는 추억은—.

"졸업식 끝나고 돌아와서 엄마와 얘기하는 거야. '히로키가 건강했으면 고1이었을 텐데, 그 아이는 머리가 좋았으니까 스오고등학교였겠지….' 그 장면에는 색이 입혀져 있으니, 더 소중한 것이겠지."

학창 시절과는 다른 추억도 있었다.

"나는 전혀 기억이 나지 않는데, 네 살 때 생일이 아빠한테는 굉장히 감격스러웠던지 색깔로 남아 있었어."

네 살이 된 난유를 축하하면서 아빠는 네 살 생일을 맞이하지 못하고 떠난 히로키를 떠올렸다. 하늘나라에 있는 히로키에게는 '동생을 잘 지켜봐 달라.' 하고, 천진난만하게 케이크를 먹는 난유에게는 '형만큼 열심히 해라.'라고 각각 마음속으로 이야기하고 있었다.

"넌 어떻게 생각해? 살아 있는 나한테 무례한 거 아니야?"

말투를 거칠게 내뱉는 난유의 슬픔이 전해져 나는 그저 말없이 고개를 숙일 수밖에 없었다.

난유는 아버지를 탓하는 것이 아니었다.

"주마등은 생각하면 할수록 깊이가 있어. 자신이 어떤 주마등을 보게 될지 미리 알 수 없다는 게 대단한 것 같아."

난유의 아빠도 자신의 주마등 속을 전혀 알지 못한다.

"게다가 어떤 장면을 주마등으로 남길지 스스로 결정할 수도 없는 거잖아."

그래서—라고 말했다.

"주마등은 인생의 최후의 최후인 순간에 기다리고 있는 깜짝 선물이잖아. 죽기 직전까지 뭐가 나올지 알 수 없고, 알았을 때는 이미 죽고 난 다음이야."

농담처럼 말했지만, 얼굴은 웃지 않았다. 쭈그리고 앉아 있는 탓인지 숨을 쉴 때마다 어깨가 점점 축 처진다.

"아빠도 깜짝 놀랄 거야. 형을 많이 만날 수 있으니 최고의 서프라이즈가 될 거야. 너무 감격스러워서 살아날지도 몰라."

"아하하하하." 웃는다. 하지만 그 소리에는 감정이 담겨 있지 않다. 교과서를 읽어 내려가는 것처럼 웃음을 읽고 있는—그런 단어는 없는 걸까.

"기억을 보고 난 뒤에 생각했어. 아버지에게 가르쳐 드리는 게 좋을까, 아버지가 기뻐하면 나도 그걸로 조금은 효도한 셈이 아닐까, 라고."

나는 고개를 저었다. 생각해서 그렇게 한 것이 아니라 거의 무의식적으로 몸이 그렇게 반응한 것이다.

난유는 그 몸짓을 눈치채지 못한 건지, 못 본 척한 건지, "아빠는 형이 너무 보고 싶어서 자살을 시도하기도 했어."라며 또 한 번 교과서를 읽는 식으로 웃었다.

"…아니야."

나는 되받아쳤다. 이 한마디도 이치에 맞지 않는 말이었다. "그럴 리가 없어. 그런 건 백 퍼센트 아니야."라고 계속 말하자, 비로소 생각이 정리됐다.

"아빠는 충격을 받으실 거야. 난유의 출연 분량이 적고 난유가 주인공인 장면인데, 형 생각만 하던…, 그런 걸 주마등처럼 지나가는 것을 보면 충격을 받고, 우울해지고, 사과하고 싶을 것 같아."

"…사과하고 싶어도 늦었어, 그땐 이미 죽어 버렸으니까."

계속 낄낄거리며 웃는 난유에게 "그렇지 않아. 그런 것 아니야—."라고 말하려던 순간, 핸드폰이 울렸다. 전화가 걸려 왔다. 화면에 표시된 이름은 <오가와 다이스케>였다.

5

지금 난유와 나의 대화는 매우 중요한 지점을 향해 가고 있었다. 난유와 부모님의 앞으로의 관계가 지금, 여기에서의 전개에 따라 좌우될지도 모른다.

하지만 다이스케 씨의 전화 역시 무시할 수 없었다.

미안해—.

난유에게 한쪽 손을 들어 올려 사과하고, 서둘러 자리를 옮겨 전화를 받았다.

"아, 하루짱? 미안해, 모처럼 재밌게 보내고 있을 텐데…."

전화를 받는 나도 당황했지만, 다이스케 씨의 목소리도 촉박하고 상기되어 있었다.

"그래도, 잠깐만. 지금, 괜찮아?"

"…괜찮아요."

"놀라게 해서 미안한데, 오늘 아침과 어젯밤 이야기, 기억하고 있지? 후우 이야기."

설마—하며 순간적으로 떠오른 예감이 적중해 버렸다.

"니코타마역에서 하루짱을 보낸 후에 또 문자가 왔어."

걸음이 멈춘다. 쿵쾅쿵쾅, 심장 박동이 빨라지면서 관자놀이에서 피가 빠져나가기라도 하듯 서늘해지는 느낌을 받았다.

"하루짱을 만나고 싶어 해. 지난번보다 더, 많이, 간절하게, 만나고 싶다고…. 지금까지 아무 말 없었던 자신의 상태도, 처음으로 알려주면서…."

위중한 병에 걸려 입원해 있다고 했다.

"지금은 완화치료를 받고 있어."

"완화치료라는 건 말이야—."라고 말하려는 다이스케 씨를 말리면서 "알고 있어요."라고 대답했다. 목소리가 떨려 나온다. 할머니가 돌아가시기 직전에 의사에게 설명을 들었다. 그래서 그 의미는 알고 있었다.

"나도 처음에는 믿을 수 없었지만, 지금 병원에 와서 후우를 만났고…, 역시 하루짱을 만나게 하는 게 좋을 것 같아서 전화하는 거야."

내일 일정을 물었다.

"지금 디즈니랜드에 있잖아. 그리고 내일은 스오로 돌아가는 거지? 그래도 그 전에 시간이 난다면… 나랑 같이 병원에 가지 않을래?"

"…병원이 어디예요?"

"도쿄는 도쿄인데, 좀 먼 곳이야."

"멀다는 게 어느 정도?"

"서쪽 방면이야. 그래서 우라야스에서 보면 거의 수도권의 끝과 끝이야."

다이스케 씨는 내가 지금 있는 곳이 도쿄 디즈니랜드라고 믿고 있다. 하지만 사실 도쿄에서도 상당히 떨어진, 서쪽 다치카와에 있다.

"장소만 알려 주세요."

"내일 갈 수 있겠어?"

아니, 오늘, 지금 당장―.

가만히 있지 못하고 안절부절못하며 "어디예요?"라고 목소리를 높였다.

"…쿠니타치라면 알겠니?"

"쿠니타치?"

처음 듣는 도시 이름이었지만—.

"고쿠분지와 다치카와 사이에 있어서 두 곳의 앞 글자를 따서 쿠니타치야."

다치카와라면, 여기—?

"저, 지금 다치카와역에 있어요!"

나도 모르게 말을 내뱉고 말았다. 거짓말이 들통나는 것도, 들킨 뒤 변명하기가 힘들어지는 것도 생각할 겨를이 없었다.

"어? 그런데, 하루짱. 지금…."

"죄송해요! 거짓말을 했어요!"

"—아?"

"지금 있는 곳은, 다치카와입니다! 이건 거짓말이 아니에요. 진짜, 진짜, 정말이에요! 자세한 건 나중에 천천히 설명할게요! 머리를 조아리고 사과드릴게요. 그러니 병원 이름이나 주소를 알려주세요!"

자신도 놀랐다. 엄마를 이렇게 만나고 싶을 줄은 몰랐다. 그것도 '만나고 싶다'가 아니라 '만나야만 한다'는 강한 생각에 사로잡혀 있었다.

"오늘, 지금, 만나러 갑니다."

자신의 목소리를 듣고 '진심이야?'라며 당황스러워했다. 하지만 '진심이라는 것이 분명하잖아.'라는 내 목소리도 어딘가에서 확실하게 들려왔다.

다시 만남의 장소로 돌아오니 마침 난유도 전화를 막 끝낸 상태였다.

"카즈라기 씨, 시간이 좀 더 걸릴 것 같대. 역 앞에서 차가 많이 막혀서—."

"미안해, 난유."

나는 그의 앞을 가로막고 두 손을 올려 절을 하듯 사과를 했다.

"미안한데 여기서 헤어져야겠어."

"—뭐?"

"지금부터 가지 않으면 안 될 곳이 생겼어. 카즈라기 씨에게도 잘 부탁해."

"어디로 간다는 거야?"

"국철을 타고, 쿠니타치로. 바로 옆이야."

"왜?"

"사람을 만나기로 했어."

"누구랑?"

나도 모르게 발을 동동 구르며, 싸우는 고양이처럼 "아악!"하고 소리를 질러버렸다.

미안, 자세하게 설명할 여유가 없어. 시간보다도 오히려 마음이 더 벅차올랐다.

"소중한 사람이야, 정말."

"그래서, 누구냐니까?"

"…후우짱."

"후우짱이 누구야?"

"우리 엄마! 엄마라고!"

난유의 반응도 확인하지도 않고 그대로 국철 승강장을 향해 돌진했다.

'후우짱'이라고 불렀다. '엄마'라고도 말해 버렸다.

왜—?

기세에 눌려서, 무심결에.

하지만 그렇게 말하고 나니 갑자기 몸이 가벼워졌다. 만남의 장소를 오가는 사람들을 좌우로 피하며 달리는 발걸음도 자전거의 전동 보조 장치를 켠 것처럼 점점 힘이 솟아났다.

나는 후우짱을 만나러 간다.

엄마를 만날 수 있을지 없을지는 아직은 잘 모르겠지만.

9장

1

 쿠니타치의 거리는 구글 지도만 봐도 다른 도시와 한눈에 구별할 수 있을 정도로 특징적이었다.
 역의 남쪽 출구를 나오면 큰 사거리가 있고, 거기서부터 주요 도로가 세 방향으로—역을 등지고 왼쪽 비스듬히 한 차선, 정중앙에 한 차선, 오른쪽 비스듬히 한 차선으로 뻗어 있었다.
 후우짱이 입원해 있는 병원은 왼쪽 비스듬한 길로 접어든 곳에 있었다. 앱으로 찾아보니 버스로 십여 분, 걸어서 삼십 분 정도면 갈 수 있는 거리였다.
 나는 혼자 바로 갈 생각이었지만, 다이스케 씨는 역에서 문자메시지를 보내라고 했다.
 어쩔 수 없이 <도착했습니다.>라고 보냈더니 <곧 전화하겠다.>는 답장이 왔다. 병원은 휴대전화 사용이 금지되어 있기 때문에 건물 밖으로 나가야 한다는 것이었다.

얼마 지나지 않아 전화가 왔다.

"역에서 기다려 줘. 내가 데리러 갈게."

"후우짱은 지금 링거 약에 취해 잠을 자고 있기 때문에 당분간 일어나지 않아. 그러니 무리하게 깨우지 않는 것이 좋겠어. 그리고 예습은 아니지만, 하루짱에게 미리 알려 주고 싶은 것도 있으니까. 괜찮다면 산책하면서 얘기하자."

"병원에 가지 않아도 되나요?"

"아, 아직 그 정도까지는 아니니까 괜찮아."

아직 그 정도까지—라는 말의 무게가 가슴에 묵직하게 전해져 왔다.

할아버지나 할머니가 드디어 어찌할 수 없게 되었을 때와 같다. 목표는 더 이상 바꿀 수 없다. 이제 도달할 때까지의 거리가 파도처럼 가까워졌다 멀어지기를 반복하며…, 조수가 밀려오는 것처럼 몇 번이고 반복하면서 확실하게 '그곳'에 다가가는 것이다.

15분 정도 걸린다는 말에 전화를 끊고 로터리를 따라 걸어갔다. 멍하니 서서 기다리다 보면 여러 가지 잡다한 생각을 하게 될 것 같았다. 차라리 걷는 것이 마음을 흩트려 놓았고, 그제서야 아까 다이스케 씨가 한 말이 신경 쓰이기 시작했다.

'산책하면서'라는 말은 이상하다. 차라리 카페에서 차를 마시면서 이야기하면 될 것이다.

로터리를 반 바퀴 돌고 역에서 남쪽으로 쭉 뻗은 거리로 나왔다. 횡단보도를 건너는 길에 문득 길 저편으로 눈을 돌리다―, 발이 저절로 멈췄다. 마치 비행기 활주로처럼 넓은 직선 도로를 정면으로 바라보며 멍하니 서 있었다.

이 풍경, 어디선가 본 적이 있다.

드라마나 영화에서? 아니면 만화에서? 음악의 뮤직비디오? 기억이 나지 않는다. 하지만, 확실히 익숙한 풍경이었다.

구글 지도로 찾아보니, 역에서 남쪽으로 뻗은 이 길은 중간에 이치바시 대학이 있어 대학로라는 이름이 붙여져 있다고 했다.

대학을 향해 걸어가 보았다. 곧고 넓은 길이다. 왕복 4차선 차도에는 자전거 전용 차선도 있다. 조약돌 모양의 타일이 깔린 보도도 자동차가 다녀도 될 만큼 넓고, 곳곳의 타일에 그림이 그려져 있어 서둘러 걷는 것이 아깝게 느껴졌다.

여유 있게 걸을 수 있는 것은 비단 길의 폭 때문만은 아니다. 차도와 자전거 도로를 구분하는 것은 노면에 그은 선이 아니라 꽃을 심은 화분이었다. 보도에도 무뚝뚝한 가드레일은 없었다.

대신 벚나무 가로수와 화분이 길 끝까지 길게 뻗어 있다. 건물도 가로수 높이보다 높은 건물은 거의 없었다.

요컨대 녹음이 우거지고, 하늘이 넓고, 산책하기 딱 좋은 거리였다.

마침 횡단보도가 있어 건너갔다. 중앙선 부근에서 힐끗 역 쪽을 바라보니 정면에 기묘한 모양의 건물이 눈에 들어왔다. 2층짜리 쿠니타치역, 역사 앞에 삼각형 지붕의 작은 건물이 있다.

이것도… 낯익은… TV나 영화나 만화가 아니라 사진… 어릴 적 할머니와 함께 보았던… 사진에 찍혀 있던…. 나와 후우짱이다.
　차에서 경적을 울려서 정신을 차려 보니 보행자 신호가 빨갛게 변해 있었다. 서둘러 이쪽으로 건너는 것과 동시에 휴대폰에 카즈라기 씨로부터 전화가 걸려 왔다.
　카즈라기 씨는 다치카와역 앞에 세워둔 차에서 전화를 걸어 왔다. 조수석에는 난유도 있는 것 같았다.
　"난유에게서 듣고 깜짝 놀랐어. 갑자기 사라지다니, 정말 어처구니없는 일이잖아."
　"…죄송합니다."
　그래도 말투에는 강하게 비난하는 듯한 느낌은 없었다. 황당하다는 쓴웃음이 섞여 있다. 그것도 어처구니없어 하는 말이 아니라, 이런 일이 벌어지리라고는 생각지도 못했다는 탄식이 섞여 있었다.
　"뭐, 쿠니타치라면 어쩔 수 없긴 하지만."
　어쩔 수 없다니—?
　"다치카와역에 있을 때, 어떤 계기로 생각이 난 거야?"
　생각이 났다고—?
　'어쩔 수 없다'와 '생각이 났다' 두 문장을 이어 붙였다. 그러자 곧장 '거짓말….'이라는 말이 튀어나왔다.
　카즈라기 씨는 나의 기억을 보고 있다. 쿠니타치 거리와 내게 어떤 관계가 있다면, 설령 본인이 잊고 있었다고 해도 카즈라기 씨는 그것을 알고 있는 것이다.

"지금 역 앞인데요, 대학가라든가, 삼각형 지붕의 건물이라든가, 왠지 낯이 익어서…."

"어, 그렇겠지."

당연하다는 듯이 맞장구를 치며 "그리웠을 거야."라고 말했다.

전화 너머에서 "어? 왜요?"라는 난유의 목소리가 들렸다. "왜 그리워요? 그리워했다는 거예요?" 이쪽도 궁금하다.

"저기, 잘 모르겠는데요…. 저, 혹시 도쿄에 있을 때 쿠니타치에 온 적이 있었나요?"

카즈라기 씨는 잠시 생각에 잠기더니 말했다.

"하루카가 어디까지 기억을 떠올렸는지 모르니 너무 엉뚱한 얘기는 하고 싶지 않아. 한 가지만 알려주고 그다음부터는 더 이상 말하지 않을게. 너도 묻지 마."

그는 못을 박으며 알려주었다.

"온 적이 있었던 게 아니라 살았었어."

"쿠니타치에?"

"그래…. 엄마와 둘이서."

역 앞 혼잡한 곳에서 만난 다이스케 씨는 눈을 아래를 두거나 옆으로 돌리며 안절부절못하고 있었다.

"차 안에서 계속 생각해 봤는데…. 하루짱에게 무엇을 물어봐야 할지, 무엇부터 말해야 할지 전혀 모르겠더라."

정말 고민에 빠진 것 같았다. 평소의 상냥한 모습은 온데간데없었다.

나 역시 그랬다.

얼굴을 마주하자 가장 먼저 "거짓말을 해서 미안합니다."라고 사과했다. 경위를 물으면 '고등학교를 중퇴한 친구가 다치카와에 살고 있는데, 꼭 놀러 와 달라고 부탁을 해서.'라고 설명할 생각이었다. 거짓말이 겹겹이 쌓여도 브레멘 여행사에 관해서는 이야기하고 싶지 않았다. 하고 싶지도 않고, 말해도 믿어줄 것 같지도 않았다.

하지만 다이스케 씨는 "아니, 뭐, 그 얘긴 됐어."라고만 말했다. 지금은 거기에 매달려 있을 여유가 없는 것 같다.

나도 "네⋯."라고 고개를 끄덕인 후 아무 말도 하지 못했고, 다이스케 씨도 말을 꺼내지 않아, 북적이는 소란스러움 속에서 이곳만 다른 공간이 된 것처럼 어색한 침묵이 흐르고 있었다.

"일단 가장 중요한 것만 먼저 말해 둘게."

망설임을 떨쳐내고 고개를 들어 나를 똑바로 바라본 다이스케 씨는 "오늘은 이대로 돌아가자."고 말했다.

"병원엔 안 가 보나요?"

"그럴 생각이었지만, 후우짱의 마음이 조금 흔들려서."

스스로 만나고 싶다고 했는데, 내가 지금 다치카와에 있고 쿠니타치 병원으로 올 생각이라는 것을 알고 나서는 갑자기 겁이 났다는 것이다.

어떤 얼굴로 만나면 좋을지 모르겠다, 이렇게 나약한 모습을 보여주기 싫다, 마음의 준비가 되어 있지 않다….

"뭐, 예상치 못한 상황이라 당황하는 것도 당연하겠지요."

호흡이 불안정하고 혈압이 불안정해지자 진정제를 정맥주사로 투여해 잠들게 했다. 간호사 말로는 오늘은 면회 시간이 끝날 때까지 깨어나지 않을 것 같다고 했다.

"그래서 오늘은…, 지금껏 하루짱에게 말하지 않은 것도 있어서, 그 말을 조금 전해 주는 것이 좋을 것 같아."

"…부탁드립니다."

"집에 가서 천천히 이야기하는 것도 좋겠지만, 마유코와 아이들 앞에서는 굳이 하고 싶지 않은 이야기도 있고…."

나는 고개를 끄덕이며 역사 앞에 있는 삼각형 지붕의 건물을 가리켰다.

"저 건물은 뭐예요?"

"옛날 쿠니타치역이야. 15, 6년 전까지만 해도 사용하던 곳이었는데, 새 역사가 들어서면서 철거 됐어. 그래도 오랫동안 도시의 상징이었기 때문에 다시 예전과 같은 디자인으로 재건한 거야."

"그렇군요…."라고 맞장구를 치고, 최대한 순진하게 들릴 수 있도록 목소리를 높여 말했다.

"왠지 반가워요, 삼각형 지붕."

다이스케 씨의 표정에서 미소가 사라졌다.

"저, 아기였을 때 여기서 사진 찍었죠?… 후우짱에게 안겨서요.

그 사진을 본 적이 있어요, 기억이 나요."라고 나는 계속 말했다.

  다이스케 씨는 잠시 놀란 표정을 지었다가 "그래? 기억이 난다고?"라고 혼잣말처럼 말하면서 미소를 되찾았다.

"내가 찍어준 사진이었어."

  로터리를 반 바퀴 돌면서 "여기쯤이었나 봐."라며 촬영한 곳도 알려 주었다. "사진에 삼각형 지붕을 다 넣고 싶어 했고, 하루짱과 후우 자신도 제대로 찍히고 싶다고 해서 찍기가 아주 어려웠어."

"후우짱이 찍어 달라고 했어요?"

"그래. 2006년 여름이었던 것 같은데, 가을부터 철거 공사가 시작되니까, 그 전에 사진을 찍고 싶다고."

  2006년 여름, 나는 두 살이었다.

"놀랄지도 모르지만—."

  다이스케 씨는 그렇게 말하며 말을 이어 갔다.

"하루짱은 이 동네에서 태어났어."

  '알고 있어요, 이곳에서 살았다고 카즈라기 씨에게 들었어요.'라고 말할 수는 없었다.

"어, 거짓말. 진짜예요—?"

  눈을 동그랗게 뜨고 연극을 했다. 잘했는지는 모르겠다.

  다이스케 씨가 "갑자기 왜 그래?"라며 웃었다. "너무 의외인가 보네. 한 바퀴 돌아보면 차분해지려나?"

  역시 대실패였다. 하지만 그래서 오히려 현실감이 더해졌는지, 다이스케 씨는 대학로를 향해 걸어가면서 이야기를 이어 나갔다.

"하루짱이 스오를 가기 전까지 태어나고 자란 곳이 여기 쿠니타치였어."

즉, 후우짱이 나를 할아버지, 할머니에게 맡기고 도망치기 전까지는 말이다.

"네가 살던 집은 이 대학가 바로 앞인데…."

"아직도 있나요?"

"글쎄. 그래도 모처럼이니 가 볼까?"

"…네."

"차를 역 앞 주차장에 주차해 놓았는데."

"걸어서 가면 멀어요?"

"20분 정도 걸리려나."

"그럼 걸어가겠습니다."

차로 쉽게 도착해 버리면 조금 다른 느낌일 듯싶었다. 동행한 다이스케 씨도 "그래."라고 말해주었다. "걸으면서 이런저런 이야기도 하고."―5분으로는 충분하지 않은 이야기, 라는 뜻인 것 같았다.

2

다이스케 씨는 '다정불심多情佛心'이라는 말을 알려주었다.

"정이 많고 변덕스럽지만, 근본이 착해서 냉정할 수 없는 성격을 다정불심이라고 해."

원래는 불교의 자비로운 마음을 가리키는 말이라고 했다.

후우짱은 바로 다정불심인 사람이었다고 한다.

"정이 많다는 것은 여러 가지 의미에서 감정이 풍부하다는 것이기도 해…. 그래서 그런…."

말하기 어려워하는 것 같아서 앞질러 말을 꺼냈다.

"남자를 금방 좋아하게 된다는 뜻인가요?"

다이스케 씨는 "그런가?"라며 웃었다. "할머니에게 뭐라도 들은 말이 있어?"

"정리해서 설명해 주신 적은 없지만, 할아버지 살아계실 때 두 분이 거실에서 이야기하는 것을 복도나 계단에서 듣기도 하고, 왠지 모르게…."

할아버지는 "후우짱은 남자 복이 없어."라고 말씀하셨다. 할머니의 말을 빌리자면 "후우짱은 남자 보는 눈이 없는 거야."라는 말이다.

초등학교 3, 4학년 때 엿듣곤 하던 말이라 표면적인 의미는 알았지만 깊은 뜻까지는 이해하지 못했다. 도쿄에서 다이스케 씨에게 여러 번 돈을 빌린 일, 다이스케 씨가 감당할 수 없는 금액일 때는 스오의 부모에게 울며 매달렸던 일, 그 모든 것이 '남자 복'이나 '남자를 보는 눈'과 관련되어 있다는 것을 알게 된 것은 중학교를 졸업할 때였다.

"후우는 착하지만 마음이 여렸어. 여리니까 자신과 비슷한 남자의 사정을 너무 잘 알고 있는 거지. 그러니까 애지중지하고, 나쁜 놈을 더 망쳐 버리곤 했어. …결국 같이 망하는 거지."

쓰러졌다가 일어나 보면 남자는 사라지고 없었다.

"더 이상 힘들게 하고 싶지 않아서 차라리 사라져 버린 녀석들도 의외로 많았다고 하더라."

"…착하네요. 나쁜 남자라도."

"그래서 말했잖아, 후우는 자신이 착하고 여렸기 때문에 착하고 여린 남자를 좋아하게 되고, 그러다 보니 착함도 여림도 두 배가 되는 거야."

그렇군요. 나는 고개를 끄덕이며 이야기를 몇 단계 더 진전시켰다.

"몇 번째인가요? 저 때의, 상대는?"

다이스케 씨는 잠시 당황한 후, "다섯 번째였나?"라고 말하며 고개를 돌리고 말을 이어 갔다. "내가 아는 범위에서… 그렇긴 한데."

나는 갑자기 발걸음이 빨라졌다.

다이스케 씨도 마찬가지로 발걸음을 재촉하며 이야기를 이어 갔다.

"하루짱, 만나고 싶어?"

나는 고개를 저었다. 몸짓만으로는 부족하다고 생각해서 "아뇨. 전혀."라고 입 밖으로 내뱉었다. 발걸음이 다시 빨라졌다.

"사실, 후우에게 아까 물어봤어. 하루짱이 태어났을 때, 상대 남자에 대해…."

다이스케 씨도 조심스럽게 '아빠'라고 부르지 않았다.

"만나고 싶은지 어떤지 해서 물어본 거예요?"

"아니, 그렇지 않아. 생각해 보면 냉정한 이야기일지도 모르겠지만…. 후우가 떠나 버린 뒤의 일이 조금 신경이 쓰여서."

다이스케 씨는 나의 아빠를 만난 적이 없었다. 이름도 모른다. 새로운 남자 친구가 생긴 후 몇 달 동안 소식이 없던 후우가 갑자기 불러온 배를 안고 다이스케 씨 앞에 나타나, "아기를 낳을 거야. 아빠는 없지만."이라고 대수롭지 않게 말했다.

남자 친구는 임신 사실을 알고는 혼인신고도 하지 않은 채 달아나 버렸다. 후우짱은 붙잡지 않았고, 아기를 낳는 것도 포기하지 않았다. 별 고민 없이 미혼 싱글 맘의 길을 선택했다. 그런데도 그 길을 제대로 걷지 못하고, 3살인 나를 부모님께 맡기고 잠적해 버린 것이었다.

"후우가 그나마 기력이 있을 때 상대방 남자의 연락처라든가, 적어도 무엇이든 조금이라도 들어 두고 싶었어. 만약 하루짱이 언젠가 연락하고 싶어지면…, 뭐 그런 생각이었어."

아니라고, 아니라고 몇 번 고개를 흔들자 다이스케 씨는, "어느 쪽으로도 제대로 되지 않았어."라며 씁쓸하게 웃었다.

"지금 어디서 무엇을 하고 있는지 전혀 모르고, 관심도 없다고 했어."

둘을 다 알던 지인들도 뿔뿔이 흩어져 누구와도 몇 년째 연락이 닿지 않고 있다는 것이었다.

"이름이라도 물어보고 싶었는데 이미 잊었다고, 옛날 일은 다

잊어버렸다고….”

 지난 몇 년 동안 후우짱은 혼자 살았다. 직장을 전전하면서 마지막으로 사귀었던 남자 때문에 진 빚을 갚느라 바빴다.

 "그 끝에 췌장암이 찾아왔어."

 다이스케 씨는 이번에는 스스로 발걸음을 재촉했다.

 보도 오른쪽의 풍경이 펼쳐졌다.

 이치바시 대학 캠퍼스다.

 "학생이 아니어도 자유롭게 출입할 수 있어서 후우도 유아차를 밀고 하루짱과 함께 산책을 하곤 했어."

 "…육아도 꽤 나름대로 하긴 했군요."

 "아냐, 그 녀석은 그 녀석 나름대로 하루짱을 열심히 키웠다고 생각해."

 "하지만 마지막에 버리긴 했지만…."

 일부러 비틀어 말했다.

 "지금의 방식으로 말하면 방임이라고나 할까요? 아니면 학대?"

 정말, 일부러라도 비꼬지 않고서는 이야기할 수가 없었다.

 다이스케 씨는 내 빈정거림을 묵묵히 받아들이고 나서 "조금 천천히 걷자. 내게도 힘들어, 이 속도."라고 말했다.

 "…네."

 나도 모르게 숨이 가빠지기 시작했다.

 "부족한 거지, 후우는. 제대로 살아가려면 반드시 지니고 있지 않으면 안 되는, 소중한 것을 놓치고 있었어."

"소중한 것이 뭔데요?"

"뭐랄까? 누름돌 같은 것?"

후우짱에겐 그것이 빠져 있었다.

후우짱, 흔들흔들, 하―늘하늘―.

그 노래처럼.

"그래도 오빠인 내가 말하기는 좀 그렇지만, 그 결여된 부분이 뭔가 묘한 매력이 되었는지도…. 아니야, 아무리 그래도. 역시 그런 건 아니겠지."

"…그럴지도 모르죠."

"그래? 알아?"

"왜냐하면 그런 캐릭터, 만화나 드라마라면 꽤 있잖아요."

"그래, 그런 영역이라면 괜찮겠지만, 현실이라면 좀 곤란하겠지."

"게다가 자식도 있는데 그렇다면… 큰일이겠죠."

"그건, 그렇지."라고 다이스케 씨는 웃으며 말하다가, 갑자기 "어?"라고 되물었다.

내가 스스로 '자식'이라고 말한 것에 놀란 것이었다. 알겠다. 나도 비꼬는 모드가 되어 있었기 때문에 할 수 있는 말이었다.

"유전인가 봐요. 그런 것. 그렇다면 정말 싫은데."

입을 삐쭉 내밀고, 가로수 잎사귀 사이 푸른 하늘을 올려다보았다.

십여 년 전의 후우짱도 산책길에 하늘을 올려다보곤 했을까. 유아차에 탄 나를 들여다보며 달래 주고 있었을까?

　이치바시 대학 캠퍼스를 지나고 나서도 푸르른 풍경은 계속 이어졌다.
　"도심에서 조금 떨어져 있긴 하지만 대학가의 분위기가 마음에 들었다고 했어."
　나를 임신하기 전부터 남자와 살았다. 즉, 나의 아빠와 둘이서.
　"아이를 데리고 산책하는 사람들이 많았어. 그래서 아기가 있으면 좋겠다고 생각했나 봐."
　그런 기분으로 나를 임신했다. 게다가 남자의 동의도 없이. 피임에 관한 여러 가지를 속이거나 속임수를 써서 갑자기 '아기가 생겼어.'라고 한 것일지도 모르겠다. 도망가는 남자도 최악이고 끔찍하지만, 후우짱도 정도가 심하다. '좀 더 잘할 수는 없었어?'라고 묻고 싶다.
　"하루짱을 낳고 나서도 계속 쿠니타치에 살았어. 생활이 힘들었던 것 같지만 도와주는 친구들이 있어서 어떻게든 버텨내긴 했고."
　다정다감한 사람에게는 비슷한 동료들이 모여든다. 약하고 착한 사람끼리, 어려울 때 서로 도와주고… 상처를 보듬어 주고….
　"후우는 의외로 친구들이 많았어. 건들건들하는 만큼 앞뒤를 재거나 득실을 계산하거나 하는 놈은 아니었거든. 좋은 녀석이야, 진짜."

하지만 정말 가장 좋은 사람은 다이스케 씨일지도 모른다.

미혼모로 나를 키운 3년 동안 친구들의 도움으로는 도저히 버틸 수 없게 되었을 때 다이스케 씨가 마지막 의지할 수 있는 사람이었다. 도움을 요청했다. 몇 번이고, 몇 번이고. 나를 스오에 두고 사라질 때까지 후우짱이 다이스케 씨에게 빌린 돈은 수백만 엔— 최근 빌린 것까지 포함하면 정말, 얼마나 될까…. 자연히 어깨가 움츠러든다. 다이스케 씨는 물론, 마유코 씨에게도, 다케히코에게도, 미유에게도 '미안하다'는 말밖에 할 수 없다.

"쿠니타치의 병원에 입원한 것은 지난주였대. 여러 병원을 돌아다니다가 소개를 받아 우연히… 입원하게 되었는데, 너무 좋았다고 하더라. 쿠니타치에서 살 때가 인생에서 가장 즐거웠기 때문이라고."

나는 "흐음."하고 무심코 맞장구를 쳤다. 그러다 미안하지만, 정신이 들었다.

왜냐고 묻고 싶었다.

그렇게 즐거웠는데 왜 나를 스오에 두고 떠나 버렸어—?

3

후우짱과 내가 살던 아파트는 맨션이 되어 있었다.

"어휴, 미리 스트리트 뷰로 확인해 볼 걸 그랬네…."

다이스케 씨는 아쉬운 표정으로 "미안해, 괜히 여기까지 걷게 해서."라고 사과했다.

나는 고개를 저으며 "아니에요."라고 대답했다. 확실히 헛걸음이었지만, 만약 아파트가 그때 그대로 남아있었다면 오히려 복잡한 마음이 들었을지도 모른다.

"그때도 지은 지 십 년이 넘었고, 양옆은 더 오래된 아파트였기 때문에 일괄적으로 재건축을 한 거네."

2층의 모퉁이 방이었다고 하는데, 두 칸짜리 한 방에 <하루짱의 방>이라는 코르크판을 붙여 놓았다고 한다.

"10평 남짓 좁은 방이라 아기 침대와 작은 정리용 탁자를 놓으면 거의 꽉 찼는데, 거기에다 또 여러 가지 인형이나 장난감을 사거나 받아오거나, 인형을 잡아 올리는 크레인 게임기까지… 발 디딜 틈이 없을 정도였어."

그런 부분까지도 균형을 맞추지 못했다. 후우짱은—.

"신발도 샀어. 아직 기어다니지도 못할 때부터 예쁜 아기 신발을 발견하면 생활비도 빠듯한데도 앞뒤 생각 없이 사 버리곤 했어."

역시 어른으로서 필요한 누름돌이 부족한 것 같다.

"하는 짓은 그랬지만, 그 녀석은 나름대로 열심히 귀여워했어. 하루짱을."

내가 말을 걸지 않자, 다이스케 씨는 조금 어색한 표정을 지으며, "아, 그런 일도." 하고 또다시 옛날 일을 떠올렸다.

"책가방까지 사주려고 했었어. 파스텔 색상의 보라색 가방을 사려고 했어."

아직 세 살이 될까 말까 할 때였다. 다이스케 씨와 마유코 씨가 둘이서 함께 설득하여 사지 않기로 했지만, 내가 초등학생이 되어서 책가방을 등에 메고 걸어가는 모습을 기대하고 있었다고 했다.

"그랬군요." 나는 건성으로 고개를 끄덕이며 말했다.

"하지만 그 얼마 후에 저를 스오에 두고 사라져 버렸네요."

나도 모르게 의외일 정도로 감정적인—책망하는 듯한 말투가 되어 버렸다. 그리고 더 놀란 것은, 눈물이 나려고 했다는 것이다. 지금 이 순간.

재건축된 맨션의 2층 모퉁이 방으로 눈을 돌렸다. 발코니에 빨래가 널려 있다. 어른들의 옷과 아이들의 옷. 애니메이션 캐릭터가 그려진 목욕 타월도.

아이는 유치원생 정도일까, 아니면 더 작은 아이일까, 생각하면서 머릿속과는 다른 말을 했다.

"방해가 된다고 생각한 거죠, 제가 말이에요."

"아니야. 그렇지 않아—."

"곧 데리러 올 테니 조금만 맡아 달라고 했잖아요, 할아버지, 할머니한테."

다이스케 씨는 무슨 말을 할 것 같은 표정을 지었지만, 입을 다물고 있었다.

"잠깐이면 된다고 했는데, 언제까지고 연락이 없어서 할머니가 전화를 걸었더니 휴대폰이 해지되어 있고, 아파트도 이사를 가 버렸어….”

 대답 대신 다이스케 씨는 깊은 한숨을 내쉬었다.

 "그러니까 아무리 좋게 생각하려고 해도 방해가 되니까 버린 거잖아요."

 냉정하게 순서를 따랐다고 생각했는데, 이야기가 흘러가는 순간, 억울함과 분노가 치밀어 올랐다.

 "정말 엉망진창이네요. 정말….”

 어이가 없어서 웃어넘기려고 했는데, 서서히 슬픔이 밀려왔다.

 "…왜? 왜, 내가 방해가 된다고 생각했나요?"

 그렇다ㅡ. 오랫동안, 계속, 알고 싶은 것들이었다. 할아버지나 할머니에게 물어보지 못했던 것.

 "아니야."

 다이스케 씨가 말했다. "하루짱이 방해가 되어서 찾으러 오지 않은 게 아니야."

 그는 계속 말했다.

 "내가 후우짱을 방해했기 때문이야."

 "…왜 방해를 하신 거예요?"

 나는 발코니의 빨래에서 눈을 떼지 않고 물었다. 머릿속으로는 다른 생각을 했다. 목욕 타월 옆에는 얼룩말 무늬의 어린이용 목욕 가운이 널려 있었다. 얼룩말이 흰 바탕에 검은 줄무늬인지, 검은 바탕에 흰 줄무늬인지…. 난유가 물어본 게 언제였을까. 무라마츠 씨 모자를 맞이하기 전 대청소를 할 때였다. 검은색 바탕에 하얀색 줄무늬라고 생각했던 난유와 나는 소수파였다!

다이스케 씨는 "역으로 돌아가면서 얘기하자."며 대답을 하지 않고 걸어가기 시작했다.

후우짱은 그 무렵, 골치 아픈 남자와 사귀고 있었다.

다이스케 씨는 '골치 아픈'의 자세한 내용은 말해주지 않았다.

"뭐, 돈이라든가, 범죄라든가, 여러 가지, 경찰과 엮인 일도 있었고…. 제대로 사는 사람이라면 사귈 일이 없는 세상의 막장이라고 할까, 건실한 사람과 맺어지는 것이 이상할 정도의 사람이라고 할까…. 이 사람은 더 이상 안 되겠다. 무조건 아웃이야… 뭐 그런 느낌의…."

역으로 돌아가는 대학로를 걸으며, 괴로워하는 듯한 표정으로 이렇게 말한 뒤 다이스케 씨는, "하고 싶은 말이 뭔지 알겠지?"라고 쓴웃음을 지었다.

나도 짐작이 갔다. 자세히 물어볼 필요도 없고, 묻고 싶지도 않다.

"후우의 인생에서 가장 힘들었던 시기였던 것 같아. 그래서 하루짱을 아버지와 어머니에게 맡기고, 스오에는 전혀 연락하지 않고, 나와도 계속 연락을 끊고…."

'골치 아픈' 일들을 겪으면서도 후우짱은 남자와의 인연을 끊지 못했다. 그런 것이 바로 다정불심인 것 같다. 마음이 가벼워져 남자와 깔끔하게 헤어지고 다이스케 씨에게 연락할 수 있게 되기까지는 5년이 걸렸다.

"…그렇게나?"

놀란 나에게 다이스케 씨는 "그래도 빠른 편이라고 생각했어."라고 말했다. "빚도 꽤 있었을 텐데 열심히 노력한 거야, 그 녀석 나름대로, 필사적으로."

그 5년 동안 나는 초등학생이 되었다. 후우짱과 함께 살았던 세 살까지의 기억은 많이 희미해져 버렸다. 스오에서 조부모님과 함께 사는 '지금'이 '전부'가 되어 버렸다.

"후우는 데리고 가려고 했어. 하지만 아버지와 어머니가 허락하지 않았지. 나도 말렸어. 어차피, 후우는 또다시 같은 실패를 반복할 거니까. 또 그런 일이 생기면 하루짱이 더 큰 상처를 받을지도 모르고. 후우에겐… 안 될 일이지만, 부모가 될 자격이 없어. 부모가 되기 위해 필요한, 중요한 것이 녀석에게는 없었어…."

그래서 나는 계속 후우짱을 만나지 못했다. 나를 키워준 것은 삼촌과 할머니―나를 버린 것은 엄마.

"하루짱은 우리를 원망할지도 모르지만, 그 후의 후우짱을 보면, 역시―스오에 있는 것이 옳았다고 생각해."

나는 고개를 끄덕이며 "저도 그렇게 생각해요."라고 말했다. 작은 소리로 말했지만 진심이었다.

쿠니타치역의 역사가 길 저편에 보일 때까지 다이스케 씨는 후우짱에 대한 추억을 쉴 새 없이 이야기해 주었다.

스오에서의 어린 시절의 추억은 이미 들어본 적이 있는 것이 대부분이었지만 도쿄에 나온 후의 이야기는 "이건 아직 누구에게도 말하지 않은 것 같은데….", "내가 이야기한 적이 있었나….".라는 식의 전제가 많았다.

후우짱은 도쿄의 대학을 3학년 때 중퇴했다. 원래는 예술학부였고, 졸업생 중에는 연극이나 영화, 미술계에서 활약하는 사람도 많다. 후우짱도 연극 동아리에서 연극에 푹 빠졌고, 동시에 영화에도 빠지고, 밴드에서 보컬을 하고, 마이너 아트 페스티벌의 스태프도 하면서…. 대학 공부는 뒷전이고, 관심 있는 것들에 차례차례 손을 댔다. 그러다… 결국 아무것도 이루지 못했다.

"대학을 중퇴한 사실을 처음에는 아버지와 어머니에게 말하지도 않았어. 나도 모른 척하느라 고생했어. 들통났을 때 어머니가 엄청나게 울어서 난감했지."

"정말, 흔들흔들, 하―늘하늘―이네요."

민들레 홀씨 같다고 생각했다. 바람 부는 대로 멀리 날아가서 떨어지는 곳도 고르지 못하고, 그래서 꽃을 피우지도 못한 채 50년도 채 되지 않은 인생이 곧 끝나 버리려고 한다.

"인형극 극단의 스태프로 전국을 돌아다니던 시절도 있었고, 친구가 만든 디자인 사무실을 도와주던 시절도 있었어. 7, 8년 전에는 난민을 지원하는 비영리단체에도 있었는데…. 생각해 보니 육아를 포기한 사람이 다른 사람을 돕는다는 게 아이러니하네."

"그렇네요." 하고 힘없이 쓴웃음으로 대답했다.

"여러 가지를 해 봐도 결국은 항상 나쁜 남자에게 걸려들거나,

가라앉는 배에서 뒤늦게 도망쳐서 책임과 빚을 혼자 짊어지느라 아무것도 남지 않았어, 그놈의 인생."

민들레 홀씨는 대부분 아스팔트 도로와 강바닥에 떨어졌다. 흙 위에 떨어져서 싹을 틔우고 뿌리를 내리고 자란 것은—.

"하루짱뿐이야. 후우가 이 세상에 살았다는 증거로 남긴 것은."

다이스케 씨는 그렇게 말하면서 "그래도 그것으로 충분하다고 말할 거야, 그 녀석은."이라며 쓸쓸하게 웃었다.

역 앞의 혼잡에 휩쓸리기 직전에 다이스케 씨는 걸음을 멈췄다. 차를 세워둔 시간제 주차장이 이 근처라고 했다.

"안 될 것 같지만, 마지막으로 확인해 볼게."

다이스케 씨는 휴대폰을 꺼내 문자와 음성통화의 수신 여부를 확인했다. 신규 수신은 제로—간호사가 말한 대로, 후우짱은 진정제를 맞고 잠든 채 아직 깨어나지 않은 것이다.

"어쩔 수 없군." 하고 다이스케 씨는 미련을 남기며 휴대폰을 잠금 화면으로 되돌렸다.

"내일은 몇 시에 돌아갈 거니?"

아직 정하지 않았다.

하지만 내가 대답하기 전에 다이스케 씨는 중요한 것을 떠올렸다.

"그러니까, 하루짱, 왜 다치카와 같은 곳에 있었어? 디즈니랜드가 아니었어?"

그렇죠, 그것. 지적할 만한 부분인데, 지금은 좀 늦지 않았나요─?
 쓴웃음을 짓자 "좋아!"하고 배에 힘이 실렸다. 아까부터 계속 머뭇거리고 있었다. 그 정체를 드디어 알았다. 내가 해야 할 일도 결정했다. 그럼 이제 더 이상 망설이지 않겠다.
"거짓말한 것, 죄송해요."
"아니, 뭐. 화난 건 아니지만, 도쿄에 오면 일단 나나 마유코가 보호자라고 할까, 책임도 있고…."
"이젠 스오로 돌아가겠습니다."
"─뭐라고?"
"그러니까 내일 아침에 후우쨩이 저를 만나고 싶어도 어렵습니다."
"뭐, 그건…. 이미…."
"어쩔 수 없습니다."
 담담하게 말했다. 말할 수 있었다. 딱딱한 어조는 아니지만, 그러나 단호한 힘을 담는 것을 잊지 않았다.
"만나고 싶지 않아?"
"스오에서 도쿄는 멀어서요."
"마음이야, 하루쨩의 마음. 어때? 역시 만나고 싶지 않은 거야?"
"월요일에 제출할 숙제가 많아서 내일은 너무 힘들어요."
"…후우를, 용서하지 못하겠어?"
"디즈니랜드 일, 거짓말해서 정말 죄송해요. 마유코 씨나 미유에게도, 그리고 다케히코에게도 안부 전해 주세요."

인사를 꾸벅하고 그대로 돌진─전속력으로 역으로 향했다. 뒤도 돌아보지 않았다. 다이스케 씨가 쫓아오는 기미는 없었다.

4

쿠니타치역에서 도쿄역까지는 국철 중앙선을 타고 한 번에 갈 수 있었다. 개찰구를 지나 고가 승강장으로 나가니 마침 도쿄행 열차가 막 도착했고 바로 탔다.

휴대폰으로 확인한 소요 시간은 47분. 도쿄역에서 환승하는 데 시간이 걸리는 것을 감안해도 저녁 5시경에는 신칸센을 탈 수 있을 것 같았다. 휴대폰으로 더 알아보니 스오에는 밤 10시 전에 도착한다.

즉, 10시 반에는 우리 집에─"어서 오세요."라고 반기는 사람은 아무도 없지만.

대략 6시간 정도라는 계산이 나왔다. 그렇게 빨리 돌아갈 수 있다는 사실에 놀랐다. 올 때도 그 정도 시간이 걸렸을 텐데, 올 때와 돌아갈 때의 시간 감각이 달라졌다. 어제는 상상조차 하지 못했던 후우짱의 존재가 지금은 양어깨를 무겁게 짓누르고 있었다. 그 때문인지도 모르겠다.

전철 안에서 난유에게 문자로 연락했다.

<미안해, 오늘 중으로 스오로 돌아갈게.>

바로 읽은 것이 확인되더니 <진짜?>라는 깜짝 놀란 표정의 이모티콘이 찍혀서 답장이 왔다.

<진짜. 카즈라기 씨에게 안부 전해 줘. 그리고 아주머니가 걱정하고 있으니까 내일은 꼭 스오로 돌아와.>

난유의 어머니가 부탁한 것을 중간에 내팽개치는 모양새가 되어 버렸다. 스스로도 무책임하다고 생각했다. 다이스케 씨에게도 폐를 끼치고 걱정을 끼쳤고, 카즈라기 씨나 사장, 다이부츠 씨도 요즘 고등학생은… 하며 놀랐을 것이다.

이러면 후우쨩과 똑같아—.

나도 모르게 한숨이 새어 나왔다. 볼에 힘이 풀리자 웃는 것처럼 보였다. 아니라고 반박하며 다시 볼에 힘을 주었다.

<지금 전화할 수 있어?>

난유가 물었다. 엇갈린 양손 이모티콘을 찍으며 대답을 대신했다.

<전철?>

<중앙선. 이대로 도쿄역에서 신칸센을 타려고.>

<엄마 만났어?>

<안 만났어.>

대답을 한 뒤 <너랑은 상관없는 일이야.>라고 덧붙였다.

울음이 터져 나왔다.

미안하다고 마음속으로 사과하며 <언젠가 천천히 이야기할게.>라고 적었다. 잘 생각해 보니 난유에게 말할 의무는 없지만 말이다.

승리의 V 이모티콘이 왔다.―역시 마음을 열어 주면 안 되는 것이었다. 실패였다.

　특급열차 '노조미'가 나고야역을 떠날 무렵, 난유의 이름으로 동영상 파일이 올라왔다.
　<카즈라기 씨로부터>
　<감독: 카즈라기, 출연: 사장님>이라는 글이 이어졌다.
　"뭐야? 뭐야?"라고 묻자 "나한테는 보여주지 않아서 모르겠어. 촬영 중에 나만 밖에서 밥을 먹고 있었거든."이라는 짤막한 답변이 돌아왔다.
　이어폰을 끼고 동영상을 재생했다. 갑자기 휴대폰 화면에서 넘칠 정도로 클로즈업된 것은―.
　"하루짱, 괜찮아요?"
　다이부츠 씨였다.
　"사장님이 등장하기 전에 잠깐만, 앞에서 수다를 떨고 있어요~."
　목소리가 너무 커서 '우렁우렁'하고 울부짖는 것처럼 들렸다.
　"죄송합니다, 고이즈미 씨." 카즈라기 씨의 목소리가 들려온다.
　"얼굴을 가까이하지 않아도 찍을 수 있으니 조금만 더 물러나 주시면 안 될까요, 그리고 보통 볼륨으로 이야기해 주세요."
　"어머, 그래? 미안해, 미안해. 그럼 케이짱, 다시 처음부터 시작하자."
　"아뇨, 괜찮아요, 시간이 없으니 이대로 부탁합니다."라고 카즈라기 씨가 말한다.

"어, 그래?"

조금 불만스러운 표정을 지으면서도 다시 마음을 가다듬고 웃는다. 두 눈이 또다시 '세로로 쓴 괄호'가 되어 버렸다.

"하루짱, 너도 여러 가지 생각이 있겠지만, 너무 많이 생각하지 않는 게 좋아. 그래. 그리고 만나야 할 사람은 만날 수 있을 때 만나는 것, 그게 인생의 기본이야."

만나야 할 사람—.

하지만 만나야 할 사람이 '만나고 싶은 사람'이 아니라 오히려 '만나고 싶지 않은 사람'이라면 어떻게 하면 좋을까.

"그럼, 주인공인 사장님으로 교체하겠습니다."

다이부츠 씨는 또 보자고 손을 흔들며 화면에서 사라지고, 대신 사장이 "여, 안녕?" 하며 부드럽게 등장해 의자에 앉았다.

나는 무심코 등을 돌렸다. 한 손으로 들고 있는 휴대폰의 화면은 손바닥에 쏙 들어갈 정도의 크기인데, 거기에 사장이 나타나면 아우라라고 할까, 위엄이라고 할까, 그런 눈에 보이지 않는 무언가가 다가와서 압도된다.

"자세한 건 잘 모르겠지만, 그래. 알 수 있을 만큼은 알겠어."

사장은 노안경을 쓰고 있었다. 그것을 조금 아래로 내리고 턱을 당겨서 위쪽 눈으로 카메라를—즉, 나를 바라본다.

"지금 귀가하는 신칸센이지? 좌석이 있었어? 옆에 사람이 오는 게 싫으면 3인용 좌석 창가 쪽에 앉으면 돼. 차내 매점에서 뭘 사거나 화장실에 갈 생각이라면 통로 쪽이 좋고. 자유석이든 지정석이든 가운데 좌석은 아주 붐비지 않으면 아무도 앉지 않거든. 좌석이 많이 비어 있는데도 굳이 그곳을 노리고 앉는 사람이 있으면 때려눕혀 버려."

하하하, 하고 웃는다. 본론과는 전혀 상관없는 이야기지만, 나는 다시 한번 겁을 먹었다. 사실 내가 지금 앉아 있는 곳이 3인용 좌석의 창가였다. 옆자리에 누군가와 나란히 앉고 싶지 않다. 그 마음도, 그 이유도 사장님은 다 알고 있는 것 같았다.

"뭐, 그건 그렇고…. 그래, 자기 일은 자기가 결정하면 되는 거고, 자기 일을 결정할 수 있는 건 결국 자기 자신밖에 없으니까."

그러면서 그는 계속 말했다.

"죽는다는 것은 사라지는 것이야. 어딘가에 있는 게 아니야. 이젠 더 이상 어디에도 없는 거야. 알지?"

후우짱이 줄곧 어디서 무엇을 하고 있는지 몰랐다. 하지만 신기하게도 고독사나 추락사할 가능성은 전혀 상상조차 하지 않았다. 어딘가에서 무언가를 하고 있다. 그것만은 절대적으로 확실하다고 생각하고 있었다. 꽤 욕심이 컸던 것일까?

하지만 현실의 후우짱은 이제 곧 죽게 된다. 이제 더 이상, 이 세상 어디에도 없을 것이다.

"없는 사람은 더 이상 만날 수가 없어. 만나고 싶어도 만날 수 없다. 이것도 알지?"

알고 있다. 잘 알고 있다. 만나고 싶어도―'만약'을 강조하며 휴대폰에서 눈을 떼고 창유리에 비친 자신을 바라보았다.

"하루카, 너의 대략적인 성장 배경은 나도 카즈라기에게 들었어. 너의 기억에 남아 있는, 너 자신은 기억하지 못하는 여러 가지 추억도 낮에 만났기 때문에 대충은 알아. 네가 원한다면, 그것을 알려 줄 수 없는 것도 아니야."

이야기 도중—'원한다면'이라는 대목에서 나는 고개를 흔들었다.

영상 편지라 이쪽의 반응이 전달될 리가 없는데도, 사장님은 마치 직접 마주 보고 이야기하는 것처럼 잠시 멈칫거리며 "그래, 그렇겠지."라고 고개를 끄덕였다.

"아픈 기억이 남는 건 누구라도 싫어해. 남게 될 것 같은 느낌이 든다면 더더욱 그걸 굳이 알고 싶어 하지는 않지."

나는 상대방에게 전달되지 않을 것을 알면서도 고개를 끄덕였다. 확실히 사장의 말씀이 맞다. 그래서 내 기억을 알고 싶지 않다. 알고 싶지 않지만…. 그렇다고 그것이 전부가 아니라….

"하지만 즐거운 추억이라고 해서 꼭 다시 보고 싶은 건 아니지. 사람은 그렇게 단순한 존재가 아니거든."

그래, 정말 그래—.

아까보다 더 강하게 몇 번이고 고개를 끄덕였다.

"즐거운 추억이 남아서 힘들어지는 일도 사람에게는 많아."

그래, 그래…. 그래….

이어폰으로 사장의 목소리를 들으며, 눈으로는 창유리에 비친 내 모습을 가만히 바라본다. 밤 7시가 넘어 해가 막 질 무렵이다. 창밖은 도시 풍경이 보일 정도로 밝고, 내 표정을 알아볼 수 있을 정도로 어둡다.

"싫은 기억보다 오히려 즐거웠던 추억이 지금의 나를 괴롭히는 경우도 있어."

참 안타깝다며 웃는다.

알아, 그래. 정말 그래….

"그래서 인간은 잊어버리는 거야. 신이건 부처님이건 하늘이건 간에 잊을 힘을 주셨어. 낮에 얘기했지?"

하룻밤 자고 나서 잊어버리고, 술을 마시고 잊어버리고, 단것을 먹고 잊어버리고, 무언가에 몰두해서 잊어버리고, 불평불만을 토해내고 잊어버리고, 시간이 지나면 잊어버리고, 나이가 들면 잊어버린다—.

"하지만 새겨진 것은 사라진 것이 아니야. 그래서 그리워할 수 있어. 그 얘기도 했지?"

사장은 복습하게 만들고 이야기를 이어 갔다.

"지금 이대로라면 넌 엄마를 그리워할 수 없을 거야."

안타까운 일이지만, 이라고 덧붙였다.

나도 모르게 휴대폰에 손을 뻗었다. 동영상을 일시 정지했다.

화면 속 사장은 입을 다물고 있었다. '안타깝지만'이라고 말한 직후의 표정이다. 슬퍼 보였다. 외로워 보이기도 했다. 하지만 그것은 사장 자신의 감정이 아니라 나의 슬픔과 외로움을 사장이 거울이 되어 비춰 주고 있기 때문인지도 모른다.

나는 천천히 숨을 몰아쉬고 일시 정지를 해제했다. 사장의 얼굴을 보는 것이 조금 무서워 창밖으로 눈을 돌린 채 목소리를 들었다.

"철이 들었다고 말하잖아. 그 말은 꽤 심오한 말이야. 철이 든 후의 추억은 그리워할 수 있어. 그러나 그러기 전의 추억은 그렇지 않아."

기억에 남아 있어도 그곳에 접근할 수 없다면 추억이 되지 못한다. '철이 든다'는 것은 그 접근이 가능하게 되는 것이기도 하다. 그래서 철이 들기 전의 일은 스스로 기억해 낼 수가 없다. 당시를 아는 사람이 알려 줘도 그리움은 생기지 않는다.

"하루카는 그렇지 않나? 엄마를 좋은 의미에서든 나쁜 의미에서든 그리워한 적이 단 한 번도 없지 않았을까?"

그래—라고 생각한다. 후우짱은 누구에게 무슨 말을 들어도, 늘 멀게만 느껴졌다.

"어쩔 수 없는 거야, 그건. 감정이 동반되지 않는다고 할까, 마음이 움직이지 않는다고 할까, 사실 확인이나 다름없으니까. 아, 그랬구나. 흐음, 그렇구나…로 끝날 수밖에 없으니까."

위로하는 듯한 말투에 이끌려 다시 휴대폰으로 눈을 돌렸다.

사장은 나를 뚫어져라 쳐다보고 있었다. 굳은 표정이 풀린 것은 아니지만 눈빛의 깊은 곳에서 미소를 짓고 있었다. 알겠다. 카즈라기 씨가 촬영하는 휴대폰을 뚫고, 동영상을 재생하는 내 휴대폰을 뚫고, 사장이 직접 나를 마주하고 있다는—보고 있다는 느낌이 확실히 들었다.

"넌 엄마에게 버림받았어. 그 사실을 떠올리며 화를 내거나 원망할 수는 있지만, 아직 마음은 움직이지 않고 있어. 마치 축구 심판이 레드카드를 주는 것과 같아. 냉정하게 판단하면, 부모로서 잘못했으니 레드카드로 한 번 퇴장… 하라는 거지."

"축구로 비유하면 안 통하지 않나요?" 다이부츠 씨의 목소리가 들려왔다. 감사합니다. 하지만 괜찮아요, 축구, 꽤 좋아해요.

사장도 "세세한 부분은 괜찮아, 뿌리가 전달되면 되니까."라며 말을 이어 갔다.

"그런데 부모와 자식의 일인데, 자식이 심판이 될 필요는 없지 않나?"

똑바로 나를 바라본다.

"나로서는, 만나는 것이 좋을지 안 좋을지는 말할 수 없어. 결정하는 것은 너야. 다만, 넌 이대로라면 엄마를 그리워하지도 못한 채 앞으로의 삶을 살아야 할지도 몰라."

그것이 걱정이라고 사장은 말했다.

후우짱을 만나면—그것이 어떤 것이든 추억이 된다. 마음이 생기기 전과는 다른, 감정이 가득 담긴 추억을 만들 수 있다.

화를 낼지, 원망할지, 미워할지, 슬퍼할지, 기뻐할지, 잊어버릴지, 용서할지….

어라? 잊어버리거나 용서하는 건 감정이 아니잖아. 하지만 괜찮아, 어쨌든 그런 거다.

사장은 내가 생각할 시간을 주려고 숨 쉴 틈보다 훨씬 더 긴 시간을 두고 말을 이어 갔다.

"그리운 사람이 있고, 그리운 추억이 있다는 것은 매우 중요한 일이다. 지금은 아직 네가 어려서 잘 모르겠지만, 정말 언젠가 나이가 들면 알게 될 거야."

그것이 싫은 기억이라도—?

묻고 싶어도 말하지 못한 질문을 사장은 앞질러 대답해 주었다.

"우리의 일은 주마등의 그림을 그리는 일이다. 그것은 인생의 마지막에 느끼는 그리움을 결정하는 것이기도 하다. 싫은 것, 후회하는 것을 그리움에 포함시키고 싶지 않은 사람도 있고, 그것을 받아들이는 사람도 있다. 어느 쪽이 옳은지는 알 수 없다. 모든 것은 본인이 결정할 일이야. 다만—"

브레멘 여행사가 단 한 가지 결정하는 것이 있다고 했다.

"주마등 그림을 모두 지워달라는 주문은 무슨 일이 있어도 거절한다. 최종의 최종 순간에도 그리움이 떠오르지 않는, 그런 삶은… 외로울 것이다."

그러면서 사장은 이렇게 말한다.

"네가 엄마와의 사이에 그리움을 갖지 못한 채 남겨지는 것은 외로운 일이라 생각해, 나는."

사장은 '외롭다'는 표현을 썼다. 나는 '외롭다'를 '쓸쓸하다'라고 읽는데, '비'와 '미'가 다를 뿐인데 '미'가 더 분위기가 있는 것

같다고 생각했다.(고요할 적寂을 일본어로는 쓸쓸하다さびしい 혹은 외롭다さみしい로 읽는데, 주인공이 느끼는 감정의 온도로 보아 외롭다さみしい가 더 적합하다고 생각한다는 것이다. – 옮긴이 주)

"아직 더 하고 싶은 이야기도 있고, 하루카도 하고 싶은 말과 묻고 싶은 말이 있겠지만…. 뭐, 괜찮아. 다음에 도쿄에 오면 꼭 카즈라기에게 연락해 주면 좋겠다. 가능한 한 힘이 되어 주마. 우리는 동료니까, 이제부터 영원히."

"그럼." 사장님은 웃고, "오늘 밤 집에 돌아가면 뜨겁게 목욕하고 푹 자."라고 다이부츠 씨의 얼굴과 목소리가 끊기며 동영상은 끝났다.

동쪽에서 서쪽으로 향하고 있기 때문에 창밖은 좀처럼 어두워지지 않는다.

그래도 열차가 교토역에 도착할 즈음에는 역시나 하늘이 어두워져 창유리에 비친 내 얼굴이 선명하게 보였다.

미묘한 표정도 알 수 있는—그래서 나는 스스로를 향해 '안 돼!'를 외치며 창문 블라인드를 내렸다.

눈을 감고 동영상 파일을 반복 재생했다. 목소리만 몇 번이고 귀에 흘러 들어온다.

몇 분 분량의 파일이라 반복하다 보니 내용을 어느 정도 외게 되었다. 하지만 내 대답은 들을 때마다 달라진다. '역시, 후우짱을 만날까?'라고 생각하기도 하고, '그럴 수가 없어, 절대 만나지 않는 편이 낫다.'라고 생각하기도 하고, '그리움, 소중하잖아.'라고 생각하거나, '짜증 나는 그리움 따위는 필요 없어.'라고 생각하거나….

눈을 감고 있었던 것이 정답이었다. 만약 화면에 비친 사장님 얼굴을 보고 있었다면 더 망설였을 것이다.

교토역에 정차. 출발.

신오사카역에 정차. 출발.

휴대폰으로 검색해 보니 신고베역에서 되돌아간다면 오늘 밤중으로 도쿄로 다시 돌아갈 수 있다는 것을 알았다.

하지만 신고베역에서도 좌석의 팔걸이를 꽉 잡고 움직이지 않았다.

후우짱을 만나지 않은 이유는 사실 또 하나 있다. 만약 만나서, 만약 어떤 계기로 후우짱의 기억이 떠올라, 거기에 내가 등장하지 않았거나, 끔찍한 장면에 내가 등장했다면, 너무 슬프고, 억울할 것 같아서….

기차가 신고베역을 출발한 직후, 난유 군이 문자를 보냈다.

<지금, 사장님의 메시지.>

오늘 밤에 못 돌아가는 그 순간을 기다렸다가—? 아니면 우연일까—?

<하루짱은 아직 미숙해서 등을 잘 만지지 않으면 추억을 못 본다고 하더라. 그래서 무심결에 보게 되는 일 같은 건 절대 없으니까 안심해.>

다 꿰뚫어 보고 있네요, 사장님.

하지만 이미 늦었다.

하지만, 하지만, 이미 늦었다는 것도 사장은 다 꿰뚫어 보고 있고, 그래서 이 타이밍에 난유에게 전한 것이라면….

이제 그만 자자고, 좌석의 등받이를 젖히고, 정말 그대로 스오 역에 도착하기 직전까지 푹 잤다.

스스로도 놀랄 정도로 깊은 잠에 빠졌다.

10장

1

 월요일 아침, 금방이라도 비가 내릴 것 같은 구름을 염려하면서 집을 나와 야마노테 우체국 앞에서 버스를 타니 통로에 서 있는 승객들 사이에 난유가 있었다.
"굿모닝!"
 혀를 굴리며 인사하고, 헤헤, 하고 웃고 있었다.
 난유가 타는 버스 정류장은 두 정거장 앞의 히가시4쵸메 공원―평소에는 내가 타는 버스보다 서너 정거장 뒤에 오는 버스를 타고, 지각하기 딱 좋은 시간에 등교하곤 했다.
"왜 그래, 너무 일찍 일어났어?"
"마음을 바꿔서 다시 태어났어."
"…그럼 문자 읽고 씹는 짓 그만하시지."
 어제는 몇 번이나 채팅방에 문자를 남겼는데 단 한 번도 반응이 없었다.

"왜냐하면 카즈라기 씨와 연결돼 있으니까 괜찮을 거로 생각했거든. 나도 답장을 보내면 두 번씩이나 번거롭지 않겠어?"

두 번이나 번거롭다는 말은 아마 다른 의미일 것이다. 하지만 확실히 어제 난유의 일정은 모두 카즈라기 씨의 문자를 통해 알게 되었다.

아침 일찍 카즈라기 씨와 함께 세이조의 타츠야 씨 집을 방문해 모두 함께 양로원 요양동에 있는 미즈코 씨를 만났다. 거기서 카즈라기 씨에게 하네다 공항까지 데려다 달라고 부탁해 비행기와 리무진 버스를 타고 스오로 돌아왔다.

다만 문자에는 목적지만 적혀 있었다. 마치 사무실에 있는 화이트보드에 적힌 스케줄을 읽어주는 것 같았다. 평소 대화와 마찬가지로, 어쨌든 카즈라기 씨는 음울하고 무뚝뚝하다.

귀향이 비행기인 이유도 지금에서야 난유 본인에게 물어보고서야 알았다.

"사장님이 결정했어. 신칸센을 타면 내가 중도에 하차할지도 모른다고."

신뢰도 제로. 하지만 본인은 미안한 기색도 없이 "비행기에서 주는 콘소메 수프 정말 맛있어서 리필했어."라며 웃는다. "알고 있니? 그 수프, 인터넷으로도 살 수 있어."

그런 건 상관없지만, 붐비는 버스 안에서는 복잡한 이야기를 할 수 없었다.

"학교에 도착하면 미츠코 씨의 주마등이라든가 여러 가지 일들 알려 줘."

"하루짱도 알려 줘."

"—뭐?"

"엄마 이야기라든가, 여러 가지…. 그걸 묻고 싶어서 일찍 일어났어."라고 말했다.

학교에 도착해서 교실 베란다로 나가서 가위바위보를 했다.

보고는 가위바위보에서 진 난유가 먼저 했다.

내가 갑자기 스오로 돌아간 토요일 밤, 난유는 예정대로 다이부츠 씨에게 스카이트리를 안내해 달라고 부탁했다. 야경을 감상하고, 기념품도 많이 사서 저녁은 몬자야끼(일본 관서 지방의 오코노미야끼와 비슷한 간토 지방의 음식. 철판에 부쳐 내는 것은 같으나 수분이 많다.– 옮긴이 주)를 대접받았다고 했다.

"왠지 거의 시골 사람 관광 온 것 같은 느낌이었지만 말이야."

도쿄에서 받은 기념품이라며 교복 셔츠 안에 입은 티셔츠를 보여 주기도 했다. 가슴에 '사무라이侍'라고 크게 쓰여 있었다. 부모님께는 같은 한자 시리즈인 '제일一番'과 '두목親分'을 선물로 사 왔다고 했다. "아빠도 엄마도 꽤 당황한 반응이었지만."—그래도 화내지 않고 난유 군을 맞이해 줘서 다행이었다.

"카즈라기 씨도 함께 있었어?"

"아니, 그 분은 계속 회사에 있었어. 다른 일도 있고, 타츠야 씨로부터 연락이 올지도 모르고, 또 미츠코 씨의 상태도 언제 어떻게 될지 모르니까…. 기다리고 있어야 하지 않겠냐고 다이부츠 씨가 말했어."

난유는 회사 근처의 비즈니스호텔에 묵었다. 상경한 화요일 밤에는 인터넷 카페에서 밤을 새웠지만, 수요일부터는 이 호텔에서 4박을 한 셈이다.

"침대만으로도 거의 꽉 찬, 좁은 방이지만 아침 식사는 무료이고, 4일치 호텔비도 회사에서 다 내 줬어."

"대단한데, 그건."

"하지만 빚이잖아. 다이부츠 씨가 여름방학 아르바이트 월급을 선지급한 것으로 하자고 했어. 그래서 여름은 공짜로 일하게 될지도 몰라."

실망한 표정이었지만, 내심 기뻐하는 것 같기도 했다. 알겠다. 여름 아르바이트 채용도 확정이라는 뜻이니까. 여름방학에 브레멘 여행사에서 아르바이트—정원이 두 명이라면 나도 나쁘지 않을 것 같았다.

"저기, 아직 안 물어봤는데, 금요일 전까지 어떤 일을 했어?"

"꽤 여러 가지 일들을 했어."

수요일은 사무실을 청소하고, 필요 없는 서류를 분쇄기로 파쇄하는 등 잡일만 했다.

"뭐, 갑자기 왔으니까 사장님이나 카즈라기 씨도 뭘 시켜야 할지 몰랐던 것 같은데…. 손이 비어 있을 때는 다이부츠 씨의 아이

돌 이야기를 들어 주기도 하고, 또 사장님 바둑 상대도 해 줬어."
"난유, 바둑 둘 줄 알아?"
"아니, 전혀."
"그렇겠지."
"하지만 규칙을 모른다고 했더니, 오목으로 두면 된다고 했어."
 순간 어이가 없었지만, 곧 아, 그렇구나 하고 사장의 의도를 알 수 있었다.
"의외로 박빙의 승부가 되어서 세 번을 붙어서 세 번 연속으로 졌는데, 한 시간 정도 걸렸어."
 그 사이 사장님은 난유의 기억을 구석구석 들여다봤을 것이다. 다이부츠 씨의 아이돌 이야기도 분명 그런 목적이었을 것이다.
"그런데, 저녁에 사장님이 엄마랑 얘기해서 일요일까지 도쿄에 있어도 좋다고 했잖아. 그래서 목요일부터는 좀 더 일 같은 일을 했어."
 목요일은 컴퓨터 앞에 붙어 앉아 검색과 다운로드와 화면 캡처를 반복했다. 이와테현 해안가에 있는 인구 수만 명 도시의 2011년 3월 11일 이전의 거리 풍경과 당시 상황을 알 수 있는 자료를 계속 찾아다녔다.
"새로운 고객의 여행에 사용할 것 같았어."
 2011년 3월 11일 이전이란, 즉 동일본 대지진 이전이다—.
"대지진 때 쓰나미로 인해 그 도시가 엉망이 됐었어."
"응…, 알아."

쓰나미 하면 가장 먼저 떠오르는 도시 중 하나다. 수백 명이 죽고, 지금도 실종자가 많고, 도심은 폐허가 되어 버렸다. 지진 발생 당시에는 아직 어렸던 나도 어렴풋이 기억하고 있고, 당시 그 도시의 모습은 그 후에도 텔레비전 특집이나 다큐멘터리를 통해 여러 번 소개되었다.

"지금은 많이 부흥이 진행됐지만, 도시 자체는 예전과 완전히 달라졌어."

　나도 알고 있다. 성토를 하고, 높은 곳으로 이전하고, 거대한 방조제가 만들어져 옛 모습은 거의 남아 있지 않다고 했다.

　여행 고객은 그 마을 출신이었다.

"이름을 알려 주진 않았지만, 굉장히 유명한 분이래. 지진 때 도쿄에 있었는데, 친척이나 친구들이 많이 죽고, 집에 있는 앨범 같은 것도 다 떠내려가서…. 이제 자신의 기억 속에만 남아 있는 거야. 고향이…."

"…그렇겠지."

"그래서 옛날의 도시를 어디까지 기억하고 있는지 갑자기 무서워졌대. 내가 죽을 때 주마등처럼 떠오르는 것이 지진 직후의 잔해더미이거나 부흥 후의 너무 깨끗한 도시라면 역시 싫지 않겠어? 그래서 브레멘 여행사에 연락이 왔어. 가능하면 옛날 그대로의 거리를 보고 죽고 싶고, 잊고 있던 추억을 다시 한번 되살리고 싶다고 말이야."

　옛 고향을 떠올릴 기회는 많으면 많을수록 좋다. 사진집이나 지

자체 아카이브만으로는 부족하다.

"이런 것들보다는 오히려 시로토 사람들의 블로그에 있는 작은 글귀나 스냅사진에 우연히 찍힌 건물 같은 것이 더 좋아."

이를 위한 자료 수집을 난유가 도왔다고 했다.

"이건 사람을 도와주는 거잖아? 꽤 보람 있는 일이라고 생각되지 않냐?"

나는 고개를 끄덕였다. 좋은 일을 할 수 있어서 다행이다, 라는 생각이 솔직하게 들었다—말로 입 밖에 내지는 않았지만.

금요일은 아침부터 저녁까지 이어폰을 끼고 낭독을 들으며 원고를 대조했다.

"그것도 일이었어."

고객은 유명한 사람이 아니었다. 지인의 소개로 브레멘 여행사에 상담을 요청했다.

그분은 녹내장으로 눈이 거의 보이지 않는 중병에 걸린 분이었다. 병이 진행되면서 임종이 임박했음을 깨닫고 마지막 소원을 이루고 싶어 했다.

힘들게 대학 야간부를 다니던 시절, 시골에 계신 어머니가 보내준 수십 통의 편지를 다시 읽고 싶다는 것이었다.

그리고 주마등처럼 어머니와의 추억과 어린 시절의 기억을 하나라도 더 늘리고 싶어 했다—.

브레멘 여행사는 그 의뢰를 받았다. 눈이 보이지 않아도 어머니의 편지 내용을 알 수 있도록 낭독을 하기로 했다. 여러 명의 전문

성우가 오디션을 거쳤고, 고객이 그 중 어머니의 목소리와 가장 닮은 사람을 직접 선택해 스튜디오에서 녹음했다.

그 음성 데이터를 듣고 편지의 내용을 그대로 낭독하고 있는지 확인하는 것이 난유의 몫이었다.

"실수하면 안 되니까 책임감이 컸어. 부담감 백 배."

저녁에 일단 일을 마치고 이어폰을 뺀 뒤에도 한동안 낭독하는 목소리가 귓가에서 사라지지 않았다고 했다.

"그래도 좋은 일이라고 생각되지 않아?"

"…응, 그래."

주마등을 다시 그리는 데는 내가 생각했던 것보다 훨씬 더 많은 이유와 사정이 있을 것이다. 브레멘 여행사의 고객도 유명인이나 부자들만 있는 것은 아니었다.

그것이 조금은 반가웠다.

"뭐, 그래도 토요일이 역시 가장 피곤했어."

나와 함께 타츠야 씨를 만나고, 콘도 씨를 만나고, 다이부츠 씨에게 스카이트리에 데려가 달라고 부탁했다.

"호텔 방에 돌아와서 멍하니 텔레비전을 보거나 휴대폰을 만지작거렸는데, 도무지 잠이 오지 않았어. 여러 가지 생각이 들었어."

"무슨 생각?"

"타츠야 씨 얘기라든가, 미츠코 씨 얘기라든가, 콘도 씨 얘기라든가…. 그리고 하루짱 엄마 얘기라든가, 여러 가지…."

자기 얘기는 나오지 않는다. 절대 안 나온다. 하지만, 뭐, 마음은 알겠다.

"밖이 어슴푸레 밝아지고 나서야 겨우 잠이 들었어…."

9시에 출근하기 위해 8시에 알람을 맞춰 놓았다.

그런데 7시 전에 카즈라기 씨로부터 전화가 걸려 왔다.

"타츠야 씨로부터 연락이 왔어, 아침 6시 반쯤에. 바로 호텔로 데리러 갈 테니 5분 안에 체크아웃하라고 했어."

미츠코 씨의 상태가 급변했다. 양로원 사무실에서 '만나고 싶은 사람이 있으면 조금이라도 빨리 오세요.'라는 말을 들은 타츠야 씨는 가장 먼저 카즈라기 씨에게 전화를 걸었다.

"5분 후에 호텔 앞에 없으면 두고 가겠다."고 했다.

너무하네, 너무 강압적이고, 갑질이라고 난유는 웃으면서 말했지만, 나는 오히려 그런 다급한 때에도 들러 준다는 것에 놀랐고, 대단하다고 생각했다. 카즈라기 씨는 역시 난유를 높이 사 주고 있는 것 같다.

"그래서, 늦지 않았어?"

"겨우 2분 만에 체크아웃했는데 밖에서 3분이나 기다리게 했어."

입을 꾹 다물고 있는 난유도 사실은 카즈라기 씨를 무척이나 잘 따르고 있는 것 같았다.

수업 시작 10분 전, 예비종이 울렸다. 교실은 꽤 활기를 띠기 시작했다.

모두의 수다 주제는 오늘의 날씨에 대한 이야기였다.

이 지역에 호우경보와 파랑주의보가 내려졌다고 했다. 비는 오전부터 내리기 시작해 저녁이 되면 점점 더 심해질 것이라고 했다.

확실히 구름으로 뒤덮인 하늘의 색은 아침에 일어났을 때보다 훨씬 어두워졌다. 지면을 스쳐 지나가는 바람도 거세져 2층 베란다에 있으면 가끔 머리를 눌러 줘야 할 정도였다.

그런 하늘 아래에서 난유는 어제의 이야기를 이어 나갔다.

2.

난유가 바로 체크아웃을 한 덕분에 아침 7시 반이 지나 세이조에 도착했다.

타츠야 씨는 토요일과 마찬가지로 응접실로 카즈라기 씨와 난유를 안내했다. 두 사람이 앉은 소파의 자리도 토요일과 같았다. 다만 이날은 차와 다과가 나오지 않았다.

"죄송해요, 아내가 저쪽에서 짐을 싸고 있어서 준비를 못 했어요."

타츠야 씨는 잠을 못 자서 그런지 눈이 빨갛게 충혈되어 있었다.

"아까부터 혈압이 조금 회복되고 호흡도 안정된 것 같던데, 더 이상 깨어날 일은 없을 것 같습니다."

도쿄에 사는 아들과 딸의 가족에게도 연락을 취했다. 두 사람 모두 낮 12시 전에 달려올 예정이라고 한다.

그래서 그 전에—.

"주마등 작업을 마무리해 주실 수 있나요?"

이 말은 곧―,

"스오에 살았을 때의 주마등, 그대로 부탁… 드립니다."

타츠야 씨는 말을 잘게 쪼개어 마지막에는 목구멍에서 짜내듯 말했다. 고통스러워 보였다.

어젯밤에 잠을 못 잔 이유는 미츠코 씨의 상태 때문만은 아니었을 것이다.

"알겠습니다."

카즈라기 씨는 고개를 끄덕이며 "이제부터 미츠코 씨의 주마등을 다시 한번 보겠습니다."라고 앞으로의 흐름을 설명했다.

"목요일과 비교하면 아마 큰 차이는 없을 것 같아요. 만약 그림이 교체되거나 빠진 그림이 있거나 새로운 그림이 추가되어도 바로 수정할 예정이니 안심해도 좋습니다."라고 말했다.

"…부탁드립니다."

"방침은 지금까지처럼 고통스러운 추억은 남기지 않고, 행복한 추억을 무리하게 늘리는 일도 하지 않겠습니다. 그럼 되겠습니까?"

그러자 타츠야 씨는 고민이 생겼는지, "그래도 역시 행복한 추억은 많이 남기는 편이 좋지 않을까요?"라고 물었다.

"그건 고객님 생각에 달려 있습니다. 물론 하나라도 더 많이 해 달라고 요청하는 고객도 있지만, 무라마츠 님처럼 여행을 통해 추억을 쌓은 후에는 있는 그대로, 가능한 한 손을 대지 않고, 그리고 섞여 있는 고통스러운 추억만 지워버리고 싶다는 분들도 많이 계십니다."

"카즈라기 씨는 어느 쪽이—?"

"결정하시는 것은 고객님입니다."

딱 잘라 말하고, "스오의 일도 그대로 두셔도 괜찮다는 말씀이죠?"라고 재차 강조했다.

타츠야 씨는 잠자코 작게 고개를 끄덕였다.

카즈라기 씨는 토요일에 말했던 대로 콘도 씨에 대해서는 타츠야 씨에게 말하지 않았다.

난유는 타츠야 씨가 화장실에 간 틈을 타서 물었다.

"정말 괜찮겠어요?"

"괜한 참견은 하지 마."

"그래도 역시 알고 있으면서도 말하지 않는 건—"

"아까 들었잖아. 주마등은 있는 그대로 마무리한다."

콘도 씨와의 추억도, 그것이 미츠코 씨에게 행복한 추억으로 주마등에 그려져 있다면 있는 그대로 남겨 둔다.

"만약 사라졌다면요?"

"그것도 사라진 채로, 그대로 놔 둬."

"그럼, 저절로 사라지면 해결이 되는 거죠?"

난유는 '그래, 그럴 거야.'라고 스스로를 점점 더 납득시키며 말을 이어 갔다.

"그래서, 사라지는 대신 타츠야 씨나 세이지 씨의 추억에 색을 입혀서 주마등으로 그려져 있다면, 더 좋겠죠. 뭐랄까, 9회말 역전 굿바이 홈런을 치는 느낌으로요. 그렇죠, 그렇지 않아요?"

카즈라기 씨는 무표정한 얼굴로 "어쨌든 입 다물어."라고 못을 박고 "그보다—"라고 낮은 목소리로 말했다.

"아마도, 다시 한번, 망설이게 될 거야."

타츠야 씨가—.

"헤맨 끝에 패닉에 빠질지도 몰라."

"그럴 수가 있을까요?"

난유의 질문에는 대답하지 않고 이야기를 이어 나갔다.

"그때는 타츠야 씨가 다치지 않도록 뒤에서 몸을 받쳐 드려. 그게 네가 할 일이야."

말을 잘 이해하지 못하는 상태에서 애매하게 고개를 끄덕이는데, 타츠야 씨가 화장실에서 돌아오는 소리가 들렸다.

카즈라기 씨는 소파에서 일어나 타츠야 씨를 맞이했다.

"그럼, 가시죠."

타츠야 씨는 잠시 당황한 표정을 지었다. 조금 더 기다렸다가 나갈 생각이었을 것이다.

하지만 카즈라기 씨는 "걸어서 갈 수도 있는 거리지만, 차로 가시죠."라며 재빨리 먼저 방을 나갔다. 말은 정중했지만 말투와 몸짓에는 말하지 않아도 알 수 있는 힘이 느껴졌다.

집을 나설 때 난유는 타츠야 씨의 옆모습을 슬쩍 훔쳐보았다. 표정이 아까와는 미묘하게 다르다. 초조함과 당황스러움에 더해

눈썹 사이사이에 주름이 잡힌 얼굴에는 확실히 고민하는 기색이 역력했다.

미츠코 씨가 있는 양로원은 차로 1, 2분 거리였다.

그 사이 뒷좌석에 앉은 타츠야 씨는 가만히 입을 다물고 있었다.

조수석에 앉은 난유도 점점 긴장하고 있었는데, 양로원의 분위기를 본 순간 그 긴장감이 한꺼번에 높아졌다.

고급스럽다는 말은 토요일에도 들었지만, 실제로는 상상보다 훨씬 더 고급스러웠다.―화려한 고급스러움보다 훨씬 더 차분하고 세련된 품격이 있었다.

문득 콘도 씨가 입주한 시설과 비교가 되었다. 그곳은 쓸쓸한 건물이었다. 가족들이 외면한 가운데, 버림받은 노인들이 인생의 마지막 나날을 보내는, 고려장을 하는 것과 같은 곳이었다.

여기는 달랐다. 건물이나 시설, 서비스 이전에 이곳에는 평온함이 가득하다는 것을 알 수 있었다. 돈도 넉넉하고 가족과의 관계도 좋은 노인들이 이곳에서 조용히, 마음 편히, 삶의 마지막을 맞이하고 있었다.

행복하시구나. 난유는 미츠코 씨를 다시 한번 생각했다.

미츠코 씨는 행복한 죽음을 맞이할 수 있을 것이다.

치매에 걸리기 전의 삶을 자세히 듣지는 못했지만, 타츠야 씨의 효도하는 모습을 보면 충분히 만족스러운 세월이었을 것이다. 치매에 걸린 이후에도 본인과 주변의 고통은 최소한으로 억제되었을 것이다.

그리고 효성스러운 외아들은 이제 어머니가 마지막으로 보는 주마등도 행복한 장면들로만 마무리하려고 노력하고….

차가 보안 게이트를 통과해 건물 안으로 들어섰다. 카즈라기 씨는 차를 방문객을 위한 주차 공간에 넣고 바로 밖으로 나갔다.

하지만 타츠야 씨는 팔짱을 끼고 고개를 숙인 채 움직이지 않는다.

"저기, 도착했습니다."

난유가 조수석에서 말을 걸자 "응…."이라고 낮은 목소리로 대답했지만, 팔짱을 풀고 문을 열 기미는 보이지 않았다. 오히려 양손으로 머리를 감싸 쥐고 상체를 무릎에 파묻었다.

"몸이 안 좋으세요?"

"아니야. 음, …잠깐만…."

난유는 황급히 차에서 내렸다. 카즈라기 씨는 차에서 너무 가깝지도 멀지도 않은 미묘한 위치에 있었다. 보통의 경우 요양 병동을 향해 걷는다면 더 멀리 떨어져 있었을 것이고, 타츠야 씨가 내려올 때까지 기다린다면 더 가까이 있었을 것이다. 마치 처음부터 이렇게 될 것을 알고 있었다는 듯이, 난유가 바로 달려갈 수 있으면서도 타츠야 씨에게 말소리가 들리지 않는 곳에 서 있었다.

사실 카즈라기 씨는 난유가 타츠야 씨의 상태를 알려 줘도 전혀 놀라지 않았다. 그럴 수도 있겠지, 하며 당연하다는 듯이 "조금만 기다려 보자."고 말했다.

"지금 또 망설이고 있는 건가요?"

고개를 끄덕이며 "걸어서 왔다면 중간에 땅에 주저앉아 꼼짝도 못 할 뻔했다."고 웃으며 말했다.

"그럼, 이대로라면 패닉에 빠질지도…."

"그러니까 아까 말했듯이 다치지 않도록 등을 받쳐 드려."

차 문이 열렸다. 드디어 타츠야 씨가 차에서 내렸다. 난유가 달려가서 "괜찮으세요?"라고 묻자, 그는 힘겹게 고개를 끄덕였다. 하지만 숨은 여전히 거칠고, 목구멍이 끅, 끅 하고 울렸다. 무엇보다 셔츠 속이 비칠 정도로 땀을 흘리고 있었다.

그런 타츠야 씨에게 카즈라기 씨가 말했다.

"마지막으로 한번만 더 확인시켜 주세요."

"…네."

"스오의 주마등은 그대로 두고 가겠습니다. 괜찮으시겠습니까?"

타츠야 씨는 몇 번이나 숨을 깊게 들이마시고 내쉬었다. 그때마다 어깨가 크게 들썩거렸고, 내쉬는 숨은 파도처럼 격렬하게 흔들렸다.

"현재로서는 가족은 등장하지 않습니다."

타츠야 씨의 숨소리가 한층 거칠어지고, 고음의 휘파람 같은 소리가 들렸다. 과호흡을 하고 있었다. 발이 휘청거리며 그 자리에 쓰러질 것 같았다.

"난유, 등을 받쳐 드려."

타츠야 씨의 뒤로 돌아가 감싸듯이 어깨에 손을 두르고서야 비로소 그 말의 진의를 알았다.

카즈라기 씨는 난유에게 타츠야 씨의 기억을 들여다보게 한 것이었다.

수업 시작종이 울렸다.
이야기는 다음 쉬는 시간으로 미뤄졌다.

3

비는 일기예보보다 훨씬 빨리—1교시 수업 도중에 내리기 시작했다.
스오가 있는 산요 지방 서부는 장마철 후반에 폭우가 쏟아지는 경우가 많다. 3년 전에도 선형 강수대가 한참을 머물러 스오 시내에는 큰 피해가 없었지만, 사바 텐만구 주변은 제방이 무너져 수십 채의 주택이 침수됐다.
오늘 비도 상당할 것 같았다. 아침 등교 후 인터넷 뉴스를 살펴본 사람에 따르면 호우경보와 함께 천둥번개 주의보가 내렸다고 했다.
1교시 수업이 끝났는데도 비를 맞으며 굳이 베란다로 나가는 사람은 없다. 난유와 나에게는 고마운 상황이었다.
그래서 불어오는 비에 젖지 않도록 조심하면서 난유의 다음 이야기를 계속 들었다.

추억을 하나하나 천천히 되짚어볼 여유가 없었다. 난유 군은 두툼한 사전을 서둘러 넘기듯 색깔이 있는 장면을 찾았다.

미츠코 씨는 몇 번이고 나온다. 특히 어린 시절의 기억은 대부분 색으로 남아 있다. 다정한 엄마, 예쁜 엄마, 그런 엄마를 사랑했음을 잘 알 수 있다.

반면 아버지 세이지 씨에 대한 추억은 미츠코 씨의 몇 분의 일… 아니, 십분의 일에도 미치지 못할 것이다. 전체 숫자도 적고, 대부분 색깔이 없다.

미츠코 씨가 기억하는 세이지 씨의 모습과 같았다. 가정보다 일을 우선시하고, 처자식을 먹여 살린다는 자부심과 책임감 대신 가정에서 압도적으로 중요한 사람이 자신이라고 믿어 의심치 않았다. 그런 쇼와 시대의 아버지, 남존여비, 정조 관념, 고집불통 아버지의 기억만이 타츠야 씨의 기억에 남아 있는 것이다.

그래서일까, 중학생이 되었을 무렵부터 타츠야 씨의 기억 속에는 다정한 엄마에게 애교를 부리는 것뿐만 아니라 오히려 반대로 미츠코 씨를 격려하고 위로하는 장면이 많아진다.

효행의 추억은 타츠야 씨가 어른이 된 이후에도 많이 있다. 완전히 할머니가 된 미츠코 씨를 타츠야 씨는 정말 다정하게 지켜보고 있다.

그런 가운데 매우 인상적인 미츠코 씨의 모습이 있었다.

인상적—이라고 말한 후, 난유는 다른 표현으로 다시 말했다.

아름다웠다. 너무 아름다워 무서웠다.

구체적인 사건의 기억이 아니었다. 미즈코 씨의 옆모습만 떠올랐다. 그 얼굴이 너무나도 아름답고 무서울 정도였다는 것이다.

그런 미즈코 씨가 돌아선다. 미소를 지으며 말을 건다.

"탓짱이 도쿄의 대학에 가고 싶다면 엄마, 꼭 응원할게. 아빠한테도 말해 줄게."

그러니까 이것은 타츠야 씨의 고등학교 시절의 추억이다.

스오에서 살던 시절—.

타츠야 씨가 미즈코 씨의 불륜을 둘러싸고 솟구치는 의심을 덮어 두고 지켜보던 시절—.

무서울 정도로 아름다운 미즈코 씨는 미소를 지으며 머리를 흔든다.

아니, 아니야. 전혀 아니니까, 라는 소리가 들릴 것 같은 표정이다.

괜찮아, 걱정하지 말라는 목소리도 들릴 것 같았다.

색깔이 있다. 그래서 타츠야 씨는 어쩌면 인생의 마지막에 미즈코 씨의 그 미소를 마주하게 될지도 모른다.

난유는 더 많은 타츠야 씨의 기억을 들여다보려고 했다. 하지만 거기서 카즈라기 씨의 목소리가 꽂히듯 울려 왔다.

"가자."

목소리와 동시에 손끝에 정전기가 흐르는 듯한 통증을 느끼며 난유는 타츠야 씨의 등에서 손을 뗐다.

눈앞에 펼쳐진 광경은 다시 현실로 돌아와 있었다.

"괜찮으세요, 혼자서 걸을 수 있나요?"

"그래…. 미안해. 이젠 괜찮아."

비틀거리며 일어선 타츠야 씨에게 카즈라기 씨가 말했다.

"주제넘은 말씀을 드리려는데, 괜찮으시겠습니까?"

"네…."

"저는 타츠야 님이 어떤 결정을 내리시든, 미츠코 님은 기꺼이, 행복하게 떠날 수 있을 거라고 믿습니다."

방금 전의 말투와는 다르다. 간절히 호소하는 동시에 모든 것을 감싸는 따뜻함과 포용력이 넘치는 목소리였다.

타츠야 씨도 구원받은 듯 "그래요?"라고 웃었다.

그 순간, 난유도 고민이 싹 사라지는 것을 알 수 있었다.

"그럼 다시 한번 마지막으로 부탁드릴게요."

"네….."

"스오의 추억에 가족이 아닌 다른 사람이 등장합니다. 어떻게 하면 좋을까요?"

난유는 카즈라기 씨가 미묘하게 말투를 바꾼 것도 알아차렸. 대답하기 쉬워진 것—같은 느낌이 들었다.

타츠야 씨도 그것을 느꼈는지, 담담한 표정으로 대답했다.

"그대로 두세요."

2교시가 끝날 즈음에는 폭우가 쏟아졌다.

쉬는 시간이 되어도 베란다로 나갈 수가 없었다. 교실 안에서는 깊이 있는 이야기를 할 수 없고, 복도에서 이야기하다 보면 발이 넓은 난유에게 다른 반 아이들이 연이어 말을 걸어와 금세 이야기가 끊기고는 했다.

그래도 간헐적이긴 하지만, 점심시간이 되기 전에 카즈라기 씨가 마지막으로 미츠코 씨의 주마등을 완성한 이야기를 들을 수 있었다.

미츠코 씨는 산소 호흡기를 쓰고 멍하니 잠들어 있었다.

병실에는 간호사와 타츠야 씨의 아내가 있었다. 타츠야 씨는 아내와 자리를 바꿔 미츠코 씨의 침대 옆에 앉아 "엄마, 제가 왔어요."라고 말하며 손을 어루만지기 시작했다.

의사가 방에 들어와 현재 상태를 설명했다. 혈압과 심박수는 안정되어 있고, 이른 아침의 상태보다는 많이 호전되었다. 하지만 역시 의식을 되찾지는 못할 것 같다고 했다. 길어야 며칠 더 잠든 채로 숨을 거두게 될 것이라고 했다.

의사는 다시 한번 완화치료에 관해 확인했다. 입주 당시 논의한 바에 따르면, 완화치료는 산소 호흡기까지만 시행하고 나머지는 고통을 완화하면서 조용히 임종을 맞이하게 되어 있었다. "그것으로 충분합니다."라고 타츠야 씨가 말하자 의사는 "아마 더 이상 통증이나 고통은 느끼시지는 못할 것입니다."라고 말하고 병실을 나갔다.

기다렸다는 듯이 구석에 있던 카즈라기 씨는 타츠야 씨의 바로 뒤쪽으로 자리를 옮겼다.

난유가 옆으로 가려고 하자 "넌 저쪽…."이라며 턱을 가리키며 원래 자리로 되돌려 놓았다.

주마등의 마지막 마무리가 시작되었다. 침묵 속에서 눈에 보이는 움직임 없이 조용히 진행되었다. 주마등이 원활하게 흐르도록 한 장씩 그림의 순서를 확인하고, 그림과 그림의 간격을 미세하게 조정해 채우기도 하고 넓히기도 했다. 스오에서의 불륜의 기억은 타츠야 씨의 요청대로 그대로 남겼을 것이다.

하지만 그것을 확인할 방법은 없었다. 난유에게도, 타츠야 씨에게도. 브레멘 여행사의 사장이 말했듯이, 정말 이것은 사기라고 해도 과언이 아닌 일이었다.

병실에 들어간 지 몇 분 후 카즈라기 씨가 타츠야 씨에게 말을 걸었다.

"그럼 우리는 이것으로…."

타츠야 씨는 "예?"라고 놀라며 돌아본다.

"그림은 주문하신 대로 완성했습니다."

"저기…."

"앞서 결정하신 것 그대로."

타츠야 씨는 무슨 말을 하려고 했지만 얼굴이 일그러지는 것 외에는 말이 나오지 않았다.

차에 돌아올 때까지 카즈라기 씨도, 난유도 입을 열지 않았다. 카즈라기 씨는 자연스러운 침묵이었지만 난유는 달랐다. 말이 몇 번이고, 몇 번이고, 목구멍까지 나왔다가 들어갔다. '저기요'의 '저―'가 한숨처럼 반쯤 새어 나올 때도 있었다.

차에 올라 안전벨트를 매자 역시나 더 이상 참을 수 없었다, 일단 무난한 인사를 건넸다.

"…수고하셨습니다."

카즈라기 씨는 시동을 걸었다.

"특별히 피곤하진 않아. 늘 하던 일이니까."

무뚝뚝한 대답에 오히려 반대로 말문이 트였다.

"하지만 지금은…, 일을 정말 잘했는지 아닌지 알 수가 없잖아요."

무례한 질문에 카즈라기 씨는 드물게 큰 소리로 웃으며 말했다.

"들켰나?"

"―진짜요?"

깜짝 놀라는 난유에게 이번에는 진지한 표정으로 "어른을 얕보지 마라. 말도 조심하고."라고 말하며 차를 출발시켰다.

그러자 난유는 웃음을 터뜨렸다. 혼이 났지만 조금은 기쁘다.

"타츠야 씨의 기억, 왜 저한테 엿보게 해 줬어요?"

"나중에 어땠냐고, 어땠냐고 자꾸 물어보는 것도 귀찮으니까. 조금은 마음이 편해졌나?"

"아뇨…."

타츠야 씨가 정말 어머니를 사랑하는 아들이라는 것을 잘 알 수 있었다. 그 타츠야 씨가 결정한 일이라면 카즈라기 씨의 말대로, 미츠코 씨는 납득하고 기꺼이 주마등을 바라보며 떠날 것이다.

"절반은 정리됐지만, 왠지 아직은 좀⋯."

솔직히 말해서 카즈라기 씨도 "그럴 거야."라고 고개를 끄덕였다.

"스오에 살 때의 미츠코 씨가 있었어요. 정말 예쁘고, 미인이라고 할까. 뭔가, 매력적이라고 할까, 어떻게 보면 '여자'라고 할까⋯. 그런 식으로 말하면 가볍고, 저속한 표현이 되어 버리지만―"

"알아," 하고 다시 고개를 끄덕이며, "머리를 옆으로 가로저었을 거야."라고 묻는다.

"네⋯. 보셨어요?"

"어떤 생각이 들었어?"

"아니야, 아니야라고, 부정하는 것 같았어요."

"그럼, 무엇을 부정하는 것 같았어?"

모르겠어요. 콘도 씨와의 불륜일지도 모르고, 전혀 다른 것일지도 모른다. 색깔이 있는 기억에도, 색깔이 없는 기억에도 그 표정과 연결될 것 같은 장면은 없었다. 타츠야 씨가 입 밖으로 꺼내서 물은 것인가. 하지만 무엇을? 원래는 불륜과 무관한 장면이 우연히 기억 속에서 불쑥 떠올라, 그것을 이쪽이 마음대로 연결한 것일까.

아무것도 모르니 아까부터 안절부절못하고 있는 것이었다.

"카즈라기 씨는 아시나요? 그게 어떤 장면이었는지."

"몰라."

모른다고 가볍게 대답하고, 더 가볍게 "타츠야 씨 본인도 모르는 것 아냐?"라며 웃는다.

"잊어버렸다는 뜻인가요? 하지만 기억에 남아 있고, 게다가 색깔까지 있었는데―."

"잊을 것도 없고, 실제로 그런 장면이 없었을 가능성도 있어."

현실에 있었던 것만이 추억이 되는 것은 아니다. 일상이 쌓여 만들어 낸, 한없이 현실에 가까운 아련함도 있다.

"가족과의 단란한 추억이나 친구들과 놀았던 추억이 가장 기억에 남을 것 같다. 이날, 이 장소의, 이 사건…. 무엇이라고 결정하지 못하고, 왠지 모르게 그런 느낌의 하루하루였구나, 라는 날이 더 많잖아."

"아, 왠지 알 것 같아요."

"행복한 추억은 사실 그쪽이 더 좋아."

편안함과 즐거움이 항상 곁에 있으면 행복이 일상이 되고, 추억도 날짜나 장소, 사건 하나하나에 얽매이지 않는다.

"반대로 슬픈 기억은 이날, 이 장소, 이 사건이 힘들었어, 라고 결정되는 것이 좋아."

예를 들어 어린 시절에 일상적으로 학대를 당했다면, 슬픈 기억은 '이날 이렇게 끔찍한 일을 당했다.'고 결정하기조차 힘들어진다.

"…그렇군요."

신비롭다는 표정으로 고개를 끄덕인 난유는 "그럼―,"이라며 이야기를 다시 타츠야 씨로 돌렸다.

"그 미츠코 씨는 고등학생인 타츠야 씨가 계속 생각하던 것이 쌓이고 쌓여서 떠오른 얼굴인가요?"

"그래. 계속 생각하고…, 바라고, 믿고, 기도하고 있었겠지."

불륜 따위는 하지 않았다고 반박하고 싶어서 고개를 가로저었다. 걱정하지 말라고 웃음을 짓게 했다. 하지만 한편으로는 미츠코 씨가 아름다워졌다는 것도 알아차리고 있었다. 그래서 그렇게 '여자'를 느끼게 하는 옆모습이 되었다.

"지금 나이라면 몰라도, 타츠야 씨는 아직 고등학생이었을 뿐이야. 감수성이 예민한 시기의 아들이 엄마와 단둘이 살면서 아버지에게 상담도 못 하고, 정말 힘들었을 것 같아."

"…알겠습니다."

"어린 내가 건방지게 말하는 것이긴 하지만, 정말 잘했어. 고등학교 시절의 타츠야 씨도, 지금의 타츠야 씨도. 방금 전의 패닉은 마지막 순간에 터져 나온 마음의 비명이야."

"땀에 흠뻑 젖어 있었습니다."

"네가 등을 받쳐 주지 않았다면 더 큰 일이 벌어졌을 거야."

기억을 들여다보았기 때문만이 아니었다.

등을 받쳐 주고 손을 대 주는 것, 그것이 정말 효과가 있었다.

"기억을 들여다보는 것과는 무관하게, 기억해 두면 좋다. 등에 손을 얹으면 몸과 마음의 혼란이 가라앉는다. 평정심을 되찾게 하려면 무엇보다 등이다."

그래서 다쳤을 때 그 자리에서 간단한 치료를 하는 것을 '손을 대는 것'이라고 한다.—난유에게는 솔직히 "그건 그냥 말장난이잖아요."라는 생각도 들지 않는 것도 아니었다.

하지만 이어지는 말이 더 가슴에 와닿았다.

"스스로 자신의 등에 손을 얹을 수는 없으니까."

난유는 스스로 대 보려고 손을 너무 뒤로 뻗었다가 허리와 왼손이 경련을 일으켰다고 했다.

누군가 내 등에 손을 얹어주는 사람이 있다. 그것이야말로 행복한 일이라는 것이 솔직하게 느껴졌다. 잠시 타츠야 씨의 이야기에서 벗어나 어버이날에 아버지의 등에 손을 얹었던 일을 떠올리며.

차는 편도 3차선의 넓은 도로에서 고속도로로 진입했다.

합류가 서툰 카즈라기 씨를 위해 고속도로 입구에서는 말을 아끼고 있던 난유는 차가 요금소를 지나 본격적으로 차선에 들어서자, 이제 괜찮을 것 같다는 생각에 입을 열었다.

"타츠야 씨, 스오의 추억을 주마등으로 남겼잖아요. 어떻게 생각하세요?"

"어쩔 수 없지. 결정하는 것은 타츠야 씨이고, 맞고 틀리고도 없어. 나머지는 타츠야 씨가 납득할 수 있는지, 후회가 남지 않을지 여부뿐이야."

"미츠코 씨가 아니라 타츠야 씨… 입니까?"

"주마등은 죽는 사람을 위해서만 돌아가는 게 아니야. 남겨진 사람을 위해서도 돌아가는 거야."

확실히 그럴지도 모르겠다. 이것은 타츠야 씨의 마지막 효도이며, 타츠야 씨 자신에게도 엄마와의 마지막 추억이 될 것이었다.

"그럼 다행이네요."

난유는 안도하며 웃었다. "타츠야 씨, 마지막에는 납득하고 결정했네요. 과호흡을 할 정도로 고민한 보람이 있었어요."

다행이다. 정말 다행이다, 기뻐하는 난유와는 달리 카즈라기 씨의 대답은 없었다.

운전에 집중하고 있기 때문만은 아니었다. 대화라기에는 한참 틈을 두고 카즈라기 씨가 말했다.

"글쎄…, 다시 한 번은 더 있지 않을까?"

"―예?"

"후회를 남기지 않는 것과 후회를 없앤다는 것은 다르니까."

"무슨 뜻인가요?"

난유가 기세 좋게 물었을 때, 추월 차선의 차가 난폭하게 차선 변경을 하면서 바로 앞에 끼어들었다. 혀를 차며 브레이크를 밟은 카즈라기 씨는 "이야기는 고속도로에서 내려와서 하는 거다."라고 말했고, 정말 그 이후로는 한마디도 하지 않았다.

하지만 하네다 공항은 고속도로와 직결되어 있기 때문에 차 안에서는 결국 더 이상 아무 말도 할 수가 없었다. 공항 주차장에 차를 세운 뒤에도 카즈라기 씨는 이야기가 계속 남아 있다는 것을 잊은 것인지―잊어버린 척하는 것인지, 서두르면서 난유의 귀가 티켓을 발권하고 보안 검색장까지 데려다주었다.

"사장님이 게이트를 통과할 때까지 지켜보라고 하셨으니까."

자, 어서 가라고 재촉했다.

"아직 아침이잖아요. 비행기든 신칸센이든, 저녁에 도쿄를 떠나면 쉽게 스오로 돌아갈 수 있잖아요. 그러니까 저, 아직 뭔가 할 일이 없어요? 도와드릴게요."

"더 이상 일은 없다."

"회사 청소라든가…, 뭐든 괜찮아요."

빨리 가라고 쫓겨났다.

어쩔 수 없이 걸어가는 난유에게 카즈라기 씨는 "여름방학에 또 놀러 와."라고 말하며 웃었다.

"놀러 가는 게 아니라 아르바이트를 하러 갈게요."

난유가 말하자, 카즈라기 씨는 무뚝뚝하게 "마음대로."라며 웃음을 잃지 않고 대답해 주었다.

4

점심시간의 체육관은 편의점 디저트를 걸고 농구 자유투 대결을 벌이는 학생들과 길거리 댄스를 연습하는 학생들로 꽤 북적거렸다.

비는 여전히 세차게 내린다. 체육관 지붕에 부딪히는 빗소리가 쉴 새 없이 울려 퍼졌다.

난유와 나는 2층 관람석에 앉아 매점에서 사 온 컵라면으로 점심을 먹으며 이야기를 이어 갔다.

  난유는 저녁에 집에 돌아온 후의 이야기를 "재빨리 목욕을 하고, 저녁밥을 후다닥 먹고, 나머지는 내처 자 버렸어."라고 간단하게 끝맺었다.

  "왜냐하면 아빠나 엄마에게 무슨 말을 해야 할지 모르겠으니 잠을 잘 수밖에 없잖아. 정말 깊게, 임사 체험을 했나 싶을 정도로 푹 잤어."

  부모님은 아무 말도 하지 않았다. 난유가 놀랄 정도로 담담하게, 마치 당일치기로 소풍이라도 다녀온 아이를 맞이하는 것 같았다고 했다.

  "내 직감인데… 브레멘 여행사 사장님이 뭔가 말씀하신 것 같아. 너무 깊게 추궁하지 말고, 그냥 지나가라고…."

  "응, 나도 그런 생각이 드네."

  "뭐, 어쨌든 다행이긴 한데, 계속 모른 척하고 있기는 힘들 것 같기도 하고…."

  "그건 그렇겠지."

  "일단 오늘 밤은 어떻게 해야 할까…, 어젯밤에 너무 많이 잤으니까 오늘 밤은 더 이상 잠도 못 잘 것 같아. 정말 곤란해."

  말과 달리 식욕은 왕성해서 컵라면을 순식간에 먹어 치우고 함께 산 카레 빵과 우유로 점심식사 후반전에 들어갔다.

  "하루짱은 혼자 사는 사람이니까 그런 걸 생각하지 않아도 되잖아. 부럽다."

우유 팩에 빨대를 꽂으면서 "그러니까—,"라며 이야기 공을 이쪽으로 던져 왔다. "이제 내 얘기는 끝났으니, 이번에는 하루짱 차례입니다."

잘 부탁한다며 웃었다.

나는 오전 수업 시간 내내 어디까지 후우짱의 이야기를 전해야 할지 고민했다. 최소한으로 필요한—필요한 내용이라도 말하고 싶지 않으면 패스. 그렇게 마음먹고 이야기를 시작하자 털실 뭉치에서 실이 쑥쑥 빠져나오듯 결국 처음부터 끝까지 깔끔하게 줄거리를 이야기하고 말았다.

난유의 추임새가 너무 적절했기 때문이기도 했다.

응, 응. 그래. 와우. 깜짝 놀랐어. 진짜? 그래서? 그리고 어떻게 됐어? 우와~! 그래? 오, 오, 오오. 그래서? 그래서? 아니, 그거 대단한데. 진짜, 진짜 압도될 것 같아….

마사지의 달인이 이런 느낌일까, 하는 생각이 들었다. 정말 잘하는 사람에게 마사지를 받으면 어깨 결림을 주물러서 풀어준다기보다 통증의 기운이 저절로 빠져나간다고 들었다.

난유의 말투도 마찬가지로 물어보기에 말을 하는 것이 아니라, 스스로 이야기가 내 밖으로 나가고, 그것을 이어서 또 다른 말이 서둘러 쫓아가는 느낌이었다. 주마등 화가로서 재능이 있다는 것은 이런 점 때문일까.

아무튼 토요일의 이야기는 난유에게 대체로 전달한 셈이었다.

이야기가 끝나자 난유는 "그랬구나."라고 크게 고개를 끄덕이고는, "그럼 또 가자. 도쿄."라고 말했다.

"— 뭐?"

"아니야?"

"아니, 왜? 이야기…, 못 들었어? 방금 말했잖아. 삼촌한테 만나지 않겠다고 말했다고."

"들었어. 하지만 만날 거잖아, 하루짱은."

"잠깐만, 네 마음대로 결정하지 마."

"내가 제멋대로이듯이, 하루짱도 마음대로 하고 있잖아?"

"왜? 뭘?"

"자신에 대해 굉장히 제멋대로 하는 것 같은데."

자신에 대해—.

제멋대로—?

나는 컵라면을 조금씩 조금씩 건져 먹었다. 면이 늘어지고 국물이 미지근해진 컵라면은 전혀 맛있지 않았다. 나의 "왜?"에 난유는 아직 대답하지 않았다. 하지만 그 질문을 던지기보다 이야기를 이어 가기로 했다. 아까 난유의 부모님에 대한 이야기에서는 아니었지만, 깊이 파고들지 않고 넘어갔다—그건, 너무 잘 알고 있기 때문이었다.

"토요일 밤, 나도 어젯밤 난유와 마찬가지로 푹 자버렸어. 정말이지, 마치 바다 밑바닥까지 가라앉는 것 같았어."

일요일 아침에는 상쾌하게 일어났다.

이제 어떻게 해야 할까, 침대에서 생각했다. 원래 일요일은 도쿄에 있을 예정이었기 때문에, 아무런 계획도 세우지 않았다. 하지만 옷을 갈아입는 동안 '이거다'라는 생각이 들었다. '거기에 가고 싶다'가 아니라 '당연히 가야지'라는 느낌이었다.

"할아버지, 할머니의 산소를 다녀왔어."

도쿄로 떠나기 전에도 두 사람에게 '다녀올게요.'라고 보고했다.

"그때는 설마 이런 전개가 될 줄은 몰랐는데, 뭔가 전조 같은 게 있었나 봐…."

두 분의 무덤에 "다녀왔습니다."라고 인사하고 "놀라시겠지만, 아주 엄청난 일이 일어났어요."라고 입을 열어, 후우쨩의 현재 상황을 전해 드렸다.

"—그래서 어떻게 됐어? 무슨 말씀을 하셨어?"

"말할 리가 없잖아, 무덤이니까."

"그렇지. 그렇긴 한데…."

"하지만 난유의 마음, 알 수 있을 것 같아. 나도 할아버지나 할머니의 반응을 알고 싶었으니. 지금도 마찬가지고."

"그렇지? 보통은, 그렇겠지?"

"무덤에 기억이 남아 있으면 좋겠지만."

난유도 처음부터 농담인 줄 알고 "그래." 하고 웃었지만, 사실 나는 무덤의 뒤쪽에 손을 얹어 보았다. 눈을 감고 심호흡을 반복하며, 할아버지 할머니의 기억을 조금이라도 더듬어 보고 싶었다.

하지만 역시나 전혀 되지 않았다. 아무것도 보이지 않았다. 아무것도 들리지 않았다.

절에 도착한 것은 아침 10시가 넘었지만 그래도 점심 전에 돌아오는 버스를 탔다.

"거의 두 시간, 너무 길지 않았어?"

난유가 말했다. 지금 돌이켜보면 나도 그렇다는 생각이 들었다. 하지만 어제는 그 길이 전혀 길게 느껴지지 않았다.

"할아버지, 할머니 무덤은 산 중턱에 있어서 경치가 좋거든. 스오의 도시가 거의 다 내려다보이고, 바다도 보이고, 섬도 많이 보이고, 날씨가 좋으면 시코쿠도 살짝 보이고…."

아쉽게도 어제는 시코쿠까지 볼 수는 없었고, 오늘 내리는 비의 전조로 구름이 많고, 바람도 세고, 바다도 거칠었다. 그런데도 무덤 근처에 있는 정자 벤치에 앉아 도시와 바다와 하늘을 바라보고 있자니 시간이 금방 지나갔다. 언제까지나 지루하지 않았다. 도시락이나 음료수를 가져갔다면 저녁까지 머물 수도 있었을 것이다.

"그래서 경치를 보면서 무슨 생각을 했어? 엄마 생각이나 할아버지, 할머니 생각을 했어?"

"아니, 전혀."

나는 웃으며 고개를 저었다. 거짓말도 아니고, 속인 것도 아니고, 정말 그냥 멍하니 생각에 잠겨 있었을 뿐이었다.

난유도 처음엔 "정말?" 하고 반신반의했지만, 곧 "그래, 뭐. 그럴 수도 있지. 그래, 알 것 같기도 하다."고 말해 줬다.

오후 2시 전에 집에 돌아와 청소를 하고, 반찬을 만들어서 냉장고에 보관하고, 텔레비전을 보고, 휴대폰을 만지작거리며… 평소와 다름없는 일요일 오후를 보냈고, 밤을 보냈다. 특별한 일을 어떤 것도 하지 않았고, 아무 생각도 하지 않았다. 아주 냉정했다. 아주 담담했다. 그래서 사실은 굉장히 달랐던 것인지도 모르겠다.

솔직히 말하자, 난유는 "왠지 알 것 같다."며 웃었다.

"…거기까지 말했으니 이젠 알겠어?"

"뭘?"

"나, 엄마를 만나러 가지 않는다는 것."

난유의 추리와는 전혀 다르기 때문에, 라고 덧붙였다.

난유는 손에 들고 있던 카레 빵을 뭉쳐서 한입 크기로 만들었다. 그것을 입에 넣고 우유와 함께 목구멍으로 넘기며 말했다.

"난, 하루짱이 '엄마'라고 부르는 시점에서, 이미 결정이 난 걸로 생각하는데…"

나는 아무 대답도 하지 않고, 자리를 박차고 일어났다.

5.

5교시 수업이 시작되자, 거센 빗소리와 함께 멀리서 들려오는 천둥소리가 섞여 오기 시작했다. 하늘이 우르릉 쾅 쾅 울릴 때마다 교실에서는 여자아이들의 비명이 터져 나왔다. 물론 진심인 경우는 절반 정도이고, 나머지 절반은 수업의 지루함을 달래기 위해—수업의 지루함으로 치면 이 학교에서 세계사가 압권이다.

하지만 이럴 때마다 누구보다 열심이었던 난유가 내내 조용했다. 반 아이들이 기대에 찬 눈빛을 보내도 움직이지 않는다. 책상에 팔을 괴고 멍하니 창밖을 바라볼 뿐이었다.

천둥은 조금씩 스오에 가까워졌다. 쿵쾅쿵쾅 소리가 구름 위를 울리는 동시에 땅에도 울려 퍼졌다. 천둥이 울릴 때 여자아이들의 비명은 점점 더 진지해졌고, 남자아이들도 더 이상 웃고 떠들지 않았다.

교실에는 아침부터 불이 켜져 있었지만 지금은 오히려 밖이 더 밝다. 비구름으로 뒤덮인 하늘이 밝아진 것은 곧 심한 뇌우가 올 징조였다.

반 아이들도 이를 잘 알고 있기 때문에 5교시가 끝나자 일제히 휴대폰을 꺼내 정보를 수집했다. 전철로 통학하는 학생들은 국철이 멈추면 집으로 돌아갈 수 없게 된다. 노선버스도 산간 지역은 운행이 중단될 우려가 있고, 자전거 통학하는 학생은 오늘 같은 날에는 자전거를 학교에 두고 걸어서 귀가할 수밖에 없을 것이다.

쉬는 시간 교실은 떠드는 소리로 시끌벅적하고, 거기에 빗소리와 가끔 천둥소리가 섞여 들렸다. 그런 가운데 난유는 자신의 자리에 앉은 그대로 책상에 엎드려 있었다. 친구들이 말을 걸어도 몸을 일으키지 않고, 대답도 제대로 하지 않았다. 자는 척하고 있는 거야?—난유는 좋아하는 아이돌 이름만 들어도 허리를 들썩거리는 것이 그나마 귀여웠는데.

　나도 난유의 자리에는 가지 않는다. 누군가 말을 걸어도 건성으로 대답만 했을 뿐이다. 내가 여러 가지 생각을 하는 것처럼 난유의 머릿속에도 여러 가지 생각이 가득 차 있을 것이다.

　그렇지만 나의 '여러 가지'와 난유의 '여러 가지'는 같지 않다. 하지만 분명 그렇게 멀지 않고, 사실은 가까이 붙어 있는 것 같기도 했다….

　옆에 있는 것 같다….

　그것이, 조금 기뻤다.

　6교시는 현대문학이었다. 세계사와는 반대로 이야기가 재미있어서 인기 있는 수업이지만, 오늘은 모두 안절부절못하며 건성으로 듣고 있었다.

　하늘이 잠시 밝아졌다가 큰 소리와 함께 천둥이 쳤다. 꽤 가까웠다. 교실에서 비명이 터져 나왔다.

　이어 천둥소리가 연이어 터지면서 교실이 소란스러워졌다. 선생님이 학생들을 진정시키고 수업을 다시 시작하자마자, 또다시 천둥이 쳤다.

　그 직후 교실에 날카로운 목소리가 울려 퍼졌다.

"으아아악! 무서워!"

　난유가 책상 밑으로 파고들며 외친 것이었다.

　교실은 크게 술렁거렸다. 심한 천둥번개로 모두가 불안해하고 있던 터라 난유의 엉뚱한 짓은 제대로 교실을 뒤흔들었다. 그때까지 얌전히 있었던 것도 효과를 높였는지, 폭소가 여기저기서 터져 나왔다. 책상을 두들기는 아이들, 심지어 자리에서 일어나 머리 위로 한껏 손을 들어 올리고 손뼉을 치는 아이들도 여럿 있었다.

"야, 기타지마! 무슨 멍청한 짓을 하고 있어!"

선생님도 꾸짖으면서도 웃고 있었다.

하지만 책상 밑에서 기어 나온 난유는 모두가 당황할 정도로 풀이 죽어 있었다.

"선생님…, 여러분…. 수업을 방해해서 죄송합니다…."

떨리는 목소리로 말하면서 고개를 깊이 숙였다.

선생님은 아냐, 아냐, 아니야 고개를 저으며 "괜찮으니까 신경 쓰지 마."라고 말했다.

"사과는 됐어. 어서 앉아."

"아뇨…, 앉을 수 없습니다."

"―뭐?"

"저는 앉을 자격이 없습니다."

"허 참!"

난유는 얼굴을 두 손으로 감싸며 '으으으으윽'하고 신음했다. 엉터리로 울음소리를 흉내 냈지만 모두 웃음을 터뜨리기도 전에 고등학교 야구선수처럼 선서하듯 소리를 질렀다.

"사과하는 마음으로… 저, 운동장 열 바퀴 돌고 오겠습니다! 죄송합니다!"

모두 아연실색하는 것도 아랑곳하지 않고 난유는 교실을 뛰쳐나갔고, 수십 초 후 정말로 운동장에 모습을 드러냈다.

천둥번개가 치고, 억수같이 쏟아지는 빗속에서 '으아악! 으아악!' 절규하면서 흠뻑 젖은 채로 전력 질주를 했다.

알아. 알겠어, 난유. 무언가, 더 이상, 마음껏, 엉망진창이 되지 않고서는 견딜 수 없는 마음. 나도 잘 알아.

번개가 내리쳤다. 그 순간, 땅도 난유도 플래시를 맞은 것처럼 하얗게 빛났다. 베란다에서 지켜보던 사람들은 "위험해!", "그만해!"라고 소리를 질렀지만 난유는 오히려 기분이 굉장히 좋아 보였다.

밤이 되자 호우경보에 홍수경보까지 더해졌다. 천둥과 번개 주의보도 여전히 발효 중이었다. 다만 인터넷 기상 정보에 따르면 오늘 밤 안으로 천둥번개가 잦아들고 내일 아침부터는 맑은 날씨를 보일 것이라고 했다.

이 비도 오늘 밤까지인가―.

나는 집 2층에서 스오의 거리를 내려다보며 한숨을 내쉬었다. 시각은 밤 9시가 지났을 뿐인데 폭우로 일찌감치 가게 문을 닫거나 사무실을 철수한 탓인지 거리의 불빛이 평소보다 훨씬 적었다.

비는 빨리 그치면 좋겠지만, 조금 더 내려도 좋을 텐데, 라고 생각했다.

모든 것을 씻어 갈 것 같은 기세의 비에 '더 많이, 더 많이 쫙쫙 내려줘!'라고 부탁하고 싶었다.

난유도 그렇게 생각하고 자신의 몸을 내팽개치듯 운동장을 달렸을 것이다. 그렇게나 굵은 빗방울이 쏟아졌으니 온몸이 아팠을 것이다. 진흙탕에 발을 헛디딜 뻔한 적도 여러 번 있었을 것이다. 낙뢰의 직격탄을 맞을 위험도 있었을 것이다. 천둥소리가 울릴 때마다 가슴이 철렁 내려앉았을지도 모른다.

하지만 분명 그 모든 것이 난유 군에게는 좋았을 것이다. 그래서 온몸을 흠뻑 적시고, 교복에 흙탕물을 뒤집어쓰고서도 운동장을 계속 달렸다. '다섯 바퀴'만 달려도 괜찮았을 텐데, '열 바퀴'라고 말해 버렸기 때문에 어쩌면 후반부에는 기진맥진했겠지만 어쨌든 기분만큼은 날아갈 것 같았을 것이다.

난유는 열 바퀴를 돌고 난 다음 가방은 교실에 남겨둔 채 학교를 나가 버렸다. 휴대폰에 들어 있었던 정기권으로 버스를 타고 집으로 돌아갔을 것이다. 다른 승객들에게 큰 폐를 끼치지는 않았으려나.

그 뒤로 난유에게서는 아무 연락도 없다. 나도 몇 번이고 대화창에 썼다 지웠다를 반복하며 고민하다 결국에는 보내지 않았다. 그것으로 됐지, 라는 생각이 지금은 들었다.

욕실의 차임벨이 울렸다. 물이 데워졌음을 알리는 신호다. 바로 목욕 타월과 옷을 준비했다. 휴대폰은 일단 방수 케이스에 넣었지만, 역시 안 되겠다 싶어 꺼내서 다시 테이블에 놓았다.

한 시간 남짓 전에 도착한 다이스케 씨로부터 온 짧은 문자를 다시 한번 화면에 띄웠다.

<앞으로 하루나 이틀은 제대로 된 대화를 할 수 있을 것 같지만, 그 이후는 장담할 수가 없다고 한다.>

후우쨩 얘기다.

알아요, 잘 알고 있어요.

응답은 하지 않았다.

다이스케 씨는 전화도 걸어왔다. 착신 이력은 2회. 두 번째에는 자동응답 메시지도 남겨 놓았다.

"아무 때라도 좋아. 오늘 밤 늦어도 좋고, 내일이라도 좋아. 만약 마음이 바뀌었다면 전화해 줘—."

아직 답장은 하지 않았다. 아슬아슬할 때까지 알 수가 없다.

티셔츠와 반바지를 입고 테라스로 나갔다. 누구에게 보여 주려는 것이 아닌데도 가장 마음에 드는 감색 민소매를 골랐다.

테라스에서 정원으로 돌진—.

그 타이밍을 노린 듯 번개가 번쩍이며, 바로 근처에 떨어졌다.

비가 아프다. 내리는 비는 물론이고, 땅에 튀어서 종아리에 닿는 비도 아주 아프다.

그런데 기분은 좋다. 두 손을 어깨높이로 벌리고 얼굴을 똑바로 위로 치켜세웠다. 눈동자에 빗방울의 직격탄을 맞을지도 몰라 잔뜩 힘을 주고 눈을 감았다. 눈꺼풀에 비가 닿는다. 으악, 많이 아파. 눈꺼풀에 힘을 빼 버리면 비가 두들기는 충격이 눈알에도 전해져 뇌진탕이 되어 버릴지도 모르겠다.

비는 이마에도 내린다. 뺨에도 맞고. 코에 맞는다. 턱에도 맞는다. 번개가 번쩍였다. 순간, 빛이 눈꺼풀을 통과해 버렸다. 떨어졌다. 파열할 것 같은 천둥소리가 하늘과 땅에 빈틈없이 굉음을 터뜨렸다.

무섭지 않다. 떨어져서 맞아도 괜찮다.

비의 고통에 익숙해지자 조금 부족함도 느껴졌다. 낮에 난유의 운동장 열 바퀴 돌기, 정말 잘한 것이었구나.

우리 집 마당은 뛰어다니기엔 너무 좁아서 두 손을 벌린 채 그 자리에서 팽이처럼 빙글빙글 돌았다.

소리도 질렀다. 말이 나오지 않는다. 하지 않아도 된다. 맘껏 큰 소리로 외쳐도 빗소리에 묻혀 이웃에 민폐가 되지 않는다.

눈이 빙글빙글 돈다. 다리가 휘청거린다. 맨발의 발가락 사이로 진흙이 들어가는 감각이 근질거리는 듯, 간지러운 듯, 그리운 듯….

진흙탕에 발이 미끄러졌다. 몸이 균형을 잃고 넘어질 뻔했다. 두 발로 버티고 버텨보려 했지만, 관계없지 않냐고 다시 생각하며—멋지게 넘어졌다. 처음에는 네발로 기어다녔다. 하지만 어차피 그럴 바에야, 라고 생각하며 땅에 등을 대고 대자로 누웠다.

등이 진흙탕에 파묻힌다. 진흙이 뒤에서 껴안는 것 같은 느낌이 든다.

비가 질척질척. 온몸에 스며든다.

나는 엎드린 채로 큰 소리로 외쳤다.

"간다!"

어디로?

"기다려!"

무엇을 하러?

몸을 일으킨다. 정원 너머로 펼쳐진 스오의 거리 풍경은 비가 자욱해 시야가 거의 보이지 않았다. 그런 가운데 조명이 켜진 신칸센 스오역만 희미하게 떠올랐다.

역을 바라보며, 큰 소리로 외친 여운 때문에 거칠어진 숨을 가다듬으며, 빗소리에 묻혀 스스로에게조차 들리지 않을 정도의 목소리로 말했다.

…후우쨩….

일기예보대로 천둥과 번개를 몰아온 먹구름은 날짜가 바뀌기도 전에 스오 상공에서 사라졌다. 빗줄기도 점점 약해져 한밤중에 그쳤다.

일출은 오전 5시가 넘어―강력한 뇌우가 공기의 먼지를 씻어낸 덕분에 깨끗한 일출을 볼 수 있었다.

나는 새벽 4시에 침대에서 일어났다. 수면 시간은 3시간 남짓이었지만 상쾌하게 눈을 뜰 수 있었다.

준비해 둔 음식으로 아침을 먹고, 냉장고를 뒤져 냉동할 수 있는 것들은 모두 냉동실로 옮겼다. 잠시 집을 비운다. 하루가 될지 이틀이 될지, 사흘이 될지 나흘이 될지…, 더 길어질지는 가 보지 않고서는 알 수가 없었다.

　잠옷 차림으로 마당에 나가서 어제 큰 소리를 외치며 누웠던 곳을 눈으로 찾아보았다. 그 이후에도 비는 계속 내려 땅이 온통 진흙투성이라 어디가 어딘지 구별이 안 될 정도였다. 흙탕물이 튀면서 테라스와 정원 의자도 많이 더러워졌다. 하지만 그 덕에 수국의 푸른빛이 더욱 선명하게 보였다. 그토록 폭우가 쏟아졌는데도 수국 꽃잎은 거의 떨어지지 않고 남아 있었다. 벚꽃보다 수국을 더 좋아하셨던 할머니의 마음을 잘 알 것 같았다.

　방으로 돌아와서 옷을 갈아입고, 캐리어에 3일 치 옷을 넣었다. 마지막으로 실례하겠습니다, 라고 말하며 불단 안으로 손을 뻗었다. 할아버지와 할머니의 이름이 적힌 위패를 캐리어에 넣고 함께 도쿄로 향했다. 분명 보고 싶을 것이다. 할아버지도 할머니도, 그리고 후우짱도.

　신칸센 첫차는 스오를 6시 40분경에 출발하는 오카야마행 '우등열차'였다. 히로시마에서 '특급열차'로 갈아타면 열한 시가 넘어서야 도쿄에 도착한다. 하지만 버스 첫차를 기다렸다가는 늦다.

　그래서 걸었다. 일출과 동시에 집을 나섰다. 야마노테 지구는 이름 그대로 산 중턱에 펼쳐진 주택가이고, 도심보다 녹지가 풍부해 비 온 뒤 이른 아침은 종종 걷기가 힘들다. 오늘 아침도 그랬다. 땅을 뒤집어 놓을 듯한 비의 기세로 풀 냄새와 흙냄새도 평소보다 진하게 느껴졌다.

　드르륵드르륵 캐리어를 끌며 언덕을 내려간다. 한 시간 정도 걸으면 역에 도착할 것이고, 시내로 들어가면 첫차의 배차가 빠른 노선의 버스를 탈 수 있을 것이다. 게다가 '우등열차'를 놓쳤다고 해서 누구에게 폐를 끼치는 것도 아니다. 애초에 도쿄로 간다는 것은 아직 누구에게도—다이스케 씨에게도, 카즈라기 씨에게도 알리지 않았으니까.

그래도 이 시간에 집을 떠나니까 괜찮겠지, 라고 생각했다. 아침 해가 떠오르는 것과 함께 출발하는 것이 좋다. 하루의 시작을 이 여행의 시작과 함께하고 싶었다.

나는 후우짱과 작별을 고한다.

하지만 그것이 어떤 것의 끝이 아니라 시작이라고 생각했다.

11장

1

지금 시부야역입니다—.

브레멘 여행사 사무실에 전화를 걸어 응대해 준 다이부츠 씨에게 "곧 그곳으로 가겠습니다."라고만 말하고 끊었다.

하지만 그 '곧'은 실제로는 1시간이 넘게 걸렸다. 미유의 말대로 시부야 지하철역은 촌뜨기들이 쉽게 공략할 수 없는 던전이었다.

다이부츠 씨도 "어서 오세요."가 아니라 "네, 수고했어요. 많이 헤맸지?"라고 웃으며 나를 맞이하고, "헤맸다는 건 이중 의미야."라며 장난스러운 눈빛을 반짝였다.

눈치를 챈 것이다.

"아침 일찍 사장님이 말씀하셨어요. 하루짱, 올지도 모른다고…"

사장을 돌아보며 "맞추셨네요."라고 말을 건넨다.

스포츠 신문을 읽고 있던 사장은 신문에서 눈을 떼지 않고 말했다.

"나보다 먼저, 카즈라기가 맞춘 거야. 어제 그가 말했어. 다시 돌아올 거라고."

카즈라기 씨도 사무실에 있었다. 사장이 말을 걸자, 컴퓨터 작업을 멈추고 자리에서 일어났다. 그리고 나와 눈이 마주치자 "생각보다 빠르네."라며 쓸쓸한 미소를 지었다. "어머니 상태가 좋지 않으신가?"

"…네."

"지금 만나러 가려고?"

"…네."

그래, 알았다고만 대답하고 카즈라기 씨는 자기 자리로 돌아갔다. 위로도, 격려도, 조언도 없었다. 하지만 그 무뚝뚝한 태도가 이틀의 공백이 있었을 뿐인데도 무척이나 그리웠다.

이야기를 이어 가던 다이부츠 씨가 "신칸센으로 왔어?"라고 물었다.

고개를 끄덕이자, "비행기가 다이렉트로 오니까 더 좋았겠다고, 도중에 생각이 들지 않았어?"라고 말했다.

정말 그랬다. 일요일에 사장이 난유를 비행기로 돌려보낸 이유를 새삼 깨달았다.

신칸센은 중간에 정차역이 너무 많았다. 새벽에 집을 떠날 때만 해도 굳은 결심을 하고 있었는데, 기차에 흔들리면서 마음마저 함께 흔들리기 시작했다. 곧 역에 도착한다는 안내 방송을 들을 때마다 엉덩이가 들썩거렸다. 특히 '우등열차'에서 '특급열차'로 갈아타는 히로시마역 홈에서는 집으로 돌아갈 수 있는, 하카타나 가고시마 중앙으로 향하는 하행 열차가 자꾸만 신경이 쓰였다….

도쿄역까지 가는 표를 구입한 후 환승 앱으로 검색해 보니 시부야로 가려면 한 정거장 앞의 시나가와역 쪽이 더 가까웠다. 하지만 중간에 하차하지 않고 도쿄까지 탔다. 종점까지 계속 타고 가면 결심이 또한 확고해질지도 모른다. 스스로도 도무지 이해할 수 없는 논리였지만, 그것이 의외로 정답이었다.

도쿄역에는 도카이도-산요 신칸센만 해도 홈이 여러 개 있고, 열차 안내판도 많았다. 거기에 표시되어 있는 수많은 '특급열차 노조미'라는 글자를 보고 있자니 힘이 솟아났다. 노조미, 있다. 희망, 있다.(のぞみ는 특급열차의 이름임과 동시에 희망^{希望}이란 보통명사의 뜻을 담고 있다. – 옮긴이 주) 마음이 긍정적으로 바뀌니 홈과 통로를 걷는 발걸음도 힘이 실리는 것을 느낄 수 있었다.

그 기운이 가시지 않은 상태에서 다이스케 씨에게 전화를 걸었다.

다이스케 씨는 "도쿄? 갑자기 도쿄라고?"라고 놀라면서도 "하루라도 빨리 와서 다행이다."라고 말해 주었다. "내일이나 모레가 되면 어떻게 될지 몰라서."

게다가 오늘은 일이 밀려서 오후 이른 시간에는 움직일 수가 없다고 했다. 미안한 듯이 사과하며 "만약 지금 바로 간다면 마유코에게 바로 연락을 하겠지만….”이라고도 말해 주었다.

하지만 괜찮다. 오히려 나도 저녁이 더 좋다. 후우짱을 만나기 전에 브레멘 여행사에 들를 생각이었다.

그래서—.

나는 컴퓨터 작업에 집중하고 있는 카즈라기 씨에게 말을 걸었다.

"여러 가지를 가르쳐 주셨으면 해서 왔어요."

카즈라기 씨는 화면을 보던 그대로 알았다고 고개를 끄덕이며 말했다.

"급할 텐데, 그래도 30분만 더 기다려 줘."

"예…."

"두 번씩 번거롭게 설명하는 건 싫거든."

깜짝 놀란 나에게 카즈라기 씨로부터 휴대폰을 받은 다이부츠 씨가 화면을 보여주었다. 삼십 분 전에 도착한 문자라고 했다.

<오후 1시에 놀러 갑니다.>

난유로부터—.

"좋은 콤비네, 너희들은."

사장은 웃으며 스포츠 신문을 천천히 넘기며 말했다.

생각했던 대로, 일요일 난유가 집에 도착하기 전에 사장은 전화를 걸어 아버지와 어머니에게 "가만히 지켜봐 달라."고 부탁했다.

반드시 조만간 본인이 가출 이유를 털어놓을 테니까요—.

사장에게는 확신이 있었다. 다만 '조만간'이 바로 '그다음 날'이 될 줄은 몰랐다.

"야, 하루짱. 월요일에 학교에서 무슨 일이 있었어? 난유의 고민이 풀릴 만한 일?"

다이부츠 씨가 물었을 때 바로 떠올랐다.

'그런 거였어. 너무 뻔하잖아.'라는 생각이 들면서 쓴웃음이 나왔다.

쏟아지는 빗속에서 운동장을 열 바퀴나 돌았다고 말하자, 다이부츠 씨도 처음에는 깜짝 놀랐다. 그러고는 "그 녀석답네."라며 납득하는 표정을 지으며 웃었다.

"단순한 거죠."

"정말 눈에 선하네."

그러자 사장이 스포츠 신문을 펼쳐 얼굴을 가린 채 말을 이었다.

"하루카도 비슷한 일을 하고 도쿄에 온 게 아니야?"

"─네?"

"하루카도 의외로 단순한 면이 있을 것 같거든."

얼굴이 보이지는 않지만 사장은 분명 표정에 변화가 없을 것이다. 카즈라기 씨도 일에 집중하며 표정을 바꾸지 않는다. 그런 두 사람에게도 다이부츠 씨는 눈을 동그랗게 뜨고 "그래요?"라며 나를 쳐다본다.

어쩔 수 없이 "조금 비슷한 느낌으로…. 네, 그랬어요."라고 고개를 끄덕이자 다이부츠 씨는 "아니, 그럴 리가. 아니야."를 연발하며 눈 모양을 세로 괄호로 바꾼다.

완전히 꿰뚫어 보고 있다. 분하다. 하지만 자신을 꿰뚫어 보는 사람이 있다는 것을 토요일에도 느꼈지만 정말 기분이 나쁘지는 않았다.

다이부츠 씨는 이야기를 어젯밤의 난유로 되돌려 놓았다.

흠뻑 젖어 학교를 조퇴한 난유에게 아주머니는 일요일에 이어 굳이 무슨 일인지 사정을 묻지 않았다. 사장과의 약속을 지킨 것이다. 아주머니의 성격으로 봐서는 정말 힘들었을 것이다.

난유도 집에 돌아와 뜨거운 샤워를 한 뒤에는 계속 자기 방에 틀어박혀 있었다. 그래도 엄마에게 괜한 걱정을 끼치지 않으려고 방문에 <재부팅 중에는 조작하지 마세요.>라고 붙여 놓았다. 난유다운 모습이었다.

엄마의 연락을 받은 아빠도 야근을 하지 않고 일찍 귀가했다. 부모님이 모두 모이자 난유도 방을 나왔다.

만반의 준비를 하고, 재가동—.

다이부츠 씨의 이야기가 드디어 본론으로 돌입하려던 찰나, 사장의 목소리가 불쑥 들려왔다.

"아, 거듭 죄송합니다. 브레멘 여행사의 카즈라기입니다. 지난번엔 감사했습니다…."

스포츠 신문을 책상에 내려놓으니 그제야 얼굴을 볼 수 있었다.

휴대폰으로 누군가에게 전화를 걸고 있었다.

일부러 이 타이밍에, 마치 출구를 막는 것처럼—?

하지만 다이부츠 씨는 당황한 기색 없이 과연, 그래, 그러라며 고개를 끄덕였다. 카즈라기 씨도 표정 변화 없이 컴퓨터 작업을 계속하고 있었다.

"죄송합니다, 제가 좀 조급한 성격이라서, 재촉하는 듯한 태도를 보여서 죄송합니다."

사과하면서 나를 쳐다보고 이야기를 듣고 있는 것을 확인한 후, "그래서—"라고 말투를 바꾼다.

"기타지마 씨, 그쪽은 어떠신가요?"

기타지마—난유의 성이다.

"네, 네, 네, 네…."

맞장구를 치며 '기타지마 씨'의 이야기를 듣고 있던 사장은 "아, 그렇군요, 다행이군요."라고 말하며 표정을 풀었다.

"바쁘신 와중에도 이해해 주셔서 정말 감사합니다."

음성 통화 중에도 한 손을 책상에 얹고 고개를 깊이 숙인다. 나로서는 뭐가 뭔지 알 수가 없지만…. 하지만 카즈라기 씨와 다이부츠 씨에게는 이야기가 잘 됐고, 환영할 만한 전개가 된 것 같았다. 다이부츠 씨는 머리 위에서 소리 없이 손뼉을 쳤고, 카즈라기 씨도 작게 고개를 끄덕였다.

"아, 남편 분이 지금 스오 공항으로 향하고 있다고요?"

사장은 두 사람을 바라보며 큰 소리로 말했다. 다이부츠 씨의 박수가 주먹을 불끈 쥐는 승리의 포즈로 바뀌었다. 카즈라기 씨도 산을 넘은 듯 숨을 내쉬었다.

"하네다에는 저녁 다섯 시 전인가요. 아, 좋은 시간입니다. 그때쯤이면 아드님과도 충분히 이야기를 나눌 수 있을 것 같습니다."

아들과 마찬가지로 '기타지마' 씨 역시….

"죄송합니다만, 남편 분께 전언을 부탁드릴 수 있을까요?… 네, 우선 이 번호를 알려 드리세요. 제 휴대폰입니다. 그래서 비행기가 하네다에 도착하면 바로 전화를…. 네, 제가 모시러 가려고 합니다."

그러니까 전화의 상대는 난유의 엄마고, 아빠는 지금 도쿄로 향하고 있다는….

"오늘은 급한 일이 있으시다고 하셔서. 다음에는 꼭 어머니도 직접 만나 뵙고…. 네, 알겠습니다…. 네, 알겠습니다…."

한동안 아주머니는 혼자서 이야기를 이어 갔다. 중간중간 사장이 대답하는 목소리가 가라앉고, 격려의 말투로 바뀌는 것으로 보아 어쩌면 아주머니는 울고 계실지도 몰랐다.

다이부츠 씨가 작은 목소리로 내게 알려 주었다. 어젯밤 난유의 '재가동'에 대한 안타까운 이야기는 아침에 전화를 걸어온 난유의 어머니에게서 들었다고 했다.

"괜찮습니다."

사장은 천천히 말했다. 맥 빠진 굵은 목소리에도 불구하고 믿음직한 울림을 건네주고 있었다.

"그는…, 아드님은 강합니다. 우리는 모두 그것을 잘 알고 있습니다."

사장은 그렇게 말하면서 "아버님과 어머니도 아시죠, 그건."이라며 웃었다. 믿음직스러움이 푸근한 다정함으로 바뀌었다.

  전화를 끊은 사장은 휴대폰을 책상에 내려놓고 다시 다이부츠 씨를 쳐다보며 "말 허리를 끊어서 미안해, 어서 계속해."라며 손짓을 했다.

  다이부츠 씨는 세로로 쓴 괄호 같은 눈으로 "이야기 허리, 오히려 단련시켜 주셨어요."라며 웃었다.

  "사누키 우동처럼 되었으니, 들을 만한 가치가 충분합니다."

  그리고 나를 돌아보며—.

  "난유 군의 이야기, 하루짱도 잘 씹어서, 씹지 못하겠으면 그냥 목구멍으로 삼키면서 맛보세요."

  웃기려고 말하는 것 같지만, 사실은 매우 진지한 말을 하는 것 같은⋯.

  2

  난유는 부모님께 모든 것을 이야기했다. 남의 기억을 들여다볼 수 있는 자신의 능력, 브레멘 여행사의 진짜 업무 내용, 그리고 어버이의 날에 아버지의 기억을 들여다본 것에 대해 참견할 여유도 주지 않고 계속 이야기했다.

  불평을 한 것이 아니다. 그 반대였다. 부모님을 위해서였다. 그리고 부모님이 사랑했던 죽은 형을 위해서였다.

다이부츠 씨는 "세세한 부분은 하루짱이 머릿속으로 보정해 줘."라고 전제하고, 마치 대하드라마의 줄거리처럼 대충 말해 줬다.

"아빠랑 엄마한테 형의 기억이 남아 있다는 걸 알려 줬대."

그 말 한마디에 난유의 생각이 무서울 정도로 현실적으로 가슴에 와닿았다.

"아빠, 걱정하지 않아도 돼—."

난유는 아빠를 격려했다.

아빠는 형을 조금씩 잊어가는 것을 걱정하고 있을지도 모르지만, 전혀 아니니까. 수십 년이 지나도 아빠의 기억 속에는 형이 남아 있으니까. 진짜, 나이가 들어서 기억이 없어져도 죽기 전에 주마등으로 재회할 수 있으니까 안심해.

엄마도 마찬가지야—.

난유는 엄마도 다독거렸다.

"지금 말이야. 형이 아빠의 기억 속에만 있다고 생각하는 거야? 끔찍해하고 있는 거야? 괜찮아. 왜냐하면 형은 귀엽고 똑똑했잖아. 아빠랑 엄마 두 분 모두의 기억에 남아 있잖아. 그래, 보증할게. 괜찮다면 나, 나중에 엄마의 기억도 들여다봐 줄게."

"형도, 잘했어."—난유는 히로키 형도 격려했다.

형, 좋겠어. 3년밖에 살지 않았지만 아빠의 기억 속에 영원히 살 거야. 엄마의 기억 속에도 꼭 있을 거고. 그러니 안심해. 하늘에서 아빠랑 엄마랑 그리고 한 번도 본 적 없지만, 못난 동생인 나를 잘 지켜봐 줘. 잘 부탁해.

싫어. 울음이 터질 것 같았다.

다이부츠 씨는 세세한 부분까지 말하지도 않았는데 난유의 목소리와 표정이 선명하게 떠올랐다.

난유는 이야기를 이렇게 마무리했다. 다이부츠 씨는 가볍게 "자신도 기억해 달라고 말한 것 같아."라고만 말했지만, 내 가슴에는 그때 난유의 말이 가만히 울려 퍼졌다.

"그러니까 말이야, 이번에는 나란 녀석도 살짝 기억에 남겨 주면 좋겠어. 뭐랄까… 나도 모처럼 태어났으니까. 형만큼 귀엽지도 않고, 형에 비하면 꽤 바보 같기는 하지만 나도 엄마 아빠의 아들이니까…. 계속 기억해 줘. 잊어버려도 괜찮지만 죽을 때에는 주마등에서 만나. 나와…."

그만해. 진짜 눈물이 났다.

물론 부모님은 감동하기는커녕 화를 내셨다. 그럴 만도 하다. 갑자기 '나는 기억을 들여다보는 힘이 있다.', '브레멘 여행사 사람들은 남의 주마등도 읽을 수 있고, 다시 그릴 수 있고, 그것을 직업으로 삼고 있다.'는 말을 들으면, 어떻게 해야 할지도 모르겠고, 까딱 잘못하면 당장 병원으로 데려가고 싶을 것이다.

난유도 그런 각오를 하고 있었다.

"뭐, 아빠도 엄마도 지금은 이해가 안 되고 당황스럽겠지만, 언젠가는 알게 될 거야. 음, 괜찮아. 그러니 조금만 더 내 말을 들어줘."

그리고 내일—즉, 오늘 다시 한번 도쿄에 간다고 했다.

"난, 주마등 화가가 되고 싶어. 브레멘 여행사에서도 재능이 있다고 했어."

그것은 허풍이 아니었다. 하지만 "백 년에 한 명 나올까 말까 한다고 하더라."는 허풍이었다.

어쨌든 도쿄에 가고 싶다는 것은 진심이었다.

"조금 도와줄 일이 있어서."

무라마츠 씨 모자의 모습—.

"나, 그 일을 끝까지 보고 싶어요. 내가 할 수 있는 일은 없을 것 같지만, 미츠코라는 할머니의 주마등이 마지막에 어떻게 되는지, 아들 타츠야 씨는 또 어떻게 되는지… 꼭 보고 싶어."

난유는 거실 바닥에 무릎을 꿇고 엎드렸다.

"제발 부탁합니다!"

내일부터 잠시 학교를 쉬게 해 주세요. 도쿄까지의 여행 경비는 용돈이나 세뱃돈을 선불로 빌려주었으면 좋겠어요.

"저쪽에 도착하기만 하면 나머지는 브레멘 여행사가 알아서 해 줄 테니."

난유는 마음대로 결정하고 "사장님에게 전화하면 다 설명해 줄 거야."라고—무턱대고 부탁했다.

당연히 부모님은 허락할 리가 없었다. 결국 학교를 빼먹고 도쿄에 놀러 가기 위한 엉터리 헛소리라고 결론을 내렸다.

아빠는 버럭 화를 내며 일찍 이야기를 끊어 버렸다. 엄마도 더는 이야기를 들어주지 않았다.

그래도 엄마는 찬장 서랍에 늘 넣어두는 지갑에 스티커 메모를 붙여 놓았다.

<도쿄에 가게 되면 꼭 전화해라.>

오늘 아침, 난유는 평소처럼 집을 나와 학교로 가는 버스를 타고…. 학교 정문 앞에 내리지 않고 역으로 향했다.

지갑에는 새로운 스티커 메모를 붙여 두었다.

<3만 엔 빌립니다. 스오역에 도착하면 전화하겠습니다.>

약속대로 난유는 전화를 걸었다. 단, 역에 도착했을 때가 아니라 '노조미'를 타고 한참을 달려서 도시락까지 다 먹었을 때였다. "다녀올게. 궁금한 건 회사에 전화해. 그럼 안녕."—통화 시간, 5초.

난유의 엄마답다는 생각이 들었다.
이러쿵저러쿵해도 아주머니는 정말 다정다감하다.
다정하기 때문에 죽은 형을 잊어버리는 일 따위는 절대 없다. 그리고 난유의 자리도 마음속에 분명히 있다.
그래서 그런 어머니의 다정함을 무시하는 것 같은 난유의 방식도 역시 난유'다운' 것이다.
이럴 때 수줍어하고, 멍때리고, 장난치고, 빈축을 사고, 혼나고… 그래야 겨우 마음이 편해지는 성격인 것이다. 그 녀석은.
난유는 브레멘 여행사에 전화조차 하지 않았다. 카즈라기 씨의 휴대폰으로 신칸센 안에서 짧은 문자를 보냈을 뿐이었다. <도쿄로 향하고 있습니다. 지금 부모님께 말씀드렸어요. 전화가 오면 잘 부탁드려요.>—엎드려서 부탁하는 이모티콘이 다섯 번이나 찍혀 있었다고 했다.

"전화를 하면 혼날 줄 알았나 봐요. 정말 요즘 애들은 자기 생각만 하니까…."

정말 못 말려, 한숨을 내쉬면서도 다이부츠 씨의 눈은 확실히 세로쓰기의 괄호가 되어 있었다. 나라나 가마쿠라에 있는 대불처럼 자비로운 마음으로 가득 차 있는 것처럼 보이기도 했다.

카즈라기 씨는 그 문자를 사무실에서 받았다. 화를 내지 않았다. 그보다 놀라지도 않았다. 보고를 받은 사장도 태연하게 "알았어, 그럼 전화가 오면 나한테 연결해 줘."라고 말했다.

"사장님도, 케이도 다 꿰뚫어 보고 있는 거지. 대단하지? 이 부자는."

훌륭하다, 훌륭해. 투덜투덜 소리를 지르며 카즈라기 부자를 곤란하게 만들곤 하는 다이부츠 씨도 대단하다고 나는 생각한다.

얼마 후, 아주머니에게서 회사로 전화가 걸려 왔다.

전화를 받은 사장은 마치 전날 밤 기타지마 집 거실에 있기라도 했던 것처럼 난유의 이야기를 잘 정리해 주었다.

"아드님은 걱정 안 하셔도 됩니다. 도쿄에 있는 동안은 우리가 책임지고 챙길 테니 걱정하지 마세요."

사장은 그렇게 말하고는 "그보다—"라며 부모님께 이야기를 돌렸다.

"괜찮으시다면 부모님께서도 도쿄에 오시면 어떨까요. 두 분 다 오셔도 좋고, 아버님이나 어머니 중 한 분이라도… 가능하면 아버님만 오셔도 됩니다."

난유가 들여다본 아빠에 대한 기억에 대해 자세히 이야기하고 싶었다.

"갑작스럽고, 억지스럽고, 이기적인 부탁이라는 것을 알고 있습니다. 하지만 아드님…, 기타지마 씨 가족은 지금 매우 중요한 자리에 서 있다고 생각합니다. 똑바로 마주했으면 좋겠다는 것이 우리의 바람입니다."

아주머니는 "논의해 보겠다."며 전화를 끊었고, 삼십 분 후 사장에게 전화를 걸어 아버지가 도쿄로 향하고 있다고 말한 것이다.

그것이—지금, 여기.

"대단하지?"라고 다이부츠 씨는 말했다.

"갑자기 도쿄라고? 당일에 초대받고, 게다가 이런 말도 안 되는 이야기에, 일도 있는데…. 그런데도 와 주는 거죠, 아버지가."

사장이 옆에서 느긋한 목소리로 덧붙였다.

"어머니가 말하는 걸 보니, 어머니도 올 의향이 있는 것 같았어. 하지만 아버지가 말렸겠지. 아버지와 아들 둘만 이야기하고 싶다고…."

이 말을 받아 카즈라기 씨도 "현명하고, 성실하고, 다정한 판단이라고 생각해요."라고 말했다.

"좋은 부모지? 정말."이라고 다이부츠 씨가 말하자 사장도 "좋은 아들이기도 해, 그 녀석도."라고 말했고, 두 사람의 말을 정리하듯 카즈라기 씨는 고개를 크게 몇 번이나 끄덕였다.

3

"어서 오세요, 안녕하세요!"
 약속 시간보다 훨씬 늦게 사무실 문을 열고 "아니, 시부야역, 미궁에 갇혀서 평생 못 나가는 줄 알았어요….".라며 웃던 난유는 나를 보고 잠시 멈칫했다. 겨우 입을 열고, "날 데리러 온 거야?"라고 도무지 알 수 없는 말을 했다.
 "이치에 맞지도 않잖아, 내가 먼저 왔는데."
 "아니, 하지만 이심전심이라든가."
 "아니, 아니. 절대 아니야!"
 "그럼, 왜 여기 있는 거야?"
 "여러 가지 이유가 있지. 나도."
 고개를 갸우뚱하던 난유는 '아, 그렇구나.' 하는 표정을 지으며 말했다.
 "엄마 때문에… 또 온 거야?"
 "그래. 쿠니타치에 가서 만나려고."
 "오늘, 지금?"

고개를 끄덕이자 "그러니까…."라고 말하려다 다음 말을 삼켰다. 나 역시 더 이상 설명하지 않으니, 난유는 알았다고 손짓으로 대신하고 말을 멈췄다.

난유은 왈패에, 수다스럽고, 뭐든지 잘난 척하는 녀석이지만, 정말 중요한 순간에는 나보다 훨씬 어른스러워진다.

다이스케 씨와의 약속은 오후 세 시에 병원 현관 앞이었다.

난유가 나 못지않게 시부야역에서 헤매는 바람에 시간은 이미 임박했다.

카즈라기 씨는 난유의 가벼운 말을 모두 무시하고, 우리와 응접실에서 마주 앉은 다음 갑자기 본론으로 들어갔다.

"난유, 세이조로 가자."

"―예?"

"무라마츠 씨에게 인사하러. 그럼 이 일은 끝이야."

"제가 가도 괜찮아요?"

"그렇게 하고 싶어서 도쿄까지 온 거잖아? 이쪽의 사정이나 생각은 묻지도 않고, 마음대로…."

난유가 "죄송합니다…."라고 한 마디 사과를 한 후, "그래도 뭐, 그것도 나쁘진 않죠?"라며 웃었다.

"확실히 지금의 타츠야 씨 얼굴을 보는 것은 너에게도 중요한 일이니까."

"어제 만났을 때와 달라졌나요?"

"완전히 달라."

"어제도 패닉에 빠진 뒤에는 괜찮아지긴 했지만….."

"오늘 아침 타츠야 씨로부터 전화가 와서 주마등을 다시 그렸어."

"—예?"

난유뿐만 아니라 나도 놀라서 소리를 질렀다. 카즈라기 씨가 일요일에 난유에게 말했다. "한 번 더 할 수 있을지도."라고 말했던 것이 현실이 된 것이다.

"어젯밤에 또 한참을 고민하고 고민한 끝에 아침이 되자마자 내게 전화를 걸어왔어."

"…역시 불륜 이야기를 지우기로 했군요."

"아니, 아니야. 그건 그대로 둬도 좋다…, 라고 해야 하나, 아니 남겨야 한다고 했어."

타츠야 씨의 새로운, 마지막 요청은, 주마등에서 한 번 지운 그림을 다시 되살려 달라는 것이었다.

미츠코 씨에게 소중한 추억은 소중한 채로 남겨둔다. 다른 한편, 미츠코 씨가 그토록 괴로워하고, 고민하며 타츠야 씨에게 미안함과 죄책감을 계속 짊어지고 있었다는 것도—.

"남겨 두기로 했어."

난유 군은 "진짜요?"라고 목소리를 높이며, "무엇을 남겼는데요?"라고 물은 뒤, 무언가 깨달았다는 듯한 표정을 지었다.

"저도 알겠어요. 그 그림, 그 장면밖에 없어요."

불륜 중인 미츠코 씨를 가만히 바라보는 타츠야 씨의 얼굴—.

카즈라기 씨는 굳이 답을 말하지 않는다. 우리 둘 다 정답에 도달하고 있다는 것을 간파하고 있었다.

난유는 깊은 한숨을 내쉬며 카즈라기 씨에게 말했다.

"그 타츠야 씨의 얼굴은 구체적인 현실의 얼굴이 아니지 않나요?"

"어, …그래."

"스오에 있었을 때 미츠코 씨는 계속 타츠야 씨에게 미안해하고 있었어요."

장소와 날짜를 특정할 수 없을 정도로 매일매일 고통스러워했다. 죄책감에 시달리면서도 콘도 씨와의 관계를 끊지도 못했다. 그런 세월을 생각하면 나까지 속이 메슥거린다.

"그건 미츠코 씨에게는 힘든 기억이겠죠. 그래서 타츠야 씨는 그 아픈 기억을 모두 지우기 위해 브레멘 여행사에 일을 의뢰한 거죠. 그래서 카즈라기 씨는 처음 요청받은 대로 지워준 거죠."

난유는 하나하나 확인한 후 "그런데 왜 그런지 모르겠어요…."라며 고개를 갸우뚱거렸다. "어렵게 지웠는데 왜 마지막에 다시 남겼을까요? 그렇게 하면 의미가 없잖아…라고 생각하지 않아요?"

대답은 카즈라기 씨가 아니라 응접실에 슬그머니 들어온 사장님이 알려줬다.

"아, 끝났어, 끝났어. 좋은 일을 해냈어. 중간까지는 어떻게 될 줄 몰랐는데, 마지막에 드디어 오랜만에 예쁜 주마등이 만들어졌네."

난유는 "힘든 기억이 남았는데도요?"라며 불만을 토로했다.

그러자 카즈라기 씨 옆에 앉은 사장은 의외라는 듯이 되물었다.

"힘든 기억이 뭐가 문제야?"

"아니, 왜냐하면…."

"후회 없는 인생은, 그렇게 행복할까?"

"—네?"

"카즈라기도 너에게 말했겠지만, 한 번 더 말해 줄게."

후회를 남기지 않는다는 것과 후회를 없애는 것은 다르다—.

"후회는 남기지 않는 편이 좋아. 그래, 그건 좋아. 하지만 없앨 수는 없어, 인간은, 그 누구도."

"왜 그런지 모르겠어요…. 아무리 그래도…."

"몰라도 괜찮아. 고등학생이 그것까지 알면 어떡해."

하하하 웃으며, "후회는 누구나 다 있는 거야. 그럼 후회를 조금이라도 남기는 인생도 나쁘지 않잖아."라고 말했다. "내 인생에 후회가 하나도 없다는 건, 만화라면 멋지겠지만, 현실은 그렇지 않겠지."

그리고 사장은 이렇게 덧붙였다.

"카즈라기도 요즘에서야 그럭저럭 알아 가고 있어."

사장의 말에 카즈라기 씨는 어깨를 으쓱했다. 이제 두 사람은 아버지와 아들, 사장과 직원이라는 관계를 넘어, 주마등 화가로서의 스승과 제자가 된 것 같다.

"후회 없는 삶이 행복한 삶이라고 다들 생각해. 그래서 우리 손님들도 후회를 빨리 없애려고 노력하지."

난유가 무언가 말하려는 것을 제지하며 훈계하듯 말을 이어 갔다.

"후회 없는 삶이란, 어쩌면 한 번도 잘못한 적이 없는, 아주 얄미운 삶일지도 몰라."

말문이 막힌 난유에게 사장은 같은 어조로 말을 이어 갔다.

"한 일에 대한 후회, 하지 않은 일에 대한 후회는 누구에게나 있어. 그것으로 충분해…. 그래서 좋은 거야, 사람이란 존재는. 잘못을 저질렀을 때 후회조차 하지 않는다면 정말 어쩔 수 없지 않겠어?"

걸걸한 사장의 목소리는 거칠게 밀어붙이는 것이 아닌데도 난유는 고개를 숙인 채 고개를 들지 못하고 있었다.

"무라마츠 미츠코 씨는 팔십이 넘어 치매에 걸려도 40여 년 전의 불륜에 대해 아들 타츠야 씨에게 사과했어. 남편인 세이지 씨가 살아 있었다면 세이지 씨에게도 사과했을 것이야. 미안하다고 생각하고, 계속 미안함을 안고… 살았지만, 그 미안함이 있었기에 그 사람은 인생을 제대로 살 수 있었을지도 모른다. 나는 그렇게 생각해."

그래서 인생의 최종의 최종 순간에 주마등으로 후회를 되새기는 것은—.

"그 사람의 인생에 대한 존중이다. 당신은 그동안 잘못을 후회해 왔다. 그 점에 대한 박수이자 위로다. 계속 후회해도 실수는 사라지지 않는다. 하지만 잘못을 깨닫지 못하면 후회조차 할 수 없는 것이야."

사장은 계속 난유에게 미츠코 씨의 이야기를 들려주고 있었다. 하지만 나에게는 사장의 말이 모두 후우짱과 나를 향한 것이라는 느낌이 들었다.

"후회하는 것은 인간만이 할 수 있는 일이야."

사장은 그렇게 말하면서 "뭐, 개나 고양이에게 직접 물어본 건 아닌데…."라고 말끝을 흐렸다.

우리는 웃지 않았다. 나는 웃는 대신 진지하게 고개를 크게 끄덕였다.

난유는 괴로워하는 표정을 지었다. 사장의 말을 머리로는 이해하지만 아직은 납득이 가지 않는 모양이었다.

그런 난유에게 사장은 이렇게 말했다.

"인생은 스포츠 경기가 아니야."

"—예?"

"심판 같은 건 없어. 아웃이냐 세이프냐, 옳으냐 그르냐, 서로 옥신각신 다투면 돼. 서로 주고받는 자리를 만드는 것도 좋고, 입씨름 끝에 싸움이 벌어진다고 해도 그리 나쁘진 않아."

냉정하고 공정한 제삼자가 옳고 그름을 판단하는 것은 아니다. 결정하는 것은 자신과 경기의 상대. 서로가 '이 정도면 됐어.'라고 받아들이면 판정이 성립되고, 인정하지 않으면….

"어렸을 때 놀이는 모든 게 그렇잖아? 무슨 놀이를 하든, 심판 같은 건 서로 돌아가면서 했고, 그래도 어떻게든 잘 진행이 되는 거잖아."
 실제로 그랬다.
 "인생에 심판이 있으면 힘들어. '당신이 그날 한 일은 실수였어, 당신의 인생은 불행했어.' …라고 선고를 받는 것은 나 같아도 싫을 것 같아."
 이것도 역시 그런 것 같았다.
 "기억을 들여다본다는 것이 심판이 되어 버리는 경우도 있어. 옳고 그름, 행복과 불행을 결정하는 것도 가능해. 그렇지만—"
 사장은 나를 바라보며 말했다.
 "우리는 관중석에 자리 잡은 응원단은 되어도, 심판이 되어서는 안 돼."
 후우짱의 일—을 말하는 걸까….

 미츠코 씨는 이른 아침 카즈라기 씨가 달려가 주마등의 마지막 덧칠을 해 주자, 마치 그 마음이 전해진 듯 혈압이 단번에 떨어졌다. 소변은 어젯밤부터 거의 나오지 않았고, 지금은 맥박도 잡히지 않는 것 같다고 했다.
 "에누리 없이 정말 간신히 시간을 맞출 수 있었어."
 사장은 카즈라기 씨에게 "밤을 새운 보람이 있었네."라며 웃었다.
 한 번 일을 끝냈지만, 혹시나 한 번 더 있을지도 모른다는 가능성을 생각하며—약간의 가능성을 염두에 두고 회사에서 대기하고 있었다.

"와, 주마등 화가란 그런 직업이구나."

나는 무심코 가슴이 뜨거워졌다.

한편, 난유는 "그래도 이제…."라며 입을 삐쭉거렸다.

"지운 것을 다시 되돌릴 수 있다는 건 솔직히 말해 어떤 건가요? 불륜의 기억도, 죄책감도 그대로 남아 있다면 한 바퀴 돌고 돌아 다시 원점으로 돌아간 셈이잖아요."

그러자 사장은 시원하게 말했다.

"한 바퀴 돌고 돌아오든, 달리기 시작하자마자 이끼가 끼든, 애초에 엉뚱한 방향으로 달리기 시작했든… 별 상관없지 않나?"

실제로 처음부터 다시 시작한 것처럼 깔끔하게 되돌아간 일도 여러 번 있었다고 했다. 고객이 망설이고 헤맨 나머지 덧붙인 그림을 지우고, 지운 그림을 다시 돌려놓고, 배열도 이것도 아니다, 저것도 아니다 몇 번이나 엎치락뒤치락. 그러다 결국 원상태 그대로.

"그럼 아무것도 안 한 거랑 똑같을까? 전혀 그렇지 않아. 한 바퀴 돌아 다시 온 출발점이, 최초의 출발점과 같을 수는 없어."

"아니, 왜냐하면—."

"가장 중요한 것은 주마등에는 시작도 끝도 없다는 것이야. 그저 끝없이 돌고 돌 뿐이야. 어디가 출발점이고 어디고 목표 지점인지 누구도 모르고, 어쩌면 애초에 목표 같은 건 없을지도 몰라."

사장은 다시 나에게 눈을 돌리며 말을 이어 갔다.

"브레멘 여행사의 브레멘은 그림동화의 「브레멘 음악대」에서 따왔어. 그건 카즈라기한테 들었지?"

나는 조용히 고개를 끄덕였다.

"브레멘은 실제로 지금도 독일에 있는 도시인데, 동화에서는 쓸모없는 당나귀와 개와 고양이와 닭이 악단에 들어가기 위해 브레멘으로 향하는 거지."

"네…, 알고 있습니다."

"하지만 당나귀 들은 브레멘에 도착하지 못해. 도중에 숲에 있던 강도들의 은신처를 빼앗고, 그곳에서 사이좋게 지내는 거야."

그렇다. 분명히.

"브레멘은 도달할 수 없는 곳이란 뜻이야."

그래, 말하자면 알겠다.

"당나귀 들은 처음에 생각했던 목적지에 도착하지 못했어. 하지만 그 동화는 해피엔딩이잖아."

"…그러네요."

"그래서 나는 우리 회사 이름에 브레멘을 넣었어."

갈 수 없는 도시를 지향하는 여행사—.

목적지에 도달하지 못한 인생을 행복하게 만들어 주는 회사—.

"그것이 바로 우리지."

사장은 수줍어하면서도 가슴을 펴고 말했다.

4

　난유는 미즈코 씨와 타츠야 씨를 만난 후, 사장과 함께 하네다 공항으로 향했다.
　아버지가 데리러 온다는 말을 들었을 때 그는 깜짝 놀라며 "나, 도망쳐도 되나요?"라고 말했다. "가출한 아들을 찾으러 오는 것이 부모의 일."이라는 사장의 말을 듣고는 당황하면서도 조금은 기쁜 표정을 지었다.
　"그럼 오늘 밤에는 아빠도 모셔 와서 다 같이 연회라도 여는 건가요?"
　꺽이지 않는다. 위축되지 않는다. 꿋꿋하게 버티고 있다.
　사장은 "어이쿠, 하지만⋯."이라는 쓴웃음을 지으며 카즈라기 씨를 턱으로 가리킨다. 카즈라기 씨도 이야기 바통을 넘겨받은 의도를 알아차렸는지 어느 때보다 침울하고 냉정하고 무뚝뚝한 어조로 말했다.
　"아버지가 타는 비행기는 다섯 시 전에 하네다에 도착하는 비행기야. 저쪽으로 돌아가는 비행기가 아직 몇 편 더 있으니, 공항에서 얘기하고 바로 돌아가시게 할 거야."
　협상할 여지가 없다. 역시 난유도 침묵할 수밖에 없었다. 그때 다시 사장이 말을 건넸다.
　"너도 돌아가. 어머니가 기다리고 있어."
　난유는 고개를 끄덕였다. 반말도, 괜한 비아냥거림도 없이 '끄덕끄덕'하는 소리가 들릴 정도로 솔직하게.

사장은 나에게 눈을 돌리며 "하루카도 오늘 밤에 스오로 돌아가는 게 좋을 것 같다."고 말했다.

"삼촌이 묵으라고 할지도 모르지만, 오늘은 소중한 일이 있으니까."

소중한 일―.

"너는 지금부터 일생에 한 번뿐인 시간을 보내게 될 거야. 거기서 느낀 것, 생각한 것, 받은 것, 준 것, 받지 못한 것, 줄 수 없었던 것…. 그런 것들을 모두 잘 챙겨 가야 해."

사장은 양손으로 그릇 모양을 만들며 "내일이면 소중한 것이 사라질 수도 있다. 그러니 오늘 안에 소중히 챙겨 가라."고 말했다.

양손 그릇에는 물론 아무것도 담겨 있지 않다. 하지만 손바닥 위에 뭔가 희미하게 빛나는 것이 보이는 것 같았다.

그리고 사장은 우리 둘을 쳐다보며 말했다.

"행복하게 살아온 인생과 행복하게 마무리된 인생은 다르단다."

아무리 행복한 삶이라도 마무리에서 실패할 수 있다. 반대로 실패와 후회만 가득한 인생이라도 마지막에 웃을 수도 있다.

"우리는 고객의 행복한 삶을 만들어 줄 수는 없다. 그것은 본인이 만들 수밖에 없다. 인생은 본인만이 만들 수 있어."

하지만 그 인생의 마무리는 다르다.

"우리는 고객이 인생을 행복하게 마무리할 수 있도록 도와주는 게 일이야."

주마등 그리기―새로 추가하고 지우고, 순서를 바꿔가며 임종의 순간을 편안하게 맞이할 수 있도록, 웃으며 떠날 수 있도록 한다.

"행복한 삶은 여러 가지가 있다. 경제적인 행복, 세상에서의 지위가 주는 행복, 가족끼리의 행복, 꿈을 이룬 행복…. 백이면 백, 행복한 삶이라는 것은 백 가지가 있을 것이다."

하지만 인생의 행복한 마무리는 단 하나뿐이다.

"임종의 순간에 자신의 삶을 온전히 받아들여 가슴에 품고, 두 손을 벌려서 인생을 하늘로 날려 보내는 거야."

꼭 껴안았다가 활짝 놓아 보낸다―.

손짓으로 이를 반복한 사장은 "마치 민들레 씨앗 같은 것."이라며 먼 곳을 바라보며 말을 이어 갔다.

"최종의 최종에 멀리 날아가는 인생은 역시 좋은 인생이야."

그리고 "비록 행복하지 않았더라도 말이야."라고 덧붙였다.

그 말을 들었을 때 왜일까, 노래가 들렸다.

후우짱, 흔들흔들, 하―늘하늘―.

후우짱, 흔들흔들, 하―늘하늘―.

실제로는 기억에 남아 있지는 않았지만 어린 시절 후우짱의 목소리라는 것을 알 수 있었다.

쿠니타치 시에는 나 혼자 간다.

"엄마랑 둘만 만나는 거야?"

난유가 걱정스러운 표정으로 말했다.

"삼촌도 있으니까."

"하지만 삼촌은 도쿄에 사시는 거잖아? 스오팀이 하루짱뿐이라는 건 불공평하니까 나도 갈게."

"—뭐야?"

"무라마츠 씨도 중요하지만, 하루짱이 더 젊고, 미래가 창창하고, 옛날부터 잘 아는 사이고, 알고 있고. 아무것도 할 수 없지만 없는 것보단 낫지 않겠어?"

잘 알 수 없는 논리였지만, 미안한데. 더 투덜거리기 전에 말 좀 하자.

"난유, 5시 전에 하네다 공항에 있어야 하는 거잖아."

"아…, 그렇지."

너무 태연해서 놀랐다. 하지만 이럴 때면 자기 일은 잊어버리고 나를 걱정해 주는 것이 난유다.

사장은 웃으며 "따로따로 열심히 하거라. 각자의 소중한 시간이니까."라고 말했다.

다이부츠 씨도 눈을 동그랗게 뜨고 "괜찮아. 떨어져 있어도 둘 다 잘될 거야."라고 말했다. "그렇죠? 케이짱?"

말에 끼어들게 된 카즈라기 씨는 평소처럼 무뚝뚝하고 침울한 태도로 "무책임하게 단언할 수는 없지만," 하며 운을 뗀 뒤 말을 이어 갔다.

"둘 다 자신을 위해 만나는 게 아니라 상대를 위해 만나는 거니까…. 그것을 잊지 않으면 어떻게든 될 거야."

나는 후우짱을 위해.

난유는 아빠와 엄마, 그리고 형을 위해.

"그래, 맞아." 다이부츠 씨가 이야기를 이어받아 나에게 말했다.

"하루짱, 엄마에게 최고의 추억을 만들어 줘야지. 평생 잊지 못할 소중한 추억을 엄마의 가슴에 새겨 주고, 네 가슴에도 새겨."

난유를 향해서도 말을 이어 갔다.

"아빠가 자랑스러워하는 아들에 대한 추억을 하나 더 늘려 드려. 형도 혼자 있으면 외로울 테니 동생이 늘 옆에 있어 주고."

세로로 괄호가 처진 눈에 반짝이는 것이 보였다. 그것을 알아차린 다이부츠 씨는 부끄러워서인지 대불의 포즈를 취하며 난유와 나에게 합장했다.

카즈라기 씨 일행과는 사무실에서 헤어졌다. 나의 인사말은 '수고하셨습니다.'나 '안녕히 계세요.'가 아니라 '다녀오겠습니다.'였다―그 마음이 전해졌으면 좋겠다.

사장은 "그럼 또 봐."라고 가볍게 대답했고, 다이부츠 씨는 "시부야역에서 헤매지 마."라고 웃었고, 카즈라기 씨는 "키치죠 지역에서도 헤매지 마."라고 침울하게 못 박았다. 세 사람 모두 작별 인사를 하지 않았다. 그러니 모두 내 마음을 제대로 알고 있다고 믿기로 한다.

난유도 엘리베이터 안에서 말했다.

"좋겠다, 하루짱. 이제 완전히 멤버로 대접받고 있잖아."

"난유도 마찬가지지 뭐."

사장도 카즈라기 씨도 존칭을 쓰지 않고 있고, 다이부츠 씨도 재미있다는 듯이 웃으며 난유가 귀여워서 어쩔 줄 몰라 하는 것 같았다.

"응, 하지만… 하루짱은 초대형 신인, 기대되는 드래프트 1순위 지명자 같은 느낌인데, 나는 뭔가 필사적으로 제자로 인정받으려고 하는 잔심부름꾼 같지 않냐?"

"원래 그런 캐릭터잖아."

"하찮은 캐릭터?"

"아니, 사랑받는 캐릭터."

그래서 사장님은 난유에게 "하루카를 데려다주라."고 말했다. 다이부츠 씨는 "다행이네, 하루카와 투 샷."이라고 놀리고, 카즈라기 씨는 "우리도 금방 가야 하니 빨리 돌아와."라며 역시나 야릇한 웃음을 터뜨렸다.

"난유는 정말 사랑받고 있어. 브레멘 여행사뿐만 아니라…, 아빠, 엄마한테도."

난유는 어린아이처럼 어리둥절해했다. 갑자기 당황스러움을 감출 방법을 찾지 못한 모양이다.

엘리베이터가 1층에 도착했다. 나는 "부끄러워하지 마, 난유!"라고 등짝을 가볍게 두들겨 주며 밖으로 나갔다. 난유도 달려와서 내 앞을 가로질러 막아섰다.

"하루짱도 사랑받고 있어."

난유는 진지하게 나를 똑바로 바라본다.

"할아버지, 할머니도 계속 사랑해 주셨고, 엄마도 사랑해 주셨어."

자기는 믿는다며 양손으로 엄지손가락을 치켜세웠다.

"이제부터 그걸 확인하러 가는 거야, 응?"

나는 조용히 고개를 끄덕였다. 뭔가 말을 하려다가 좀… 멋쩍어질 것 같아서 그냥 고개만 끄덕였다.

12장

1

쿠니타치역을 출발한 버스는 역 앞 상가를 지나 주택가를 한참 달리다, 간선도로에서 벗어나 녹음이 우거진 곳으로 들어섰다.

구글 지도를 들여다보니 큰 병원과 의료시설, 요양시설, 특수학교가 모여서 그 자체로 하나의 도시를 이루고 있는 곳이었다. 의사들의 숙소와 간호사들의 기숙사, 그리고 간호전문학교까지 있다.

이름에 '종합'이 붙은 병원이나 시설이 많다. 실제로 그 이름에 걸맞게 건물 하나하나가 아주 크다. 외래 환자부터 입원 환자, 보호자나 방문객, 의료진, 각종 업체…. 출입하는 사람들이 많기 때문인지 구획 곳곳에 있는 주차장은 거의 만차다.

버스는 병원과 학교 앞 정류장을 한 바퀴 돌고 다시 간선도로로 돌아간다. 그 중간쯤—병원 앞 정류장에서 버스를 내렸다.

정류장 근처 벤치에는 다이스케 씨가 앉아 있었다. 시부야역에서 전화를 걸었더니, 다이스케 씨도 이미 이동 중이라 "하루짱보다 조금 먼저 도착할 것 같다."고 말해 주었다. 토요일 이후 사흘 만에 만남이다. 토요일과 달리 넥타이는 매지 않았지만 재킷을 입고 있었다.

"밤에는 빠져나올 수 없는 일이 있어서…. 미안하지만 아무리 늦춰도 네 시 반까지는 돌아가야 해."

한 시간 정도.

"뭐, 후우의 체력도 그렇게 오래 가지 않을 것 같으니까 그 정도면 되겠지?"

"…네."

"내가 돌아간 뒤에는 마유코나 미유와 교대를 할까도 생각했는데 역시나 그건 좀 아니겠지?" 나도 그렇다고 생각했다.

"괜찮아요. 혼자서 갈 수 있어요. 토요일에도 그랬으니까요."

"아니, 괜찮으면 우리 집에 묵도록 해…."

"고맙습니다. 그런데 스오로 돌아가야 해서요."

다이스케 씨는 납득할 수 없다는 표정을 지었지만 곧 미소로 바뀌었다.

"알았어. 마음대로 하면 된다."

'그래, 그래.'라고 자신의 말을 확인하듯 고개를 끄덕이며 수줍은 듯이 말을 이어 나갔다.

"하루짱, 어쩐지 토요일보다 더 어른스러워진 것 같네."

버스 정류장 바로 앞에는 큰 병원이 세워져 있었다. 11층 건물로 옥상은 헬리콥터장으로도 사용되고 있다고 했다. 도쿄 도내에서도 손꼽히는 규모의 종합 의료센터라고 다이스케 씨가 알려 주었다. 10년 정도 전에 생겼다고 했다. 얼마 되지 않았기 때문에 건물도 새롭고, 의료 시설도 최신식이라고 했다.

"하지만 후우가 입원해 있는 곳은 이곳이 아니라 더 작은 병원이야."

걸어서 몇 분 거리에 호스피스 전문 개인병원이 있다. 종합 의료센터 완화치료와 연계해 환자들이 평온한 임종을 맞이할 수 있도록 만들어진 병원이라고 했다.

"병상도 열 개 정도밖에 안 되니까 저층 맨션이나 어찌 보면 펜션 같은 느낌이야. 건물도 솔직히 낡았고."

쿠니타치역에서 버스를 타고 의료원까지 오는 것이 가장 편리하고 길도 쉽게 찾을 수 있다.

"생각해 보니 왜 여기서 만나자고 했나 싶어."

버스 정류장을 뒤로하고 걸어가면서 다이스케 씨는 미안한 표정으로 말했다.

"처음에 멋진 병원을 봤으니 실망할 것 같은데…."

"전혀 그렇지 않아요."

진심이었다. 오히려 나는 버스정류장에서 의료센터 건물을 올려다보았을 때 움찔했다. 이런 큰 병원에서 후우짱과 재회─사실상 처음 대면하게 될 줄은 몰랐기 때문이었다.

작은 병원이라는 사실을 알고 정말 안심했다. 나뿐만 아니라 후우짱도 큰 병원보다는 그편이 훨씬 낫지 않을까 하는 생각도 들었다.

"뭐, 오래 되고 작은 병원이지만 의사, 간호사, 간병인 모두 친절하고, 후우도 편하게 지내고 있는 것 같아."

그래, 생각한 대로다. 표정이 누그러졌다. 예상이 맞았다. 후우짱도 그런 것이다. 난유가 함께 있었다면, '방금 들었지? 후우짱에 대해 내가 좀 알고 있지?'라고 자랑할 텐데. 역시 난유가 있었으면 좋았을 것 같다.

후우짱이 입원해 있는 곳은 '라 파르체 쿠니타치'라는 병원이었다.

이름도 병원답지 않고, 실제로 2층짜리 병동 앞에 서니 펜션이나 맨션처럼 보였다. 펜션이나 맨션은 너무 과한 표현이고, 솔직히 어떻게 봐도 낡은 아파트였다.

"주소는 후쯔시인데, 쿠니타치는 인기 있는 도시니까."

다이스케 씨는 웃으며 말했다. 스오에서도 흔히 볼 수 있는 일이다.

"라 파르체는 무슨 뜻인가요?"

"이탈리아어로, 편안한 집, 뭐 그런."

나는 고개를 끄덕이며 타일로 된 건물을 바라보았다. 겉모습이 어떻든 간에, 그 이름에 모든 것이 담겨 있는 것 같았다.

"좋아, 그럼 들어가자."

다이스케 씨가 먼저 문을 열고 건물 안으로 들어갔다. 호스피스 전문 병원이라 외래환자가 없어서 그런지 현관문은 대문에서 꽤 안쪽으로 들어가 있었다.

넓은 앞마당에는 수국이 피어 있었다. 현관까지 가는 통로 양옆으로 수국 화분도 줄 지어 있다.

아직 꽃이 피는 시기는 아니지만, 한 달만 더 지나면 예쁜 꽃을 감상할 수 있을 것이다. 하지만 다이스케 씨에 따르면, 입원 환자가 이곳에서 머무는 기간은 평균 2주 정도라고 했다. 후우짱이 입원한 것은 지지난주라니까, 아마 불가능할지도 모르겠다…. 분명 불가능할 것이다. 후우짱이 나팔꽃보다 수국을 더 좋아하면 좋겠지만.

다이스케 씨는 현관에 들어서자마자 접수처에서 면회 수속을 했다. 물론 수속이라고 해도 펜션의 체크인보다 더 간편하고, 응대해 준 간호사도 정말 친절했다.

병원 로비도 외래 환자가 붐비는 병원과는 전혀 다른 분위기였다. 장작을 쓰는 벽난로라도 있다면 정말 펜션의 라운지가 될 것 같았다. 실제 바닥 면적이나 천장의 높이보다 더 여유로운 분위기였다.

역시, 후우짱, 이곳에 입원하길 잘했어—.

어깨를 몇 번이고 크게 위아래로 들썩이고 양손을 흔들며 긴장을 풀었다.

하지만 접수를 마친 다이스케 씨가 "하루짱, 가자."라고 말한 순간, 몸이 갑자기 굳어지고 심장 박동 수도 빨라졌다.

후우짱의 방은 1층에 있는 세 개의 개인실 중 가장 안쪽—복도 끝자락에 있다고 했다.

"보통은 101호실이나 103호실이겠지만 여기는 달라. 방 번호가 아니라 환자의 이름 그대로 불러."

그러니 후우짱이 있는 방은 '오가와 후미에 씨의 방'이 된다.

"방의 수가 적어서 가능한 일일지도 모르지만…. 그런 게 왠지, 좋은 것 같아. 나는 정말 감탄하고, 기쁘고, 후우짱이 마지막에 이 병원에 들어온 것이 다행이라고 생각하고 있어."

나도 동감.

"그래서, 자. 봐…."

다이스케 씨는 가장 앞쪽의 방 앞에 멈춰 서서 출입문 옆의 명찰을 보여주었다.

실제로 명판에는 병실 번호는 없고, 입원 중인 사토 카즈코 씨의 이름만 적혀 있었다.

또 문에는 코르크 보드도 걸려 있었다. 보드에는 색을 칠한 코르크 조각으로 만든 <카즈 할머니>가 붙어 있고, 사토 카즈코 씨가 어린아이 세 명에게 둘러싸인 사진과 함께 그 아래에는 <손녀 마코 드림>이라고 적혀 있었다.

방 안에는 더 많은 사진과 총 20명이 넘는 자녀와 손자 손녀의 편지들로 장식되어 있다고 했다.

"벌써 백 살이 가까워졌으니까, 극락왕생이지."

"…그렇네요."

그 옆 야마모토 도시히로 씨의 방에는 <야마모토>라고 붓으로 쓴 목제 표찰이 양면테이프로 고정되어 있었다.

"오랫동안 살았던 집의 문패야. 집을 마련하고 주인이 된 것이 얼마나 기뻤을까. 치매 초기에는 집을 지을 때의 이야기만 되풀이했다고 하더라."

야마모토 씨는 올해 아흔 살이 된다. 십여 년 전 아내와 사별하고 5년 전까지 혼자 살았지만 치매 증상이 나타나면서 시설에 입소할 수밖에 없었다. 지방에 있던 본가도 아들과 딸이 상의해 처분해 버렸다.

"그러니까 이 병원의 이 방이 야마모토 씨의 마지막 보금자리인 셈이야."

사토 카즈코 씨와 야마모토 도시히로 씨가 곧 보게 될 주마등에는 어떤 그림이 그려져 있을까. 웃을 수 있는 그림만 그려져 있으면 좋겠다. 진심으로.

복도 끝자락까지 왔다.

후우짱의 문에는 아무런 장식이 없었다. 문 앞의 명패에는 <오가와 후미에>라고 적혀 있었다. 오른쪽 어깨가 처진 앳된 글씨였다. 쓴 사람은 후우짱이 아니라 간호사—"후우짱은 자기가 안 썼다고 몇 번이나…." 다이스케 씨는 웃으며 말했다.

못 썼다는 것이 아니다.

"자신의 이름 정도는 쓸 수 있는 체력은 되지만…. 기력이 좀 부족해서."

이것만 보면 <오가와 후미에>와 <101호실>이 다를 바 없다는 생각이 들었다.

"하지만 본인은 이제 아무래도 괜찮은 것 같아, 그런 건…."

이 병원에서는 환자가 입원 전에 사용하던 물건은 집에서 그대로 가져오도록 권장하고 있었다. 식사는 어려워도 음료를 마시는 컵, 얼굴을 닦는 수건 등은 가급적 같은 것을 사용하게 했다―조금이라도 자신의 집과 같은 환경에서 임종을 맞이했으면 하는 마음에서였다.

하지만 후우짱은 임대 아파트를 정리하고 가재도구도 모두 처분한 채 빈손으로 입원했다.

"말로만 빈손이 아니라 정말 빈손으로, 갈아입을 속옷조차 가지고 있지 않았어."

입원할 때 후우짱은 병원에 현금을 건네며 이것으로 필요한 물건을 사 달라고 부탁했다.

"금액은 충분했고, 아마 남았을 거야. 남으면 입원비로 쓰면 되고, 그 입원비나…, 죽은 후의 장례식이나 화장, 묘지 납골도…. 돈 준비나 사무적인 절차는 모두 끝내 뒀어."

깨끗하고 깔끔하게 인생이 끝난다. 묘지는 합장 납골당에 신청했다고 한다. 스오의 무덤에서 부모님과 재회하지 않는다. 누구에게도 돈이나 묘지 관리의 번거로움을 주지 않고, 고향에서 멀리 떨어진 도쿄의 여러 사람들과 함께 묻힌다—살아 있을 때와 마찬가지로 죽어서도 도쿄의 번잡함 속에 있는 것과 같은 것일지도 모른다. 그것을 후우짱은 스스로 원했다.

"빚도 나한테 빌린 것 빼고는 다 갚은 것 같고, 내 쪽도 이젠 그만 갚아도 된다고 말해 주었어. 그러니 녀석은 어깨에 짐을 내려놓고 가볍게 천국에 갈 수 있겠지."

다이스케 씨는 "조금 부럽긴 해."라고 웃으며 "오빠로서 솔직히 외롭긴 하지만."이라고 덧붙였다.

초인종 옆에는 출입 가능 여부를 알려 주는 작은 불빛이 있었다. 침대에 누운 채로 간호사 호출기와 같은 버튼으로 조작할 수 있다고 했다.

들어와도 괜찮을 때는 초록색, 아무도 만나고 싶지 않을 때는 빨간색이 켜진다. 지금은 초록색이다. 다이스케 씨는 손가락으로 거듭 확인 후, 그 검지로 벨을 눌렀다.

작은 방울을 흔드는 듯한 부드러운 소리가 울렸다.

실내에서 아무런 대답이 없었지만 다이스케 씨는 들어가자고 나에게 눈짓을 보내며 문을 열었다.

2

 방은 호텔이나 원룸형 아파트와 같은 구조였다. 현관문을 들어서면 바로 옷장과 화장실이 있고, 짧은 복도를 지나니 방이 있었다.
 침대는 창살의 그늘에 가려져 있어 출입구에서는 사각지대가 돼 후우짱의 모습을 바로 볼 수 없었다.
 "후우, 나야. 오빠다."
 다이스케 씨가 현관문에서 목소리를 냈다. 복도를 걸어가면서 "하루짱, 왔어."라고 말하며, 나에게 몸짓으로 '여기서 멈춰.'라고 말했다.
 "다행이지? 늦지 않았어. 그래, 늦지 않았어…."
 다이스케 씨는 거실로 들어와 걸음을 멈추고 침대 쪽으로 몸을 돌렸다.
 "몸 상태는 어때? 말할 수 있니?"
 대답은 없었지만, 다이스케 씨는 나를 힐끗 쳐다보며 이쪽으로 오라고 손짓했다.
 긴장감이 한꺼번에 고조되어 걸어도 몸의 무게가 느껴지지 않았다.
 다이스케 씨는 침대 옆에 서 있었다. 나는 그 옆에 서서—드디어 후우짱을 만났다.
 후우짱은 침대에서 일어나 앉아 창문을 향해 얼굴을 돌리고 있었다.

"하루짱이 왔어."

다이스케 씨가 다시 한번 말을 걸자, 후우짱은 무표정한 얼굴로 창밖을 바라보며 턱을 살짝 움직였다. 듣고 있다. 알아차리고 있다. 하지만 이쪽을 돌아보지 않는다.

"다행이다, 계속 보고 싶었지…. 제때 만나서 다행이다…. 정말 다행이다…."

감격해 눈물을 흘리는 다이스케 씨와는 달리 후우짱은 아직 이쪽을 보지 않는다.

너무 바싹 말랐다. 팔과 다리는 앙상한 나뭇가지 같고, 눈 주위도 그림자가 생길 정도로 움푹 패여 있었다. 마른 것뿐만 아니라 몸 전체가 얇다. 윤기나 탱탱함이라고는 찾아볼 수 없고, 얼굴도, 목도, 손등도, 잠옷으로 가릴 수 없는 부분은 모두 칙칙한 색을 띠고 있었다. 할머니가 돌아가시기 직전에도 그랬다. 살아있기 위해 필요한 것들이 더 이상 몸 구석구석까지 전달되지 않는 것일지도 모른다.

거기까지는 각오하고 있었지만, 후우짱이 이렇게까지 외면하고 있을 줄은 몰랐다. 몸이 너무 아파 다이스케 씨의 목소리가 들리지 않는 걸까. 아니면 더 이상 손님을 알아차릴 수조차 없는 걸까.

창밖은 뒷마당이었다. 수국이 피어 있었다. 앞마당보다 훨씬 좁았지만, 화분은 잘 가꾸어져 있었고, 수국 꽃의 푸른색은 오히려 앞마당보다 더 선명했다.

후우짱도 그런 뒷마당을 바라보며 가만히 있었다. 처음에는 '어? 왜?'라고 의아해하던 나도 잠시 후 차분해졌다. 정확히는 정신이 번쩍 들었다.

그립지 않다.

후우짱은 틀림없이 내 어머니이고, 우리는 14년 만에 만났고, 이번이 마지막 대면일 텐데도 마음이 꿈쩍도 하지 않는다.

지금의 후우짱은 아직 죽지 않은 시체와 같은 존재다. 옛날을 그리워하거나 버림받은 것을 원망하기 위해서는 좀 더 건강했으면 좋겠다는 생각이 들었다.

"야, 후우…? 뭐야, 쑥스러워…?"

역시 다이스케 씨도 후우짱의 무딘 반응에 당황해서 "모처럼 만났으니 할 이야기도 많을 텐데?"라며 나에게도 눈치를 주었다. 하루짱이 말을 걸어 봐―라는.

알아요, 알지만, 그립지 않았으니….

후우짱이 드디어 창밖을 내다보던 그대로 속삭이듯 말했다.

"…쌓인 이야기, 없어서, 미안해."

사과한 상대는 다이스케 씨가 아니라 나일 것이다.

"철이 들기도 전에 헤어지면 기억할 수도 없으니까."

그렇다. 내가 냉랭할 수밖에 없는 이유도 분명 거기에 있었다.

"화내도 괜찮아."

눈을 마주치지 않으면서도 나에게 말을 건넸다.

"원망해도 좋고, 미워해도 좋고, …잊어버려도 괜찮아."

나는 조용히 고개를 가로저었다. 그렇게 하려고 한 건 아닌데도 몸이―그리고 마음이 저절로 그 몸짓을 선택했다.

그대로 잠시 시간이 흘렀다. 후우짱은 여전히 창밖을 바라보고 있었고, 다이스케 씨도 고민에 빠진 듯이 침묵을 지켰다.

사실, 바로 이야기를 계속하고 싶었다. 하지만 후우짱을 어떻게 불러야 할지 말이 나오지 않았다.

방에 들어오기 전까지는 '엄마'라고 부를 생각이었다. 실제로는 한 번도 입 밖으로 내본 적이 없는 호칭이다. 세 살 때까지 나는 후우짱을 '엄마'라고 불렀던 것 같다. 기억에는 남아 있지 않지만 다이스케 씨가 알려 주었다.

현실에서 사용하지 않는 호칭이라면 냉정하게 그 어떤 말이든 도구로 취급할 수 있지 않을까 하고 생각했다. 이건 연극 캐릭터의 이름이고, '엄마'라는 배역의 사람을 만난다는 생각으로 부르면 되니까….

어리석었다. '엄마'는 강하다. 너무 강하다. 캐릭터의 이름만으로 분리하는 것은 역시 무리였다. 그렇다고 14년 만에 '엄마'라고 부르는 것은 마치 따서 붙인 것 같은―연극의 캐릭터를 부르는 호칭보다 더 작위적으로 느껴질 것 같았다.

어쩔 수 없이, 호명하지 않고 말했다.

"…수국, 보고 계신가요?"

후우짱은 잠시 의외라는 표정을 지었지만 곧 무표정으로 돌아와서 "보이니까."라고 말했다.

"보이니까, 보고 있는 거야. 그게 다야."

"…좋아해요? 수국?"

다시 의외라는 표정을 지었다가 금방 다시 무표정으로 돌아가, "글쎄, 좋아하긴 하지."라고 말했다.

"저도 수국을 좋아합니다."

아, 그렇구나, 라고 고개를 끄덕인 후우짱에게 나는 다시 물었다. "나팔꽃과 수국 중 어느 쪽을 더 좋아해요?"

이번엔 깜짝 놀란 듯 짧게 웃으며 "수국."이라고 말한다.

다행이다. 나는 "그럼—"하고 계속 물었다. "벚꽃과 수국은요?"

조금 지친 듯 한숨을 쉬고는, 다시 "수국."이라고 대답했다.

다행이다, 정말. 할머니는 기뻐하실까? 반대로 화를 내실까? 할아버지와 할머니의 위패는 캐리어 안에 그대로 들어 있다. 여기서 꺼내는 것은 역시나, '안 돼'일 것이다.

대신 나는 질문을 거듭했다.

"수국 꽃, 붉은색과 파란색 중 어느 쪽이 더 좋으세요?"

이번에는 더 이상 대답을 해 주지 않았다. 상관없다. 내가 전하고 싶은 말은 조금만 더.

"저는 파란색을 좋아합니다."

지금 창밖에 피어 있는 수국도 파란색이다. 그리고—.

"스오의 우리 집 정원에 있는 수국도 파란색이에요."

후우짱은 숨을 깊게 내쉬고 나서 "기억하고 있어."라고 말했다. "너를 두고 떠날 때도 피어 있었어."

시선이 드디어 나를 향했다.

   후우짱은 웃고 있었다. 가냘프고 처진 얼굴이라 미소가 부드럽지 않았다. 볼이 움직인 탓에 움푹 팬 눈가의 그늘이 오히려 더 도드라져 보이는 것 같았다.
   하지만 나를 바라보는 표정은 분명 미소였다.
   "더 알려 줘."
   웃는 얼굴 그대로 말했다.
   "네가 좋아하는 것, 더 알려 줄래?"
   갑작스러운 물음이었다. 하지만 내 대답은 마치 그 요청을 기다리기라도 했다는 듯이 스스로도 놀랄 만큼 쉽게 입을 열었다.
   "학교 공부는 국어, 특히 고전문학을 좋아해요."
   응, 응. 하고 후우짱은 고개를 끄덕이며 계속 눈으로 재촉했다.
   "아이돌이나 개그에는 그다지 관심이 없지만, 동물 동영상을 보는 건 좋아해요. 특히 고양이 영상이 좋아요."
   좋아하는 것은 그것 말고도—.
   "디저트는 초콜릿 계열이면 뭐든 좋아하고, 밥은 일주일 연속으로 파스타를 먹어도 괜찮아요."
   세세한 '좋아하는 것'을 나열하다 보면 끝이 없으니 큰 '좋아하는 것'에 대해 이야기하기로 했다.
   "가장 좋아하는 사람은 할머니예요. 두 번째는 할아버지예요. 두 분 다 돌아가셨지만 지금도 가장 좋아하는 사람 1위는 할머니,

2위는 할아버지이고 앞으로도 계속 그럴 것 같아요."

후우짱은 천천히 고개를 끄덕였다. 안도하는 듯한 표정이었다.

"2층 창문을 통해 스오의 거리를 멍하니 바라보는 것을 좋아하고, 밤이 되면 오가는 신칸센 보는 것을 특히 좋아해요."

후우짱의 눈은 어느새 감겨 있었다. 졸음이 온 것일까. 눈을 뜰 힘조차 없어진 것일지도 모른다. 하지만 후우짱은 내 이야기를 잘 듣고 있었다. 확실히. 절대적으로. 논리를 떠나서 확신이 들었다.

"좋아하는 것, 많아요. 너무 많아서 어디서부터 말해야 할지 모르겠어요. 언제까지나 끝나지 않을 정도로 많아요."

후우짱은 눈을 감은 채로 후후 웃으며 아까보다 훨씬 더 안도하는 표정으로 말했다.

"고마워. 다행이다."

속삭이는 것보다 더 가늘고 옅고 흐릿한 목소리였다. 다이스케 씨가 나를 쳐다본다.

좀 더 가까이서 들어 달라고 몸짓으로 말하듯, 자신은 뒤로 물러나 자리를 마련해 주었다.

나는 망설이면서도 침대에 한 발짝 다가가 귀를 기울였다.

"…다행이다."

후우짱이 반복했다. 눈은 여전히 감고 있었다. 나는 침대에 몸을 기대어 후우짱과의 거리를 더욱 좁혔다.

"좋아하는… 것이 많이… 있어서, 정말… 다행이다."

숨이 가쁜 탓에 목소리는 끊어지고 또 끊어졌다. 귀에 닿는다기보다는 입에서 나오자마자 흘러내리는 소리를 주워 모아 듣는 것 같은 느낌이었다.

후우짱은 어깨의 짐을 내려놓은 것일까. 내가 지금 행복하다는 것을 알고, 아이를 버렸다는 죄책감에서 벗어나서—다행이라고 반복해서 말하고 있는 것일까.

아니다. 후우짱은 힘을 내듯 숨을 깊게 들이마시며 다시 한번 말했다.

"좋아하는 것들, 앞으로도 더 늘려서… 좋아하는 것이 많으면 즐거우니까…. 잘했어… 하루짱, 잘했어!…"

안도한 것은 나 자신이었다. 내가 좋아하는 것이 많다는 것을, 후우짱은 나 자신을 위해, 기뻐해 주고 있었던 것이다.

내 이름도 불러 주었다. 정말 오랜만인 것 같은데 목소리의 울림이 자연스러웠다. 마치 계속 불러 익숙하고, 방금 전에도 불러 본 이름처럼.

후우짱이 눈을 떴다. 내 얼굴이 가까이 있어 조금 놀란 듯했지만, 더 이상 창문을 향해 눈을 돌리지 않았다.

"방금 내 이름을 불렀죠?"

눈을 감은 후우짱에게 "아뇨, 화난 게 아니에요."라고 웃으며 나는 계속 말했다.

"한 번 더 불러줄 수 없나요?"

후우짱은 "응?"하고 나를 바라보았다.

"지금은 이름을 불러줘도 솔직히 전혀 그리운 마음이 들진 않아요. 하지만 나중에 언젠가는 그리워질 거라고 생각해요, 꼭 그렇게 될 거예요. 그러니 이름을 불러 주세요."

몇 번이라도, 라고 덧붙였다.

"하루짱—."

친한 사람이나 친한 친구들은 모두 나를 그렇게 부른다. 나도 완전히 익숙해진 나머지, '오가와'나 '하루카'보다 훨씬 귀에 익숙하고 자신과의 거리도 가깝게 느껴진다.

하지만 후우짱 다시 눈을 감고 반복해 준 '하루짱'은 다른 누구의 '하루짱'과도 달랐다.

마치 목이 마를 때 마시는 스포츠음료처럼, 귀에서 가슴까지 시원하게 흘러내렸다. 마지막에는 가슴 안쪽 깊숙한 곳, "어, 가슴이 이렇게 깊었나?"라는 말이 나올 정도로 가슴 깊숙한 곳까지 도달하고, 아무것도 남기지 않고 깨끗하게 스며들어 사라졌다.

대단하다.

다만 감동이나 감격과는 조금 다르다. 애초에 옛날 후우짱이 부르던 '하루짱'을 나는 전혀 기억하지 못한다. 옛날 그 목소리로 다시 불러 준다면 어쩌면 기억이 되살아날지도 모르겠지만, 죽음을 눈앞에 둔 목소리로는 처음 보는 사람이 처음 이름을 부르는 것과 다를 바 없었다.

하지만 역시 대단하다.

아, 녹아내린다는 말이 어떤 의미인지를 알겠다.

후우짱의 입으로 말하는 '하루짱'은 가슴 속 깊숙한 곳, 이곳으로 스며들어 내 안에서 녹아 버린다. 내 일부가 되어 버렸으니 더 이상 꺼낼 수도 없다. 하지만 확실히, 분명, 후우짱이 불러준 '하루짱'은 내 안에 있었다.

"하루짱―."

 눈을 감은 채로 몇 번이나 불러 주었다. 계속 부를 수 있는 체력은 이제 없다. "하루짱"과 "하루짱" 사이에는 숨 쉬는 시간보다 더 긴 공백이 생겼다.

 다이스케 씨는 벽에 있던 의자를 침대 옆으로 가져와 나를 앉게 해 주었다. 나도 순순히 따랐다. 나를 위해서라기보다는 내가 계속 서 있으면 후우짱을 불안하게 할 수도 있으니까.

 다이스케 씨는 휴대폰의 음성 메모 화면을 내게 보여 주었다. 녹음해 둘까, 라고 물었다. 그렇게 하면 후우짱의 목소리는 나중에도 계속 남아있을 것이라고.

 하지만 나는 고개를 저었다. 기록으로 남기지 않아도 괜찮았다. '하루짱'은 단단히 내 안에 스며들었다. 나의 일부가 되었다. 희미하고 약한 목소리는 언젠가는 기억이 희미해지고, 어떤 목소리였는지 모호해져 결국은 잊어버릴 것이다. 그러나 상관없다. '하루짱'은 이제 더 이상 내게서 떨어져 나갈 수 없다.

 공부로 무언가를 기억한다는 것은 머릿속 정리함에 넣어두는 것과 같다. 고등학교 입시 때 읽은 참고서에 적혀 있었다. 바로 꺼낼 수 있도록 정리하는 방법을 고안해 두라고.

기억도 마찬가지라고 생각했다. 머릿속에 정리함이 있고, 우리는 '그때, 그런 일이 있었지.' 하고 떠올릴 수 있도록 무의식적으로 날짜순으로 정렬하거나 장소와 사람에 따라 태그를 붙이고 있는 것으로 생각했다.

그런데 이제서야 알았다.

내 안에 녹아내린 기억은 더 이상 떠올릴 수 없을지도 모른다. 하지만 있다. 분명히 존재한다.

그런 추억이, 사람이 죽는 순간—모든 것이 사라지는 순간, 육체를 떠나, 추억의 주인과 이별한다.

주마등을 본다는 것은 그런 것일지도 모른다.

후우짱은 어깨로 숨을 쉬고 있었다. 힘들어 보였다. 들이쉬는 숨은 얕고, 내쉬는 숨은 깊었다. 더 이상 부담을 지우고 싶지 않았다.

"정말 고맙습니다."

후우짱에게 말을 건네며 고개를 숙였다.

아니야.—나도 잘 알아. 지금 해야 할 말은 고맙다가 아니다. 지금 해야 할 일이 머리 숙여 절을 하는 것이 아니다.

"이름을 많이 불러 줘서 정말 기뻐요… 정말."

그렇지 않아. 아니야, 그렇지 않아….

후우짱은 눈을 뜨고 말했다.

"마지막으로 부르게 해 줘."

빨개진 눈이 촉촉해져 간다. "네 이름, 한 번만 더 부르게 해 주렴."

숨을 한껏 들이마신 후우짱은 소리를 내기도 전에 오열을 쏟아 내고 말았다.

"하루짱… 정말, 정말, 미안해…."

내 몸이 마음대로 움직였다. 목소리도 저절로 나왔다. 나는 의자에서 허리를 들고 후우짱의 손을 잡고, 몇 번이고 고개를 흔들며 말했다.

"그렇지 않아. 그렇지 않아…. 엄마, 그렇지 않아."

드디어, 말했다.

후우짱은 울었다. 가늘고 마른 등을 떨며, 흐느낌 섞인 '고마워'와 '미안해'를 번갈아 가며 반복했다.

하지만 울음소리는 후우짱보다 다이스케 씨가 더 컸다.

"잘 말했다, 후우, 잘 말해 줬어…. 하루짱, 고마워, 나도 기쁘다, 고마워…. 후우, 잘했어…."

나는 조용히 후우짱의 손등을 계속 문질렀다. 가슴은 뜨거워져도 눈물은 나오지 않았다. 눈꺼풀 뒤쪽의, 아슬아슬한 곳에서 보에 막혀 있었다.

냉정함이 머리 한구석에 남아 있었다. 남겨 두어야 한다고 스스로에게 명령하고 있었다.

만나서 좋았어. 제때 도착해서 다행이다. 나도 함께 울고 싶다. 소리 내어 흐느껴 울면 여러 가지 것들이 눈물로 씻겨 나가 깨끗이 이별할 수 있을 것이다.

하지만 나는 후우짱의 손등에 놓인 내 손을 물끄러미 바라본다.

시야가 눈물로 뿌옇게 흐려지면 그 틈에 손이 다른 곳으로 옮겨 갈지도 모른다.

후우짱의 등에 손을 얹으면 기억을 들여다볼 수 있다.

그래서 두렵다.

후우짱의 기억 속에 남아있는 어린 나의 모습에 색이 입혀져 있을까. 어떤 장면일까. 행복한 장면일 필요는 없다. 다른 기억도 그렇다. 민들레의 홀씨처럼, 하늘하늘 바람에 날리는 대로 살아왔다. 색이 있는 추억은 행복하기만 하고, 마지막 주마등이 동화처럼 '아름답고, 사랑스럽다'고 하는 것은 그야말로 동화일 따름이다.

후우짱이 갑자기 기침을 했다. 허리를 구부리고 구토를 하듯 끅끅거린다.

나는 황급히 후우짱의 몸을 받쳐주고 등을 토닥여 주었다. 순간적으로 일어난 일이지만 등을 토닥이는 손의 움직임을 멈춰서는 안 된다고 스스로에게 명령하는 것을 잊지 않았다.

다이스케 씨는 간호사 호출기를 들고, "후우, 간호사 부를까?"라고 물었다.

"…아니, 괜찮아."

기침이 가라앉은 후에도 나는 계속 등을 문질렀다.

각오를 다졌다.

"하나 물어봐도 될까요?"

나는 '엄마'라고 덧붙였다. 두 번째 '엄마'는 첫 번째 때보다 훨씬 더 쉽게 말할 수 있었다.

"엄마…. 후회되는 일, 있어요?"

후우짱은 잠시 생각에 잠긴 후 고개를 저으며 말했다.

"오빠가 화를 낼 것 같지만, 여러 가지 일들, 어떤 것도 후회하지 않아."

다이스케 씨는 코를 훌쩍이며, "화를 낼 리가 없잖아. 무슨 소리야."라며 울먹이며 꾸짖었다.

나는 등을 쓰다듬는 손을 쉬지 않고 계속 물었다.

"떠올리고 싶지 않은 기억은 어때요?"

"하루짱, 지금 그런 이야기는—"

다이스케 씨가 끼어들려고 했지만, 후우짱은 미소를 지으며 대답했다.

"전혀 없어…, 그런 거."

계속 울고, 기침을 하고, 축 늘어져 있으면서도 표정에는 생기가 있었다. 목소리도 듣기 좋아졌다. 마지막 안간힘을 다 쏟아붓고 있는 것이다.

그래서 나도 더 이상 망설이지 않는다.

"지금 만나고 싶지 않은 사람이 있어요?"

"없어."

바로 대답했다. "만날 수 있다면 지금까지 만났던 모든 사람과 만나서 헤어지고 싶어."

"원망하는 사람이라든가…."

"아니."라고 미소로 부정했다. "원망했던 사람은 있지만 지금 원망하는 사람은 없어."

스스로 더 말을 이어 나갔다.

"나를 원망하는 사람은 있을 것 같아. 지금도 용서할 수 없다고 생각하는 사람, 많겠지. 하지만 그런 사람들도 만날 수만 있다면 마지막으로 만나서… 사과하고 싶어."

한숨을 내쉬며 말하니, 역시나 한계가 왔던 모양인지 또 기침을 했다. 나는 허리를 문지르면서 기침이 가라앉기를 기다렸다가 물었다.

"지금 가장 보고 싶은 사람은 누구예요?"

후우짱은 나를 쳐다보며 "당연히 너지."라고 말했다.

"유치원 때나 초등학생 때나 중학생 때의 하루짱을…. 내가 모르는 널 만나고 싶어. 만나지 못했지만… 만나고 싶어."

그 순간, 후우짱이 흔들렸다. 후우짱이 엿보였다. 나는 처음으로 울었다. 드디어 울었다. 기쁘고, 슬프고, 억울하고, 그래도 기쁘고, 눈물이 쏟아졌다.

등에 대고 있던 손이 멈췄다. 우는 와중에, 실수로―아니, 일부러.

아주 한 순간이면 된다. 아픈 추억이 떠오른다면 어쩔 수 없다.

눈을 감았다. 숨소리의 흐름을 천천히, 천천히, 맞추어 갔다.

여자아이가 있었다. 뒷모습이다. 하굣길에 잠깐 들른 것인지, 공원에서 그네를 타고 있다. 뒤에 매고 있는 빨간 책가방이 다가왔다 멀어졌다 한다. 그래, 이것은 색깔이 있는 추억이다.

소녀가 있었다. 뒷모습이다. 블레이저 교복을 입은 중학생이 같은 교복을 입은 남학생과 함께 걷고 있다. 여자아이는 차분한 모습인데, 남자아이 쪽은 어딘지 모르게 어색하고, 나란히 걷는 간격을 신경 쓰면서 걷고 있다. 어쩌면 첫 데이트, 아니 여자아이에게는 전혀 그런 마음이 없고, 남자아이만 짝사랑을 하고 있는 것일지도 모른다. 두 사람의 교복은 녹색 계열의 체크무늬 스커트와 바지였다. 그래 이것도 색깔이 있다.

여자애가 있다. 뒷모습이다. 초등학교에 올라갈까 말까 한 어린 아이가 엄마와 손을 잡고 걷고 있다. 함께 노래를 부르는 건지, 손을 앞뒤로 흔들며 박자를 맞추고 있다. 두 사람은 똑같은 흰색 목도리를 하고 있다. 손뜨개질을 한 것일까, 보송보송하고 따뜻해 보인다. 즉, 이것도 역시 색깔이 있는, 주마등으로 그려질지도 모르는 소중한 추억이라는 뜻이 된다.

손을 움직여 다시 후우짱의 등을 쓰다듬었다. 눈을 뜨고 눈꺼풀 뒤쪽에 남아있던 눈물을 닦아냈다.

세 번 모습을 보인 여자아이는 모두 뒷모습이다. 얼굴은 알 수 없다. 몇 년 전, 어느 도시의 추억인지도 알 수 없다. 소녀들을 바라보며 후우짱은 무슨 생각을 하고 있었을까. 색이 있는 추억으로 기억에 남아 있었다. 그것으로 충분하다.

주마등에는 초등학생인 나나 중학생인 나는 결코 등장하지 않는다. 후우짱은 가장 만나고 싶었던 사람을 만날 수 없다.

하지만 나는 지금 여기에 있다.

"만나고 싶다고 해 줘서 고마워요."
후우짱의 등 뒤에서 떼어낸 손은 조금 따뜻해져 있었다.

3.

그다음부터는 다이스케 씨도 어울려서 후우짱이 어렸을 때의 추억을 떠올리며 수다를 떨었다.
다이스케 씨의 제안이었다.
"후우는 자신의 남은 시간을 알고 있으니까, 하루짱. 굳이 말하면…. 추억 이야기를 많이 해 두면 좋을 것 같아."
치매 환자가 회상요법을 받는 것처럼 뇌의 기억이 활성화된다고 했다.
"그러니까, 자… 눈을 감기 전에 주마등을 본다고 하잖아. 그 주마등에 소중한 추억이 담겨 있대잖아."
다이스케 씨의 입에서 주마등이라는 단어가 나와서 조금 놀랐다. 주마등 화가라는 직업이 있고, 내게도 그런 재능이 있다고 털어놓으면 다이스케 씨는 놀랄까? 내 정신 상태를 걱정할까? 브레멘 여행사를 사기꾼 집단으로 의심할지도 모른다….
다이스케 씨는 내가 처음 듣는 이야기를 많이 알려 주었다. 후우짱도 추억에 젖어 이야기를 들어줄 뿐만 아니라 스스로 "오빠, 기억해?"라며 추억을 이야기하며 나를 웃기기도 했고, 어이없게 만들기도, 깜짝 놀라게 만들기도 했다. 두 사람 모두 절반쯤은 나를 위해 이야기해 주고 있는지도 모른다. 후우짱은 어떤 아이였는지, 중학교와 고등학교 시절은 어땠는지—다이스케 씨는 한 가지 추억을 이야기할 때마다 "하루짱과 닮지 않았어?"라고 물었다. 반대로 후우짱은 옛날의 자신을 돌아보며 "하루짱과는 전혀 다르지?"라며 웃었다.

할아버지와 할머니에 대한 이야기도 많이 나왔다. 후우짱은 부모님이 엄격하게 훈육을 하셨다고 말했지만 다이스케 씨는 "그래?"라며 약간 의아해하며 두 사람의 평온한 에피소드를 들려주었다. 다이스케 씨는 다정한 오빠이고, 후우짱은 역시 부모님께 늘 미안한 마음을 품고 있었던 것 같다.

나도 나이가 든 할머니와 할아버지의 이야기를 들려주고 싶었다. 하지만 다이스케 씨와 후우짱의 이야기가 계속 이어져 좀처럼 꺼내지 못했다.

그래도 괜찮아. 저승에 가면 후우짱이 직접 물어보면 된다. 할아버지도 할머니도 기다리고 있을 것이다. 이렇게 빨리 올 줄 모르고 지금쯤은 서두르고 있을지도 모른다. 후우짱은 분명 혼날 거야.—가장 먼저 아직 50대도 안 된 젊은 나이에 왔다는 이유로 많이 혼날 것이다.

후우짱은 추억을 떠올리다 한숨 돌린 후, 빨대로 물을 한 모금 마시고, 리모컨을 조작해 침대를 조금 눕혔다. "잠깐 쉬자…" 어깨로 숨을 몰아쉬며 물컵을 다이스케 씨에게 건네주고는 힘이 다 빠진 듯 눈을 감았다.

"이제 내 이야기는 그만…. 듣기만 하는 건 할 수 있으니까… 하루짱의 이야기를 들려줘."

그렇게 말하고는 침대를 더 눕혀서 평평하게 만들었다.

지쳤구나, 하고 새삼스럽게 생각했다.

내 이야기를 하는 것뿐인데―교과서의 요약이나 영어 번역과 달리, 나 자신의 일을 직접 이야기하는 것이니 어려울 게 있을 리가 없는데.

이야기가 전혀 정리되지 않고 이리저리 날아다녔다. 초등학교 입학 초기의 추억을 이야기하다가 갑자기 고등학교 입시 전의 이야기로 넘어갔다. 좋아하는 음식에 관해 이야기할 때도 돈가스를 먹을 때는 달고 진한 돈가스 소스를 좋아하지 않고, 오히려 간장과 무즙이 더 좋다든가… 하며, 그런데, 지금, 이걸 말해야 하나?

나에 대해 후우짱에게 더 많이 알려주고 싶고, 더 많이 전하고 싶다. 머릿속으로는 그렇게 생각하는데 잘 안 된다. 좋아하는 만화와 옷과 과자 이야기만―아니야, 잘 안 돼…라고 생각하면서도 끝없이 말을 늘어놓았다.

이런 이야기도 괜찮을까. 후우짱이 알고 싶은 것, 기억에 새기고 싶은 것…, 주마등에 나올 것 같은 추억…. 사실은 더 소중한 이야기를 듣고 싶어 하는 게 아닐까….

하지만 후우짱은 계속 미소를 지으며 들어 주었다. 눈은 감은 채로, 맞장구도 점점 더 어눌해졌지만, '싫어'라고 웃거나 '너무 해'라고 웃으면서.

그리고 내 말이 끊긴 즈음에 이렇게 말했다.

"하루짱… 아침은 보통 뭘 먹어?"

후우짱까지, 여기에서, 그런 걸, 물어봐야 하는 건가—?

어쩔 수 없이 "빵이에요."라고 대답했다. "토스트에 버터와 꿀이나 잼 또는 마멀레이드…. 요즘은 팥도 먹어요. 가끔이긴 하지만."

"반찬은?"

"기본은 달걀이에요. 삶은 달걀이라든지, 계란말이라든지. 계란을 깨는 데 실패하면 오믈렛으로 만든다든지…. 그 외에는 야채를 볶고, 가끔은 분말 수프를 만들어 먹기도 해요."

정말, 정말, 별것 아닌 이야기였다.

하지만 후우짱은 만족스러운 표정으로 듣고는 눈을 감은 채 "좋은 걸 알려 줄까?"라고 물었다. "…네."

"달걀 프라이는 프라이팬 바로 위에서 껍질을 깨뜨리면 좋대."

"그래요?"

"노른자가 탱글탱글해져."

후우짱은 중요한 일을 끝냈다는 듯 숨을 몰아쉬며 "처음으로 엄마다운 걸 알려 줬네." 하며 웃었다.

행복한 미소였다. 그 미소를 보고 나도 마음이 편해졌다. 드디어 알았다. 아이가 엄마에게 수다를 떠는 것은 별거 아닌 이야기,

그렇고 그런 이야기일지라도—그런 이야기니까 괜찮다는 것을.

 그때부터 갑자기 혀가 풀려 버렸다. 지금의 나에 대해, 어린 시절의 나에 대해, 시간의 순서나 주제의 연결 따위는 생각하지 않고, 뒤집어 놓은 카드를 뒤섞은 후 다시 뒤집듯이 생각나는 대로 이야기했다.

 큰 사건이 아니라 소소하고 담담한 이야기들뿐이다. 이런 기회가 없었다면 잊고 지냈을 추억도 많고, 다시 떠올리는 것도 이번이 처음이자 마지막이 될 추억도 있을 것이다.

 하지만 이야기를 하다 보니 점점 즐거워졌다.

 추억을 이야기하는 것은 나라는 인간을 만들어 온 직소 퍼즐의 조각을 하나하나 떼어냈다가 다시 끼워 맞추는 것과 같다. 별것 아닌 그림이나 모양의 조각이라도 하나하나 집어 들고 자세히 보면 꽤 마음에 드는 것도 모두….

 후우짱 덕분이다. 후우짱이 "네 이야기를 들려 줘."라고 말해 주었기 때문에 여러 가지 일들을 떠올릴 수 있었고, 추억을 이야기하면서 나는 나를 좋아하게 되었다. 이제 곧 진짜 혼자가 될 나에게 '나 자신을 좋아한다.'는 선물을 준 것 같다.

 그대로 눈을 감고 있는 후우짱에게 나는 계속 말을 건넨다. 추억은 얼마든지 떠오른다. 언제까지고 이야기하고 싶다.

 하지만 후우짱의 체력에는 한계가 있었다. 호흡은 안정되어 있었지만, 말의 간격이 넓어지고 목소리도 잠자는 소리와 거의 차이가 없다. 사실 이제 내 말은 들리지 않는 것일지도 모른다.

다이스케 씨가 나를 쳐다보았다. 나는 고개를 끄덕이며 후우짱의 귀에 대고 "고마워요."라고 말했다. "추억, 많이 들려줘서, 기뻤어요." 그러자 후우짱의 입이 움직였다. "―응? 뭐라고?" 나는 후우짱의 얼굴에 얼굴을 바싹 붙여 뺨과 뺨이 맞닿을 정도로 가까운 거리에서 말했다.

"힘내요. 조금만 더 큰 소리로 말해 봐요."

그 바람에 부응하여, 후우짱은, 아주 조금, 하지만 최선을 다해 목소리를 내주었다. 노래하고 있다는 것을 알 수 있었다.

후우짱이, 노래한다.

멜로디는 없다. 소리도 거의 들리지 않는다. 하지만 분명 노래였다. 나도 잘 아는 노래였다. 후우짱, 흔들흔들, 하―늘하늘―.

가족이나 친구들이 어린 후우짱을 놀리며 목청껏 불러댄다. 너무 자기 멋대로인 성격이나 행동에 웃기도 하고 화를 내기도 하면서 웃으며 노래한다.

후우짱, 흔들흔들, 하―늘하늘―.

어린 후우짱은 '흔들흔들'이나 '하―늘하늘―'에 담긴 미묘한 뉘앙스를 알고 있었는지 아닌지, 그 노래를 자신의 주제가처럼 여기고 모두와 함께 목소리를 맞춰 부르기도 하고, 때로는 혼자서 언제까지나 질리지도 않고 불렀다는 이야기를 할머니에게 들은 적도 있다. 후우짱, 흔들흔들, 하―늘하늘―.

인생의 마지막 시간을 앞두고 마음만이라도 어린 시절로 돌아간 것일까. 고통도 괴로움도 없던 그 시절을 자유롭게 돌아다니고 있는 것일까.

눈물을 흘리며 후우짱의 노래를 듣던 다이스케 씨는 어느새 소리 내어 함께 노래를 부르기 시작했다. 후우짱, 흔들흔들, 하―늘 하늘―.

노래가 멈춘다. 후우짱은 눈을 감은 채 미소를 지으며 다시 입을 작게 움직였다.

새로운 노래였다. 같은 빠르기, 같은 억양이지만 가사가 달랐다.

하루짱, 높이높이, 날―아가라―.

다이스케 씨가 참을 수 없는 듯이 신음했다. 울음을 삼키는 목소리로 "그래, …노래했어, 하루짱이 아기였을 때….”라고 알려주었다.

하루짱, 높이높이, 날―아가라―.

나를 안은 후우짱은 자신의 노래를 몇 번 부른 후, 노래의 주인공을 '하루짱'으로 바꾼다. '하루짱, 높이높이'를 부르다가 '날―아가라―' 부분에서 양손을 쫙 뻗어 올려 '높이높이'를 해준다. 아기 때의 나는 그것을 좋아했다고 한다.

후우짱의 마음이 돌아가 있던 시절은 후우짱의 어린 시절이 아니라 나와 둘이 살던 시절이었다. 눈물이 쏟아졌다. 더 이상 멈추지 않는다. 큰 소리로, 아기처럼, 엉엉, 울었다.

4.

후우짱은 그대로 잠이 들었다. 병실을 찾아온 간호사의 말에 따르면, 의식은 떨어지고 있지만 맥박과 혈압은 안정적이라 지금 당장… 상태는 아니라고 했다.

안심이 되었다. 그래서—.

"그럼, 이만 돌아가겠습니다."

다이스케 씨에게 말했다.

"이제 작별 인사를 했으니 바로 스오로 돌아갈게요."

앞서도 같은 대화를 나누었기 때문에 다이스케 씨도 마음의 준비가 되어 있었는지 "그래, 알았어."라고 말했다.

"와 줘서 고맙다. 정말 고마워."

"아뇨, 아닙니다. 그 반대예요. 엄마를 만나서 반가웠고, 엄마가 나를 만나고 싶다고 해서… 정말 기뻤어요."

엄마—라는 말을 드디어 쉽게 할 수 있게 되었다. 그것만으로도 오길 잘했다. 정말 잘했다. '엄마'라는 말을 한 번도 입에 올리지 않은 인생은 역시 외롭다. '아빠'는 말하지 못한 채로 살게 될 것 같지만, 그건 뭐, 괜찮다.

내 주마등에는 아빠는 절대 나오지 않을 것이다. 그것으로 충분하다. 죽기 전에 아빠의 안 좋은 기억이 되살아나는 것은 억울하고, 아빠가 정말 좋은 사람이었다면 만나지 못하고 죽는 것은 더 억울할 것이다.

"만약의 경우… 물론 연락은 하겠지만, 아마 더는 못 만날 것 같아."

"네…, 괜찮아요."

"그 뒤에 마지막 배웅은 우리 가족끼리만 하게 될 것 같은데, 하루짱도 올 수 있을까?"

잠시 생각하다가 고개를 살짝 흔들었다.

이미 작별 인사는 끝났다. 후우짱은 마지막 힘을 다해 열심히 후우짱의 노래와 하루짱의 노래를 들려주었다. 힘이 다 빠져서 축 처진 모습은 보여 주고 싶지 않은 것 같았고, 나도 보고 싶지 않았다.

"불효일 수도 있고, 이기적일지도 모르지만… 죄송합니다."

다이스케 씨는 처음부터 내 대답을 알고 있었다는 듯이 고개를 끄덕이며 말했다.

"후우도 깨어나면 분명 같은 말을 할 것 같아."

엄마와 딸이니까, 라고 덧붙여 나를 또 울컥하게 했다.

버스를 타고 쿠니타치역으로 돌아와서 이치바시 대학까지 걸어갔다. 토요일에 처음 이치바시 대학에 왔을 때 다이스케 씨가 알려 준 것이 생각났다. 학생이 아니어도 자유롭게 들어갈 수 있는 캠퍼스는 후우짱이 가장 좋아하는 곳으로, 유아차를 끌고 자주 산책을 했다고 한다. 나 자신은 기억하지 못하지만, 아마 이곳에서 후우짱이 '하루짱, 높이높이 날―아가라―.'를 불러준 적도 있었을 것이다.

평일 저녁이라 캠퍼스를 오가는 사람들은 대부분 학생뿐이었지만 이웃 주민으로 보이는 사람들의 모습도 간간이 보였다. 어린아이를 데리고 온 엄마도 있었다.

벤치에 앉아 캠퍼스를 둘러보았다. 학교 건물은 모두 낡았다. 십여 년 전—후우쨩과 내가 산책하던 시절과 별반 다르지 않을 것 같았다. 자전거를 타고 가는 학생들도 많았다. 이것도 아마 예전과 같을 것이다.

기억에는 아무것도 남아 있지 않다. 하지만 십여 년 전, 나는 이 풍경을 분명히 보고 있었다. 지금은 기억나지 않지만, 어쩌면 주마등에 스쳐 지나갈지도 모르겠다.

휴대폰에 짧은 문자가 도착했다. 카즈라기 씨로부터—. <조금 전 오후 4시 35분, 무라마츠 미츠코 님이 평안히 영면하셨습니다. 마지막은 타츠야 님이 손을 잡아 주시고, 달려온 손주들이 지켜보는 가운데 통증도 고통도 없이 떠나셨습니다.>

다 읽었을 즈음, 이어서 하나 더.

<앞뒤가 맞지 않는 말이지만, 웃고 계셨던 것 같습니다.>

나는 벤치에서 노을로 물든 하늘을 올려다보았다. 도쿄는 스오보다 훨씬 동쪽에 있기 때문에 일몰이 빠르다. 하늘색은 조금 어두워져 있었다. 하지만 지는 석양의 배웅을 받으며 가장 먼저 뜨는 별을 향해 하늘로 날아오르는 것도 좋으리라.

미츠코 씨가 본 주마등은 누구도 확인할 수 없다. 슬픈 기억을 모두 없애고, 스오에서의 불타올랐던 불륜의 추억은 남긴 채. 하지만 그 대가로 짊어진 죄책감도 그대로 지우지 말고… 라는 주문대로의 주마등이 되었을까. 타츠야 씨를 비롯한 남겨진 사람들은 그것을 믿을 수밖에 없을 것이다.

정말 괴이쩍은 사업이다. 타츠야 씨가 총액으로 얼마를 지불했는지는 모르겠지만, 일주일 머물렀던 숙박료로 내가 받은 사례를 생각하면 보통 사람이 쉽게 부탁할 수 있는 금액은 아닐 것이다. 사기를 치는 것 같다고 하면 그럴지도 모르겠다. 고액 기부로 문제가 된 종교단체와 무엇이 다르냐고 묻는다면 꽤 위험할 수도 있다.

하지만 나는 주마등 화가라는 존재를 믿는다. 인정한다. 중요하다고 생각하고, 만약 기적적으로 후우짱의 상태가 회복되어 한 달 정도라도 더 살 수 있을 것 같으면, 사장이나 카즈라기 씨에게 부탁하고 싶다. 가능한 한 장기 대출이라도 받아 후우짱의 주마등을… 부탁하지 않을까? 역시.

세 번째 문자가 왔다. <타츠야 씨는 마지막까지 계속 미츠코 씨에게 '고마워요'라는 말을 반복했습니다. 그것은 감사를 전하는 것뿐만 아니라, 미츠코 님이 오랫동안 짊어지고 있던 짐을 내려놓는 것을 도와주는 것이기도 했다고 생각합니다.>

그래, 맞아, 맞아. 고개를 끄덕이며 글을 읽다 보니, 다시ㅡ. <이번엔 정말 많은 도움을 받았습니다. 그럼, 또.>

딱딱한 감사의 인사보다 <그럼, 또.>라는 말을 더 확실히 받아 안기로 했다.

어린아이의 웃음소리가 들렸다. 여자아이가 엄마에게 '높이높이'를 외치고 있었다.

 후우짱, 흔들흔들, 하―늘하늘―.
 민들레 홀씨가 문득 떠오른다.
 브레멘 여행사의 사장으로부터 민들레 이야기를 들었을 때도 이 노래가 떠올랐다. 이번에는 반대로 노래를 들으니 민들레가 덧입혀졌다. 흔들흔들, 하―늘하늘―, 바람에 실려, 의지할 곳 없이, 하지만 자유롭게…, 멀리멀리.
 하루짱, 높이높이, 날―아가라―.
 이것도 민들레 홀씨 같다. 안고 있는 나에게 이 노래를 불러 주며 마지막으로 양손으로 들어 올려 '높이높이'를 외치며…. 왠지 사장이 말씀하신 인생의 행복한 마무리 방식과 비슷하다. 임종의 순간에 자신의 삶을 통째로 받아들여 가슴에 끌어안고, 그다음 두 손을 벌려서 인생을 하늘로 날려 보내는 거지―.
 사장의 말씀이 새삼 가슴에 사무친다. 미츠코 씨도 그럴까. 그렇다면 정말, 좋겠다. 이제 곧 뒤쫓아가기라도 하듯, 엄마도.
 후우짱, 흔들흔들, 하―늘하늘―, 높이높이, 날―아가라―.
 병든 몸에서 풀려나 멀리멀리 날아가……, 푸른 하늘에 녹아들면, 이렇게 위를 쳐다보기만 하면 언제든 후우짱을 만날 수 있을 거야. 하늘에서 시선을 돌려 아까의 부모와 아이를 찾았다. 바로 옆에 있던 두 사람의 모습은 더 이상 어디에도 보이지 않았다.

에필로그

"그럼 엄마의 과거는 거의 아무것도 들여다보지 않았다는 거야?"
난유는 놀라서 어이가 없다고 했다.

"일부러 병원까지 가서. 기회도 많았고, 실제로 등에 손도 대고…, 그런데도 아무것도—"

"안 했어."

나는 단호하게 말했다.

"아, 그럼 그럴래? 살아 계실 때 한 번 더 도쿄에 가서—"

"만나지도, 가지도 않을 거야."

"그게 어제 내 전화를 무시한 거랑 관련이 있는 거야?"

"미안한데, 나도 그걸 물으려고 했거든."

어젯밤 10시 15분에 메신저에 난유로부터 <어제 어땠어?>라는 글이 올라왔다.

그런데 나도 정확히 같은 시간에 <어땠어?>라는 글을 보냈다.

간발의 차이로 난유가 먼저 보냈지만 읽음 표시가 붙은 것은 거의 동시였다. 나는 난유가 답장해 오면 내 이야기를 하려고 했는데 난유도 같은 생각을 하고 있었던 것인지, 그대로—중간부터는 서로 질세라 읽은 상태 그대로 밤을 지새우게 된 것이었다.

결국 월요일 아침에 번갈아 가며, 각자의 <어땠어?>에 대한 보고를 하기로 했다. 수업 시작하기 전 교실 베란다에서 가위바위보를 했는데, 이번엔 내가 져서 후우짱과의 재회에 관해 이야기했다.

"그럼 하루짱은 알고 싶지 않았어? 엄마에 대해?"

"알고 싶지 않았다기보다는 몰라도 괜찮다고 생각한 거지."

"왜?"

답답한 표정으로 물은 후 내 대답을 가로막고 계속 말했다.

"왜냐하면, 엄마의 인생을 아는 사람은 본인밖에 없잖아? 가족도 없고, 지인들과도 연락이 끊겼고, 삼촌도 엄마의 삶을 다 아는 건 아니잖아."

"그래, 모르시는 게 더 많을 거야."

"그리고 가지고 있는 물건도 없다면…, 진짜 지금 당장 기억을 들여다보지 않으면, 세세한 부분은 전혀 모르는 채로 떠나보내게 되잖아."

나는 가볍게 고개를 끄덕이며 "그래, 그러면 됐지."라고 말했다.

"하지만 나중에 알고 싶어지면 어떻게 할 건데?"

"안 그럴 것 같고, 만약 그렇다 해도 어쩔 수 없지."

그래야 한다고 단호하게 생각한 것도, 마음을 단단히 먹고 있는 것도 아닌, 그냥 솔직한 마음이었다. 후우짱의 인생은 아마 다른 사람보다 훨씬 더 많은 일들이 있었을 것이다. 그 '여러 가지'가 즐거운 일만 있는 것은 아니었을 테고, 나에게 알리고 싶지 않은 일도 있었을 것이다. 그럼 그냥 모르는 채로 두기로 했다.

"지금까지 계속 수수께끼 같은 존재였으니까, 앞으로도 수수께끼나 비밀이 있는 편이 후우짱답다고 생각해."

"절대 후회하지 않을 거지?"

"그럴지도 모르지만, 그것도 포함해서 좋아. 괜찮아."

"뭐, 그래도…. 하긴 하루짱의 자유긴 하지."라고 난유는 고개를 갸웃거리다가 마음을 고쳐먹었는지 웃었다.

"그래도, 뭐, 하루짱의 마음도 알 것 같아."

"그래?"

"나도 이제 아빠의 기억이나 엄마의 기억을 들여다보지 않을 것 같으니까."

왜냐하면 무섭잖아, 라며 벌벌 떨며, 스스로 <어땠어?>의 보고를 시작했다.

난유와 아빠는 하네다 공항의 도착 로비에서 만났다.

난유를 차로 공항까지 데려다준 사장은 아빠에게 간단한 인사를 건네자 미련 없이, "그럼 저는 이만." 하고는 발걸음을 돌려 버렸다.

붙잡을 겨를도 없이 순식간이었다. 쏜살같이 걷기 시작하자마자 로비의 인파에 섞여 뒷모습을 찾을 수 없을 정도였다.

"순간이었어. 사장님은 키도 크고, 분위기도 독특하잖아? 으스스한 기운이 있다고 해야 하나…."

멀리서 봐도 눈에 띄어야 하는데, 사람들 틈에 들어가자마자 순식간에 사라져 어디로 갔는지 알 수 없게 되었다.

"아, 근데, 그런 느낌. 뭔지 알겠어."

난유도 "고등학생들 틈 사이에서 사라지는 녀석도 있잖아."라고 말하며 학교 건물 아래로 눈을 돌렸다. 곧 수업 시작종이 울린다. 건물로 들어서는 입구에는 지각 직전 정문을 가까스로 통과한 학생들로 북적거리고 있었다.

"사장님만 정장 차림이고, 주변은 모두 고등학생 교복 차림이라 해도… 사각지대나 맹점에 들어간 것처럼 휙 사라져 버렸어."

그 사장이라면 정말 그럴 것 같았다.

아무튼 난유와 아빠는 로비에 남겨져 어쩔 줄 몰라 했다.

"갑자기 아빠와 단둘만 있으니… 어디부터 이야기해야 할지 모르겠더라."

아빠도 마찬가지였을 것이다. 불안하게 눈을 동그랗게 뜨고는 "도쿄는 후텁지근하구나."라든가, "비행기가 생각보다 텅텅 비었더라."라든가, 아무래도 좋은 그렇고 그런 이야기를 할 뿐이었다.

돌아오는 비행기 표는 사장이 끊어 주었다. 도착 로비에서 아빠와 만난 것이 저녁 다섯 시가 넘은 시간이었고, 돌아가는 비행기는 하네다에서 일곱 시에 출발하는 비행기—체크인 시간을 감안하면 한 시간 정도밖에 시간이 없는 셈이었다. 더 늦은 시간대의 비행기를 타지 않은 것도 사장의 뜻이었을지도 모르겠다.

"저기, 전망대 가지 않을래요?"

난유 쪽에서 먼저 권유했다. 가게 안으로 들어가는 것보다 바깥이 더 이야기하기 쉽고, 정면으로 마주 보지 않아도 되기 때문이었다.

아주 좋은 생각이었다. 전망대에 나오자 시야가 한꺼번에 넓어졌다. 멀리 희미한 실루엣으로 후지산까지 보였다. 게다가 비행기가 이륙하거나 착륙하고, 활주로를 따라 움직이고, 컨테이너를 내리고, 경사로를 놓는 등… 항상 무언가 움직이고 있기 때문에 벤치에 나란히 앉아 있어도 시선이 향하는 곳이 고민스럽지가 않았다.

"나보다 아빠가 더 안도하더라구."

그때 수업 시작종이 울렸다.

난유와 나는 얼굴을 마주 보고 작게 고개를 끄덕였다. 베란다에서 교실로 돌아와서 아무렇지 않은 얼굴로 복도로 나갔다. 학교의 공식적인 일입니다—, 선생님께서 심부름을 부탁하셔서요—, 오늘 우리가 당번입니다. …라고 무언의 어필을 하기 위해 일부러 차분하게 걸었다. 교실로 향하는 선생님들과 마주치면 "좋은 아침입니다."라고 인사도 건넸다.

체육관에 가자, 그래, 그러자, 하고 눈인사를 주고받으며 복도를 지나갔다. 지금부터 학급회의 시간이라 체육관은 아무도 사용하지 않을 것이다.

고 사과했지만, 하고 싶은 말은 잘 알겠고, 말하지 못하는 것을 억지로 말하고 싶지 않은 마음은 더더욱 잘 알겠다. 사장과 난유는 복도에서 인사를 나눈 후 바로 하네다 공항으로 향했고, 미츠코 씨의 임종에는 카즈라기 씨만 참석했다. 마지막 모습을 보지 못한 것도 처음에는 조금 실망스러웠지만, 병동에서 나와 푸른 하늘을 바라본 순간, 그래, 그래, 그렇구나, 라고 납득할 수 있었다고 했다. "이것도 잘 못 말하겠어. 미안해."—잘 말하지 못하는 것이 늘어나는 것은 의외로 괜찮지 않나?

그 이야기를 끝까지 들은 아빠는 "그래…. 그래, 잘됐다."며 크게 고개를 끄덕였다. "부모를 보내는 아들에게 후회가 남는다면 부모가 제일 힘들지."

"그럼—."

난유 군은 무심코 입을 열었다. 이런 걸 물어봐도 될까, 안 될까, 망설이다가 아빠와 눈이 마주치자 반대로 결심이 굳어졌.

말할 수밖에 없다. 물어볼 수밖에 없다. 애초에 이 말을 하지 않으면 둘이 만난 의미가 없다. "아빠는?"

"…응?"

"아빠는 후회하지… 않지?"

히로키 형에 대해—.

"형이랑 헤어질 때, 아빠도 엄마도 슬픈 건 슬프지만 후회 같은 건 없었지? 왜냐하면 병원에서 할 수 있는 한 최선을 다했고, 병은 낫지 않았지만 마음껏 귀여워했고, 할 수 있는 만큼은 다 했으니까 후회 따위는 없는 거지?"

그러길 바라며 기도하듯 물었다.

하지만 아빠는 이륙하는 비행기를 눈으로 좇으며 말했다.

"얼마든지 있어."

날아올라 고도를 높이는 비행기와 함께 아빠의 턱도 올라간다.

"끝도 없이 많아. 그런 거지."

비행기를 더 눈으로 좇는다. 허리와 목을 쭉 펴고 몸을 비틀어 본다.

"자식을 잃은 부모는 후회가 없을 수 없어. 없지 않을 수가…."

마지막에는 거의 난유에게서 등을 돌리는 모양새가 되었다.

난유는 허탈한 표정으로 컨테이너를 여러 개 실은 화물차들이 주차장에서 화물 터미널로 향하는 모습을 바라보았다. 아빠의 말투는 꾸짖을 만큼 강하지는 않았지만, 조용한 만큼 오히려 슬픔과 외로움이 묻어났다.

비행기가 보이지 않게 되자 다시 몸을 돌린 아빠는 개운한 듯 숨을 몰아쉬었다. 가슴이 조금 풀렸는지, 아빠는 그제야 이야기를 이어 나갔다.

"순서가 뒤죽박죽일지 모르지만… 고맙구나."

난유에게 고맙다는 인사를 건넸다. 기억을 들여다봐 준 것에 대해 감사했다. 덕분에 죽은 히로키의 추억이 많이 남아 있음을 알았기 때문이다.

"세 살 때 죽게 한 아이의 일을 십여 년 만에 잊어버리면 부모로서 실격이잖아…. 다행이지, 안심했어."

대답이 난감해서 입을 다물고 있는데, 아빠가 불쑥 고개를 숙였다. 양손을 무릎에 대고 깊이 고개를 숙였다.

"미안하다."

아빠는 히로키와의 추억이 많이 남아 있다는 것을 이번에는 사과했다.

"지금 우리 아이는 너밖에 없는데, 히로키를 잊을 수 없어…. 미안해, 정말 미안해…."

난유는 그 말을 듣고—"무슨 소리예요?" 웃으며 말했다. 자신도 의외의 표정과 말투가 되었다.

"꽤 어른스러웠어." 난유가 내게 말했다.

"왠지 아빠와 잠시 친구처럼 친해진 것 같았어…." 그 표정과 말투를 유지한 채 아빠의 옆모습을 향해 계속 말했다. "그런 건 전혀 아무렇지도 않아. 당연히 괜찮지, 무슨 소리야. 오히려 정반대야. 그런 걸 사과할 때가 지금 아니잖아. 지금이 아니잖아. 형을 잊어버리면 그때 사과해. 그때 사과해야지, 그렇지? 아빠랑 엄마가 기억하지 못하면 나, 형에 대해 아무것도 모르는 거니까…. 잊어버리면 안 돼."

아빠도 웃으며 말했다.

"우리는 잊을 리가 없지, 부모니까." 하지만 그 목소리는 금세 괴로운 듯이 가라앉는다.

"그렇지만, 미안해. 너한테는 미안해…."

난유는 고개를 가로저었다.

"내가, 미안해. 미안하다니까."

"그런 거 아니야, 미안한 짓을 했어, 너한테."

"나, 아빠의 기억, 함부로 봐서 미안해. 내용 알게 해서 미안해."

"사과하지 마, 그만해. 사과는 내가 하는 거라고."

"함부로 봤고, 보고만 있으면 될 텐데. 나, 멍청해서 아빠한테 알려 줘서 이렇게 힘들게 만들었잖아. 엄청나게 후회하고 있어."

"그래, 그런 건 이제 그만해. 내가 잘못했어. 내가 사과해야지. 미안해, 미안해…."

"미안해, 정말 미안해. 미안해."

그리고 '미안'과 '미안'이 동시에 끊어지는 타이밍에 두 사람은 서로 얼굴을 마주 보고—그리고 서로를 향해 울고 웃는 얼굴이 되었다.

"그때 생각했어."

난유가 나에게 말했다. "나랑 아빠랑 얼굴이 꽤 닮았더라고."

나는 어이없어하며 웃고 말았다.

"지금에서야 알아차려서 어쩌려고?"

"뭐가?"

"난유는 아빠를 닮았어. 엄마보다 아빠를 더 닮았어. 눈매라든가, 눈빛 같은 게 꼭 닮았어." 어렸을 때부터 계속 그렇게 생각했다고 덧붙이자 난유는 눈치 싸움에 지기 직전의 표정을 지었다.

어휴, 난유—.

"이봐요, 이봐." 나는 기세를 몰아 말했다.

"돌아오는 비행기에서는 콘소메 수프 마셨어?"

난유는 "그럼, 그럼. 당연하지."라고 무릎을 세게 치며, "마셨지, 마셨어. 정말 맛있었어—."라고 말하며 얼굴을 찡그리고 있었다. 눈을 깜빡이는 데 너무 힘이 들어가 눈가에 반짝이는 것이 보였다.

거짓말, 정말 못하는구나.

"리필해 줬어?"

"아니, 그게 글쎄…, 들어 볼래?"

"그래, 들어줄게."

"의욕이 넘쳐서, 꽤 뜨거웠는데, 한꺼번에 마셔 버렸어. 그리고 바로 리필했지."

"그럼 됐네, 뭐."

"그런데 두 번째도 바로 마시고 다시 리필하려고 했는데. 아빠가 말렸어. 꼴사나운 짓 하지 말라고, 부끄럽다고. 정말, 보기 흉하다고…."

이제야 알려줘야겠다 싶었다. 본인은 모르겠지만, 난유는 아까부터 아버지를 '아빠'라고 부르고 있었다. 지금까지는 내게 말할 때도 '아버지'라고 불렀는데. 알려 주면 좋아할까? 부끄러워할까? 오히려 화를 낼까? 아니면….

역시, 그만두었다. 친구를 울려서는 안 된다고 유치원 선생님이 말씀하셨다. 그것을 지키는 것이 우정의 첫걸음이라고 생각했다.

후우짱은 그다음 주 수요일 아침, 조용히 숨을 거두었다. 나와 만난 후 일주일 이상 살아 있었다. 의사가 놀랄 정도로 열심히 살았다. 게다가 고통스러워하는 기색은 전혀 없이 그저 혼곤히 잠들었다.

"틀림없이 그 시간 동안 내내 길고 긴 꿈을 꾸고 있었을 거야."

전화로 후우짱의 죽음을 전해 준 다이스케 씨는 담담한 목소리로 이렇게 말했다.

"실제로는 불가능했던, 하루짱이 자라온 나날을 꿈속에서 되짚어 보고 있었던 게 아닐까…" 다이스케 씨에 의하면 엄마의 잠자는 얼굴은 훨씬 평온했고, 가끔 미소를 짓기도 하고, 그러다 그대로 저세상으로 떠났다고….

"하루짱을 만났기 때문이야. 일부러 스오에서 도쿄까지 와 준 덕분이야. 하루짱은 부모로서 할 수 있는 일을 하나도 하지 않은 엄마에게 최고의 효도를 한 거야."

고맙다는 말을 몇 번이고 되풀이한 후, 다이스케 씨는 앞으로의 일을 확인했다.

"사당에서 그대로 화장하고, 묘지에 합장할 거야. 그것으로 충분할까?"

작별 의식은 따로 없다. 나는 죽은 후우짱도, 뼈가 된 후우짱도 만날 일이 없다.

"네…. 부탁드립니다."

나는 망설임 없이 대답했다.

"올해 추석은 할머니와 후우짱도 처음 맞는 추석이니까 스오에서 함께 경을 올려 드리긴 할 거다. 그래도 여름방학 때 도쿄로 올 수 있을까. 괜찮으면 도쿄에서 성묘라도 했으면 하는데—."

물론 당연히 갈 것이다. 브레멘 여행사에서 주마등에 대해 더 알고 싶다.

사무실에는 난유도 있을 것이다. 여름방학에는 견습 아르바이트를 하게 되어 있다. 이번에는 부모가 공식적으로 인정해 주었다. 두 분이 주마등 이야기를 어느 정도까지 믿고 있는지는 알 수가 없다. 하지만 난유의 "나, 그 회사에서 일하고 싶어."라고 하는 진심은 믿어 주고 있는 것이었다.

나도—장래의 일은 불단 속에 있는 할아버지나 할머니보다 하늘 위의 후우짱에게 이야기하자. 분명 "좋아. 좋을 대로 해."라고 말해 줄 것이다. 나는 효도를 했다. 그 답례로 후우짱은 아이가 하고 싶어 하는 일을 이해하는 엄마가 기꺼이 되어 줄 것이다. 잘 부탁드립니다.

우리는 끝나고서부터 시작하는 엄마와 딸이 될 수 있을지도 모른다.

후우짱이 세상을 떠난 것은 7월 7일—칠월칠석이었다.

스오에서는 매년 이날을 중심으로 칠석 축제가 열린다. 메인 행사장이 되는 곳은 무라마츠 씨 모자와 함께 간 긴텐 거리였다.

7월 초순은 아직 장마가 끝나지 않아 칠석에 비 오는 날인 경우가 많다. 하지만 상가가 길게 늘어선 긴텐 거리는 날씨에 구애받지 않고 축제 장식을 할 수 있다. 커다란 대나무 장식이 여러 개 세워져 있다.

시내 유치원과 초등학교 아이들이 저마다 소원을 적은 오색단자短冊가 매달려 있다. 옆에는 테이블과 의자도 있고, 오가는 사람들이 자유롭게 소원을 적어 대나무에 매달 수도 있다.

떠들썩하긴 하지만 유서 깊은 역사가 있는 것은 아니다. 상가 바겐세일 행사의 확대판이라고나 할까, 일종의 구실이라고 할까…. 이 행사가 시작된 것은 1970년대 초반부터라고 했다.

어르신들의 평판은 그다지 좋지 않았다. 원래 스오에서는 음력 7월, 즉 지금의 8월에 칠석 장식이 있었고, 현내에서도 그쪽이 주류였다고 했다. 그것을 긴텐 거리 아케이드 완성 이벤트와 연계하여 억지로 칠월로 바꿨다는 사연이었다.

실제로 우리 집 할아버지, 할머니는 "굳이 장마철에 축제는 무슨. 긴텐 거리의 사정만으로 제멋대로 결정하다니."라고 불평을 늘어놓고는 했다. 그래도 다이스케 씨가 중학생이 되기 전까지는 매년 가족과 함께 긴텐 거리에 나갔다고 한다. 물론 어린 시절의 후우짱도.

1970년대 초반부터의 행사라면 미츠코 씨와 타츠야 씨도 가본 적이 있었을까?

분명 있었을 것이라 생각한다.

해가 뉘엿뉘엿 질 무렵 집을 나섰다. 하늘은 맑다. 견우와 직녀도 만날 수 있을 것이다.

친구 몇 명과 함께 유카타를 입고 버스를 타고 긴텐 거리로 향했다. 차 안에서의 수다는 '난유의 이야기'로 쉬지 않고 이어졌다. 난유는 긴텐 거리 특설무대에서 열리는 '스오 크래프트 사이다 빨리 마시기 대회'에 출전한다. 현지의 지하수와 꿀, 감귤류로 만든 사이다를 얼마나 빨리 마시는가를 겨루고, 마신 후 10초 안에 토하면 실격이 되는 대회다. 초등학생들이나 좋아할 이벤트지만 난유는 어제 예선을 1위로 통과하며 우승 후보로 급부상했다. 고등학교 남자 친구들 20명 정도와 부모님이 응원하러 갈 것이라고 했다. 나는 극구 사양했다. 하지만―힘내라, 난유!

계속 쇠퇴해 가는 거리로 변해가고 있는 긴텐 거리이기는 하지만 역시 칠석 축제 때는 나름대로 활기를 띠었다. 하지만 예전에는 똑바로 걷기도 힘들고 소매치기까지 출몰했다고 하니. 거리에도 주마등이 있다면 분명 그때의 모습이 아련하게 그려져 있을 것이다.

미츠코 씨는 칠석날 밤, 누구와 함께 이곳을 걸었을까. 지금보다 인구가 많다고는 하지만 여전히 좁은 거리다. 불륜 상대인 소장과 함께 걸을 수는 없었을 것이다. 왠지 감수성이 예민한 고등학생 타츠야 씨와 둘이서 외출할 수도 없었을 것 같다.

가급적이면 칠월칠석답게 외근 중인 세이지 씨가 돌아와서 오랜만에 가족들이 함께 걸었다면 좋겠다.

물론 실제로 그런 일이 있었다 하더라도 그것은 미츠코 씨의 주마등에는 그려지지 않은 추억이다. 하지만 세이지 씨가 본 주마등에는 나왔을지도 모른다. 그 부분이 일치하지 않는 것이 부부라든가, 가족이라든가, 인간이라는 것의 어려움과 흥미로움이 아닐까. 수십 년 후에 타츠야 씨가 보게 될 주마등은 어떨까. 오랜만에 방문한 스오의 거리에서 좋은 추억을 남겼으면 좋겠다. 나나 난유도 등장할 수 있을까. 긴텐 거리 끝자락에 아빠가 목말을 태운 어린 여자아이가 있었다. 뚱뚱한 아빠는 목말이 힘들어 보이지만, 소녀는 아랑곳하지 않고 머리 위의 대나무 장식을 만지려고 손을 뻗고 있다. 후우짱의 칠월칠석은 어땠을까. 평소에도 '흔들흔들, 하―늘하늘―'인데, 칠석 축제의 밤에는 더 흔들렸을 것이다. 할아버지, 할머니는 "그쪽으로 가면 안 돼, 위험해.", "노래하지 말고, 앞을 보고 걸어라."며 잔뜩 겁을 주셨을 것이다. 다이스케 씨가 "후우, 오빠랑 손잡고 가자."고 하면 한동안은 얌전하게 걷다가도, 어느새 흥미를 끄는 것을 발견하면 손을 떼고, 끝까지… 길을 잃은 적도 있었을 것이다. 오늘 아침에 후우짱이 본 주마등에 그런 장면이 있었다면 나도 기쁠 것 같다. 어린 시절의 나도 나왔으면 좋겠다. 그리고 <라 파르체 쿠니타치>에서 만났던 나도 주마등에 그려져 있었다면 정말― 만나서 좋았다. 엄마를.

긴텐 거리를 한 바퀴 돌고 나서, 대나무로 만든 소원지 쓰기 코너에 들러서 저마다 한 장씩 썼다. 친구들의 소원은 수험과 동아리 활동, 그리고 다이어트에 관한 것이었지만, 나는 고민 끝에 이렇게 썼다. <하루카, 브레멘까지, 날아가라!> 친구들은 "무슨 뜻인지 모르겠어.", "'하루카'가 하루짱 이름이야?", "브레멘이 뭐야?", "브레멘이란 라멘 종류가 있어?"라고 말들이 많았지만 상관없었다. 헤헤 하고 웃으며 받아넘기고 작은 대나무에 매달았다.

그림형제의 동화 「브레멘 음악대」에서 동물들은 브레멘에 도착하지 못했다. 하지만 해피엔딩이었다. 후우짱의 인생도 훨훨, 훨훨, 저 멀리 브레멘까지—도착하지는 못해도 날아갔으면 좋겠다.

대나무 장식에 손을 얹었다. "칠석에도 절을 하는 거였어?"라며 놀라는 친구들의 말에 아랑곳하지 않고, 나는 눈을 감고 천천히 고개를 숙였다.

집에 돌아와서 바로 옷을 갈아입었다. 장마철이라 밤이 되어도 습도가 높다. 유카타는 시원해 보이지만 의외로 덥다.

목욕탕에 물이 끓는 동안 마당에 나가서 더위를 식히고 있는데, 문득 난유에게서 문자가 왔다. 사이다 빨리 마시기 대회에서 사이다를 마시는데 걸린 시간은 1위였는데 8초 만에 토해서 아쉽게도 실격했다고 했다. <그러나 반드시 주마등으로 남을 명장면이었다.>— 주마등을 낭비하지 않는 게 좋을 것 같아.

아직은 신칸센이 한 시간에 몇 대씩 운행하는 시간대라 스오 시내를 동서로 오가는 신칸센을 구경하는 것만으로도 지루하지 않다. 스오역에 정차하기 위해 천천히 달리는 열차보다 빛의 띠를 이루며 지나가는 열차를 보고 있으면 가슴이 두근거린다. 역시 나도 멀리 날아가는 타입인가 보다.

주방에서 목욕탕의 물 끓는 소리가 들려온다. 거실로 돌아가려는데, 불빛이 닿지 않는 정원 덤불에 작은 불빛이 떠 있는 것을 발견했다.

황록색 빛이었다.

반짝반짝 빛나는 것이 아니라 숨을 쉬는 것처럼 밝아졌다 어두워졌다를 반복했다.

반딧불이다. 근처에 동료는 없다. 톡. 단 하나뿐인 불이, 켜진다.

반딧불이의 계절은 5월 중순부터 6월까지라 칠월칠석에 반딧불이를 볼 수 있는 경우는 드물다. 이 반딧불이는 너무 오래 살았을까? 아니면 애벌레에서 성충이 되는 것이 늦어져, 한가롭게 살고 있는 것일까? 그렇게 생각하는 편이 더 낫다.

한가로운 반딧불이가 두둥실 날아간다. 빛이 반짝이며 실을 당기고 있다. 흔들, 흔들, 흔들.

비틀거리며 날아가고, 빛도 그에 맞춰 휘청휘청 흔들린다. 그래서 이 반딧불이는—.

빛은 조금씩 높아진다. 덤불은 내 무릎 높이 정도였지만, 어느새 빛은 내 키를 넘어 지붕을 넘어 밤하늘로 올라간다.

흔들흔들, 흔들흔들.

하—늘하늘—, 하—늘하늘—.

실제 반딧불이의 빛은 이미 오랜 전 밤의 어둠에 섞여 버렸는데, 보이지 않는 빛이 내 눈에 스며들어 시야에서 반짝인다.

나는 밤하늘을 향해 두 손을 흔들었다.

보이지 않는 빛이 녹아내린 눈물은 눈을 깜빡일 때마다 방울방울 무수한 물방울이 되고, 별이 되고…. 밤하늘에, 지금, 은하수가 떠올랐다.

옮긴이의 말

1.

맑은 하늘에 갑자기 비가 쏟아진다. 에미는 일기예보를 본 엄마 덕분에 우산을 준비해 왔다. 우산을 쓰고 가는 중 친구들이 너나 할 것 없이 같이 쓰자고 끼어들어, 에미는 오히려 우산 밖으로 밀려나고 만다. 결국 짜증이 난 에미는 자신의 우산을 포기하고 홀로 우산을 받고 가는 친구에게로 달려가는 순간 인도 밖을 벗어나, 달리는 차에 부딪히고 만다. 불행인지 혹은 그나마 다행인지 에미는 한쪽 다리를 못 쓰게 된다. 이 아이의 마음은 어떨까? 어디까지가 자신의 선택이고, 어디부터 운명의 훼방일까? 잘못은 우산을 준비해 준 엄마인가, 장난스럽게 몰려든 친구들인가? 달려가야겠다고 결정한 에미 자신인가?

무릇 세상일이란 이런 법이다. 작고 사소한 것들이 혹독한 결과를 불러들인다. 그리고 그 결과는 인물에게 깊은 상처를 남기고, 성정조차 달라지게 만든다. 이 작품은 시게마쓰 기요시의 『친구가 되기 5분 전』이란 작품의 첫 번째 단편이다. 작품은 일종의 연작소설로, 편마다 다른 주인공들이 등장하지만, 인물들은 서로 긴밀하게 얽혀 있다. 초등 고학년에서부터 청소년기에 이르는 인물들의 관계 맺기가 정교하게 짜여져 있는 작품이다. 아동문학 혹은 청소년문학으로서는 보기 드물게 미적 장치가 도드라져 보였던 작품이다. 특히 이 작품들 전체의 서술자는 나중에 밝혀지기는 하지만, 작품 속에 직접 등장하는 인물이 아니다. 그런 즉 개별 단편의 주인공들은 이 은폐된 서술자의 시야에 포착된 채 저마다 '너'란 2인칭으로 호명된다.

에미와 새롭게 에미와 친구가 되는 유카, 에미의 남동생 등이 주인공으로 혹은 조연으로 등장하는 가운데, 개별 단편들마다 아주 치밀한 구성, 섬세한 감정 표현, 진정한 우정을 둘러싼 미묘한 성장 등이 잘 그려진 작품이었다. 어쩌면 이 섬세함은 일본 문학 특유의 미덕이며, 그 미덕을 한껏 발휘한 나머지 시게마쓰 기요시는 일본문단 유수의 상인 나오키 상을 비롯한 여러 문학상을 거머쥘 수 있었을 것이다. 그런데 안타깝게도 한국의 독자들에게는 잘 알려지지 않은 나머지 작품은 절판되어 쉽게 읽을 수 없게 되었다.

2.
그러던 차에 시게마쓰 기요시가 아동문학 혹은 청소년문학의 범주를 뛰어넘어 새롭게 성인(?) 소설을 썼고, 그 소설을 번역할 수 있겠느냐는 요청을 출판사로부터 받고, 나는 일말의 망설임도 없이 수락했다. 그의 소설은 잘 짜여진 좋은 작품임이 분명할 것이라는, 이번의 작품 『브레멘 여행사』 역시 그럴 것이라는 신뢰 때문이었다. 아니나 다를까, 그의 새 작품은 기대를 저버리지 않았다.

『브레멘 여행사』는 3살 때 미혼모인 엄마에게 버림받고, 조부모와 함께 살던 하루카가 결국 연이어 별세한 할아버지, 할머니로 인해 혼자가 되는 시점에서부터 시작된다. 이제 겨우 고등학교 2학년, 열일곱살이다. 할머니의 49재를 치르고 혼자 살게 된 집으로 돌아온 날, 의문의 편지를 한 통 받는 것으로 이야기는 시작된다. 브레멘 여행사로부터 온 편지다.

브레멘 여행사는 맞춤 여행 전문회사로 죽음에 임박한 의뢰인들의 마지막 순간에 떠오르는 주마등을 깁고 덜고 생생하게 그려내는 주마등 화가들이 운영하는 여행사다. 여행사는 이들 의뢰인과 동행하며, 과거의 기억들을 소환하고 또 그 가운데 주마등으로 남길 것과 남기지 말아야 할 것들을 함께 결정하는 것이 주된 역할인 것이다. 이 여행사가 주인공 하루카에게, 홀로 남은 그 집에서 예전 살았던 사람이 며칠 머무르며, 주마등에 쓸 기억을 되살리고 싶어, 며칠 머물 수 있게 해 달라고 요청한다. 여행사의 직원들은 저마다 의뢰인의 과거 기억을 들여다보는 능력을 가지고 있고, 그 능력을 작품의 주인공인 하루카와 친구 난유 역시 지니고 있음을 확인하면서 이야기는 펼쳐진다.

3.

주마등!

사람이 죽기 직전, 생애 전체가 몇몇 압축된 이미지로 떠오르며, 그 이미지들이 주마등처럼 비춰 보인다는 것이 이 작품의 주요한 마술적, 판타지적 요소로 등장한다. 그 판타지적 요소에 기대, 그 이미지, 주마등의 이미지를 앞질러 볼 수 있는 브레멘 여행사의 직원인 카즈라기와 주인공 하루카, 난유 등이 죽음을 앞둔 사람을 통해 거꾸로 삶에 대한 밀도 있는 성찰을 펼쳐 보이는 작품이다.

그 시금석은 하루카의 집에 머물게 되는, 치매로 오락가락하는 노부인 미즈코의 그때 그 시절이다. 그녀는 고등학생인 아들을 두고 다른 유부남과 사랑에 빠진다. 이른바 불륜의 경험이다. 그런데 그 시절의 경험을 주마등으로 남겨야 할까? 또 다른 시금석은 하루카의 엄마, 후우짱이다. 어린 딸을 부모에게 맡겨두고 10년 넘게 찾지 않은 그녀가, 병을 얻은 뒤에야 만나고 싶다는 연락이 온다. 그런 그녀의 주마등에는 무엇이 떠오를까? 회환과 그리움으로 얼룩진 이미지들로 점철되어 있을까?

이처럼 작가는 문제 상황을 설정하고, 이 상황 속으로 인물을 밀어 넣는다. 그리고 "소중한 추억이 반드시 옳은 추억일 필요는 없다."고 카즈라기의 입을 빌려 말하기도 하고, "행복한 추억과 행복해 보이는 추억이 다르다."고 말하기도 한다. 그리고 '브레멘 여행사'의 사장의 입을 빌려 '기억하는 힘', '잊어 버리는 힘', 그리고 '그리워하는 힘'을 언급하기도 한다. 오래, 변화무상한 인생을 겪은 이만이 길어 올릴 수 있는 성찰이 죽음이란 프리즘을 통해 또렷한 양감으로 되살아나고 있는 것이다.

이 작품의 압도적인 아름다움은 특히나 하루카와 엄마 후짱의 해후에 있다. 죽어가는 엄마를 10년도 넘은 세월 동안 보지 못한 하루카는 끝내 엄마의 주마등을 들여다보지 않는다. 그럼에도 이 짧은 만남은 충분히 인상적이고 또 아름답다. 하루카는 엄마가 얼마나 자신을 그리워했는지 알게 되고, 엄마는 엄마대로 후회나 자책을 다스리게 되는 대목이다. 그나마 이 해후를 통해 엄마는 있어도 그만, 없어도 그만인 자신을 버린 엄마가 아닌, 그리운 후짱으로 남을 수 있게 된다.

4.

시게마쓰 기요시의 『브레멘 여행사』는 그의 작품이 늘 그렇듯 과장된 포즈가 없다. 담백하다. 그로서는 보기 드물게 판타지적 장치, 과거를 볼 수 있는 힘이란 이세계의 능력을 끌어왔음에도 그 장치의 한정된 역할에 집중할 뿐이다. 그 능력을 통해 파노라마적인 서사의 굴곡이나 놀라운 반전을 이끌어내지 않는다. 그저 담담하게 죽음을 통해 삶을 거듭, 거듭 반추할 따름이다.

더욱이 주마등으로 비칠 수 있을 만큼, 삶에서 중요한 것은 무엇인지를 되묻고 있다. 그것은 화려하거나 틀에 박힌 장면이 아니라, 각자의 삶에서 진정 소중한 기억들이다. 더욱이 그 기억들 가운데 잊힐 장면들은 잊히더라도 언제든 그리움을 불러일으키는 기억들이야말로 주마등에 값하는 이미지임을 피력한다. 작품을 우리말로 옮기며 한 사람의 독자이기도 한 나는 거듭 묻지 않을 수 없었다. 내게 잊을 수 없는 소중한 기억은 무엇이었던가? 어쩌면 우리는 그 기억을 쌓아 올리기 위해 살아가는 것은 아닐까? 내가 남겨둘 기억은 무엇일까? 주마등으로 떠올랐으면 하는 기억은?

상대적으로 분량이 길고, 자극적인 장면들이 없는 담담한 소설이었지만 나는 이 소설을 번역하는 동안 지루하지 않았다. 등장하는 주요한 인물들이 너나 할 것 없이 타인의 과거를 들여다보는 능력을 가졌다는 것을 제외(이는 판타지의 피할 수 없는 장치이기에) 한다면, 이 작품은 잘 짜여진 장편소설로 소설 본연의 '삶이란 무엇인가?'란 질문을 거듭 던지는, 손색이 없는 작품이었다. 좋은 작품으로 다시금 시게마쓰 기요시의 작품 세계를 만날 수 있게 해 준, 출판사 뒤란에 고마움을 전한다. 좋은 작품을 깊이 읽을 수 있는 번역의 기회는 늘 귀한 법이다.

2025년 10월
옮긴이 김동언

뒤란에서 소설 읽기 004

브레멘 여행사–당신의 주마등을 다시 그려 드립니다

초판 1쇄 발행	2025년 11월 10일
지은이	시게마쓰 기요시
옮긴이	김동언
펴낸이	김두엄
편집	김윤희
디자인	Hey Yoon
마케팅 디렉터	이현정
인쇄	아트인
펴낸곳	뒤란
등록	2019년 7월 19일 제2019-000092호
주소	07208 서울시 영등포구 선유로49길 23 IS비즈타워2차 1503호
전화	02-3667-1618
이메일	ssh_publ@naver.com
ISBN	979-11-94259-03-9 03830

ⓒ 뒤란 2025

* 뒤란은 상상의힘 출판사의 문학·예술·인문 전문 브랜드입니다.
* 이 책 내용의 일부 또는 전부를 재사용하려면 반드시 뒤란의 서면 동의를 받아야 합니다.
* 잘못 만들어진 책은 구입한 곳에서 바꾸어 드립니다.
* 책값은 뒤표지에 표시돼 있습니다.